甲骨文密码

明人 ◎ 著

重庆出版集团
重庆出版社

图书在版编目(CIP)数据

甲骨文密码 / 明人著. —重庆：重庆出版社, 2021.1
ISBN 978-7-229-15193-5

Ⅰ.①甲… Ⅱ.①明… Ⅲ.①长篇小说－中国－当代 Ⅳ.①I247.5

中国版本图书馆CIP数据核字(2020)第135480号

甲骨文密码
JIAGUWEN MIMA
明 人 著

选题策划：李 子 汪建华
责任编辑：李 梅 汪建华
责任校对：杨 婧

重庆出版集团
重庆出版社 出版
重庆市南岸区南滨路162号1幢 邮政编码：400061 http://www.cqph.com
重庆出版社艺术设计有限公司制版
重庆一诺印务有限公司印刷
重庆出版集团图书发行有限公司发行
E-MAIL:fxchu@cqph.com 邮购电话：023-61520646
全国新华书店经销

开本：890mm×1240mm 1/32 印张：9.75 字数：360千
2021年1月第1版 2021年1月第1次印刷
ISBN 978-7-229-15193-5
定价：49.00元

如有印装质量问题，请向本集团图书发行有限公司调换：023-61520678

版权所有 侵权必究

前言

近代以来，中国知识分子无不感受到来自西方文化的冲击。晚清重臣李鸿章更是在上书皇帝的奏折中提到此时中国正处于"三千余年未有之大变局"。

其实三千多年前，中国就发生过一次重大的历史变局。那就是商周鼎革之际，新生的周王朝取代了原来的商王朝。

此次王朝迭代，对中国的影响要远超后来历代王朝。而正是殷墟的发现和甲骨文的解读使我们有幸重新认识了一个有别于一般历史典籍中的商王朝，可随着我们对商王朝的了解越深入，却发现了越来越多的疑团。

为何周朝建立后，中国的政治文化、宗教信仰发生了巨大的变化？

为何中国人信仰中的至高神从"上帝"变成了"天"？

为何中国人的图腾崇拜由"玄鸟"变成了"龙"？

为何盛行商朝数百年的甲骨占卜后来在历史上消失不见了，取而代之的是象数易经？

为何周武王不称"帝"而只称"王"？

为何从周武王起兵到殷纣王身死鹿台才不过几天时间？

鹿台究竟是什么？为何史书中总强调鹿台特别高大，号称"其大三里，高千尺"，鹿台究竟是干什么用的？

而在这些重重疑团中，一个叫"王亥"的人更是让人困惑无比。此人频频出现在甲骨卜辞中，深受商人尊崇，并且祭祀隆重远超商朝开国之君商汤以及其他先祖，可此人却不见于正史记载。

王亥是所有商王中唯一在名字中冠以"王"的先祖，他也不像之后的商王那样使用"天干"来命名，而是唯一用地支"亥"冠以名字的人。

关于这些疑团的答案，终将在一连串的阴谋诡计中渐渐浮出水面！

目录
CONTENTS

第一章
恐怖祭祀 ·················001

第二章
连环凶案 ·················014

第三章
线索何在 ·················030

第四章
扑朔迷离 ·················045

第五章
一本笔记 ·················061

第六章
寻找答案 ·················074

第七章
明德神父 …………090

第八章
转交地图 …………106

第九章
惟殷先人 …………119

第十章
世事难料 …………131

第十一章
还有秘密 …………147

第十二章
考古困惑 …………162

第十三章
你是密钥 …………178

第十四章
探险往事 …………194

第十五章
藏宝秘图 …………210

第十六章
星空之谜 …………223

第十七章
寻找上帝 …………236

第十八章
解密诗歌 …………249

第十九章
缉拿真凶 …………269

第二十章
那个秘密 …………281

第二十一章
不是尾声 …………295

第一章
恐怖祭祀

午后,原本晴朗的天空开始阴云密布,一道闪电划破阴云,紧接着一声声震耳欲聋的响雷,震得窗户上的玻璃开始"咣咣"作响。

可即便如此,似乎也并没有阻止教室里那群大学生认真听讲的热情。

"了解甲骨文有助于我们了解中华文明的源头。比如我们不去研究甲骨文,而单从现在汉字的象形上入手,很多人会认为现代汉字中的'王'字可能取自老虎额头上的花纹,可从甲骨文中看所谓的'王'字,其实是一种类似'斧钺'的兵器。"

讲台上侃侃而谈的正是大学炙手可热的历史学教授——殷典,二十多年的研究生涯,让他在讲述甲骨文知识时总能从容不迫地信手拈来。

"王是一把兵器,象征着一种生杀予夺的权力。甲骨文中有大量与兵器组合在一起的会意字,就连'我'这个字,也与兵器有关。从甲骨文的造字本意上来看,'我'是手持一种兵器,呐喊示威的形象,有明显的攻击性。由此可见,商人是一群特别崇尚血腥暴力的人。"

殷典讲到这,抬头看了看教室上的挂钟,不知不觉中这节课快到时间了。

"教授!听您讲课就好比在看侦探小说似的,我们好想听听商朝人怎么血腥暴力了!"一个女生举着手,满怀期待地说。

"如果说起商朝人的血腥暴力,恐怕就从侦探小说变成了恐怖小说了。"殷典微微一笑,"你还愿意听吗?"

"有那么夸张吗?"那女生有些质疑,但眼神中却充满期待。

"从目前解密的甲骨文和殷墟的发掘中,我们发现商朝一些特殊阶层有明显的吃人风气,而且宰杀人的方式也是五花八门。"

殷典说到这,教室里传出一阵嘘声。很显然,对这个观点,学生们多少有些惊讶。

"感谢各位同学的认真听讲,《浅谈甲骨卜辞与古代中国文明的起源》的第一讲,就先讲到这了。"

教书二十多年来,殷典从未拖过堂,总是在即将下课的几分钟内结束讲课。可就在他收拾桌面时,一个男生却从座椅上站了起来。

"殷教授,请你不要误人子弟!如果说远古时期,原始人有吃人的风气也就罢了。可到了商朝时期,我们已经进入了文明社会,怎么还会吃人呢!你这不是在污蔑我们的祖先都是食人之魔吗?"

殷典抬起头望向站起的男生,只见那男生长长的头发遮住了双眼,而头发因为长时间不清洗也粘在了一起,一绺一绺很是邋遢。

"文明往往起源于野蛮!只不过野蛮在向着文明过渡时,这种野蛮的痕迹慢慢会减少罢了。"殷典笑了笑,"比如'奠基'这个词,现在指的是盖房子时打地基。一些工程往往会举办奠基仪式,用以奠基的奠基石矗立在地上,一般为一块完整无损的长方形石料,然后由奠基人与其他人依次为之培土,直至将其埋没,最后宣告奠基仪式顺利完成。"

"这有什么问题吗?"那男生完全不知殷典想要表达什么。

"我想问一下这位同学,为什么要进行奠基仪式?"殷典追问。

"那还用说吗?为了庆祝工程的开始,并预祝工程顺利竣工呗!"

"那为什么在土里埋下一块石头,而不是埋下其他东西呢?"殷典继续追问。

"这个我怎么知道!"

"那我来告诉你,奠基仪式起源于'杀婴安宅'这种商朝时期的祭祀仪式。也就是说,最初的时候,用来奠基的不是石头而是婴儿。不过随着文明的进步,人们后来用石头代替了婴儿,和人俑替代人殉是一个道理。"

说话之间,下课铃声已响起。

虽然那个男生还想继续发问,可殷典早已经听不到他在说什么了。因为此时的殷典正被一群女大学生团团围在中间,她们倒不是想问什么学术问题,而是想要殷典的签名,或与殷典进行合影。

估计她们之所以选修殷典的课,也是为了这一点,正如一些女生说的那样:

"殷教授好帅啊!"

"可不是吗?你看看那些和他一起鉴宝的教授,都穿着没型没款的马褂,只有他一直穿着笔挺的西装!"

"要不怎么说,殷教授是鉴宝界里的明星大叔,长得好像《末代皇帝》里的男主角。"

女人花痴起来,的确是件要命的事。

直到上课铃声响起,殷典才摆脱这群女生,收拾好东西离开教室。

昏暗的天空,屋外的雨依旧在下,根本看不出要停的样子,虽然殷典手中有伞,但此时他却迟迟没有打开伞。

他是一个那种永远穿着笔挺的西装,皮鞋擦得锃亮的男人。可在雨天,即便是有伞,终究也会弄脏他的衣服。

可此时却也由不得他继续等下去了,因为他虽然是那种追求完美精致的人,但也是一个极为守时的人。他必须在一个小时内赶到电视台录制新一期的电视节目——《天下探宝》,不能因为自己而浪费别人的时间。

殷典撑开雨伞,迈出教学楼,小心谨慎地避免泥泞的路面朝着校门外走去。

大概走了十几分钟的样子,殷典的电话响了,是一个陌生号码。殷典一面低着头小心翼翼地走路,一面接通了电话,并象征性地问候了一声"你好!"

可电话里却传出一个阴沉的声音:"殷教授!你也好!嗯!怎么开始我们的交流呢!"

电话那头顿了顿继续道:"这么说吧!我手头上有一样东西需要你帮忙鉴定一下,只是不知你到底是不是真的了解甲骨文!"

"不感兴趣,你还是另请高明吧!"殷典打断了那人的话,有人质疑殷典的学术水平,这自然会引起他的不快。

那人冷冷一笑,反而问起一个莫名其妙的问题:"你在大学里学的专业明明是机械工程,为什么忽然转向历史学而且偏偏又选择研究夏商周这段历史?"

"你到底是谁？"殷典没好气地问。

"这个问题，你最好不要知道，也不要试图去知道。我只能告诉你，我死了三千多年，也沉睡了三千多年，我不想被打扰。凡是打扰我的人都将没有好下场，这是我给你最大的忠告！最后，我奉劝你放下手头的所有研究，找一个偏僻的地方或许还能安稳地活一辈子。"

"我也给你个忠告，抓紧去医院挂个精神科的号，好好看一看。"殷典没好气地直接挂断了电话，骚扰电话真是无处不在，真不知道这些人是怎么找到自己的手机号码的。

什么叫死了三千多年，沉睡了三千多年，还不想被打扰，整得像埃及法老的诅咒似的。

现在诈骗电话难道又出新意了，不当玉皇大帝的女婿改当埃及法老了吗？

可当他挂了电话，迈开步子向前走了还没几步时，一个黑影从角落里突然冒出将他撞倒在地。手机、雨伞、公文包散落一地，而他也狠狠地摔在了泥潭中。

殷典很是生气，可当他抬起头时，只见那个将他撞倒的人早已离开了。

殷典站起身大喊一声"喂！"本想和那个人理论一番时，却突然觉得自己的小腹处有些疼痛。他怎么也想不到刚才那与他相撞的人竟然在瞬间捅了他一刀，那把匕首还插在自己的小腹处。

他这一嗓子，也让那人停下了脚步，不过那人却缓缓地转过身，仰起头看向殷典。

虽然此时天色昏暗，淅淅沥沥的雨水有碍视线，但殷典还是依稀看到了那一袭黑色的连体雨衣下露出的一对青色獠牙。

殷典是研究历史的，他自然不会相信这世界会有鬼怪这一说。因为历史学知识告诉他，所谓的神魔鬼怪不过是古人在生产力低下的条件下对未知事物的一种解释！

可此时在这淅淅沥沥的雨雾中，猛然见到这对青色獠牙，他还是不免感到有些毛骨悚然。

不过现在让他更加毛骨悚然的是，此时那人手中竟又多了一把匕首，而且正缓缓地向自己走来！

殷典看到这里，哪里还有一丝想跟他理论的想法，他急忙拔出匕首,将其扔在地上,鲜血瞬间喷射出来。

此时的他早已将那精致的生活品质抛于脑后,捂着腹部奔跑在泥水横流的街道,只为寻找到安全的地方。

一个安全的地方!

殷典一面奔跑,一面思索哪里才是安全的地方,直到眼前出现了一辆拉着警笛的警车。

警察!

殷典迅速地向着警车招手,可是那辆警车好像压根就没看到他,于是他又开始向着警车奔跑而去。

想必他的近乎疯狂的举动,终究引起了前方警车的注意,只见前方的警车一个急刹车,紧接着掉头向着他开了过来。

警车停靠在他身旁后,一名身着便衣的男警察探出头向他询问:"怎么了?有什么事吗?"

"有人要杀我!"殷典极度疲惫。

这时坐在后座的一名女便衣警察看到了殷典腹部的鲜血,忙从警车上下来,双手扶住殷典。

"快上车!"男便衣向四周探视,手中则多了一把54式手枪,"杀你的人在哪?"

"刚才在校园里时,我被他捅了一刀。"殷典刚将左脚迈入警车,却又冲那女便衣道,"不好意思,请问你有没有毛巾,我想先擦一擦,不然会把你们的车子弄脏的。"

"这都什么时候,你还管脏不脏,快上车吧!"女便衣说。

男便衣拿起电话,便冲电话那头道:"你们几个带上家伙去大学城。"

三人躲在车里,等了大概几分钟,却并没有见到形迹可疑的人。

末了,那男便衣冲女便衣道:"景岚!我看他流了不少血,你先把他送到医院里吧!我在这里等下其他人,到校园里去看一看。"

男便衣说完,将手枪别在腰间,走下了警车,向着校园缓缓走去。

"收到,陈队!"

那个叫景岚的女便衣说完便驾驶警车将殷典一直送到了医院,并陪同殷典去了急诊科。

医生看了看殷典腹部的伤口,好在这一刀捅在小腹处,伤口并不算深，再加上就医也比较及时，医生说做个小手术稍微休息下就可以出院了。

可当殷典将身份证递给景岚，让其办理入院手续时，景岚却突然愣了一下，若有所思地冲殷典道："你就是殷典？"

殷典点点头道："我是殷典！有问题吗？"

"没有！没有！你好好休息一下，马上要做手术了，我先去给你办理入院手续！"说完，景岚急匆匆地走出急诊室。

手术很顺利，可躺在病床上的殷典却一直在思索一个问题，那就是那个人为什么想杀他！

他这个人生性淡泊，二十多年来一直在大学里教书，除了教书就是整日将自己埋在故纸堆中研究历史，平时很少与人有交集，以至于四十多岁至今还没有成家。

可那个莫名其妙的电话又是谁打来的呢？

看起来，那个人好像对自己很了解，他甚至知道自己在上大学时最开始的专业是机械工程后来才转到历史学。

可他为什么既想让自己给他鉴定文物，却又质疑自己的学术水平呢？

他为什么让自己最好不要再去研究甲骨文，找一个偏僻的地方或许还能安稳地活一辈子呢？

就在他努力地想在记忆中抽丝剥茧，以求寻找到某些蛛丝马迹时，病房的门被推开了。

原来是刑警大队的陈队长和景岚以及一些干警前来探望他。

"殷教授！恢复得怎么样了？"陈队长淡淡地问。

"感谢陈队长和各位警察同志的关心！现在没什么大碍了！"殷典挣扎着坐起身来。

"那就好！既然没什么大碍了，那就跟我们走一趟吧！"陈队说到这，向着身旁的一名年轻警察挥了挥手，只见那警察手里已多了一副手铐，径直冲殷典走去，在殷典一脸茫然下，将其双手铐住。

"这是什么意思？"殷典很是纳闷。

"警方怀疑你与一桩谋杀案有重大关联，现在依法传唤你，请你配合调查！"陈队掏出传唤证说道。

此刻的殷典并没有做出剧烈反应，反而是冷静了下来。先是有人想杀了他，现在他反而成了谋杀案的嫌疑人，这一切的一切再清楚不过了，那就是有人要陷害他。

随后在警察局的审讯室中，殷典得知了此事的前因后果。

原来在本市的一个城中村中，有一个名叫李桂花的妇女吊死在了家中，最初警方还以为死者是自杀。

现场勘查时，他们在死者厕所垃圾桶里发现了一部手机，而那部手机正是死者李桂花的，手机上还有一条未发出的信息——"殷典害我"。

之后警方在死者的指甲缝中发现了几根非死者的头发，所以警方猜测，死者在临死前可能与凶手发生过争斗，而这些头发正是与凶手发生争斗时留下的。

最初，陈队长和景岚前去大学找殷典不过是想调查一下殷典，可巧的是正好碰到殷典被追杀。

在景岚知道了殷典的身份后，警方通过取样检测，竟然发现殷典血渍中的DNA与死者指缝中的那几根头发的DNA完全吻合。

想不到这个想陷害自己的人竟然会想出如此周密的计划，一时间不禁使殷典连连摇头。

审讯室里一双双冷峻的眼睛注视着殷典，似乎都在向殷典下最后的通牒：

"就是你干的，你就快招了吧！"

殷典深吸一口气，抬起头冲着那一双双冷峻的眼睛说："这是有人要陷害我！我觉得你们有必要先调查一下那个想杀我的人！"

"这个我们肯定会调查。但一码归一码，我们现在要调查的是，你是怎么杀害李桂花的。"陈队冷冷地说。

"陈队长，希望你在没有得到完全的证据下，不要用这样的肯定句来轻易下结论！"殷典看向陈队长道，"首先你说的这个李桂花，我根本就不认识！"

"少来那一套！看来你是不进棺材不落泪！"

陈队长说着从一个文件袋中，拿出了几十张现场照片摆在了桌上，并在其中挑出一张照片摆在了殷典的面前。

"你说你不认识这个李桂花，那我问你，这张从死者家中找到的照片作何解释？"陈队长说。

殷典定睛一看，照片中一个笑靥如花的中年妇女正挽着他的胳膊向着镜头摆出胜利的手势。

"你刚才不是说,你不认识这个李桂花吗?那我想问问你,你既然说不认识,怎么会有和她一起的合影呢!"陈队在嘲讽。

殷典愣愣地望着面前的照片,大脑在飞速旋转,努力地将这段记忆重新展现出来。

没错,他的确见过这个人。那还是在上一期的《天下探宝》节目的录制现场,这个叫李桂花的女人拿出了一个所谓的家传之宝,一个刻有商代甲骨文的龟壳……

"喂!想什么呢?"陈队将照片从殷典面前拿开,并将照片狠狠地拍在了桌面上,打断了殷典的回忆,"我是看在你是个人民教师的分上,所以对你比较客气。你别耍什么花样,挑战我的忍耐性。"

不过陈队长这一巴掌,却也使得殷典的注意力从那张合影照上挪开,顺着他的手掌看向了面前更多的照片,而在众多照片中有一张照片率先进入他的眼帘,并瞬间给他带来了强烈的视觉冲击。

殷典聚精会神地看着那张带给他强烈视觉冲击的照片,照片中一条金毛犬的尸体被一分为二地躺在血泊中,血腥场景让人几欲作呕。

末了,殷典才抬起头冲陈队长说:"好!我说!"

陈队长顿时来了兴致,冲一名警员说道:"记录好!"

"不过在我说之前,我想先问一个问题。"殷典说着伸手从面前一堆照片中捡起一张,反而询问起陈队长,"陈队长,这张照片是不是现场照片?"

"废话!"陈队长不客气地说。

"你有没有调查过这照片上血淋淋的金毛是怎么死的?"殷典问道。

"我还想问你呢?"陈队长冷哼一声。

"好!那我告诉你!"殷典顿了顿,说,"这应该是一种祭祀仪式!"

"祭祀仪式?"警局里的所有人都开始疑惑起来。

"你的想象力可真够丰富的,杀一条狗竟然能联想到这是一种祭祀仪式。别觉得自己是历史老师,就可以胡编乱造。"陈队长压根就不相信殷典的话。

"正如你说的,杀一条狗的确很简单,如果杀它的方式是一棍子敲死或者一刀捅死,哪怕是一脚踹死,都没必要将其和祭祀仪式联系起来。可这条狗却是从中间被对开肢解,并且狗的内脏被依次陈列开,摆放在了桌子上。"

殷典说到这,冲陈队长道:"杀一条狗用得着这么复杂吗?"

"你少来唬我!"陈队长冷冷道,"有些犯罪分子就是有这种变态行为,我不是没见过。"

"你说得有道理,我确实不了解犯罪分子!"殷典点点头,却又从那堆照片中找到了一张,伸手指向了照片一角的一块骨头。

估计警方在拍摄现场照片时也没有注意到这块骨头,它之所以被拍到只不过是因为警方在拍摄其他地方时不经意地将其拍了进去。

"你想表达什么?"陈队长冷冷地问。

"请问陈队长,这块骨头,你们调查过吗?"殷典问道。

"一块骨头,有什么好调查的!"

"那你知道这是什么动物身上的骨头?以及这块骨头是长在哪个部位的吗?"

"陈队!这好像是牛的肩胛骨!"在一旁的景岚开口说道。

"你到底想表达什么?"陈队长再次看向殷典,眼神中已满是反感。

"我只不过在向你证明,这就是一种特殊的祭祀仪式!"殷典顿了顿又道,"如果我没猜错的话,这应该是在举行商朝时期的一种祭祀仪式。牛胛骨是用来占卜的,而那只金毛犬是一种祭品,施行的是'卯祭'。'卯祭'指的是将牺牲对开分解,而死者李桂花极有可能也是一种祭品。"

殷典说完这些话,整个审讯室一片哗然,这未免有些超乎常人的理解范围了。

末了,陈队长打破了僵局,冲殷典说:"就凭这些,你就可以判断这是一种祭祀仪式?像你这样的犯罪分子我见得多了。我告诉你,在高科技面前谁也逃脱不了。"

"我没有为自己开脱,我只是在陈述事实!再说我也没有必要给自己开脱!我只是想提醒你,如果这是一种祭祀仪式的话,李桂花的死恐怕没那么简单!"殷典淡淡地说,"你们可以去找找那个牛胛骨,一般像这种祭祀仪式,都会在甲骨上刻上祭祀的卜辞,说不定你们能从上面找到线索。"

"好好好!你等着!我看你是不见棺材不落泪!"陈队说着拨通了一个电话,并冲电话那头说道:"你还在现场吗?你看看现场有没有一个牛胛骨,如果有的话,看看那上面有没有刻字!"

过了一会儿，电话里传来："是有一块骨头，不知道是不是牛胛骨！"

陈队长道："你先别管是不是牛胛骨，先看一看那上面有没有字！"

"字？什么字？没看到啊！"电话那头传来声音说道。

"根本就没有什么字！这次你还有什么好说的！"陈队长冷哼一声，又冲电话那头道，"你再重复一下，我打开手机的外放喇叭！"

可陈队长才刚打开外放喇叭，却听电话那头说道："陈队！确实没有什么字！但是这上面却刻着一些图画，我也说不清楚。只是，这上面确实有东西！"

审讯室再次哗然，即便是那个陈队长也不得不用一种难以置信的眼神望向了殷典。

"最好把那块牛胛骨拿过来看看！"这一次打破僵局的是殷典。

虽然在陈队长看来，这有可能是犯罪嫌疑人故意洗脱嫌疑的一种说辞，但最终还是让人将那块牛胛骨收集起来，作为证物送到了审讯室。他要看看眼前的殷典究竟能说出个什么所以然来。

半个小时后，殷典开始眯起眼睛辨识起牛胛骨上的刻字。

"辛……亥……卜，东贞，酒王亥，卯——……犬，岁……——人。兹用。"

虽然殷典字正腔圆地将牛胛骨上的甲骨文说了出来，但在场的干警却一脸茫然，不知道他在说什么。

"什么乱七八糟的！我怎么感觉你一直有意在引导警方，将我们朝错误的方向引。"陈队长双手支撑着桌面，冷冷地注视着殷典的双眼，试图从他的眼神里找出疑点。

"我不管这是不是祭祀仪式，我现在只想问你，死者李桂花的指甲缝里为什么会有你的头发，李桂花在被害前为什么想发出'殷典害我'的信息！"

"第一个问题，我可以回答你。至于第二个问题，我想你不该问我，这正是你工作的职责所在。"殷典抬起头坦然自若地望着陈队长，眼神中毫无怯意。

"好！那就先说第一个。"陈队长冷冷地说。

殷典缓缓说了这样一番话：

"我是一个教历史的大学老师，主要从事夏商周的断代研究，所以对这一时期的历史和出土文物，有一定的了解，也发表过不少的学术论文。

"后来有一家电视台要推出一档鉴赏古董的节目，叫《天下探宝》。因为我跟节目组的导演私交不错，所以便被邀请到了这档节目里做特邀嘉宾，也就是鉴赏古董真伪的专家。

"这个节目也已经开播三个月了，但收视率一直不好，于是电视节目的策划人便告诉我，必须要提高节目的观赏性。

"刚开始我没听懂，后来我才明白，现在一些电视节目比如国外那些真人秀之所以能火起来，不是因为节目本身好，而在于节目演得好。

"刚开始我是拒绝的，还说这不是骗人嘛！

"可节目组导演却劝慰我，说电影也好，电视也好，哪些又都是真的呢！这不都是靠演员演出来的吗？

"我们做一档文化类节目，这收视率本身就有一个天花板。可如果我们做好了，不也是有助于我们宣传中国传统文化的嘛！

"最终，我还是架不住节目组的多次邀请，在这档节目里做起了演员。

"既然是演节目，那肯定是需要人来演。总而言之，最后我变成了在所有鉴赏专家中最为另类的一个。

"其他的专家基本上都是穿着马褂长袍并且不太注意妆容的老专家，而他们却让我穿上笔挺的西装，每次上节目要搞上两个多小时来化妆。

"话说回来，我平时虽然不化妆，但也是非常注重仪表。

"不仅如此，我在节目中，还要展现出与其他专家截然不同的一种鉴赏态度，不仅仅局限于所鉴赏的文物到底是不是真的，也要在恰当的时机训斥献宝人，通过人为制造的冲突来提高收视率。

"当然了，像这一类献宝人往往是节目组事先安排好的，他们也是演员。

"说起死者李桂花，按理说应该是我记忆最深刻的一位献宝人才对，只是我一般不去记他们的名字罢了。

"为什么说李桂花给我的印象最深刻，因为我们发生过冲突，不仅是语言上，肢体上也发生过冲突。

"我还记得在那天的节目录制中，李桂花拿着好几块刻字甲骨出现在现场。

"首先，我是研究甲骨文的，又是研究夏商周历史的，我一眼便看出这些所谓的甲骨是假的。

"所以当时我以为李桂花是节目组安排的演员,于是我开始大加挞伐这个李桂花。

"比如:'你拿这些伪造的东西给我们看,根本就是在侮辱我们的历史。'

"'就是你们这些人的存在,使得我们发现的甲骨文真假难辨,到如今都在妨碍甲骨文的解读……'

"后来我更是一气之下将那些甲骨摔在了地上。

"可我怎么也想不到,这个李桂花竟然一气之下走上前台薅住了我的头发,就要跟我拼命。

"最后,还是节目组出面调停了此事。

"我想她指甲里我的那几根头发应该就是那时留下的。

"说实话,我确实有愧于她,但我绝不会去杀害她。

"如果你们不信,我可以给节目组打电话,让他们放一下当时节目组录制的未曾剪辑过的录像。"

殷典说到这儿,不禁长吁一声,以示哀叹。

陈队长自然要去审查殷典所说的是否属实,于是亲自带队前去电视台调查此事。

末了,陈队长冲景岚道:"小景!继续做好笔录,着重询问他这几天的行踪!"

此时的审问室里,只留下了女警景岚和殷典。

景岚是个工作认真的人,陈队长虽然已带队离开,但她还是认真地做着笔录工作。

一个小时后,初次口供基本录完,如果单从口供上看,他的确有不在案发现场的证据。

景岚总有一种直觉,殷典不像是一个坏人,他眼神里的坚毅更不是装出来的。

景岚虽然从警时间不长,却出身于警察世家。警察队伍中的女性本来就少,而且这些女性更多的是从事一些文职工作。

可她当初却主动从户政科转到了刑警大队当起了一名刑警,只因她的父亲曾是一名老刑警,儿时对父亲破案如神的崇拜已潜移默化地深入到了她的骨髓中。

景岚虽然停下了手头的工作，但殷典却一直未曾停下对那些现场照片的观察。

殷典不住地摇头，边看边念叨："看照片上，李桂花完好无损，并没有被施以'岁祭'！"

"怎么了？"景岚问。

"李桂花并没有被施行'岁祭'！"殷典喃喃道。

"什么是'岁祭'？"景岚问道。

"相当于古代的'凌迟'！一刀刀地将人身上的肉割下来直至死亡！"

"什么！"景岚惊愕道，"你是说，李桂花被吊在那里，是凶手准备凌迟她吗？"

殷典点点头，道："从这些甲骨文来看，他们确实是打算用这种祭祀方式来处理李桂花。"

"你能翻译一下那些甲骨文到底什么意思吗？"

"简单点就是'在辛亥这天，用酒和狗以及人来祭祀祖先王亥'。"

"没错！确实有酒，我记得！当时现场的桌子上不仅有酒，地面上还泼洒了很多。"景岚点头道，"刚开始我们之所以判定这个李桂花是自杀，就是猜测到李桂花可能是遇到伤心痛苦的事，于是喝得大醉，并亲手杀死了自己的宠物狗，然后上吊自杀的。"

"祭祀仪式被打断会被认为是不祥之兆，凶手怎么会停手呢？"殷典此时反而疑惑重重。

"这个问题……我想是因为有人打断了正在进行的岁祭。"景岚继续道，"因为报警人是李桂花的邻居。她一直打电话给这个李桂花，可是李桂花却一直没接电话，后来她便去敲李桂花的门，但是房门却一直打不开。后来李桂花的邻居听到了房子里的动静，于是这才拨打了报警电话。我猜测犯罪分子就是在李桂花邻居敲门时跑掉的，因此他还来不及施行所谓的'岁祭'。"

"你说得对！不过如果那个犯罪分子是个狂热的宗教分子，他一定会继续对李桂花施行岁祭的。"殷典若有所思地道。

"你的意思是说，凶手可能会对李桂花的尸体继续施行恐怖的祭祀仪式？也就是说我们只要在安放尸体的地方等着凶手，凶手就会主动上门了。"景岚说到这，不禁豁然开朗，脑海里瞬间蹦出几个字：

停尸房！

第二章
连环凶案

景岚走出审讯室,拨通了队长的电话,将殷典说的那些事一五一十地告诉了他。

不过陈队长却极为平淡地说:"我知道了,他现在是嫌疑人,千万不要被他的话所迷惑,你只需要做好笔录就行!"

"陈队,我觉得这说不定会是一条很重要的线索,我觉得我们有必要……"

"至于该怎么行动,不是由你觉得怎么干就怎么干的,做好你手头上的工作,我现在很忙,等回头见面再说吧。"

"好吧!"景岚噘起嘴巴,不情愿地说。

可回到审讯室,景岚却总是坐立不安。她并不想去争功抢风头,她只是想调查出事情的真相,将坏人绳之以法,也不要错怪任何一个好人。

"你还有什么要补充的吗?"景岚左手撑着额头,看向殷典,颇为无奈地说。

"我觉得你们还是调查一下追杀我的人吧!"殷典说到这,抬起头冲景岚道,"那个人曾给我打过电话,你们可以调查一下那个手机号码嘛!虽然我的手机丢了,但是通话记录还是有的,我记得好像是昨天下午四点半左右打进来的。"

景岚指了指笔录上殷典的手机号码,冲殷典道:"是这个吗?"

"正是!"

"好！我现在去查一下！"

说完，景岚便走出审讯室。过了大概半个钟头，信息中心给了她这样一个回复：

"机主的身份和家庭地址已经确认，只不过机主已于两年前去世了。"

这手机号码在上次拨打完殷典的手机后，就再也没有使用过，现在无法定位手机所在的位置。仅能确认该号码上次使用的位置是在大学城。

如此看来，那个打电话的人应该是有备而来。

景岚皱起眉头，喃喃道："如果是这样，那么殷典或许真是被人陷害的。"

将坏人绳之以法，不错怪任何一个好人，这是警察的天职。

想到这，她拿起电话，连续拨打了好几个电话，最终要到了市人民医院停尸房管理员陈师傅的电话。

她现在虽然不方便去医院停尸房，但可以让陈师傅去看一看李桂花的尸体，也可以让陈师傅留意一下最近进出停尸房的人员。

最后，景岚拨打了陈师傅的电话，可接连拨打了好几遍，却总是无人接听。

对犯罪案件的敏锐性，让她隐约觉得其中似乎另有隐情。

于是景岚换上便装，便离开了警局，前往市人民医院的停尸房。

这地方，她来过很多次。没办法，刑警大队少不了与死人打交道。

市人民医院的停尸房在病房大楼的地下第三层。

景岚敲了敲门，可连续敲了很多次，屋子里却一直没人回应。

直到她发现，此时的楼门其实并没有上锁。

于是她推开房门，走进了停尸房的楼道，她知道陈师傅一般在停尸房旁边的办公室里喝茶看电视。

可谁承想，停尸房的办公室里却依旧没有陈师傅的身影，于是她冲着楼道喊了两嗓子，但依旧没有任何回应。

"陈师傅应该出去办事了。"景岚心想。

闲来无事，景岚拿起桌子上的一个文件夹看了起来，这是记录尸体存放时间和存放雪柜的档案。

景岚心想："反正现在也没事，我还是自己查吧。待会儿陈师傅回来，也省得他再查了！"于是景岚开始查询起李桂花的尸体放在哪个雪柜！

看起来，一切都很顺利，或许是因为这里的档案记录本来就很简单吧！

景岚刚翻了没两页，便从记录档案上找到了李桂花的名字，她的尸体存放在14号雪柜。

"陈师傅还不知什么时候能到，我先自己去看看吧！"

景岚喃喃自语，站起身向着存放雪柜的房间走去。

站在一排排的雪柜面前，景岚虽然有些紧张，但还是将双手放在了第14号雪柜的把手上，并缓缓地将雪柜向外拉出……

可就在这时，整个停尸房的灯不知是什么原因，竟然一下子全部熄灭了。

"啊！"景岚不由自主地叫了出来，只觉整个后背一股凉意从脚底瞬间涌入头皮，侵入每一根发丝。

景岚急忙掏出手机，可由于她太过激动，手指一滑，手机竟然跌落在了地上。

景岚急忙蹲下身去摸索手机，可就在她刚刚将手机拿在手里时，雪柜里却传来了一阵手机铃声：

"归来吧，归来哟……"

这是费翔的那首歌——《故乡的云》，可此时她却听成了"鬼来吧！鬼来哟！"

景岚又是惊叫一声，只想赶快离开这里。

她忙不迭地打开手机，凭借手机屏幕微弱的亮光迈开脚步准备离开，可就在她才刚走出房门时，却突然听到身后传来一阵阵撞击声。

此时，她哪还敢稍作停留，只想凭借手机屏幕微弱的亮光离开这里。

可当她返回到病房一楼大厅后，竟然发现这里也黑咕隆咚，只有应急灯闪着微弱的光芒。

"怎么突然停电了！"

"这么大个医院怎么还会突然停电呢！"

……

大厅里有人在讨论，原来是停电了，真是虚惊一场。

景岚这才意识到哪有什么灵异事件，只不过是自己吓唬自己罢了。

可转念一想，那突如其来的手机铃声呢？

铃声可是从停尸房的雪柜里传出来的，要知道尸体在被放入雪柜前可是要被脱光衣服的，死者的手机不可能落在里面。

死人的手机不会落在里面，那活人的手机呢！

想到这，景岚猛然想起，她之前一直在给陈师傅打电话，可是陈师傅的电话却一直没人接听，难道那部手机是陈师傅的？

就在景岚思索之际，大厅里的灯再次亮了起来。

在灯光的照耀下，景岚也渐渐恢复了平静，而且此刻她越发觉得这其中定有什么蹊跷，于是她转身再次来到了停尸房。

停尸房一如既往的寂静，景岚缓缓地走向存放雪柜的房间，这一次她又拨通了陈师傅的电话。

"归来吧，归来哟……"

雪柜中再次传出了这个铃声。

为了确定手机就是陈师傅的，景岚再一次拨打电话。

"归来吧，归来哟……"

没错，这就是陈师傅的手机铃声，景岚仔细辨认铃声从哪个雪柜里传出。

最终景岚辨别出，那个铃声正是从14号雪柜，那个存放李桂花尸体的雪柜中传出的。

景岚上前一把将14号雪柜抽出，让她怎么也想不到的事情发生了。

雪柜中躺着的竟然是停尸房的管理员——陈师傅。

此时的陈师傅整个被五花大绑，嘴巴也被胶带严严实实地裹住，由于雪柜中的温度实在太低，陈师傅整个人已完全冻僵了。

景岚抑制住恐惧，伸手放在陈师傅的鼻翼下方，感到还有微弱的气息。

景岚转身再次跑到病房大楼的大厅，呼喊周围的医生和护士，很快陈师傅被送进了重症监护室，躺在重症监护室里的陈师傅保住了生命，尽管目前还在昏迷中。

站在重症监护室外的景岚终于松了一口气，嘴角也总算露出了一丝微笑。好人不该被冤枉，不是吗？

又过了半个多钟头，陈队长带领一帮干警来到了医院，在听完景岚的工作汇报后,他只是不住地摇头。末了,冲景岚道:"勇气可嘉,但太过冒进。"

"陈队!那殷典怎么办?"景岚还不忘关心殷典的处境。

"他啊!早走了!"陈队长冷哼一声,"不仅有律师保释还有大领导的关怀!"

"这狗日的,可够执着的。人都杀了,竟然还要把尸体弄走,他图什么啊!"陈队长骂道。

"难道真像殷典说的那样,这狗日的是个狂热分子!那他的作案动机又是什么?"陈队长皱起眉头,终究猜不透其中的缘由。

这时,一个年轻干警走过来,冲陈队长说:"头儿!刚才接到电话,说在屯江发现了一具尸体。那边派出所已经到了现场,目前判定死者为他杀!"

"看来今天晚上是没法休息了!"陈队长冲两名干警道,"你们两个留在这里继续调查,其他人跟我去屯江现场!"

说罢,一行人便离开医院奔赴屯江现场。

此时的屯江现场已拉上警戒线,据说是附近的一个捕鱼爱好者在收网时将这具尸体打捞上来的。那人还以为捕到了大鱼,谁知将网收上来时,竟然是个死人,差点没当场晕过去。

死者赤身裸体,四肢连同身体被一圈圈白色的麻布捆绑得严严实实。单从这一点,可以确定死者身上缠绕的白布当是由他人所为,他杀的可能性最高。

警方开始在江边四处寻觅线索,可依旧无疾而终。

除了这具尸体,再也没有发现其他任何线索。

像这样的案件,因受害人溺水后,尸体一般会在河水中浮游。即便发现了尸体,往往已不是真正的案发现场,甚至有些受害人是被杀害后扔入河中。

由于缺少真正案发现场的相关材料,这类案件的侦破难度要大很多。

死者溺水身亡时为赤身裸体,在屯江边也没有发现死者的衣物,而警方的报警记录中也没有相关的失踪案件与之相匹配,因此死者的身份一直难以确认。

要不是后来法医在解剖室解剖尸体时,在死者的喉咙里发现了一块乌龟壳残片，恐怕这起案子，真的就要石沉大海了。

一块卡在死者喉咙里的龟壳残片，这恐怕是唯一的线索了！

于是法医当即拨通了刑警大队的电话，陈队长和几名干警飞速赶到解剖室。

一块乌龟壳残片怎么会卡在死者的喉咙里呢！

解剖室里，刑警大队的陈队长不禁皱起眉头，不过很快法医就打消了他的这种困惑。

因为从死者腮部的瘀青可以看出，死者的腮部应该曾被人用强力挤压过。

因此可以推断，死者曾被凶手施以残酷的折磨，让他硬生生吞下这块龟壳残片。

陈队长抬起头望向法医，道："老哥！这死者的胃，你解剖过了吗？"

法医摇了摇头，道："还没呢！这不刚发现喉咙里的异物，我就给你们大队打了电话嘛！"

"快解剖一下死者的胃！"陈队长皱着眉头，"如果是折磨的话，死者恐怕不仅仅只吞下一块龟壳！"

正如陈队长猜测的那样，在死者的胃里，果然发现了一堆龟壳残片。

当他们将龟壳残片努力地拼凑起来后，却发现这竟是一个完整的乌龟壳。

更让他们感到离奇古怪的是，这个龟壳上竟刻着一些他们根本就不认识的图文。

不过他们虽然不认识这些图文，但最近却也见过。没错，这些图文就如李桂花家发现的那块牛胛骨上刻的一样。

用那个历史学教授殷典的话讲：

"这是甲骨文！"

虽然大伙都认得这就是甲骨文，可上面写的究竟是什么意思，就完全看不懂了。

又是甲骨文，如果没猜错的话，李桂花和这个不明身份的死者，应该是同一个凶手杀害的。

案件的性质已经变了，这不再是一起单纯的杀人案，而是一起连环杀人案。如果从凶手对死者的所作所为上看甚至可以说是一起连环变态杀人案。

陈队长点上一支烟，从警二十年来，凶杀案他见得多了。无论是情杀还是仇杀抑或是谋财害命，他总能在复杂的案件中找到些蛛丝马迹，可这一次，他却显得那么无助。

因为犯罪分子已然留下了线索，可面对这些线索，他却无从下手。

他搞不懂凶手的作案动机是什么，也搞不懂为什么凶手会留下这些神秘的甲骨文，甚至搞不懂这些甲骨文究竟是什么意思。

就在他茫然无助时，一名干警开口道："头儿！要不要请那个大学老师——殷典——看一看。"

"为什么要找他！"陈队长冷哼一声，冲那名干警道，"大学里教历史的老师多着呢！"

不知为什么，他似乎对殷典依旧抱有很大的成见。

不过稍后几天的时间里，陈队长还是硬着头皮和殷典见了面。

原因有三点：

第一，大学里教历史的老师虽然很多，但却只有殷典主攻甲骨文的研究。其他大学老师的回复很诚恳，想要在本市哪怕是本省找出第二个在研究甲骨文方面超过殷典的，暂时还真不好找。

第二，在这几天里，又发生了一起命案。在文玩市场发现了一具无头男尸，死者的头颅至今没有发现。经过对文玩市场其他人员的调查，死者应该是文玩市场里的一个个体老板。而在现场，还发现了一块刻有甲骨文的牛胛骨。

第三，近期发生的案件无不在指向这是一起连环杀人案。凶手作案手段极其残忍，为尽快破案，将犯罪分子绳之以法。上级领导经过开会讨论，责令相关部门立刻成立"9·17特殊案件专案组"。

刑警大队一中队陈铮因多次经手该案件，故任命他为本次专案组特别行动小组组长，另选七名干警加入小组。

鉴于此次案件存在某些专业的学术性问题，上级领导还向专案组推荐了一名在甲骨文研究方面颇有建树的历史学教授——殷典，作为本次专案组的特邀专家。

真是应了那句古话，不是冤家不聚头。那个曾经被自己误以为是杀人凶手的殷典，现在竟然摇身一变成了搭档。

世事难料啊!

可当陈铮站在殷典的家门口时,他那已经伸出想要按下门铃的手最终还是收了回来,他始终拿捏不好再次见到殷典时该如何面对。

陈铮转过头冲景岚说:"小景,要不你先拿着这些证物去找殷教授吧!"

"你不进去吗?"景岚问。

"我先抽根烟,待会儿再进去。殷教授也不抽烟,别把他的屋子弄得烟熏火燎的。"

景岚耸了耸肩,也不知陈铮究竟在想什么,只得拿着证物敲开了殷典的门。

再次见到景岚,殷典显得格外热情。一面招呼景岚坐下,一面则为景岚专门去研磨咖啡。

虽然殷典和景岚相处过一段短暂的时间,但那段时间里,殷典要么是在大街上疲于奔命,要么是在审讯室急于洗脱嫌疑,他还真没心思去留意这名女刑警。

这一次,他还真是第一次看清她的面庞。

她留着一头干练的短发,白皙的皮肤,修长的双眉,一对丹凤眼清澈爽朗,身着牛仔裤、帆布鞋外加一件小皮夹克,说不出的英姿飒爽。

再次见面,两人自然少不了寒暄几句,最后还是景岚从证物箱中取出那些现场证物,两人这才转移了话题。

"殷教授!您看看这些都是我们从作案现场找到的一些东西,有乌龟壳,也有牛胛骨。这些上面都有刻字,但我们看不懂,您能帮忙给翻译一下吗?"

殷典首先看了看那块拼凑起来的乌龟壳,开始辨认起来:

"庚卯卜,东贞,酒于王亥,沉一人。兹用。"

看到这,殷典抬起头冲景岚道:"死者应该是溺水身亡!"

"对对对,这个死者确实是被淹死的。"景岚很是兴奋,"你是怎么看出来的?"

"这些甲骨文卜辞上都写着呢!庚卯这一天,向先祖王亥献祭酒水和活人,而献祭活人的方式是'沉人',一种淹死人的祭祀方式。"

殷典说着,又拿起那块牛胛骨,继续辨识起来:

"辛未卜,东贞,酒于王亥,伐一人。兹用。"

"'伐'是一种很血腥的祭祀方式，通常会把人的头直接砍下来，这个死者应该是被砍了头！"

殷典长叹一声，他研究甲骨文二十多年，可他怎么也想不到，那刻在甲骨上血腥的祭祀方式，竟然会在几千年后重现。

"叮叮叮！"

这时有人在按门铃。

"我去开门！"景岚一面去开门，一面冲殷典道，"肯定是陈队长。"

果不其然，按门铃的是陈铮。他不仅一直在门外等待还一直专注聆听着屋内的对话。

"教授就是教授！佩服啊，佩服！"陈铮一进门便双手紧握殷典的手，颇为激动地说，"刚才我都听到了，您让我很吃惊啊！一个没到过现场的人，竟然对案发现场所发生的事了如指掌。"

看起来，陈铮很是热情，不过殷典却从陈铮的手掌中抽出双手，只淡淡一笑道："这也没什么！那些甲骨上不是都写着的嘛！"

陈铮讪讪一笑，有些尴尬道："殷教授，这个之前都是误会。您也知道我是个警察，也是个直肠子，我只知道警察是不能放过任何一个坏人。"

"但也不要冤枉任何一个好人！"殷典淡淡地说。

"我承认我可能把你错认为杀人凶手了，如果真是我工作失误的话，我会向您道歉。"

"什么叫可能？"殷典双眉微蹙，看向陈铮，"你的意思是，你还在怀疑我！"

"作为警察，我有权怀疑任何一个人！如果换作是你，恐怕你也会这么做！"陈铮看向殷典，没有一丝退让。

殷典摇了摇头，道："你想多了，我不会这么做。我的职业告诉我，要'大胆假设，小心求证'，但绝不能为了假设而不顾事实地去求证。"

"说得好！"陈铮揉了揉眼角，继续道，"你别忘了，李桂花死前还发过一条'殷典害我'的短信。这难道不是事实吗？我只不过是秉公执法而已。"

谁也想不到这两人一见面竟开始互怼起来，他们还能继续合作吗？

这时站在一旁的景岚，听了两人火药味十足的对话，忙站出来打了个圆场。

"你们都别站着啊！坐下慢慢聊嘛！"

"殷教授，我再给你倒点咖啡吧！"

"陈队，您喝点什么？"

景岚左右逢源，试图缓解这尴尬的氛围。

"小景，我们走！"陈队长说罢转身便要离开。

"陈队，领导不是说让我们来请教殷教授一些相关的学术问题嘛！"景岚一面说，一面向陈铮使眼色，试图说服他不要就这么走了。

"有什么好请教的，他不是都说了嘛！那些甲骨文无非是在记录死者是怎么死的而已，还能有什么用。"陈铮冷哼一声，"可通过这些能在上面找出凶手的作案动机吗？能在上面发现凶手遗留下的线索吗？"

虽然陈铮说得很刻薄，但也不无道理，这些甲骨文卜辞确实只是在记录如何杀死受害者这件事而已。

"景岚警官不能走，我需要她的帮助才能找到真凶。"这时站在一旁的殷典突然开口道。

"笑话！小景是我们的人，你管得着嘛！再说了，破案是我们警察的事，你不过是个学术顾问，哪里用得着你来破案！"陈铮没好气地说。

"我对破案不感兴趣，但我必须找到真凶，以还我的清白！"殷典说着，从桌子上拿起手机，将短信打开，并让景岚拿到了陈铮面前：

殷典作为特邀专家，可在民警景岚协助下，直接对现场痕迹以及物证进行鉴别鉴定，以搜集犯罪线索。具体传唤和抓捕工作，由特别行动小组组长陈铮报告上级领导批准后执行。

"拿领导来吓唬我，你行！不过我告诉你，没有你，我一样能破案！"

看完以上信息，陈铮撂下这句话，便转身匆匆离开了。

看着陈铮离开的背影，景岚不禁轻叹一声，这刚成立的专案组，还没开始合作怎么就破裂了呢。

"那就看谁先找到线索了！"殷典喝了一口咖啡，冲着陈铮离开的背影傲气说道。

说实在的，景岚虽然很佩服殷典的学识，可一个历史学家想要破获杀人案，而且是一个连环杀人案，没有足够的侦查经验谈何容易。

景岚耸耸肩，意味深长地说："团结就是力量！"

"没有思想的团结，那只能是一团乱麻。"殷典同样意味深长。

"殷教授，您可能不太了解我们陈队长，我们陈队在局里是出了名的倔脾气，连局里的领导都不敢招惹他。不过他的个人能力又是最强的，曾获得过两次个人二等功，一次个人一等功，为了抓捕毒贩，他曾中过三枪，在医院昏迷了长达半个月。"

"能力越大，脾气越大。"殷典呵呵一笑。

"您慢慢相处后就会发现，陈队长这个人脑子里只有工作。他这个人只佩服别人的能力，如果别人是正确的而自己错了，他绝对会虚心接受的。"

"希望如此吧！"

"殷教授！您下一步打算怎么办？"景岚有些无奈地说，怎么让她同时遇到了两个这么犟的人呢。

"其实历史考据学如同警察破案一样，也是需要线索的，而线索就是历史古籍和出土文物。近一个世纪以来，我们至少发现了五千多个甲骨文字，但真正识别的也不过两千多个，大量的甲骨文我们还无法识别，这需要我们一代又一代历史学同仁从细微处入手，小心求证。"

殷典侃侃而谈，如同站在大学教室的讲台上，可景岚却还是没弄明白他究竟想表达什么。

"您的意思是？"

"我的意思是，你们给我看的甲骨文只不过是文字记录，如同历史古籍。可光有历史古籍还远远不够，我们还需要出土文物的佐证。也就是说，我必须要亲临作案现场，在作案现场中找寻线索。"

殷典一面说着，一面打开衣柜，那里面是清一色的西装，并从里面挑选出一套深蓝色的西装。

"我们在现场拍摄了大量的照片，您可以从上面仔细侦查有意义的线索啊！不过我们在现场也没有发现凶手留下的，诸如指纹等一些有价值的线索。"

景岚一面说一面注意到殷典正在打开一个鞋柜，并从中挑选出一双洛克皮鞋。

"这样不行！你们拍摄的现场照片，往往是你们自己感觉到一些有价值的，可我在上面并没有发现什么有价值的线索。我大体看了一下，其中百分之五十以上，都是死者的照片。我不知道你们警方为什么总喜欢对着尸体拍照。"

殷典又打开了一个挂满衬衫和领带的衣柜，不同颜色的衬衫和领带应有尽有，最后他选了一件纯白色的衬衫和一条深蓝色斜条纹领带。

"毕竟尸体是整个案件中最重要的证物嘛！很多案件的破获，往往是从尸体上找到了蛛丝马迹的。"

"说得对！所以我想看一看尸体和现场，而不是看它们的照片！"殷典喝完最后一口咖啡，冲景岚道，"你先等我一下，我换下衣服。"

十分钟后，殷典再次出现在了景岚的面前。

笔挺合身的西装，洁白无瑕的衬衫，一尘不染的洛克鞋，一副无框眼镜。

黑色的头发中虽有些许白色发丝，却使得帅气的面容多了沉稳与儒雅。

看着此时的殷典，景岚不禁心中暗想："难道这就是传说中的帅气大叔？"

"走吧！"殷典清脆干练地说。

"噢！"景岚缓过神来，下意识地问了声，"去哪？"

"我现在需要去两个地方。第一个是李桂花家，第二个是文玩市场。"

"行！我陪你去！"

说完，两人便转身离开。

可刚一下楼，景岚便噘起小嘴，冲殷典道："陈队把车开走了！"

"那开我的车吧！"

很快，殷典便驾驶了一辆黑色轿车来到了景岚面前，让景岚倍感惊讶的是这竟然是一辆宾利轿车。她不太懂车，但宾利的标志她还是认识的。

"你开这么好的车啊！"

景岚怎么也想不到，一个大学老师竟然会开这么豪华的轿车，难道大学老师都是土豪吗？

"这车很贵吗？"

殷典对这辆车竟然一无所知，就好像这车不是自己的一样。

"我对车也不熟悉，只是因为我一个远房表弟是卖车的，每次我俩见面，他总是给我谈车的事，说他的梦想就是开上宾利，还说这车只能从国外进口！"景岚看向殷典，问道，"车不是你的吗？"

"车是我的,不过是别人送的。说实话,我对车没什么概念,人家送来的,我就开了!"殷典淡定地说,看起来似乎不像是有意装出来的低调。

"谁这么有钱!竟然送这么好的车!"

"一个古董商送的,当初让我给他帮忙鉴定了一样商周时期的文物,作为答谢,就把这车送给我了!"

"鉴定一次古董,就给你这么高的酬劳吗?"

"故事很长,有时间我慢慢讲给你听!"

殷典微微一笑,发动汽车,前往第一个目的地——李桂花家。

一路上,殷典通过景岚简单地了解了警方对李桂花被杀案的初步判定。

根据警方的现场报告和尸检报告,死者李桂花并没有丢失任何财物,也没有被性侵的痕迹,警方初步判定李桂花被杀案应属于有预谋的仇杀。

可据周围的邻居讲,李桂花是个外来户,而且至今单身。平时主要是在超市里做收银员,她这个人虽然大大咧咧的,但为人很热情也很乐于助人。平时与超市里的同事以及周围的邻居相处都非常好,按理说,像她这种人应该不至于得罪什么人的。

当然这都是周围人对她的看法,至于她究竟是什么人,外人恐怕很难准确地界定。

不过从李桂花死后,凶手还要残害她的尸体甚至不惜一切代价将李桂花的尸体从停尸房偷走上来看,若非极大的仇恨,凶手不应该费这么大的周折。

很快,两人便来到了李桂花家。踏入李桂花家,一股血腥味扑面而来,使得殷典不禁咳嗽起来,他似乎对血腥味有点敏感。

景岚忙问殷典怎么了。殷典摇了摇头,忙从手包里拿出一张手帕纸,擤了擤鼻涕,道:"没事,只是有点刺鼻!"

此时的殷典如同一名从警多年的老警察那样开始四处打量以求找到有价值的线索。

起初他一直坚信是警方忽略了现场某些特殊的细节,因此这次他主要留意一些现场照片中没有拍过的地方。

然而一小时后,殷典也感到了深深的无助,因为他同样在李桂花家没找到有价值的线索。

难道就这么一无所获地离开吗?

殷典有些不甘心,他对破案不感兴趣,因为那是警察的职责。

那他是要还自己的清白吗?

好像也不仅仅如此,毕竟案件总会真相大白,没杀人就是没杀人,这个自然会有定论。

那又是为什么呢?

或许在他的内心深处,他是想和陈铮比试一把,看一看最后是谁先找到真凶。

又或许他隐约觉得这起案子之所以会牵扯到自己,恐怕还有另外的隐情,与其茫然等待还不如主动出击。

又或许他仅仅是对这些已经消失了三千多年的商代祭祀仪式的重现而产生了格外的兴趣。

"咳咳!"殷典又开始不自觉地咳嗽起来。看起来,他的确对血腥味有些过敏。

殷典再次用纸巾擤了擤鼻涕,并四处打量着房间里的角落。他只是想将这张沾满鼻涕的纸巾扔到垃圾桶里。

最终在李桂花家的厨房里,他找到了一个垃圾桶。可就在殷典准备将纸巾扔在垃圾桶里时,垃圾桶中的一张碎纸片引起了他的注意。

此时的他完全忘了这垃圾桶有多脏,而是小心翼翼地将那张碎纸片捡起,并端详起来。

此时,在一旁的景岚还以为殷典发现了某些重要的线索,可当她看向那张碎纸片时,却怎么也想不出这张碎纸片究竟有什么魔力会深深地吸引住殷典。

"有什么问题吗?"景岚看着那张碎纸片。

从碎纸片的样子上可以看出,这应该只是其中一部分,其余的部分已经被烧掉了。

"这是一张被烧过了的拓片。"殷典说。

"拓片是什么?这上面有线索吗?"景岚依旧一头雾水。

"拓片,是将石刻、青铜器等文物的形状及其上面的文字、图案拓下来的纸片。"殷典顿了顿继续道,"我倒没发现什么线索,只是对这张拓片很感兴趣。"

027

"看起来这拓片上好像有一只鸟,这有什么特别的吗?"

"没错!这的确是一只鸟,从某些特征上看应该是商周时期的。"

说到这,殷典抬起头看向景岚,微微一笑道:"你没察觉出它的特别之处吗?"

景岚耸了耸肩,一脸茫然道:"没看出来!"

"你没看出这只鸟有三条腿吗?"

"三条腿!那是什么鸟?"

听殷典这么一说,景岚不禁开始查看起那只鸟到底有几条腿了。果不其然,那鸟还真是三条腿。

"在中国古代神话里,太阳中央有一种三足神鸟,叫'三足乌'!也叫'玄鸟',又叫'金乌'。因此古代又把'金乌'作为太阳的别称,所以韩愈有句诗写的是'金乌海底初飞来,朱辉散射青霞开'。"殷典侃侃而谈。

"三条腿的鸟明明是畸形嘛!古人真奇怪,怎么会将神鸟想象成三条腿?"

"确实如此!在秦汉之后,这种简单描摹的神鸟形象开始被更为复杂绚丽以及超现实的凤凰形象所取代。毕竟一个仅仅长有三条腿的鸟,不足以引起人们的敬畏。"

景岚赞许地点点头,不得不佩服殷典这个大学历史老师不是白当的。可转念一想,好像这与他们要调查的凶杀案并没有什么关系,他们好像跑题了。

"殷教授,我觉得我们还是关注一下这件凶案本身的问题吧!"景岚试图拉回殷典的关注点。

"不好意思!职业病!"殷典有些尴尬,"我只要一见到这种有关夏商周时期的文物,总会不自觉地沉浸在其中。"

"这还是文物?"景岚疑惑道,"文物怎么还扔在垃圾桶里呢?"

"口误!这算不上什么文物。"殷典道,"不过有些拓片也是文物,尤其是那些被拓的真实文物失踪了的话,这种拓片也同样有着非常重要的历史价值。"

说到这,殷典忽然抬起头冲景岚道:"一个学历不高的中年妇女怎么会有这种拓片!"

"个人爱好这个事,我们也不好定论啊!"

殷典摇了摇头，道："我只是从这件事想到了另外一件事。你们说李桂花的死基本可以排除侵财的可能。可除了金银首饰以及现金外，李桂花就没有丢失其他的东西吗？"

"你的意思是？"

"这个李桂花曾在《天下探宝》中拿出了几块刻字甲骨，我当时认为那都是假的，也是因为这个，我们两个人出现了肢体冲突。"殷典眉头微微一皱，继续道，"我想问的是，你们在李桂花家有没有发现这些甲骨？"

景岚摇了摇头，道："我们调查过了，还真没发现过你说的那些刻有甲骨文的甲骨！"

"那有没有这种可能，李桂花的那些甲骨是被凶手偷走的，而凶手之所以会杀害李桂花，恰恰是因为她手上的那些甲骨。"殷典若有所思地说。

"那些甲骨很值钱吗？"

"如果是真品的话，那应该很值钱，当然这也少不了古董圈里的炒作。我曾经也参加过一次甲骨拍卖会，十几块甲骨成交价高达几千万元。"

"你这么一说，我忽然对此连环凶杀案有了新的认识。"景岚有些兴奋地说，"凶手很有可能正是冲着这些甲骨而行凶杀人的。虽然我们在现场没有发现财物丢失，我想那是因为比起这些甲骨而言，那些财物根本不值一提。"

景岚说到这儿，兴奋地道："殷教授，谢谢您！我知道该如何破案了。"

"说来听听？"

"凶手既然已经拿到了那些甲骨，那他肯定就要出手。我们现在需要紧盯各大拍卖会，只要有人拍卖甲骨，我们就去做详细调查。那些甲骨您也见过，您就是最好的人证。到时候我们顺藤摸瓜，就一定能找到凶手。"景岚坚定地说。

第三章
线索何在

虽然景岚说得很有道理,但殷典还是提出了一些异议。

"李桂花那些刻字甲骨我是见过的,不过可以确定那都是假的!假的古董文物肯定是不值钱的,拍卖会估计是上不了。"

殷典这番话对于景岚来说当真是迎头一盆冷水,原本以为找到了破案的突破口,可此时却有种被人一脚踹出大门的感觉。

"殷教授,我冒昧地问一句,李桂花那些甲骨您不会看错吧?"景岚有些不甘心地冲殷典轻声说。

她知道像殷典这样搞学术的人,最忌讳的就是别人否定他的学术水准,但她还是想抓住最后一根救命稻草。

确实!

殷典这辈子既没娶妻生子,也没升官发财,而是把多年来的美好年华全耗在了对夏商周历史的研究上,在甲骨文的研究上更是颇有建树。此时一个对历史一窍不通的小姑娘竟然来质疑起自己的学术水准,又怎能不让他为之生气呢!

可当殷典看向景岚那忽闪忽闪的大眼睛时,那股不屑的语气又变得柔和起来,看来生气与否真的是看人发作的。

"有些假的刻字甲骨,我只要一打眼就知道真假,更何况李桂花的那些甲骨假得简直太离谱了。"

"您能说得具体点吗?"景岚谨慎地说道,"我不是质疑您的学术水平。我就是想深入地了解一下,您知道干我们这行的总喜欢追根究底。"

"我这么给你说吧！不同时代有不同的审美标准、历史需求以及技术条件等，这都决定了文物的时代属性。举个最简单的例子，你现在如果穿越到一百年前，一看你就与那个时代格格不入。因为无论你的穿着打扮还是思想意识，乃至语言词汇都会与那个时代不同了。"

"你的意思是说李桂花那些刻字甲骨是现代人伪造的，根本不符合那个时代的特征，是吧？"景岚点头道。

"正是如此！这种刻有甲骨文的甲骨曾在民国时期有一段造假热，因为当时有很多学者跑到河南一些地方收购甲骨。巨大的市场需求甚至催生了一条专门伪造刻字甲骨的产业链。没办法，只要刻了字的甲骨，那些专家学者立马就当宝贝买下来。"

殷典顿了顿，继续道："一般来说，这种伪造的甲骨主要分为三种类型。"

"一是在有刻字的真甲骨上伪造更多甲骨文字数量。因为字的数量越多越值钱，这种叫做有真有假。

"二是在没有刻字的出土甲骨上，由现代人刻字。也就是说甲骨虽然是那个时代的，但字却是今人伪造的。

"三是干脆在做旧的新甲骨上刻字。这种伪造品现在一般通过科学仪器是很容易检测出来的。"

景岚佩服地点点头："听你这么说，辨别那些刻有甲骨文的甲骨的真伪还挺复杂的！这么复杂的鉴别工作，您只看了一眼便知真假，看来您是真行家啊！"

"主要是李桂花那些甲骨造假造得太离谱了。我虽然不是鉴定文物的专家，但却熟知商周时期的历史。因为无论是从历史古籍还是出土的甲骨文来看，商周时期压根就没有一个叫'帝亥'的君王。这就好比，现在使用一百元人民币上的人物不是毛主席而是一个根本不存在的人一样。"

殷典继续道："当我看到这两个字的时候，我就很生气。我气的是这些造假的人，连起码的职业素养都没有，简直就是在侮辱我们这些研究历史的人。"

殷典毕竟是这方面的专家，景岚虽然不愿意就这么放弃这个突破口，但还是不得不信殷典所说的话。

"看来线索又断了。"景岚不禁长吁一声，"如果李桂花那些甲骨是伪造的话，那凶手可真是白忙乎一场了！"

"确实是白忙乎一场。为了得到这些假的甲骨，竟然还原了这么多残忍的祭祀方式，残忍地杀害这些无辜的人……"

殷典说到这，又不禁喃喃自语起来："凶手应该了解甲骨文啊……"

"怎么了，殷教授？"

"我只是突然觉得，凶手对甲骨文乃至商朝的祭祀文化那么了解，按理说他应该对甲骨有一定的了解才对。假的甲骨虽然很多，但像李桂花那些假得如此离谱的甲骨，凶手起码也能认得出来才对。"殷典若有所思道。

一个明知那些甲骨是假的的凶手，竟然会为了得到假的甲骨行凶杀人。这好比一个小偷明明知道所盗窃的钱是假币，他还要去盗窃一样。

那他究竟图什么呢？

一切仿佛回到了起点。或许正如警方初步判定那样，李桂花被杀案应属于有预谋的仇杀。

若非仇杀，凶手还能有什么作案动机呢？

"殷教授，要不我们再去调查一下文玩市场吧！既然是连环杀人案，多去几个现场调查一下，或许能发现更多有价值的线索。"

景岚说的未尝不是一个可行的方案，只不过殷典却一直在那里愣愣地出神，压根就没听进去一个字。

末了，殷典却再次将那张被烧过的拓片拿在手中，冲景岚道："小景同志，你说这张被烧过的拓片，是李桂花烧的呢，还是凶手烧的？"

"这个不好判断吧！"景岚有点茫然，"不过您要是真想确认的话，我们可以让技术检验科查找一下上面的指纹，看看有没有什么线索。"

"你们在现场发现可疑的指纹了吗？"

"凶手作案很缜密，现场没有留下什么有价值的指纹或者掌纹，哪怕是足迹这样的线索。"景岚解释道，"像这种谋杀案，之所以在取证上往往很困难，就是因为凶手在作案前做好了充足的准备。"

"既然是这样，那也就没有必要检测这个拓片了。"

"怎么了！你觉得这张拓片有问题吗？"

"如果我们随便烧一张纸的话，可能有未烧尽的情况。至于会剩下哪一部分，我想往往是不受我们控制的。"殷典双眉紧锁，"可这张被烧过的拓片，偏偏剩下了一个完整的三足乌，你不觉得这是有人刻意为之吗?"

"我看看!"景岚说着将那张拓片拿在手中端详道,"这拓片上的鸟还真是挺完整的。"

"如果是凶手刻意烧成这样的话,我们确实确定不了他为什么会这么做。可如果是李桂花刻意烧成这样的话,会不会是她故意留给我们的线索呢?"殷典若有所思道。

"可一张拓片,能有什么线索呢?"景岚疑惑道。

"如果单从表面上看,确实没什么线索。可从这张拓片的厚度上来看的话,感觉应该像是三宣纸!"

"我又不懂了!啥叫三宣纸?"景岚笑着说,在这历史学教授面前自己好像是一个文盲一样。

"三宣纸,简单点讲,就是三张宣纸黏合在一起。这在书画装裱时很常见。"

"是不是说,如果这是三宣纸的话,我们可以完全将它一层一层揭开,对吗?"

"正是!"

"如果这是死者李桂花故意留下的,是不是极有可能在第二层或者第三层宣纸中留下线索呢?"景岚又一次兴奋起来。

"那就揭开看看!"

说罢,殷典开始用一张张卫生纸沾上清水,慢慢地擦拭那张拓片。直至这张拓片完全湿润,最后用一根针缓缓地挑开宣纸。

一张变作两张,两张变作了三张。

"这上面好像有字!"景岚兴奋地说道。

字迹很淡,也很纤细。但殷典还是一眼看出,这是甲骨文。

经过辨认,第二张上面写着的是一个甲骨文"帝",而第三张上面写的是"北""庸""卫"三个甲骨文。

"怎么又是甲骨文!"景岚有些心烦气躁,"我都快被这些甲骨文搞得神经错乱了。"

这一天,景岚的心情如同坐过山车一样、高低起伏不定。线索似乎就要水落石出,可谁承想突破一点之后才发现前面不是柳暗花明而是山穷水尽。

一张刻意烧出的宣纸拓片,而这些宣纸上刻有某些文字。如果是死者有意为之的话,那肯定是想向外界传达些什么才对,可她究竟想传达些什么呢?

"'帝'自然好解释,皇帝的'帝'。不过这'北''庸''卫'三个字到底是什么意思呢?"殷典喃喃自语道。

"什么卫?"景岚没听清殷典在说些什么,因而问道。

"北庸卫!"殷典长吁一口气道,"我也不知道这是什么意思!"

"'北庸卫'!怎么整得跟特务组织似的!"这时在一旁的景岚无奈道,"殷教授,我们还是去下个现场看看吧,我是真想换个地方透透气了。"

"为什么这么说?"殷典看向景岚道。

"明朝不是有个特务组织——锦衣卫嘛!我看着两个都有个'卫'字,所以就这么胡乱联想了一下。"景岚咯咯一笑道,"我就是随口一说而已。"

"看起来还真有点像啊!"殷典又开始自言自语。

"殷教授,我就是随口一说,你可别当真了!现在哪还有锦衣卫这种特务组织啊!"

"我只是听到你刚才说到'组织'这两个字才想到的。当然这未必是特务组织,但却有可能是某种组织。"

殷典笑了笑冲景岚道:"从西汉末年的黄巾起义到清朝天地会反清复明,在民间一直都存在着大量帮会组织和宗教结社组织。不过这类组织一般是统治阶层所不容许的,因此为了保持自身的隐蔽和安全,往往多以秘密方式进行联络,有自己独特的语言和沟通方式,主要包括隐语和暗号。

"而这类组织为了从心理和观念上强化组织成员对组织的认同感,往往又会诉诸某些宗教信仰或政治口号。"

"您这么一说,确实是挺像的啊!"景岚点点头道,"您刚才说帮会有自己独特的语言和沟通方式,那这甲骨文会不会就是帮会之间的暗号呢?"

"我也只是猜测!"

"如果真是这样的话,倒是我们之前所考虑的问题在逻辑上就讲得通了。"景岚再一次兴奋起来。

"说来听听!"殷典笑着说,他似乎很享受眼前的女孩认真分析问题的样子。

"我们一直没想明白两大问题：一是凶手的作案动机，二是凶手为何会以那么残忍的方式杀害死者，甚至连死者尸体都不放过。"景岚一面在屋子里踱步一面开始了她的推理。

"凶手之所以计划缜密地杀害死者，既不为财也不为色，作案动机也只能是仇杀这一种。只不过这种仇杀，带有打击报复的特点。这极有可能是凶手对那些脱离组织或者不忠于组织的成员的一种打击报复。

"而之所以用那么残忍的方式杀害死者，甚至将其作为人祭，有可能来自于其他的宗教信仰，也有可能是对其他组织成员的一种恫吓。

"我想李桂花的死，是因为她在脱离了这个叫'北庸卫'的组织后，为生计所迫，于是想卖掉手中的那些刻字甲骨。这从她现在的住房条件和工作性质可以看出。

"可如果自己拿着那些刻字甲骨去黑市上兜售，又怕被别人给骗了。于是她想到去电视台让您这位大专家给她鉴定一下。一来您的学术地位高，二来这样也可以通过电视台来曝光一下自己手中的刻字甲骨。如果被您鉴定为真品，那么恐怕会有人来主动找她购买的。

"可她怎么也没想到，这样的行为会给她招来杀身之祸。这的确是个邪恶的组织，我们必须尽快铲除它。"

听完景岚的推理，殷典不禁赞许地点点头道："说得有道理！"

不过景岚虽然推理得很有道理，但还是不禁噘起了小嘴，冲殷典道："可这个叫'北庸卫'的组织既然这么隐蔽，恐怕一时半会儿很难找到它的踪迹了。"

"我是这么想的！"殷典道，"既然在李桂花被杀的现场留下了线索，那么其他的作案现场或许也会留下相应的线索。只要我们的线索够多，就一定可以找到凶手。"

"嗯！"景岚点头道，"你说得对，我们总会找到更多线索，将犯罪分子绳之以法。"

说罢，两人开始前往下一个作案现场——文玩市场。

此时文玩市场的案发现场依旧拉着警戒线，专案组的干警包括陈铮在内正一丝不苟地勘查取证。

为了尽快破案，警方在文玩市场调查了许多人，包括死者的邻居。死者名叫尹正东，让人费解的是，他喜欢独来独往，平时与周围的邻居几乎没有什么交集。

所以对于尹正东这个人，大家的认识也仅限于他的容貌，据说他有一个外号叫"月球人"。至于为何称呼他为"月球人"，这其中有两层意思，第一层是因为他脸上坑坑洼洼的青春痘疤痕与月球表层的陨石坑很是相似。第二层则是因为他不愿意与周围的邻居交往，总是独来独往，显然与周围的地球人不合群。

他的邻居还说，这个尹正东很奇怪，他的店铺平时很少开门营业，一年中起码有八九个月处于关门状态。

而发现尹正东尸体的是文玩市场物业的管理员，因为这个尹正东经常关门不营业，水电费拖欠了半年，那天物业本想上门催要水电费，却没想到尹正东的店铺里躺着一具无头尸体。

后来警方在尸体的上衣口袋的钱包里发现了一张尹正东的身份证，并在调取文玩市场监控后发现尹正东最后一次进入文玩市场的店铺是前天中午十二点左右，之后尹正东就再也没有走出店铺。

不过在稍后的调查中警方发现，大约在下午六点多钟，在文玩市场的多数店铺已经关门歇业后，尹正东店铺门口却出现了一个人。

虽然那时天色已晚，但还是从监控录像上模糊地发现一名可疑人，这人身穿黑色皮衣、戴着头盔、骑着摩托车，身后还背着一个双肩包。

后来他将摩托车停在了尹正东店铺的门口，此人在进入店铺半小时后再次从店铺里走出，骑上摩托车扬长而去。

如此看来，杀害死者的极有可能就是这个人，而尸检报告也显示尹正东死亡时间在前天下午六点多钟。

可在调取城市的监控录像时，发现此人骑着摩托车最后一次出现是在屯江附近，之后便消失了。

很显然凶手作案手法极为老练，并做了缜密的计划部署，目的就是不让警方发现蛛丝马迹。

全面排查工作还在紧张地进行着，对于尹正东被杀案，警方现在唯一可以确定的就是，这是一起有预谋的凶杀案。

此时专案组特别行动小组组长陈铮一根接一根地抽着烟，这对他来说确实是个巨大的挑战，可以让他功成名就也有可能让他跌下神坛。

再次见到殷典时，陈铮依旧满是敌意："殷教授来了。大驾光临，有失远迎啊！嗯，够帅的啊！这现场脏得很，可别弄脏了你这身行头。"

殷典微微一笑，毫不示弱道："脏了可以洗干净，洗不干净扔掉就好了！"

"有钱人就是不一样啊……"

陈铮本想继续出言讥讽时，被景岚一把抓住胳膊拉到了一旁。

"陈队，你怎么对殷教授这么有成见啊？"景岚道。

"成见？你见过穿这样，在作案现场勘查的吗？"陈铮不屑道。

"可是在李桂花家，我们经过多方面的勘查和推理，已经基本掌握了凶手的作案动机，这都多亏了殷教授。你以后对人家友好一点嘛！"

"说来听听！"

于是景岚将在李桂花家发现的那张被烧过的拓片以及相关推理，一五一十地告诉了陈铮。

陈铮点点头，冲景岚道："在案情没有水落石出之前，一切不过只是一种猜测而已。如果真像你说的那样，我还真该替警方好好感激一下这个殷教授了。"

在两人交谈之际，殷典却一直没有闲着，他仔细地观察商铺里的物品，试图从中找寻到蛛丝马迹。

看起来，这尹正东对于商周时期的历史最感兴趣，只不过店里陈列的青铜器虽多，但都是仿制品。

这也正常，如今一个商周时期的真品青铜器在古董市场上动辄上千万，有的甚至可以说是天价。

如此贵重的古董又岂会随便摆放在这么狭小的一间古玩商铺里呢。估计这些仿品不过是卖给别人做装饰品的罢了。

除了青铜仿制品，店里最多的便是大量的文物拓片，这些拓片中又以青铜器和甲骨文拓片为主，很少有后世的书法碑刻拓片。

不过这些东西，真品他不知见了多少，又岂会对这些仿制品感兴趣呢！

直到殷典在内屋的书桌上看到了一本书，才停下脚步并饶有兴趣地翻阅起来。

那本书的名字叫《从甲骨文中探寻中国信仰的起源》，作者——殷典。

这本书还是殷典十八年前出版的，那是他的成名之作。

书的下面是一堆手稿，里面记载着尹正东个人对甲骨文的一些看法，看起来这个尹正东对于甲骨文也有着浓厚的兴趣。

不过看到自己的书出现在别人的书桌上，并成为别人研究甲骨文的指导书，这的确是一件值得骄傲的事情！

殷典拿起那本书，思绪起伏，不禁回忆起十八年前的点点滴滴。

可回忆有时又是那么的让人惋惜，惋惜青春不再，惋惜岁月流逝，惋惜他终究还是没能留住她，而让她独自一人跑到了大洋彼岸……

殷典缓缓地翻开书，没承想这书上竟被人满处涂鸦，而且格外刺眼。

"狗屁不通"！

"胡诌八扯"！

"误人子弟"！

"殷典根本就不懂甲骨文"……

竟然会有人如此地贬低自己的学术水平，这怎能让他不气愤。殷典看到这，不禁气愤地将书扔在了桌子上。

由于书本被急速扔下，带起一阵风，不少手稿也被扇到了地面上。

殷典虽然不喜欢别人质疑自己的学术水平，但对别人辛苦研究学术的成果还是极为尊重的，毕竟这一堆手稿不知花费了死者多少的心血。

殷典蹲下身，小心地将那一张张散落在地的手稿捡起。

一个研究历史的人总是有种特殊的癖好，那就是在面对别人的研究成果，尤其是研究领域跟自己相同时，总会不由自主地去看看别人的观点和论据。

就这样，殷典一面捡起手稿，一面开始阅读手稿上的内容。

而其中的一份手稿则引起了殷典的特别注意，因为那张手稿写下了这么几行字：

"为何在周朝兴起之后，要想方设法将世人对上帝的崇拜改成对天的崇拜？

"难道周人真的有意在掩盖什么吗？

"那个笔名叫作'惟殷先人'的人为何欲言又止，他为何又让我去找一个叫明德神父的美国人？

"他说想要破解这一切就必须解开甲骨文'帝'的秘密！

"他还说由于后世史书已被人有意修改过，想要真正了解那段历史必须从以下几个历史人物入手：王亥、伊尹、武丁、帝辛、周武王、北庸卫、周穆王、陈汤。"

以上这些"历史人物",稍有历史常识的人大抵都认识。可唯独"北庸卫"却从未在历史典籍上见到过,难道这是一个人的名字?

不管这北庸卫是不是历史上的一个人,当看到"北庸卫"三个字时,殷典已经确信尹正东的死一定与"北庸卫"有关了。

可让殷典有些费解的却是一个学术问题。因为研究解密甲骨文,大部分人最多会问一声这个字本义是什么,又或者试图去解释这个字的本义与引申义之间的关系。

可为何这个尹正东会说这个甲骨文"帝"字隐藏了什么秘密呢?殷典摇了摇头,实在不知道这个尹正东究竟想要表达什么。

不仅如此,这尹正东似乎还要通过甲骨文去了解诸如:

为何在周朝兴起之后,要想方设法将世人对上帝的崇拜改成对天的崇拜?

现在历史学界也有相关的学术著作,虽然目前看来这些观点还尚未统一,可他为什么又说周人是有意在掩盖什么呢!

就在这时,景岚走了进来冲殷典道:"殷教授!您在这儿啊,我还以为您去哪了呢!"

"我也是随便看看!"殷典看向景岚,"你还记得那张拓片吗?"

"当然记得!"

殷典将手中的手稿递给了景岚,并道:"你看看这上面写了什么!"

"怎么了?有问题吗?"

殷典伸手指了指手稿中尹正东所写的那"北庸卫"三个字。

景岚虽然看不懂甲骨文,但这几个简体汉字,她还是看得懂的。此时的她双眉微蹙,更坚定了之前的猜测,冲殷典道:"看来我们之前的猜测没错,死者肯定都跟这'北庸卫'有关。"

"现在最大的问题是,这'北庸卫'究竟是什么?"殷典眉头微皱道。

"您之前不是推断,这'北庸卫'可能是一个民间秘密结社组织嘛!"

"我之前的推断,不过是因为你突然提起锦衣卫这个特务组织来,而产生的一种联想!"

殷典说着伸手指了指尹正东的那些手稿道:"可你看!这上面写的

039

都只是人名！"

"王亥、伊尹、武丁、帝辛、周武王、北庸卫、周穆王、陈汤。"

景岚看着这份手稿，念道。

末了，她抬起头看向殷典，"这里面的好多人名，我都没听说过啊！"

"除了'北庸卫'我不知道以外，其他的我倒是都知道。这些人名应该是按照历史中出现的前后顺序写的。如果这都是人名的话，那么这'北庸卫'岂不也是个人名了！"

"哎呀！"景岚挠了挠腮帮，讪讪道，"我根本无法和您交谈这些！"

"隔行如隔山嘛！这很正常！"殷典笑了笑，却又提出了问题，"为什么杀人凶手要恢复已经消失了三千多年的祭祀方式？"

"看来这个作案凶手给我们出了一道历史考题！"景岚拿起那些手稿试图从中寻到蛛丝马迹。可手稿之中尽是一些关于甲骨文的释义，她自然是看不懂。

可叹她高中学的是理科，而不是文科。

唯有那张写着"北庸卫"三个字的手稿，由于这张手稿上基本全是简体汉字，她倒是能读懂这些字的意思，只是她弄不明白尹正东想要表达什么。

"殷教授，我有个学术问题还想请教你呢。"景岚说。

"你说！"

"这上面说，为何在周朝兴起之后，周人要想方设法将世人对上帝的崇拜改成对天的崇拜。"景岚颇为疑惑地说，"难道古代中国人不是信仰天命，或者说信仰老天爷的吗？现在中国人结婚首先还要拜天地，其次才是拜父母。"

"而且在我们老家的祠堂里还摆着'天地君亲师'这样的牌位。这'天'始终是放在第一位的，显然古代中国人第一等信仰应该是天嘛！不是只有基督徒才信奉上帝？怎么他这话里好像说是因为周朝建立后，中国人才开始从信仰上帝改成信仰上天的。"

"看来你懂的倒还不少！"殷典笑了笑。

"我只是从他写的这段话联想起来的。"

"这么说吧！我们通过对发掘的甲骨文的解读，确实发现周代之前的商人确是信奉上帝。只不过'上帝'这个词之所以让今天的中国人首

040

先想到了基督教，那还是明朝时期一些传教士诸如利玛窦等人的缘故。他们为了更好地在中国传教，于是将他们的唯一神，即拉丁语中的'Deus'，也就是后来英语的'God'，翻译成了'上帝'。

"而由于近代中国的屠弱，西方文明的强势入侵，则又加剧了这种观念。以至于现在的中国人一提起'上帝'这个词，便首先想到了基督教信仰中的'上帝'，似乎觉得中国人的信仰与西方人天然有所不同。其实明朝永乐年间建造的天坛，里面供奉一个牌位，上面写的就是'皇天上帝'。

"在原始宗教时期，人们信奉的基本都是多神教，所谓万物有神灵。比如印度教中数不清又错综复杂的神灵，以及希腊神话中的那些喜欢争风吃醋的众神，包括罗马帝国在没有将基督教列为国教之前也是如此，甚至还曾为此建立了一座'万神庙'，可见其中有多少神灵。"

听完殷典这番话，景岚茅塞顿开，连连点头。

可她却不是殷典，殷典或许会因为见到一些历史方面的问题而沉浸其中不能自拔。她始终将心思放在"9·17连环杀人案"中，而之所以问起这些问题，目的也是想从中寻找可以破案的线索。

景岚在听到殷典的这番话后，又将那张从李桂花家中得到的拓片从证物袋中取了出来。

那张拓片一共有三张宣纸，除了第一张三足鸟图案，第三张写了"北""庸""卫"三个甲骨文，第二张上仅写了一个字——"帝"。

当时殷典在李桂花家解释这个字时，说这个"帝"是皇帝的"帝"，这自然没错。

可这个"帝"如果也是"上帝"的"帝"，那么这恐怕就不一样了。

因为皇帝代表的只是某个人的身份，而上帝却代表的是某种信仰。

景岚双眉紧蹙，一个答案似乎呼之欲出。

"殷教授，你之前说中国在民间一直都存在着大量帮会组织和宗教结社组织。而这类组织为了从心理和观念上强化组织成员对组织的认同感，往往又会诉诸某些宗教信仰和政治口号。"

景岚看向殷典，继续说道："我们是不是可以大胆假设一下，如果'北庸卫'就是这种民间秘密的结社组织，是否可以说他们也有着某种特殊的宗教信仰。您刚才说这甲骨文的'帝'在商代时期其实指的就是'上帝'，是一种宗教信仰中的神灵，这会不会也是这个'北庸卫'组织的宗教信仰呢？"

"有这种可能！"

"我们是否可以再大胆假设一下，'北庸卫'指的是这个秘密组织的称谓，'上帝'就是他们的信仰，而这拓片中的'三足乌'则是这个组织的徽标。"

"有道理！"殷典点点头道，"如果'北庸卫'不是一个人名，而是一个组织的名字的话……"

"如果是这样，那么案件可就复杂了。"景岚喃喃自语，"他们也信上帝，难不成这是隐藏在某些教会中的某个邪教组织。"

"怎么突然有这个想法？"殷典很是诧异。

"这让我想起几年前的一个打着基督教旗号，散布歪理邪说，危害社会安全的邪教组织。组织头目自称是上帝在人间的化身，十几年间，日本、韩国、印尼、马来西亚以及美国、加拿大等国都有他的信徒。"

景岚继续说："这个邪教组织对于那些脱离组织的人，往往会施以报复，而且手段非常残忍。轻则殴打，重则割耳朵、剜眼睛、断胳膊、砍脚趾。为了掩人耳目，他们还给自己的暴力行为用了一个很专业的名词，称之为'审判'，用以美化自己的罪恶行为。"

"听说过这些报道。"殷典点头道。

"难道它又卷土重来了，只不过这次做得更隐秘了。"景岚自言自语道，"不行！我得马上把这件事汇报给陈队。"

景岚说完，便急匆匆地走出房间，不过当她走出去时，却并没有发现陈铮。

一名专案组民警告诉景岚，陈铮刚走，说是好像有重要的事情向领导汇报。

景岚拿起电话便打给了陈铮，可陈铮的电话却一直没人接。

末了，陈铮回了一条短信给她："你们刚才在屋子里的谈话内容，我已经知道了。先替我感谢一下殷教授，回头我当面向他致谢！"

难道陈铮一直在屋外偷听？景岚微微一笑，他们这个陈队长可真是够倔强的，宁愿在外面偷听都不愿在殷典面前表露出一丝一毫的示弱之态。

不管怎么说，现在看起来，陈铮起码已打消了对殷典的怀疑。

末了，殷典也从书房走了出来，不过他手中却拿了很多手稿，并冲景岚道:"我想把这些手稿带回去研究研究,行吗?"

"当然没问题!"景岚微微一笑,又冲殷典道,"今天晚上,有时间吗?我请你吃个饭可以吗?算是感谢!"

"这不是还没结案嘛!怎么还提前庆祝了呢!"殷典笑着说。

"倒也不是提前庆祝,只是想单纯地感谢您对警方的大力帮助。"景岚笑了笑继续道,"如果我们的猜测方向是对的,起码可以大幅度地缩小排查范围嘛!我们可以将排查重点放在一些宗教场所,像这种邪教组织最喜欢在一些宗教场所蛊惑拉拢一些不明就里的信徒了。"

"我在想一件事情,那就是从尹正东这些手稿上看,他应该并不是这个组织的人。起码他对于'北庸卫'这个组织就不了解,他应该不会是因为脱离'北庸卫'而受到报复打击的。"殷典颇有疑虑地说。

"也有可能他是因为某种原因得罪了这个组织。像这种组织,在传播过程中,如果遇到那些反对或者对他们发表不利言论的人,他们往往也会攻击那些人,而且手段残忍。我记得曾有一个女孩就是因为不理睬他们对自己的宣传,竟被他们活活打死。"景岚解释道。

"你这么一说,倒是有可能!"殷典点点头,但还是指出了一些疑惑之处,"可从这些手稿上来看,虽然大篇幅地涉及关于甲骨文'帝'的释义,但大多也仅仅是从'帝'的引申义上来反推它的本义,这不过是一种纯粹的学术研究啊!"

"什么是引申含义?"景岚疑惑地问。

"引申含义是指由原义产生新义。比如说改嫁的妇女带着前夫的孩子,叫'拖油瓶',比如已婚妇女出现外遇叫'红杏出墙',比如女孩子长得丑叫'恐龙'。这些词就是引申含义。"

"你是不是歧视女人!"景岚噘起小嘴不乐意道。

"怎么了?"

"说的这些,尽是说女人的。"

"我就是举个例子,可没有歧视女人的意思,你别误解了。"殷典讪讪地说,不过这脱口而出的话好像还真全是关于女人的。

"男人出轨叫'拈花惹草',叫'眠花宿柳',叫'无耻下流'。"景岚哼了一声,算是给女同胞扳回了一局。

"对对对,你说的都对。我刚才一时口误,我向你道歉!"殷典赔笑道,"不过你说的这个'出轨'就是标准的引申义。这原本指的是火车脱轨，后来被引用到婚外情或者感情背叛了。"

景岚呵呵一笑："还好你觉悟高，不然我可要替广大女同胞打抱不平了。"

"哎呀！"景岚一拍脑袋，"怎么说着说着，竟然扯到这方面了。"

"关于尹正东的死，我的猜测是这样的。他得罪了'北庸卫'但不见得他了解'北庸卫'，更不见得他知道他已得罪了'北庸卫'。话说得有点绕，我给你举个例子。"

景岚顿了顿继续道："就像你刚才说的那些话，你也不过是在聊学术问题。可说者无心听者有意，你刚才的那些话，明显会让在场的女性感到不舒服，甚至会得罪女性而自己却不知道。"

殷典哈哈一笑道："这个例子举得最恰当了。"

景岚扑哧一笑道："是三人行必有我师！"

"说得好！"殷典笑道，"既然是这样，我看该请老师吃饭了。不如回我家，我下厨做吧！"

"你还会做饭?"景岚显然有些意外。

"那不然呢?"殷典笑了笑道，"也没人给我做啊！"

很快，两人便来到了殷典家。可当殷典刚一打开门，却惊愕地发现，他的屋子里竟被翻得乱七八糟，很显然有人来过。

第四章 扑朔迷离

看到此情此景,景岚忙将手枪从腰间取下,开始在房间里巡视起来。

不过当她小心翼翼地将一扇扇门打开后,除了那散落在地的衣服和物品外,并没有发现其他人的身影。很显然,那人早已离开了。

不过当景岚再次回到客厅时,却发现殷典正在对着茶几上的一张纸发呆。他的手上则多了一把匕首。

"怎么了,殷教授?"景岚问道。

殷典将那张纸拿起递到了景岚面前,只见上面写道:

"让你好好鉴定下这个古董,你怎么这么不知道珍惜。用你古董圈子里的人脉,把这样东西出手了,可以让你丰衣足食。找个偏远的地方隐居起来,平平安安过一辈子!这是给你的一个警告,不然下一次捅的恐怕就不是肚子了。"

"这是那天捅伤你的人留下的?"景岚看完这些不禁气愤,"这些犯罪分子也太嚣张了吧!竟然还跑到受害人家里将作案的匕首也一起送了过来,这真是赤裸裸的威胁,我们必须将他们绳之以法。"

殷典拿起那匕首道:"确切地说,这应该是一把青铜短剑。只不过当时它插在我的小腹,而我太过紧张,又疲于奔命,当场便将它拔了下来扔在了地上,无暇顾及它的形制而已。"

"青铜短剑!"景岚喃喃道,并再次将目光转移到那把青铜短剑上,只见这把短剑长度不到二十厘米,剑柄上似乎还绘制了一只长着翅膀的老虎，剑身看起来寒光逼人，两侧开刃显得很是锋利。

"当时那个人打电话给我说，想让我鉴定一件文物，想不到是这么送来给我鉴定的。"殷典说到这，不禁长叹一声。

"你最好想想最近这些日子接触过什么人，是不是因为得罪了一些人，他们想要打击报复呢？"

"我这个人平时把精力都用在了历史研究中，除了在《天下探宝》中充当鉴定专家，平时很少和别人接触。"殷典皱起眉头道，"难道是在录制节目中得罪了什么人吗？"

"那你还记不记得，当天那人在电话里给你说了些什么呢？"景岚问。

殷典摇摇头："那人连名字也没告诉我，我根本不知道他是谁。可他却莫名其妙地问我一些问题，问我大学专业明明是机械工程为什么突然转向历史学。

"又莫名其妙地说他死了三千多年，也沉睡了三千多年，他不想被打扰。凡是打扰他的人都将没有好下场。最后他还说让我放下手头的所有研究，找一个偏僻的地方或许还能安稳地活一辈子。"

"这个人不是有毛病吗？研究商周历史和甲骨文的学者那么多，他难道都不让别人研究了吗？这种人最好去医院挂个精神科的号，好好看看自己的脑子。"景岚没好气地说。

"我当时也是这么说的。"殷典呵呵一笑，"可他为什么偏偏不让我研究这一块呢？为什么还让我找个偏僻的地方过一辈子呢？"

"我想明白了，"景岚神色凝重地说，"那个人肯定与'9·17'连环杀人案有直接关系，弄不好他就是作案凶手。我想那人一定不想让你掺和进'9·17'连环凶杀案，他是怕你帮助警方破了案。"

"也不对！"景岚刚说完，又摇了摇头道，"那人明明是在你进入专案组之前给你打的电话，他怎么就能肯定你将协助警方一起侦查案件呢？"

"那人在跟我打电话时压根就没提凶杀案的事，更没有警告过让我不要协助警方调查案件。并且现在我已经进入了专案组，可他依旧没有提及这些事。"

殷典拿起那张纸指着上面的一段文字，冲景岚说："自始至终，他只是想让我不要从事甲骨文的研究，并且让我找个偏远的地方隐居起来。"

"如果只是那人现在还不知道你在协助警方调查'9·17'连环杀人案呢?"景岚若有所思道。

"什么意思?"

"我的意思是说,你进入'9·17'专案组这件事时间很短,且只有警方内部才知道。我想那人肯定还不知道你参与其中。"景岚继续推导,"李桂花的死之所以将你牵扯进来,可能也是对你的一种威胁。其实你是不是凶手这个问题,警方最终自然会调查清楚,只不过是时间长短的问题。"

"这难道不是画蛇添足吗?"殷典摇了摇头,"如果不是因为李桂花家的手机上出现'殷典害我'这样的字眼啊,恐怕这起案件,我压根就不会知道,他为何又非要将我牵扯进去?"

"你说得有道理,这的确有些画蛇添足了。"景岚点点头,"在没有抓到凶手之前,凶手真正的作案动机恐怕都只是一种猜测。我现在担心的是如果那人知道了你在协助警方调查案件,他是否会杀人灭口。"

"只能说他现在还并不想杀我!"殷典伸手指了指那张纸上的文字——

"这是给你的一个警告,不然下一次捅的恐怕就不是肚子了。"

殷典无奈地笑了笑,拿起那把青铜短剑道:"看起来,那人还挺仗义的,给我准备了一件可以防身的文物。"

"这是真的吗?"景岚问。

"从这把青铜短剑的外观上来看,有点像商周朝时期的。不过我对于青铜剑这种文物不算了解,需要借助权威专家和科学仪器来鉴定一下。"

"王赐我佩!"殷典看着青铜短剑上的刻字道,"字迹太少了,我辨别不好!"

"如果是真的的话,是不是很值钱?"

"说实话,我对文物价格没有兴趣,我只是对文物背后的历史和文化感兴趣。不过这要是真的话,应该比较值钱吧!只是看起来这把短剑保存得有点太过完好了。"

"古董不是越完好的越值钱吗?"

"道理是这个道理!不过青铜器埋在土中是比较容易生锈的,而这种锈迹往往是鉴定青铜器真伪很重要的一个方面。不过这把青铜短剑却少有锈迹，而且从剑刃的锋利程度来看，这似乎是一直在被人使用。"殷典解释道。

景岚诧异道："商周时期距现在也有两三千年了，难道这把青铜短剑被人使用了两三千年？如果是这样，那这青铜短剑岂不是早就被用坏了。"

"恰恰相反！"殷典解释道，"这是一把青铜短剑，像这类短兵器应该很少出现与其他兵器短兵相接的情况，所以它也不容易出现大的损伤。而当有人使用这把青铜短剑时，往往会对其进行相应的保养。

"而当它被弃之不用，再加上保存不当时则更容易被腐蚀。其实这个道理很简单，比如你手上的这把54式手枪如果现在不用了，将其埋在地下不用多长时间，它肯定会锈蚀得无法使用。恰恰因为你一直在使用它，它反而不容易坏。"

景岚点点头道："如果这把青铜短剑要是真的的话，是不是真像那人说的，卖了这把青铜短剑之后能让你丰衣足食，舒舒服服地过一辈子了。"

"如果是真的，我会捐献给国家的！"殷典笑了笑道，"难道我现在就不舒服吗？"

"单身真的那么舒服吗？"景岚看向殷典，若有所思道。

"习惯就好！"殷典笑了笑，"思想既然改变不了环境，那就只能让环境改变思想了！"

说完，殷典脱下西装，开始整理起屋子里的物品。景岚也紧随其后帮着殷典收拾起屋子。

然而在收拾过程中，他却发现自己书房里的一个老式相框被摔在了地上。

虽然有人闯入房间肆意翻他的东西让他很生气，可与丢失财物相比，那老式相框中的一张照片却显得弥足珍贵。

因为那相框之中，父亲留下的唯一一张照片竟然不见了。

"妈的！"殷典看着那破碎一地的相框，不禁骂了起来。

景岚也没想到这个平时看起来文质彬彬极有修养的男人竟然也会爆粗口，看起来他应该是气愤至极了。

"怎么了？"景岚问道。

"我父亲留下的唯一一张照片被人拿走了!"

显然殷典很是痛苦。

难道那人如此兴师动众就是为了找一张照片?这样未免太不符合常理了吧。

"殷教授,您别难过了!"景岚劝道。

"我从小就没怎么见过我父亲,所有有关于我父亲的形象,都是通过那张照片传递给我的。"殷典说着,语气中竟有些呜咽。

想不到,殷典这个在警局被认定为犯罪嫌疑人时都极其冷静的男人,这一刻竟然如此激动起来。

景岚紧闭双唇,不知该说些什么。

良久之后,殷典才缓缓抬起头,冲景岚道:"不好意思!我有点失态了!"

他说着站起来,走到了厨房里,从橱柜中拿出一盒烟,将里面仅剩的一根烟用天然气灶点燃含在了嘴中。看起来他很少抽烟,连一个打火机也没有。

景岚也不知该如何是好,只是继续收拾了一下杂乱的房间。末了,殷典只是冲她说了句:"谢谢你了!你先回去吧,我们改天再吃饭,我想一个人静静。"

景岚也不知该怎么办,只留下一句"那你好好休息吧!"便离开了殷典的家。

对于殷典来说,这注定是一个难以入眠的夜晚。

不仅如此,一连几日,殷典一人待在家里,整日浑浑噩噩,不知该干些什么好。

这一天,也是闲来无事,殷典打开电视,看到了一则新闻:

本市公安机关成功破获一起重大连环故意杀人案,犯罪嫌疑人杨某系邪教组织成员,现已被抓获归案并依法刑事拘留。

该案件发生后,公安机关上级领导高度重视,并迅速成立专案组,经过专案组民警七天七夜的奋战,终于将犯罪分子绳之以法。

以下是现场采访报道:

画面中一个人躺在病床上,头部裹着绷带,显然是受伤不轻。

殷典定睛一看,那躺在病床上的不正是陈铮嘛!

当然采访少不了一些正能量的话,不过陈铮在传达完正能量后,却

在采访结尾说了这样一番话:

"最后我们还要感谢一个人,之前我还一直对他有成见,不过要是没有他提供专业的学术支持,我们很难在这么短的时间内破案。"

采访的最后将画面转到了公安机关的相关领导身上。总之对于这次连环杀人案,警方将要继续深挖下去,严密防范邪教组织的滋生蔓延,严厉打击邪教组织的违法犯罪活动,坚决遏制邪教组织的发展壮大,维护社会稳定,保障人民群众切身利益。

同时也呼吁广大市民共同抵制邪教,创造良好的社会环境。

看起来,这个陈铮还是一个是非分明的人。

案件已水落石出,殷典身上的嫌疑也洗刷干净了,按理说他应该感到轻松自在才对。

可此时殷典却有种说不出的感觉,总感觉这件事还远没有结束,恰恰相反,它才刚刚浮出水面。

就在此时,殷典的电话响了起来。

殷典拿起电话,一看是景岚打来的。

"殷教授!您在家吗?"电话那头问道。

"在呢!"

"那好!领导让我过去接您呢。"

"有什么事吗?"

"我们局里今天举行表彰总结大会,还要给您授予集体二等功的证书呢,所以领导让我来接您嘛!而且晚上我们还有一个庆功宴,领导还要好好感谢您呢!"

"我就不去了吧!我也不喜欢热闹。"殷典淡淡道。

"这个……"景岚支支吾吾,"我还是到您家当面给您说吧!"

"真不用,要是有时间的话,我们单独去吃吧!上次的事我还挺过意不去的。"

就在这时,电话里却传来一个男人的声音,那男人冲着电话里哈哈一笑道:"怎么!就喜欢和美女单独吃饭,不喜欢和我们这些老爷们一起啊!"

"于晨海!"殷典脱口而出。

说起这个于晨海,那话可就多了。

不过简单来说,他是殷典的大学同学,现在官做得挺大,据说已经是某省委秘书长了。

他怎么会跟景岚一起呢？

这时电话那头的于晨海哈哈一笑道："算你记性好，不然我可要好好批斗你一番了。"

"你这个大领导整天日理万机的，咱们得有好几年都没聚了吧！怎么今天晚上有时间了？"殷典也跟着哈哈一笑。

"老殷，这事确实怨我！不过我是真忙，上个星期我才刚从美利坚回来。"于晨海笑道，"不过要说这次请客吃饭的事，我可是等了你足足一个多星期了。"

"听你这话，你是早就来了啊！怎么现在才想起来联系我啊。"

"我把话说在头里，这事可不怨我。今天晚上请你吃饭，一是因为公事，感谢你给人民政府做的贡献，集体二等功的名单上可有你的名字啊！二呢，就是还有点私事，当然也不能完全说是私事，只不过这件事里掺杂着一点私事，算是半公半私吧！这个还需要你这位大教授鼎力相助啊！"

"大领导说话总喜欢这么绕吗？"

"哈哈！电话里说不清，等见面再说吧！"

末了，于晨海小声道："我会让景岚同志也来的，景岚同志今天的工作就是全程陪同你这位大教授。"

"说什么呢！"

"我可什么都没说啊！"于晨海哈哈一笑，"我只是向你透露了一下小景同志的工作内容。"

末了，于晨海又道："出席完总结表彰大会后，咱们就不跟他们一起吃了。我知道你这个人不喜欢热闹，我找了一个僻静地方，咱们到时候在那里好好聚聚。刚才我还忘了给你说，这次我从美利坚可给你带回来一个惊喜。"

"什么从美利坚带回的惊喜，你这惊喜可真够远的。别卖关子了，快说吧！"

"说了那还叫惊喜吗？美利坚会给你带来什么惊喜，你先猜猜看。"于晨海笑道，"我已经把地址告诉小景同志了，她会去接你的，到时候咱们见面聊吧！"

从美国带回来的惊喜，难道是她？如果不是她，那美国还能给他带来什么惊喜呢？

殷典站在阳台上眺望远方，回忆再次将他拉回二十多年前。如果抛去所有不好的回忆，那真的是一个白衣飘飘的年代。

那时的大学里，操场上还能听到琴声，树林里还有人在朗诵诗歌，一对青年恋人坐在湖畔讨论着黑格尔的哲学……

他们的相知与相爱，验证了那句话："始于颜值，陷于才华，忠于人品。"

然而随着交往的深入，两人的感情却渐渐出现了裂痕。没办法，那个叫李惠然的女孩是个十足的理想主义者，而殷典恰恰是个现实主义者。

那一年，殷典为了能留在大学任教，除了日夜苦读便是在校领导面前端茶递水献殷勤，他要的只是一份稳定的工作。

而那一年，李惠然却相继通过了雅思与托福的考试，为了自己的美国梦，离开生活了二十多年的故乡，也离开了那个穿着白衬衫戴着一副老式边框眼镜的清瘦男孩。

在那之后，殷典总是能收到她从大洋彼岸寄来的信件，可殷典却没有回复过一封。

就这样，殷典恨了李惠然十年。可在这十年里，他却是那么的思念她，可思念早已于事无补，大洋彼岸的她已嫁给了别人。

那时在殷典的脑海里，总是认为他是受害者，他是被抛弃的那个人，因为离开的不是他而是李惠然。

也是在那之后，殷典从一个善于言谈的男孩变成了沉默寡言的青年，之后他将所有的精力放在了甲骨文的研究上面，又变成了一个沉默寡言的中年大叔。

也是在李惠然离开他之后，他越发注意自己的形象。穿西装打领带脚蹬一双真皮皮鞋，几乎变成了他的标配，并养成了这种习惯。

因为以前，他总是以一种弱者的心理来考量别人，并认为李惠然的离开是因为从他身上看不到希望，所以她要自己奋斗。而之所以看不到希望是因为他家世贫寒，套用现在的话讲，那就是条件太差。

时间虽然残酷，但也可以抚平伤口。

在后来的十多年里，他渐渐明白了他与李惠然之间可能也不像自己之前想象的那样，他不见得是个受害者，而李惠然更不是一个崇拜物质的女性。归根结底在于两人的思想从根本上就不一样。

又或者说，两人还是缘分未到吧！

洗脸、刷牙、修剪胡须……殷典虽然已不再是那个清瘦的男孩，但岁月的洗礼却让他变成了一个精致的大叔。

那晚，他还是在景岚的陪同下前往了事先约好的那个小酒馆。

一路上闲来无事，殷典通过景岚了解到此次"9·17"连环杀人案的破案经过。原来自从警方了解到，此次案件的性质极有可能是一起潜伏于宗教中的一个邪教组织打击报复组织成员的案件，整个警局便抽调出大量人员开始在各个宗教场所走访排查。

终于，警方在市中心的一处教堂里发现了一辆黑色摩托车，而这辆摩托车与那天下午出现在尹正东店铺门口的一模一样，于是警方找到了车主。

本来警方只是想找他调查一下，没想到他见到警察后却忽然转身就跑，几名警察紧跟其后追赶上去。

这人跑得那叫一个快，几名警察追了半天却离他越来越远。最后还是陈铮咬着牙跟了上去，一直追到一个小巷子里，那人也是跑不动了，竟突然拿出一把匕首朝着陈铮便捅了过去。

在与犯罪嫌疑人的搏斗中，陈铮多处受伤，不过最终还是将犯罪嫌疑人制伏。

在警察局里，嫌疑人对于作案经过供认不讳，现在已被依法刑拘并做进一步调查。

看起来这案子算是告一段落了，只是殷典想不明白，为何凶手要用那么残忍的方式杀人呢？商朝时期的祭祀仪式跟基督教信仰也没有什么联系啊！

还有就是在李桂花家也没见到过体现她有基督教信仰的东西啊！

比如一个十字架又或某种与之相关的书画之类的。

要知道作为一个基督教信徒，家里摆放一些与信仰有关的东西是最正常的啊。

虽然殷典一直觉得这事并没有结束，但至少现在看来，警方已经找到了杀人凶手，对于深入侦破案件起码有了一个重要的突破口。就看警方如何从这名凶手身上找出幕后组织了。

说话间，两人便来到了那家小酒馆外。这家小酒馆由民房改造，坐落在道路狭窄的城中村。如果单从外观上看，它与周围的民房毫无两样，就连大门也与普通的民房一样，根本看不出这会是一家酒馆。

殷典和景岚一度以为自己走错了地方，好在景岚打了一个电话后，大门才打开，从里面走出来两个身穿黑色西装的工作人员，在询问两人姓名和来意后才让他们进去。

殷典和景岚下了车缓缓地走进去，之后那两个工作人员又将大门紧锁上了。

看起来，即便是有人想来这里吃个饭，没有人引荐也是不行的。

这家酒馆是一个四合院改造的，而且看起来是尽可能地没有破坏原貌。

两人在工作人员的带领下绕过影壁墙，顺着游廊来到了正房门口，只见那正房的上方挂着一个匾额，匾额上写着"箪瓢陋室"。两侧则挂着一副对联："谈笑有鸿儒，往来无白丁。"

这是唐代著名文学家刘禹锡《陋室铭》里的词句，而这"箪瓢"应该是取自《论语·为政》："子曰：'贤哉，回也！一箪食，一瓢饮，在陋巷，人不堪其忧，回也不改其乐。贤哉，回也！'"

如果单从这些文字想要向外传达的意思来看，主人家是想把此地打造成一处邀约同道中人到此坐而论道的地方。

不过两人刚一进入，却发现这哪是什么陋室，这分明是桂殿兰宫。

两人进入屋内，只见一个巨大水晶灯挂在房顶，明亮的灯光晃得人眼都睁不开，灯下则是一张可以容纳九人同时就餐的梨花木餐桌。

四周墙壁涂着金漆，大红色地毯铺满整个地面，房屋内则陈列着各种艺术品，既有东方的也有西方的。

什么中国传统山水画、西方印象派油画、中国的佛像、西方的雕像，都硬生生地融进了这间屋子里。

看过这些之后，殷典也只是连连摇头。这哪里是坐而论道的地方，这只不过是屋主人用来显摆他有钱罢了。

就在这时一个声音道："老同学！好久不见啊！"

说话的正是殷典的大学同学——于晨海，于晨海上前拍了拍殷典的肩膀，显得很是亲昵。

不过在他身后也跟着走出了一个人，看样子像是外国人。

"我给你介绍一下！"于晨海指着黄头发的中年外国人道，"这是美国宾夕法尼亚州，匹兹堡市，卡内基博物馆馆长助理——路易斯先生。"

"你好，殷教授！"看起来，这个叫路易斯的美国人汉语说得还很不错。

"你好，路易斯先生！"

两人礼节性地握了握手，之后，几人便分别坐在了身后的紫色皮质沙发上。

"这卡内基博物馆里可是藏了不少中国商代的刻字甲骨啊！"殷典开口道，"当年库寿龄、方法敛从中国弄走了好多商代刻字甲骨，其中有不少就藏在你们这个博物馆！"

"殷教授对我们博物馆可真是够了解的！"

"只要是研究商代的学者都知道！"殷典笑了笑，"找机会，我得去你们博物馆好好研究一下这些甲骨！"

"随时欢迎！"路易斯说。

不过殷典虽然表面上在与这路易斯交谈，可总是不自主地向周围看，似乎在寻些什么。

"找什么呢？"于晨海笑着冲殷典说。

"没什么！"

"我知道你在找什么。"于晨海呵呵一笑，"惊喜，对不对！"

"你别说让我来这种地方吃个饭，再认识个外国友人就是惊喜了！"

殷典看向于晨海，眼神里却充满了失望之色。

"要不然呢？"于晨海欲擒故纵。

"那我可走了！"殷典假意起身，做出马上要走的样子。

"瞧你心急的样子，可不像个大学者的风范！"

"你嘻嘻哈哈的样子也不像个大领导嘛！"

"老同学见面，要是不这样，那还叫老同学吗？你说是吧！"

于晨海说到这，冲着内屋喊了一句："快出来吧！"

那句话怎么说来着——"近乡情更怯"，此时的殷典在听到于晨海的这句话时，也不免紧张起来。

只不过，先从内屋出来的不是一个人，而是一个乒乓球，而且那球正冲着殷典的脸颊飞过来。

好在殷典反应够快，在那乒乓球还未击中自己脸颊时，伸手将乒乓球接住了。

就在这时,一个女孩从内屋走了出来,只见她头戴一项白色的棒球帽,上身穿着一件棒球服,下身穿着一条灰色的百褶裙,脚上则穿一双帆布鞋。走起路来,脑后的马尾辫也跟着跳动起来,显得动感十足。

显然这走出来的女孩并不是殷典想要见到的那个人,不过于晨海却歪着头冲殷典笑道:"像不像?"

"像什么?"

"李惠然啊!"于晨海笑道,"你再好好看看。"

殷典再次看向那个朝自己走来的女孩,只见这女孩化着烟熏妆,嘴上涂抹着大红色的口红,两只耳朵上镶嵌了足足有七八个耳钉。

殷典看到这,不禁大失所望,这女孩哪里有一点像李惠然了。

只不过在那女孩眨眼的一瞬间,殷典才捕捉到了两人的相似之处。

她们的眼睛都很大也很灵动,只是眼前女孩的眼神中透露出更多的是玩世不恭的狡黠,而李惠然的双眼却是一尘不染的灵动。

于晨海向着那个女孩招手道:"斯嘉丽,快过来见见你殷叔叔!"

斯嘉丽!美国作家玛格丽特·米切尔的小说《飘》里的女主角也是叫这个名字。

殷典还记得当年李惠然说,她最喜欢的小说人物就是《飘》里的女主角——斯嘉丽。

因为斯嘉丽身上有一种反叛精神,敢爱敢恨。她喜欢南方如画的景致和田园牧歌式的生活,不喜欢北方的浮华和放荡。她喜欢温文尔雅的阿希礼,不喜欢油腔滑调的瑞德·巴特勒……

李惠然之所以给女儿起这样一个名字,恐怕也是一种精神寄托又或许是对青春时代的追忆吧。

"你就是殷典!"斯嘉丽说着并不太流利的汉语,双眼则滴溜溜地在殷典身上打量着。

看起来这斯嘉丽对殷典还算了解,只是却并没有起码的礼数。

"很高兴认识你!"殷典礼节性地伸出手。

斯嘉丽并没有和殷典握手,只是转身大咧咧地坐到了于晨海的斜对面,将手中的一个乒乓球拍放在了桌子上。

"斯嘉丽!刚才你怎么还拿乒乓球打你殷叔叔呢?"于晨海扭过头冲斯嘉丽说,言辞中颇有些教导之意,"你殷叔叔想跟你打个招呼,你怎么直接就坐下了呢!"

斯嘉丽却将头一扭冲于晨海说:"都说中国人打乒乓球打得好,是因为反应能力强,我只是做个实验。再说了,我来中国可不是来学什么礼仪的,你忘了你怎么答应我妈妈的吗?"

"好吧,好吧!"面对这个古灵精怪的斯嘉丽,于晨海也是很无奈。

末了,于晨海冲殷典笑道:"怎么样,老殷,惊喜吧!"

殷典无奈地点点头,含蓄地说:"惊喜和惊吓就差一个字。"

于晨海哈哈大笑,拍了拍殷典的肩膀,却靠近殷典的耳朵小声道:"我这几天,被这小妞折腾坏了,交流根本就不在一个频道上。这小妞和她妈妈简直是天壤之别啊!我这几天要出差了,剩下的时间可就由你来照顾她了。"

"搞了半天,你把我弄到这里,就是为了这个啊!你这局做得够深的啊。"殷典也小声道。

"这事你可别赖我啊!我只不过是先带她玩几天,人家这来中国主要是奔着你来的。"

"奔我来的?"殷典颇为疑惑地说。

于晨海笑了笑,继续道:"几天前我们就到了,只不过当时没联系上你,我还去了你家和大学也没找到你。后来我没办法,还给你报了个失踪案的。谁承想公安那边一调查,说你涉嫌一宗谋杀案,已经被传唤了。我当时很吃惊,就嘱咐他们,一定要查清楚了,千万不能抓错了人。"

"我说呢!那天他们把我放出来时,还说我是不是认识某个大领导,原来那大领导是你啊!"

"这和认不认识大领导没什么关系,你是清白的就是清白的,再说了我还不了解你吗?无欲无求的一个人。这不是后来你出来了,公安那边就给我来信了。我简单问了下案件的情况,他们说这个案件很复杂,现在他们还在调查中,就是作案现场出现的甲骨文让他们很头疼。"

"我说我给你们推荐一个人,后来你不就成了'9·17'连环杀人案的特邀学术专家嘛!我也是不想打扰你协助警方办案,于是就把这些事先放下了。谁想这一等就是一个星期啊。"

殷典点点头道:"原来是这样。"

"我是沾你的光,才有了这举荐之功!他们局长非把我留下来和他们一起主持这个表彰大会,于是就一直拖到了现在。"

于晨海说到这，瞄了一眼斯嘉丽，冲殷典小声笑道："今天晚上就算是交接了哈！"

就在两人窃窃私语之时，斯嘉丽却开口道："你们两个老男人真有意思，还说起悄悄话来了，搞得像一对情侣似的。我记得你们两个人好像是情敌啊，怎么现在情同手足了呢?！"

斯嘉丽这话让气氛瞬间尴尬起来！

没错，殷典和于晨海大学期间曾同时追求过李惠然，为此两人甚至还大打出手，只是后来李惠然选了殷典。

不过岁月给予一个男人的恐怕不仅仅是脸上的皱纹，还有更加宽广的胸怀。

"不好意思啊，斯嘉丽！你看我们老同学好久不见了，总是要先聊聊嘛！你再给我几分钟，我们马上就结束。要知道，今天晚上，你才是主角。"于晨海解释道。

"我才不信你说的呢！你口口声声地给我说过，说带我来中国，让我见识一下中国乒乓球国家队，还许诺我跟他们打一场球呢。可我来中国都好几天了，你今天忙这个，明天忙那个，就是一直没带我去跟国家队队员打球。我不管，我今天就要去跟他们打球。"

斯嘉丽不屑地说。

"对不起了，斯嘉丽，这是我的错。我向你保证我一定会带你去的。"于晨海信誓旦旦地说。

"我才不要相信你，你今天说过的话，明天就抛到脑后了。"斯嘉丽小嘴一撇，"你知道我妈妈当初为什么没选择你吗？"

"为什么？你说来听听！"于晨海虽然早已不是当初的懵懂少年，但当初追求心上人被拒绝的这道坎却一直过不去。

斯嘉丽噘起小嘴冲于晨海道："因为你油嘴滑舌不靠谱。"

"这是你妈妈说的?"于晨海看向斯嘉丽，眼神中闪过一丝失落，但随即却笑了起来。

"当然了！"斯嘉丽毫不犹豫地说。

"你妈妈绝对不会这么说！"

殷典和于晨海两个人同时说道，稍后两人相视一笑。

"你们两个老男人好奇怪！"斯嘉丽哼了一声站起来，拿起乒乓球拍道，"你不带我去，我自己去还不行吗？"

就在这时，景岚站了出来，冲斯嘉丽说："你好！我可以陪你打吗？"

"你是中国国家队的？"

"不是！"

"我才不要跟你打！你又打不过我，我要跟你们国家队的打！"斯嘉丽说道，语气中颇有些不屑。

"打你还用不着国家队出手，先过了我这关再说。"

景岚看向斯嘉丽，眼神中充满了挑衅。

"行！我就先打哭你再说！"斯嘉丽嘴角一撇，颇为嚣张地说。

这时在一旁的于晨海看向景岚，有点疑惑道："景岚同志，你会打乒乓球？"

"小学的时候，得过全市业余组第一名！"景岚自信地说。

于晨海双手击掌，笑道："那你就陪斯嘉丽玩两局，我正好跟殷教授还有正事谈。"

这时斯嘉丽却道："什么叫陪我玩两局，既然开打，那就要按比赛规则来。谁输了谁就是小狗，就要学小狗叫。"

"好！一言为定。"景岚一口回道。

于晨海忙左手一指道："内屋里就有张乒乓球桌！"

他是真想赶快摆脱这个斯嘉丽啊！

看着两人离去的身影，于晨海若有所思道："我怎么感觉这小景同志比斯嘉丽更像李惠然啊！"

于晨海说到这，冲殷典笑道："老殷啊！你可有福喽。"

"你这大领导怎么跟那些婆婆妈妈似的，喜欢给别人瞎安排。"

"领导不就是给人民解决问题的嘛。婚丧嫁娶，那可是老百姓最基本的合理诉求啊！"

"这事就此打住，以后别再提了！"

"你要不是单身，打死我也不会说这些的！"于晨海笑道。

殷典瞪了于晨海一眼。

"好好好，不提了！"于晨海喝了一口茶，笑道，"刚才的思路都被斯嘉丽这小妞打乱了！净说些私事了，这公事还一直没说呢！"

于晨海说着，用余光扫了扫旁边的美国人路易斯，道："有一样东西你肯定很感兴趣！"

"什么东西?"殷典问。

"商代刻字甲骨。"于晨海淡淡地说,"这也是我今天晚上邀请你来时,给你说的那件公事!"

如果是之前听到关于甲骨文的信息,殷典肯定会很兴奋,可最近一连串的凶杀案都与甲骨文有关,让他此时不免有些茫然无措。

殷典看了看面前的路易斯,又看了看于晨海,道:"到底是什么事?"

"希望你能帮忙调查一些商代刻字甲骨的下落!"于晨海回道。

"什么意思?"殷典看了看面前的路易斯,"难道这卡内基博物馆藏的那些商代刻字甲骨被盗了?这事不是该归警察管吗,怎么找上我了?"

第五章
一本笔记

"这倒不是!"于晨海笑着摇了摇头道,"卡内基博物馆藏的那些商代刻字甲骨并没有被盗!"

"到底是怎么回事?"殷典问。

"前些日子,我和一些领导去美国宾夕法尼亚州匹兹堡市考察,除了考察这个匹兹堡的城市建设、工业发展之外呢,我们还参观了卡内基博物馆。"

于晨海笑了笑,继续道:"物质文明和精神文明两手都要抓,两手都要硬嘛!不过我在那里见到了惠然,惠然现在是卡内基博物馆副馆长。"

"我看你是想见惠然,所以才去的卡内基博物馆吧!"殷典笑了笑。

"瞧你说的,我那是工作。"

不过于晨海虽这么说,殷典还是投来了鄙夷的眼光。

"好吧,就算是这样。"于晨海笑了笑继续道,"这个卡内基博物馆可有不少中国的文物啊!很多都是清末民国时流失到美国的。你知道在国外看到中国的文物,对于任何一个中国人来讲,都有一种说不出的亲近感。"

殷典点点头道:"这卡内基博物馆藏有不少商代刻字甲骨,这些甲骨对于我们研究商周历史很重要。"

于晨海笑了笑,"我倒是不懂它的学术价值,但我觉得这些古董原本是属于我们中国的。不管它是怎么流失到海外的,还是希望它们能重新回到祖国。"

"还是你的政治觉悟高啊！当领导是有原因的！"殷典点头称赞。

"我觉得每个中国人应该都有这种想法吧！"于晨海笑了笑继续道，"可关键是接待我们的不是别人啊，是咱中国人，还是老同学。于是我就地向李惠然表达了这个意思。"

"那她怎么说？"

"她直截了当地说，这是不可能的。"于晨海笑了笑道，"她还是年轻时那个样子，说话干脆直接！"

他顿了顿，继续道："后来惠然带我们参观了存放商代刻字甲骨的展览区，也是在这个展览区，惠然才第一次问起你来！"

"问我？"

"她问你最近在甲骨文方面的研究成果如何！"于晨海道，"我哪知道这些事，我就说应该是很好吧！我当时心想，她要是问我殷典有没有结婚，这个我可以给她好好说道说道。"

于晨海说着，向殷典投来一个特别的眼神，并道："她现在单身了，你知道吗？"

李惠然单身，殷典早已知道。可在殷典看来，有些人、有些事过去了就让它过去吧，不能强求也不能强留。

殷典摇了摇头，转移话题："还是说说寻找那些甲骨下落的事吧！"

"你瞧我！怎么越扯越远了！"

于晨海清了清嗓子，道："李惠然说其实她也希望一些文物能重回中国，虽然博物馆对这些文物没有处置权，但是在一些私人手里却还有一些藏品，而且据说他们馆长手里就有一些商代刻字甲骨。我们可与他协商一下，哪怕是从他手里买走一部分也是可以的。"

"有成果吗？"

"嗨！别提了！"于晨海叹了口气道，"那馆长手里虽然有一些甲骨，不过人家压根就不打算给我们，也不打算卖给我们。后来通过了解，我们才知道，这馆长的一个叔叔曾经在民国时期来中国做过传教士，中文名字好像叫'明德'。他手里的那些刻字甲骨正是他叔叔从中国弄回去的。"

"等一下！"殷典突然打断了于晨海，神色惊讶地问，"那个美国传教士中文名叫'明德'？"

"怎么了，这有问题吗？"

"我只是忽然想起了'9·17'连环凶杀案！"殷典喃喃道。

在尹正东的手稿中，殷典曾见到过"明德神父"这几个字，可他并不能确定这两者是否有关系，或许这也只是一种巧合吧。

"明德神父和'9·17'连环凶杀案有什么关系吗？"于晨海很是诧异。

"我只是突然想起来了这件事！"殷典摇了摇头道，"你还是继续说说这个明德神父吧！"

于晨海点了点头继续道："这个明德神父当初在中国收集了很多商代甲骨，但是后来中国内战爆发，他叔叔因为一些特殊原因没能将这批甲骨运回美国。后来，这批甲骨一直没有离开中国。"

"那就是说，这批甲骨还在中国。"听到这，殷典也来了兴致。

"正是！这就是我今晚邀请你来的目的！"于晨海喝了一口茶，中气十足地说。

"这还真是个惊喜！看来今晚我是没白来啊！"

"不是这个意思哈，叫你来可不只是为了告诉你这个好消息。"

"那是什么事？"殷典有些不明其意。

"虽然明德神父的后人告诉了我们这些事，可是他的后人却并不知道这些藏在中国的商代刻字甲骨放在什么地方！"

"那我就更不知道了！"

"但他生前曾留下了一本笔记，从这本笔记中或许能找到甲骨所藏之地的蛛丝马迹。"

于晨海说到这，冲路易斯道："路易斯先生，您把那本笔记拿出来吧！"

路易斯点了点头，从一个公文包里拿出一本牛皮笔记本，递到了殷典面前，道："殷教授，这是明德神父生前所写的一本笔记。"

殷典双手接过那本已泛黄的笔记本，却冲路易斯道："你们之前没有看过这本笔记吗？"

"看过！"路易斯道，"但是这笔记里有很多东西我们根本就不懂。"

殷典打开那本笔记，才发现这笔记本曾被水浸泡过，其中有大量的书页粘连到了一起早已无法翻阅。

殷典只能硬着头皮从头一页一页地阅读起来，虽然日记中的字迹已经模糊了，但依照上下文的联系，倒也能读出个大概。

可日记中有关记录明德神父来到中国的部分，却已经完全无法辨识，因为在那之后，上百页纸因为被浸泡过，已经粘连在了一起。

"这怎么看？"殷典皱着眉头道。

这时在一旁的路易斯显然是等不及了，他冲殷典道："殷教授，您直接翻到笔记的最后一页吧！"

殷典依言将笔记本翻到了最后一页，虽然最后一页上的字迹也很模糊，但好在是独立的一张纸，也还能辨识清楚，只见上面写着：

"今天早上西北方向炮火连天，一颗炮弹竟然落在了我的园子中，将我家的京巴炸死了。

"中午的时候，大批军队开始向城内涌入，政府门口停了好多军用卡车却混乱不堪，大溃败恐怕马上就要来临了。国民党军队一败再败，我看蒋介石失败已成定局。

"我恐怕等不到他回来了，我必须马上离开这里，但是甲骨数量太多我难以运回美国，只得找地方先将它们掩埋起来，等回头找机会再来取。

"下午，我终于联系上了政府官员，他们告诉我晚上有一架飞机将来这里带走一部分家属，我可以跟他们一起离开。

"我抓紧绘制了两张甲骨埋藏位置的地图，一张由我带回美国，另一张交于老妈子张素贞让她转给殷惟，并转告他我和孩子都很安全，请他放心。"

殷典看到这，只觉脑子"嗡"的一声巨响，他看到了一个人的名字——殷惟。

他之所以感到震惊，是因为他的父亲也叫殷惟，这未免有点太巧合了。

殷典的父亲在他十来岁时便已去世，自打他有记忆时起，他就没见过自己的父亲。

关于他父亲的去世，殷典也曾问过母亲。他母亲告诉他，他父亲生前所做的事属于国家机密。他父亲是为国牺牲，绝不能向外人泄露半点信息。

在殷典儿时的印象中，他父亲应该是一个甘愿隐姓埋名，为国家的某个科研项目默默奉献一生直至牺牲的大英雄。

可关于他的父亲究竟是怎样一个人,他父亲又在做什么,他一概不知。

"怎么了!老殷?"

看着一动不动僵在原地的殷典,于晨海关切地问。

良久之后,殷典才开口道:"这日记的最后一页出现了两个人名,一个叫张素贞,一个叫殷惟,而我父亲刚好也叫殷惟。"他说着伸手指向日记上的那两个名字!

"unbelievable(难以置信)!"路易斯兴奋得脱口而出。

听殷典这么一说,于晨海也是一惊,啧啧称奇道:"这事可真是巧了。"

他说到这,猛然抬头看向殷典道:"会不会这日记中叫殷惟的人就是你家老爷子?"

殷典摇了摇头道:"应该不会!我从未听我母亲提起过我父亲曾经研究过甲骨文这事。如果我父亲真的研究过甲骨文或者对甲骨文很感兴趣的话,我想家里起码会有相关的书籍吧,可我从小也没见到过有这方面的东西。"

"阿姨就没跟你提起老爷子当年的一些事吗?比如老爷子之前是干什么的?"于晨海试图想让殷典回忆起什么。

殷典继续摇了摇头道:"我母亲说我父亲生前所做的事属于国家机密,至于我父亲究竟是干什么的,她从未说过。只是经常跟我聊起他们两个是怎么认识的,说当年世道混乱,我父亲被一帮土匪追杀,我母亲看他长得好看便救下了他,然后两个人就这么成亲了。"

"想不到是阿姨英雄救美,老爷子以身相许啊!"于晨海笑道。

殷典笑了笑道:"反正只要我母亲一提起我父亲来,总是说我父亲长得多帅多好看。"

"情人眼里出西施嘛!"于晨海笑道。

一旁的路易斯耸耸肩道:"真是空欢喜一场啊!"

殷典双眼微眯看向路易斯道:"这日记中不是写着有两份地图嘛,其中一份不是由明德神父带回美国了,你们按着那份地图找不就可以了吗?"

"当时明德神父在坐船回美国的途中,突发疾病去世了。他这份日记还是由他的朋友带回美国的,那份地图也早就丢失了。"路易斯无奈地说。

"这份日记当中倒是还提及一个人——张素贞,当初她也是当事人嘛!"殷典说。

"这个人,我已经委托公安机关在查了。不过我想这么多年过去了,而且还是在解放之前,恐怕很难有结果。"于晨海回答道。

"如果仅凭一本日记中出现的两个人名,来寻找那些甲骨的藏身之地,岂不是大海捞针!"殷典无奈地摇了摇头。

于晨海点点头道:"的确如此!我和惠然在美国讨论这件事时,我也发出过你这种感慨!"

"不过现在我们却有了一条更重要的线索,我觉得这条线索比我们去找张素贞更有价值啊!"于晨海看向殷典若有所思地道,"如果说这笔记中叫殷惟的人就是老爷子呢!"

"我刚才不是说了嘛!关于我父亲的事,我一概不知!"殷典道。

"我与你恰恰持相反的态度!"于晨海站起身在屋子里开始踱步,"我是这样想的,恰恰是你不知道老爷子生前干过什么,这反而为我们猜测笔记中的那个人就是老爷子,提供了一种可能性。

"虽然你不知道老爷子曾经干过什么,可别人呢?虽然你的爷爷和奶奶已经去世了,我们没法从他们口中得出这些。但老爷子当年老家里的人难道就不知道吗?

"又比如你的七大姑八大姨,大爷大叔什么的,总之是与老爷子一个家族又接触过老爷子的人,他们难道就没有人知道吗?毕竟那个年代,一个家族中的文化人肯定要比普通人给别人留下的印象更深刻。我们可以回你的祖籍去找一找,了解一下嘛!"

于晨海说得很有道理,可殷典却摇了摇头道:"我从来没见过我父亲那边的亲戚,更不知道我父亲的祖籍在哪!"

"是吗?"于晨海诧异道。

殷典点点头,道:"这个问题,我也曾问过我母亲。我当时还小,我说别人都有爷爷奶奶,为什么我就从来没见过呢!我母亲说我爷爷奶奶早就去世了,他们家就剩我爸爸一个人了。至于我父亲究竟在哪里出生,我当时也没问过。"

"也是!毕竟当时那个年月兵荒马乱,人命如草芥,能活下来就是造化了。"

于晨海长叹一声，继续道："我父亲也是如此，小的时候家里闹旱灾没饭吃，我爷爷带着一家七口想去东北投靠一个亲戚。还没到山海关，一家七口就只剩下了父亲一个人，我父亲那时为了能吃口饭才参的军。老爷子能活着挨到了解放，用他的话说那就叫命硬，还时常把衣服卷起来给我看身上的弹孔，那可有十几处枪伤啊！"

于晨海说到这，从身上掏出一个钱包，并从其中掏出一张照片，冲殷典道："这是我老爷子生前的照片，我一直带在身上。目的就是提醒自己，革命先烈用鲜血打下来的江山，我们一定要时刻谨记自己当下的使命，绝不能辜负了当年的先烈们。"

殷典看向那张照片，那是一个身着军装眼神坚毅的军人，眉宇之间与于晨海甚是相似。

就在这时，路易斯却开口说道："你要是不提照片这件事，我差点给忘了，明德神父的笔记中也有一张照片，是他从中国带回美国的唯一一张照片。"

路易斯说着从档案袋中拿出了一张黑白照片，照片中明德神父头戴圆顶礼帽，身着西装，右手拿着一根手杖，左手还在胸口打了个"OK"的手势。

可当殷典看到这张照片时却有种似曾相识的感觉，因为这张照片的背景，他曾从另一张照片上见过。

从背景中的建筑物可以看出，这两张照片是在同一个地方拍摄的，而那张照片正是他父亲生前留下的唯一一张照片。

看着明德神父生前留下的照片，殷典慢慢回忆起父亲生前留下的那张照片。

没错！

日记中出现的那个叫殷惟的人正是自己的父亲。

"又怎么了！老殷？"于晨海关切地问。

"日记中这个叫殷惟的人就是我的父亲！"殷典自顾自地说。

"这次你怎么这么肯定了？"

"因为我父亲也曾在这个地方拍过一张照片。"殷典拿起明德神父的那张照片冲于晨海继续说，"明德神父的这张照片应该只是其中一部分。"

"什么意思？"于晨海疑惑道。

"我的意思是说，明德神父在拍这张照片时旁边还有别人，也就是说这其实是一张合影照而不是一张个人照，而与明德神父一起合影的人正是我的父亲。"殷典解释道。

殷典说着伸手指了指照片的上方，上方部分从右向左标注着"民国三十三年"六个字，继续道："如果单看这张照片的话确实看不出来，毕竟这张照片的上方已经标注了拍摄这张照片的时间，而且还很合乎当年拍摄照片的样式。但如果你看过那张照片的话就会顺理成章地认为这其实是一张合影照片了。"

"你说的那张照片究竟是什么样？"于晨海问道。

"那是我父亲生前留下的唯一一张照片，那张照片上方标注着'摄于天津'四个字，而且身后的建筑刚好与这张照片契合到一起。"殷典长叹一声，"如果不是见到这张照片，我也以为那不过是我父亲生前的一张个人照罢了。"

"民国三十三年摄于天津，"于晨海口中默念，不禁双手一拍兴奋道，"当年照相并不像现在这么容易，那时候的人往往喜欢在照片上方标注照相的时间和地点留作纪念。现在时间、地点都有了，这才显得更完整嘛！"

殷典点点头道："没错！"

"那老爷子的那张照片呢？"于晨海问。

"被人偷走了！就在前几天！"殷典无奈地说。

"偷走了，这也太巧了吧！"于晨海皱起眉头吃惊道，"除了这张照片，还有别的东西被偷吗？"

"没有！"殷典摇了摇头道，"蹊跷之处就在于那人只是偷走了那张照片。至于其他的，他什么都没拿。不仅如此，他还给我送了一件东西。"

"他还送给你东西？"于晨海怎么也想不到一个小偷竟然还会给别人送东西。

"一把青铜短剑。"殷典道，"那人曾用这把青铜短剑刺伤过我，只是我当时太激动又急于摆脱危险，因此并没有发现这会是一把青铜短剑。"

"我还是第一次听说有人这么送东西给别人的！"

殷典点点头，道："不仅如此，那人还告诉我这把青铜短剑是一件文物,让我借古董圈子里的人脉把它卖了,可以让我丰衣足食,找个偏远的地方隐居起来,平平安安过一辈子!"

稍后,殷典将最近发生的事情一五一十地告诉了于晨海,于晨海听罢,也不禁唏嘘。

"还有这样的事,那这青铜短剑到底是不是件真的文物呢?"

"你带手机了吗?"殷典看向于晨海道,"之前我的手机丢了,最近一直还没买呢!我已经将那把青铜短剑交给一位朋友,让他帮忙给鉴定一下。"

于晨海将手机递给了殷典,殷典快速拨通了一个电话,便冲电话那头问道:"陈教授,我是殷典。我想问一下,我上次交给您的那把青铜短剑,您看过了吗?"

电话那头回复道:"我还正想找你呢。今天晚上给你打了好几个电话,你都没接,也不知道你去哪了。"

"不好意思,陈教授,我没在家。"殷典解释道。

"那把青铜短剑,我看了,也用仪器检测了一下。我猜测这把青铜短剑应该是商末周初的产物。很难得啊,竟然能保护得这么完好。"

"那您没觉得这把青铜短剑未免有点保存得太过完好了吗?主要是从剑身上的包浆来看,这青铜短剑好像是一直有人在使用啊。"

"一把使用了三千年的青铜短剑,这的确是让人匪夷所思。但不管怎么说这是一件真品却是无疑。这把青铜短剑肯定不是刚刚出土的,如果是别人给你的,你还是问问那个人嘛!"

电话那头顿了顿继续道:"保存这么完好的青铜短剑可是不多,而且年代这么久远,你可要好好想想怎么处理啊!"

"谢谢您!这么晚了就不打扰您了,我改天再去拜访您。如果这是一件真品的话,我一定会捐给国家的。"

殷典在电话里又寒暄了几句,便将电话挂了。

这时在一旁的于晨海却双目圆睁难以置信地望着殷典,道:"老殷!这事太蹊跷了吧!"

"问题就出在这!人类历史的进程有很多种划分方式,有一种是以使用工具来划分的,诸如石器时代、青铜时代、铁器时代、蒸汽时代这种划分。在铁器时代全面来临之时,青铜武器也已退出了历史舞台,谁还会继续用青铜武器呢!"殷典解释道。

"历史我不懂,我觉得蹊跷的地方在于,那人为何要威逼利诱你,他的目的究竟是什么?"

"如果今天我不是看到了明德神父的日记以及照片,我是怎么也想不到那个人的目的是什么,但现在我想明白了。"

"那人曾询问我为什么突然从机械工程转到甲骨文研究,应该是在试探我是否是因为我父亲而研究起甲骨文的。"

殷典抬起头,注视着屋顶的水晶灯,继续道:"而盗走了我父亲生前留下的照片,也是试图切断我父亲生前留下的任何信息。目的就在于他不想让我再牵扯进父亲生前所做的一些事,而这些事现在看来一定与明德神父藏在中国的那些甲骨有关。"

于晨海问:"那你究竟为什么从机械工程转到了甲骨文研究呢?"

"其实当时我从机械工程转到历史学完全是因为惠然。惠然学的是历史学,我因此经常陪她一起上课,久而久之发现我对历史的兴趣远比机械更浓厚,于是才转向了历史专业。"殷典回答。

"原来是这样!"于晨海点点头说。

"研究甲骨文也纯粹是个偶然,因为一个历史老师告诉我当时研究甲骨文的学者相对要少,所以也更容易出研究成果。如果我能在甲骨文的研究中搞出一些学术成果,那么留在大学任教的机会就更大。我当时一心想留在大学,所以就研究起了甲骨文,用了两年多的时间便出版了一部关于甲骨文研究的书籍。"

说到这,殷典不禁长叹一声,道:"你们可能永远不会明白,一个出身农村家庭的孩子想留在城市需要付出多大的努力。"

"如果是这样,我想搜寻明德神父遗留在中国的商代刻字甲骨这件事,就暂时先放一放吧。虽然政府肯定会保护每个公民的人身财产安全,但俗话说'不怕贼偷,就怕贼惦记'啊!"

于晨海说到这,又拿起手机道:"我马上通知当地公安机关,务必做好审讯工作,想尽一切办法从犯罪分子身上找到突破口。在案件没有水落石出之前,我会委托警方派人保护你的人身安全的。"

说完,于晨海拨通了一个电话,并与电话那头沟通起了一些事情,诸如继续深入全面地审讯犯罪分子和保护殷典的人身安全等等。

可说到由谁来保护殷典的人身安全问题上,两人却一直没能达成一致意见,直到于晨海说出了一个人的名字——景岚。

看起来这个提议，景岚的上级领导也予以了肯定。

首先景岚出身于警察世家，对犯罪分子有着先天的敏感性。而且她自小便被父亲当作男孩养，还学习了长达十年的散打，据说警局里的男干警都不是她的对手。真是女孩子会的她都不会，女孩不会的她都会。

再一个就是，在所有干警中，她与殷典最为熟悉。两个陌生人长时间在一起难免会有矛盾，如果两个人比较熟悉的话是最好不过了。

最后就是她还没有结婚，所以个人生活方面的事情要少很多，这也可以让她将足够的精力放在对殷典的保护工作上。

可就在于晨海刚刚挂上电话时，却突然从内屋传出了一阵"啊啊啊"的尖叫声。

就在客厅里的三个人准备向内屋走去时，却见斯嘉丽从内屋走了出来。只见她神情沮丧，一脸的不高兴。

"刚才是怎么回事？"于晨海冲斯嘉丽关切地问。

斯嘉丽没有回答，只是低着头向前走，这时内屋里的景岚也走了出来，看起来她却是神采飞扬、精神奕奕。

于晨海一见这等场景，便已猜中了八成。想必是刚才的比赛，斯嘉丽输了。

只是他没猜到的是斯嘉丽和景岚的这场乒乓球比赛，最终会以斯嘉丽0比3惨败给了景岚而告终。

之后于晨海开始宽慰斯嘉丽，说什么"友谊第一，比赛第二"这样的话，可斯嘉丽却依旧神情沮丧。

为了缓解这种尴尬的气氛，于晨海通知酒馆的工作人员抓紧上菜。他希望通过饭桌上的热闹气氛来缓解斯嘉丽的尴尬。

很快桌子上便上满了酒菜，品类更是极为丰盛。殷典看向于晨海道："老于，在这地方吃饭未免有点太超标了吧！"

于晨海笑道："老同学好久不见面，我都忘了给你介绍了。今天这饭局还真不是我请的，你忘了我们还有个同学嘛，当时我们三个一起追求的惠然。"

"冯天鸣？"

于晨海点点头道："这小子现在做古董生意，据说还做得挺大，这小酒馆就是他的。不过他今天临时有事就没参加，临走的时候还嘱咐我一定要招待好你，改天他再亲自请你。据说他手里还有个小玩意要请你鉴赏鉴赏。"

"他经常请我吃饭,让我帮忙给他鉴定古董,只是我从来不知道他还有这么个小酒馆!"殷典笑了笑,"看来这地方是用来专门招待你们这些个领导的啊!"

"是吗?"于晨海挺起胸脯,道,"那我可要好好说道说道这冯天鸣了!"

这时一直沉默不语的斯嘉丽却开口道:"什么临时有事!他就是陪那个女明星去了。说得好像你们的友谊多么深似的,人家根本就没放在心上。"

于晨海看向斯嘉丽那张满不在乎的脸,心想冯天鸣之所以今天晚上没来还不是因为你把他呛走的。

此时虽然斯嘉丽说的也是事实,可有时候这事实也不能想说就说啊。说出来又有什么好处呢,只不过让大家都尴尬得下不了台罢了。

此时于晨海也笃定必须马上把这小姑娘转交出去。酒过三巡,于晨海举起酒杯冲斯嘉丽,道:"斯嘉丽,你来中国我招待不周,你也知道我太忙了,我实在是不好意思了。这杯酒算我自罚,希望你能跟你殷叔叔玩得开心点。"

殷典见于晨海这么说,便伸出脚踢了下于晨海。今天这斯嘉丽的表现他算是见到了,这小魔女于晨海都拿她不住,他又岂能降服得了。

可于晨海却佯装浑然不知,又倒了一杯酒冲殷典道:"老殷,今天晚上,我很高兴,希望我们的友谊长存。如果说老同学是友谊之花,那老同学的孩子就是友谊之果啊。希望你一定要好好呵护我们的友谊之果啊!"

殷典连连向于晨海使眼色,可于晨海只是装作不见,直到斯嘉丽冷哼一声道:"我自己玩就好了,才不要你们陪。假惺惺的,也不知道我妈妈怎么想的,还说你们是她最好的朋友,只要我来中国你们都会好好对我,可你们做到了吗?我这才知道我妈妈为什么离开你们去美国了,因为你们都是一帮伪君子。"

斯嘉丽的话显然不是针对一个人,可殷典心里却不是滋味。他苦笑着冲斯嘉丽道:"斯嘉丽!我这两天没事,我会好好陪你的。"

于晨海忙说:"好好好!"他是怕万一这斯嘉丽又出什么幺蛾子,更怕殷典反悔,于是举起酒杯道:"就这么定了,让我们为友谊之果干杯。"

虽此时于晨海已将整个饭局的气氛推到了高潮,可殷典的心却更多地倾注在了另一件事上。

他父亲殷惟和这明德神父到底有什么关系呢?

为什么他父亲殷惟明明对甲骨文那么感兴趣甚至有所研究,而他却从来都不知道呢?

他母亲又为何从未提起过他父亲关于这方面的事情,他母亲为什么要隐瞒这些事?

难道真如那人说的,自己知道得越多会越危险,而母亲之所以隐瞒了所有的事情,目的就是不想让自己再掺和进这些事。

可研究甲骨文又能有什么危险呢?

自清末以来,不知有多少学者投身到了甲骨文的研究中,也没听说哪位学者因为研究甲骨文而受到过伤害啊!

难道这背后还有不可告人的秘密?

如果是真有什么秘密的话,那又会是怎样的一个秘密?

第六章
寻找答案

在送几人离开时,于晨海又将景岚叫到跟前,冲她说:"景岚同志,我已经和你们领导沟通过了,在接下来的时间里,你将二十四小时负责保护殷典同志的人身安全。今天晚上就开始执行。"

景岚一脸不解,但既然领导说了,只能执行。于是她也跟着去了殷典家。

当殷典透过车上反光镜看向于晨海时,似乎还看到于晨海如释重负后兴奋地握拳挥臂,看起来于晨海这几天确实被这斯嘉丽折腾得够呛,而自己又将会被这小魔女怎么个折腾法呢?

很快三人便回到了殷典的住处,只不过殷典却想让景岚回去,他的意思很简单,他不想麻烦别人。

可是景岚却坚持留下来。她的理由也很简单,她必须服从上级领导的安排。

现在面临的问题是殷典平时都是一个人住,他的房间里只有一张床,两女一男,这该如何分配呢?

当然,作为一个有绅士风度的男人自然是要将自己的床腾给身边的女士,于是他拿了一床被子来到了沙发上,让两个女孩睡自己的床。

可景岚却不这么认为,她的观点是让殷典在床上睡觉,而她和斯嘉丽则睡在沙发上,理由是她们两个陌生女孩睡在一张床上有些别扭。

斯嘉丽则认为,既然景岚嫌弃两个女孩睡一张床有些别扭,那就请她和殷典一起睡沙发,她自个儿在床上睡。

对于斯嘉丽的这番话，景岚很是生气，并认为斯嘉丽就是那种永远只考虑自己，自私又自利的一个人。

最终景岚和殷典一人一个沙发将就着睡了。可到了夜半时分，殷典却怎么也睡不着了。

关于自己的父亲，此刻却成了他既熟悉又陌生的人，于是他找出那本明德神父的笔记来到了书房。

伏在桌前，殷典小心翼翼地翻阅起日记，并试图将那些粘连在一起的纸张分开，但最终还是以失败告终。

那些粘连在一起的纸，不是字迹模糊得完全无法辨识，就是直接被撕坏了。

除了最后一页，所有关于明德神父在中国的事情都已无法查阅。

殷典愣愣地望着笔记的最后一页，反复咀嚼其中所记载的事情。慢慢地他发现了一条关键信息，日记中明德神父提到当时战事紧急，上面写道：

"今天早上西北方向炮火连天，一颗炮弹竟然落在了我的园子中，将我家的京巴炸死了。

"中午的时候，大批军队开始向城内涌入，政府门口停了好多军用卡车却混乱不堪，大溃败恐怕马上就要来临了。国民党军队一败再败，我看蒋介石失败已成定局。"

从上面这些内容可以看出，当时国民党大溃败的速度远超明德神父的预想，使明德神父有了尽快离开的打算，所以日记中写道：

"我恐怕等不到他回来了，我必须马上离开这里，但是甲骨数量太多我难以运回美国，只得找地方先将它们掩埋起来，等回头找机会再来取。

"下午，我终于联系上了政府官员，他们告诉我晚上有一架飞机将来这里带走一部分家属，我可以跟他们一起离开。"

可见明德神父在没准备离开之前，那些商代刻字甲骨应该是还没被埋藏起来。只是当他准备离开时，才临时选址将这些甲骨埋藏了。

在找政府官员到乘坐军用飞机离开，相隔也不过大半天时间，可这只是一种大概的推测。明德神父能乘坐军用飞机离开，他应该把更多的时间用在机场等待飞机的到来才对。

毕竟那时候，战事紧急而飞机又少。在战争期间，甚至有很多国民党高官因为没赶上飞机而被解放军俘虏。军统特务郑蕴侠曾因没有赶上最后一班前往台湾的飞机，在大陆躲藏八年后被抓获。

由此可以断定在如此紧急的时间内，他不可能把那些甲骨运到很远的地方掩埋。明德神父埋藏甲骨的地方应该离他的住处不远，甚至有可能就埋在自己的住处。

毕竟在当时混乱的局势下，到处都是逃难的百姓和溃败的士兵，相比较而言，自己的住处反而比外面要安全。

而且在当天日记的最后一行，他曾写过他打算让老妈子张素贞将藏宝图转交给殷惟。民国那时候的老妈子指的就是佣人，既然有佣人，这地方应该是明德神父的住所。而既然他选择让张素贞将藏宝图转交殷惟，看起来他还比较信任这个张素贞。

可见张素贞与他相处时间应该不短，那么可以推测这地方极有可能是明德神父在中国的一处长期住所。

可这明德神父在中国时，又曾长期居住在什么地方呢？

殷典拿起明德神父生前的那张照片，双眉微蹙。这张照片被明德神父珍藏，一直保留到了现在，可见明德神父生前很珍惜这张照片。

"民国三十三年"，这是明德神父这张照片上标注的时间。

可除了拍摄时间，殷典并没发现什么其他的线索。

不过最让人费解的是，这明明是两个人的合影，他们为何偏偏要将一张合影照片剪开，然后拿走自己的那部分？

既然是这样，他们当初何必要拍这张合影呢？各自拍各自的单人照不就行了吗？

他父亲殷惟的那张照片最近更是被别人偷走了，难道这照片中隐藏了什么重要的秘密吗？

殷典皱起眉头，仔细回想他父亲生前的那张照片。可他父亲那张照片上，除了用"摄于天津"四个字来标注拍摄照片的地点外，也没什么特别之处。

殷典努力将两张照片在脑海中拼凑成一张。

"民国三十三年摄于天津"！

殷典喃喃地说："难道这明德神父曾长期居住在天津？"

这显然是一个重要的线索，只不过殷典虽想到这一点，却又被下一个问题难倒了。

因为就算明德神父曾长期居住在天津，但这么多年过去了，在茫茫人海中没有头绪地找寻一个与明德神父当年有所交集的人，谈何容易。

殷典站起身，点上一根烟，无助地望着窗外那闪烁的路灯。路灯下，一个环卫工人早已在整个城市苏醒前，开始为这座城市梳妆打扮了。

这时，一辆120急救车闪着灯急速地驶过，并快速地驶入了医院急诊室门口。而医院病房楼上的红十字依旧闪亮，病房楼里似乎每一间病房都亮着灯，显然这里住满了来就诊的人。

生老病死，谁又能逃脱这命运的轮回。

只可叹自己年少时，父母便纷纷去世，只留下自己一人孤单地活在这个世界上。

而关于他的父亲，他竟然一无所知，就算想去追忆都不知从何忆起。

恍惚间，殷典只觉天地之大，却不知自己该何去何从。

殷典呆呆地看着病房楼上闪烁的红十字，脑海里却浮出一个想法。

红十字是医院的标志，但它却源于教会的十字架。

医生自然供职于医院，神父那自然是供职于教会。

明德神父既然是来华的一名传教士，那他自然也是供职于教会的。

如果明德神父曾长期居住在天津，按说他应该常在一些教堂内从事传教活动，这样一来，搜索与明德神父有过交集的人就可以尽可能将范围缩小了。

想到这，殷典开始查找起天津的一些教堂。他着手要查的是那些建成年代相对久远，最好是在民国或者民国之前建成的教堂，很快他便锁定了几处教堂。

虽然他心里清楚，这些教堂曾在特殊时期遭受过冲击，但信教群众中还是有一些比较虔诚的信徒，他们或许因一时的特殊环境而无法前去教堂礼拜，可一旦放开这种限制，他们应该还是会继续下去的。

"实践是检验真理的唯一标准！"

至于他的推断是不是对的，那就只能去天津做一番实地调查来一探究竟了。

那个神秘来电，那些威逼利诱，那些陷害他的种种做法！

此刻他只想弄清楚他们之所以这么做的真正目的，正所谓"明知山有虎,偏向虎山行!"

于是他悄悄地拿上行李,并缓缓地推开门。可就在这时一个声音从背后响起,跟着房间里的灯也打开了。

"这么晚了,你去哪?"

说话的正是斯嘉丽。

殷典缓缓转过头,看向斯嘉丽。此时的斯嘉丽也已卸掉了之前的浓妆,整个五官清晰地展露出来,白皙的皮肤,长长的睫毛,一双水灵灵的大眼睛流露出一丝顽皮之气,那是一个少女才有的活泼与可爱。

那一瞬间,殷典愣住了,他仿佛看到了曾经的李惠然。二十多年前,她也是这般模样,青春靓丽,活泼可爱。

"喂!你傻了吗?"

斯嘉丽上前敲了敲殷典的额头,殷典这才缓过神来。

"不好意思!我可能是休息不好,有点反应迟钝了。"殷典解释道。

不过这时殷典再次看向斯嘉丽,却发现她竟然只穿着一件白色的衬衫。如果他没看错的话,这白色衬衫应该是他的。白色的衬衫直垂到她的膝盖,领口处的几颗扣子竟然还没系上。

殷典忙转过头不敢再看,心想这美国女孩可真是够开放的。

"没休息好,还这么晚出门?"斯嘉丽反问。

"我睡不着,想出去散散心。"

"散散心,难道还要背个包吗?"斯嘉丽说着将殷典的背包抢了下来,并将拉链拉开,在见到里面装的是一些衣物后,斯嘉丽突然放声大哭起来。

殷典忙问:"怎么说哭就哭了?"

"你个大骗子,说好的陪我玩,竟然半夜三更想逃走。你们都是大骗子。"斯嘉丽哭得那是一个梨花带雨。

"不是你想的那样!"殷典忙解释,"我是想去调查一下明德神父所藏甲骨的事情。"

两人的谈话也惊醒了景岚,景岚看向殷典,满脸的不高兴,埋怨地说了句:"你怎么能不辞而别呢?我该怎么向领导汇报。"

"对不起,小景同志!"殷典满怀歉意地说,"我也是临时起意,再说了你也挺忙的,至于于晨海让你保护我这事,我看就没必要了。"

"你这是撵我走,还是怀疑我的能力,觉得我不能保护一个公民的人身安全?"景岚说完,扭过头一声不吭地坐在了沙发上。

"不是那个意思!"

殷典连连摆手,试图想向景岚解释清楚。

这时斯嘉丽又嚷嚷起来:"你们都是大骗子,大骗子,大骗子!"

说完,斯嘉丽转身离开,并"咣当"一声关上了卧室的房门。

看到这两个女人生气的样子,殷典感觉整个大脑都混乱了。

对于再困难的学术问题他都可以从容不迫,可是面对这两个女孩时,他终于暴露了这么多年单身给他带来的最大致命伤——他根本不懂如何去哄一个女孩。

站在原地,殷典此时仿佛是个傻子一样,他不知如何是好。直到最后,他终究还是用自己的理性思维去试图说服两个人。

坐到了景岚面前,殷典冲景岚道:"小景同志,通过今天晚上的推理,我猜测明德神父当年有可能长期居住在天津,所以我准备去趟天津调查一下。可我怕这一去,万一遇到什么危险,我岂不是把你们也连累了,我这心里怎么能过意得去呢!"

景岚转过头看向殷典,秀眉一挑道:"如果是这样,我就更应该去了。在和平年代,警察就是最危险的职业之一。如果我怕危险就不会干警察了,就不会选择所有警种中最危险的刑警了。"

景岚说得铿锵有力,殷典真的是无从辩驳。

看着景岚这么铿锵有力不容辩驳地说话,殷典只能转移话题:"可是我还是想拜托你另外一件事,我希望在我走后,你能陪着斯嘉丽在这里好好玩玩。"

就在这时,斯嘉丽却从房间里走了出来,并冲殷典道:"我才不要跟这个姐姐在一起呢!她都不知道让着我,我要跟你在一起,你去哪我就去哪!"

"公平比赛,愿赌服输,我凭什么让着你啊!再说了,你那球技也太差了,还自大得不行。你那水平在我们小区连七八岁的小孩都打不过,你还要去找国家队比赛,真是自不量力。"

景岚毫不客气地回击。

"你看看!"斯嘉丽拉着殷典的胳膊,撒娇道,"你还说让她陪我玩,我才不要呢!"

"你多大了啊!"景岚无奈地笑道,"我看还是把你送到少年宫待几天吧,那里比较适合你。"

"喂!你不要看别人年龄小,就以为可以随便欺负别人,我可是练过空手道的。"斯嘉丽右手握拳向景岚示威。

"是吗?"景岚活动了一下身体,将双腿缓缓地抬到了沙发上,摆出一个一字马,冲斯嘉丽道,"我刚好也练过散打,要不要再比试一下啊!"

站在一旁的殷典,忙道:"都是朋友,犯不上。我看两位都是高手,真要是比起来肯定也是不分伯仲。"

"不比一下,怎么知道!"景岚伸出右手向斯嘉丽招呼着。

斯嘉丽见了景岚这等架势早就怕了,于是冲景岚道:"我今天不舒服,不想比了。"

"要是怕了,就认输。别找些没用的借口。"景岚虎视眈眈地说。

斯嘉丽将头一扭,直奔卧室而去,临走前还说了句:"反正你去哪,我就去哪。你不能扔下我一个人走!"

斯嘉丽走后,殷典笑了笑冲景岚道:"小景同志,她还小,你别跟她一般见识。"

"我就是看不惯她那嚣张的样子,难道美国人都这样吗?"

"毛主席不是说嘛!美国就是纸老虎,美国人也差不多嘛。"殷典说得振振有词。

景岚扑哧一笑,道:"你这个人搞笑的样子,比你搞笑的事情还搞笑。"

两人说话间,天色也渐渐亮了起来。景岚告诉殷典她要先回警局一趟,将事情向领导汇报一下并回家收拾一下行李,下午他们一起在火车站会合。

当然为了保密,她暂时不会说他与殷典去天津是为了搜寻甲骨,而只是说陪同殷典前去天津参加某个学术会议。

中午,三人如期在火车站会合,并踏上了前往天津的火车。

那个时候,还是绿皮车大行其道的年代。三人本来想买卧铺,可早已没票,因此三人只得买了三张连号坐票挤在了一起。

而景岚与斯嘉丽又时常闹别扭,为了防止两人的矛盾升级,殷典只得选择坐在了两人之间。

身处两个美女之间,这似乎是件极为享受的事情,可此时的殷典却格外痛苦，期盼着火车能尽快到达。

因为斯嘉丽和景岚虽然被隔开，但两人暗地里却在较劲。

毕竟火车上的座位就那么大，你占据的位置多一点，别人就会占据得少一点。

起初是斯嘉丽向着殷典靠拢挤压他的位置，殷典只得向着景岚靠拢。可不一会儿景岚又向着殷典靠拢，殷典又只得向着斯嘉丽靠拢为景岚腾出位置。

可谁承想不一会儿，两人竟然同时向着殷典靠拢挤压他的位置，以至于殷典只得蜷缩着身体呆坐在其中。

最后他实在受不了，便起身离开了座位，将座位干脆留给了两人。

终于在下午，火车到达了天津站。三人下了火车，便马不停蹄地开始走访天津的几处老教堂。

可一连打听了几处，得到的却都是一个统一的回复，他们根本就没听说过这个人。只不过在最后一家教堂内的一名神父却饶有意味地说了这么一句话：

"今年，你们是第三拨来打听这个明德神父的人。"

第三拨来打听明德神父的人，也就是说之前还有人也来打听过明德神父，那些人又是谁呢？

现在看来，这件事远比殷典想的要复杂，这背后究竟隐藏着什么秘密，以至于这么多人都试图了解它？

本来殷典还想继续打听下去，可斯嘉丽却嚷着太累了。没办法，殷典只得找了一家招待所先将斯嘉丽安顿好，他则打算吃过晚饭后继续走访剩下的教堂。

这招待所不大，连服务员带老板总共不过三个人。

老板是一个中年妇女，老家是东北，她有着生意人特有的热情，同时又有东北女人的爽朗。

本来她还以为三人最多开两个房间，却没想到三人竟开了三间房，一人一间。

这自然是她最喜欢的，所以这热情劲就更大了。

吃过晚饭后，殷典便向老板娘打听了当地的几处教堂在什么地方以及最近的路线，老板娘热情地将这些事一一告诉了殷典。

不过在她得知今晚殷典就要去时，她却说晚上的话最好还是不要去

"西开教堂"。

殷典便问起缘由,老板娘支支吾吾说不清,最后才说了句:"听说那地方晚上闹鬼。"

"闹鬼?"殷典诧异道,"这都什么时代,这种谣传还有人信。"

"哎呀!"老板娘笑嘻嘻地说,"我也是不信谣传,总之你们来这既然是玩,最好别因为一些事坏了兴致。"

"那我可要听听那地方怎么个闹鬼法。"说话的正是景岚,看起来猎奇是每个人都有的一种爱好。

"行!你们既然想听,我就给你们说说。"老板娘将头一扭笑盈盈地道,"吓着你,可别赖我。"

老板娘清了清嗓子,说起了关于西开教堂闹鬼的灵异事件。

说是有一年夏天,晚上这天也热,有两个年轻人夜里没事出来约会。在经过西开教堂时,看着这富丽堂皇的大教堂,男生便冲女生说:"如果我们今后结婚,就在这里举办婚礼怎么样?"

这小女生看电影里新娘穿着婚纱在教堂里结婚,既浪漫又庄重,当然是喜欢得很。

于是两人便偷偷摸摸地走了进去,在里面是左看看右看看。小女生心里也想啊,要是以后能在这地方举行婚礼该多美好啊!

可就在两人手牵着手走在教堂里憧憬自己的未来时,却隐约听到这教堂里面有小孩的哭声,难道是谁家小孩走丢了不成。

于是两人就在里面多转了两圈,可根本就没发现有什么小孩,而就在这时他们竟听到一些小孩的尖锐的叫声,什么"不要杀我""好疼,水好烫""救命呀"之类的。

听起来声音很近,可就是看不到什么孩子,而这时树枝上却隐约映出一个人脸。这女孩子毕竟胆量小,当场都吓瘫了,多亏那男生扶着才跑了出去。

这到了第二天白天,那女孩还吓得够呛。可男孩子却说这是有人在搞恶作剧,反正白天人多,不妨再去看看。

于是两人便又邀了几个人壮胆一起来到了这里,可最终什么也没发现。这就更坚定了男孩说的,这肯定是一出恶作剧,并宽慰女孩别害怕了。

谁知临走的时候,一个居住在周围的老人却告诫他们,晚上一定不能来这座教堂,这里时常闹鬼。"

那几个年轻人一听这老人这么说,顿时吓坏了,没想到原来真有这么回事。

最后老人才将西开教堂闹鬼的事告诉了几个年轻人。

原来这老人也是听上一辈说的,这西开教堂建于民国,在民国时期还相当出名。

当时西开教堂住着一个神父,这神父是一位德国人,样貌丑陋,长得鹰嘴虎胸、獐头鼠目的。

虽说这人长得丑,但是心地却好得很,经常给穷人施粥布药,甚至还出钱接济别人。

有些流离失所的孤儿也被他养在了这里,教他们识字念书。还有一些穷苦人家因为养不起孩子,干脆将孩子卖给了这个神父,想着在这地方孩子们起码不至于饿死吧。

可谁也想不到,这德国神父竟是知人知面不知心的禽兽,他竟然陆陆续续将养在教堂里的一百多个孩子都杀了。

要不是教堂里的一个人揭发了他这些罪行,老百姓还真以为这德国神父是个大善人呢。

后来这个德国神父被老百姓打死并将其吊在了一棵树上,从此之后一到深夜,就有不少居住在附近的人听到小孩的哭声,更有传言说那个神父的鬼魂附身在那棵树上。

之所以时常听到小孩哭声,是因为那些被这个德国神父杀死的孩子的鬼魂还在这教堂里与那神父的鬼魂在纠缠……

老板娘这番话,听起来,的确是够吓人的。

可景岚非但没被吓住,反而执意今天晚上去一探究竟。只不过当晚两人乘坐出租车到达西开教堂时却发现教堂已大门紧闭。

两人最终只得悻悻而回。

毕竟这么晚了,人家估计也都休息了。即便是找到人,现在去打扰他们也是不好。于是两人只得返回旅馆,养足精神明天再去也不迟。

一连多日,殷典都没有休息好,因此当晚他一躺下便睡着了,直到第二天中午才醒来。

殷典急急忙忙地穿上衣服,去隔壁房间叫上景岚,准备再去打听一下。谁承想两人刚走到招待所前台处,却被老板娘当场叫住了。

083

殷典笑了笑冲老板娘说道:"有什么事吗?不会又有什么鬼故事吧!"

"哪有那么多鬼故事,我又不是说书的。"老板娘笑盈盈地说。

"房费的话,等我回来给你算行吗?"殷典还以为老板娘是想催交房费。

"瞧你说的,我就那么小气吗?一看你就是个大老板,还能差我这点房费吗?"老板娘说着却从前台桌子上拿出了一封信递给了殷典。

"这是今天早上一个人送来的,他让我送给你。我见你一直没起床,所以就没打扰你。"

一封信!

殷典很是诧异。他才刚到天津不久,怎么会有人知道他住在这个地方呢?

殷典缓缓地将那封信打开,却发现上面赫然写着这么一行字:

"想了解明德神父当年的消息,今天下午两点来西开教堂东三百米的好友棋牌社,过时不候。务必保密,阅后即焚。"

看过这封信后,殷典和景岚的第一反应是他们被人跟踪了。

可谁会跟踪他们呢?

那个神秘来电的主人?抑或是那个"北庸卫"?

可这也不应该啊,毕竟他们离开的时候一直做得很隐秘,除了三人以外,别人根本就不知道他们的行踪。

就在殷典极力思索是谁在跟踪他们时,景岚却以警察惯用的侦查手段问起了面前的老板娘:"那个人长什么样?你认识吗?"

"不认识!"老板娘摇了摇头,"不过听他的口音应该是天津本地人。"

天津本地人!

难道有人事先已经知道他们会来天津打听明德神父的消息,然后一直在这里等待他们出现吗?

可这种等待未免太漫无目的了,如果殷典不来,难道他们还要一直等待下去吗?

"要不要通知一下本地警方,让他们跟我们一起去,这样毕竟安全一些。"景岚说。

这当然是最安全的一种方式,只不过殷典却摇了摇头,道:"我看没这个必要。"

"如果他们一直在跟踪我们,而又想害我们的话,恐怕早就对我们下手了,哪怕随便制造个车祸现场也能要了我们的命。"

殷典双眉微蹙,继续道:"如果对方真的想在那里害我们的话,这个地址岂不暴露了自己,反而容易给警方留下线索。"

"你说的有道理!"景岚点点头,又冲老板娘道:"老板娘,你知道西开教堂附近一家叫'好友棋牌社'的地方吗?"

"我知道!"老板娘点点头道,"那地方人还挺多的,我经常去那个地方打麻将。"

于是老板娘又详细地告诉了两人那家好友棋牌社的具体地址,并告诉他们去那玩的话可以报她的名字,她跟那棋牌社的老板很熟。

末了,老板娘冲殷典抛了个媚眼,笑盈盈道:"去了之后,报我的名字,我叫李百合!"

殷典被她这媚眼一扫,不禁打了个激灵,便急匆匆地走出了旅馆。

就在两人站在门口打车之际,斯嘉丽从旅馆走了出来,小嘴一噘埋怨道:"你们两人出去都不知道叫人家吗?"

殷典知道,这斯嘉丽既然来了,那肯定是甩不掉了。

多说也是无益,她既然想跟着就让她跟着吧!

很快,三人坐上车直奔好友棋牌社。

可一上出租车,斯嘉丽却冲殷典笑盈盈地说:"我告诉你个秘密哦!"

"什么秘密?"

"那个老板娘好像看上你了。"斯嘉丽咯咯笑道。

"别胡说!"殷典一脸正经地说。

"我可没胡说!早上我起来吃早饭时,那个老板娘就问我们三个人是什么关系,为什么要开三个房间。我说我们没什么关系。她还问我你结婚没有,我说你没结婚,她可高兴了。她说你长得这么帅,好可惜哦……"

斯嘉丽叽里呱啦地说了一堆,以至于身旁的景岚都不耐烦了。

"你不是要休息嘛!在旅馆里好好睡觉就是,跑出来干吗?"景岚讽刺道。

"我休息好了啊!我又不是猪,干吗一直睡觉啊。"斯嘉丽回击道。

085

景岚冷哼一声道:"只有猪才会出卖自己的队友,暴露队友的身份。"

"啊,你竟然骂我是猪!"斯嘉丽气愤道。

殷典生怕她两个又吵起来,便打断两人道:"咱们可不起内讧,要一致对外。团结就是力量嘛!"

"没有思想的团结,那只能是一团乱!"景岚饶有意味地说。

殷典一愣,这话他好像对景岚说过,想不到此时竟然被景岚以其人之道还治其人之身了。

不过景岚说得没错,这斯嘉丽实在是太口无遮拦了。于是他劝诫斯嘉丽,这以后还是不要跟陌生人随便聊他们的事情。

当然这些话,斯嘉丽根本就不放在心上,只是满不在乎地说:"我知道了。"

说话之间,车子已到了好友棋牌社门口。殷典看了看表,此时已经是下午一点半,离下午两点仅剩半个小时。

于是三人便急匆匆地下了车,进入了好友棋牌社。这好友棋牌社在一个巷子中,上下一共四层楼。

第一层是台球室,第二层则是扑克室,第三层是麻将室,至于第四层是用来干什么的,这棋牌社的楼引上却没有写。

三人一进入这棋牌社,殷典却突然想起一个最为重要的事,那就是他们虽然跟随信件上的内容而来,可他们根本不知道来到这里后该找谁。

就在殷典迷惑之际,一个服务员走了过来询问:"三位玩什么?"

这个问题,让殷典有点不知如何回答,他们可不是来这里玩的。可显然又不能随便告诉这服务员他们来的目的,殷典有些踟蹰,不知该如何回答。

那服务员见三人不回答,便又问了一句:"三位到底玩点什么呢?我们这有台球、麻将、扑克……"

就在服务员解释之际,景岚却干净利索地说了句:"找人!"

"找人!找谁?"

说话之间,这服务员也提高了警惕。难道这三个人是便衣,这棋牌社的墙上虽然写着"禁止赌博"之类的话,但里面却总少不了赌博的人。

"你问问这里面的客人,是不是有邀请别人来这跟他谈事的?"景岚回答。

"这么多人,可不好问啊!"服务员脸上显出一丝难意。

"不好问,就不问了吗!"景岚严肃道。

还别说,景岚这么一说,这服务员非但没认为景岚这是嚣张跋扈,反而更加认定景岚就是一名警察,这种气场恐怕只有警察才有。

"我马上去问!"服务员说完,便冲着二楼跑去。

"奇怪了!"斯嘉丽疑惑道,"这一楼这么多人,他不先问问他们,怎么直接跑到二楼了。"

"他去通风报信了。"景岚淡淡地说,"这地方肯定有人涉赌。"

过了大概五六分钟,那名服务员再次跑下楼,冲三人道:"不好意思,让各位久等了。没错,是有人在等你们,人在三楼,我带你们上去。"

三人对视一眼,便跟着那服务员来到了三楼。

一进入三楼棋牌大厅,只见里面云雾缭绕,直呛得三人不住咳嗽,斯嘉丽更是用衣服捂住了口鼻。

那服务员笑了笑道:"烟味有点大,不过一看三位就不常来这种地方玩啊!"

"你知道的还挺多!"景岚冷冷地说。

此时那服务员却瞪了一眼景岚,完全没有了之前在楼下的谦卑。

只见他径直走到最北面的一张麻将桌,俯下身在一个黄头发青年男子耳边低语了一番,末了还伸手指了指殷典几人。

那黄头发青年点上一支烟,深吸一口缓缓吐出,挥了挥手让那些原本和他一起打麻将的人起身离开,接着又招了招手示意殷典三人过来坐下。

三人有些茫然,只是伫立在一旁,并未坐下。这时那黄头发青年嘴角上扬,戾气十足地说:"怎么着,不给面子?"

"好!"殷典笑了笑,大咧咧地坐在黄发青年的对面,斯嘉丽和景岚也相继坐在殷典身旁。

虽然殷典搞不清这黄发青年是谁,也搞不清他究竟想干什么,但既然来了,那也只能是"既来之,则安之"了。

一切静观其变吧!

黄发青年咧了咧嘴，给殷典递上一根烟。殷典则摆了摆手示意不会抽，并礼节性地说了句"谢谢，不会！"

"怎么着，不给面子？"那黄发青年再次嘴角上扬，戾气十足。

这时斯嘉丽在一旁却一把将黄发青年手中的香烟夺了过去，小嘴一噘："不知道要先礼让女士吗？"

她说着将那根烟含在了嘴边，并抬了抬下巴，示意那黄发青年为她点燃。

"有点意思啊！"黄发青年拿着火机笑眯眯地为斯嘉丽点上了。谁承想斯嘉丽深吸一口烟，却将烟吐在了黄发青年的脸上。

殷典心想这斯嘉丽也太没礼貌了，这黄发青年一看就不像个好人，何必去招惹他呢。

他还想帮斯嘉丽说说好话，没想到那黄发青年却嘿嘿笑道："有点意思！"

说完，黄发青年冲旁边的人招了招手。这时就见有人端上一整个西瓜，而西瓜正上方还插着一把水果刀。

这黄发青年伸了伸懒腰，拿起水果刀，在西瓜上割出一个三角形，并用水果刀将其挑出，似乎在看这西瓜熟不熟。

在他看到这西瓜已经熟得很好时，却用水果刀挑着那块西瓜递到了殷典嘴边，那意思好像是让殷典尝尝这西瓜的味道。

尝尝西瓜的味道，这自然没什么。

可关键他这块西瓜后面还插着一把刀，万一这刀子连同西瓜一同插入殷典的喉咙，那可想知后果会怎样。

殷典看着这块西瓜，吃也不是，不吃也不是。但不管怎样，这个黄发青年自打他们进来便不友好，还是提防为好。

殷典只是冲那黄发青年微笑，却就是不张口。

"怎么着，不给面子？"那黄发青年依旧嘴角上扬，戾气十足。

看到这样场景，景岚终于抑制不住心中的怒火，毫不客气地回击道："你除了会说这句话，就不会说别的吗？"

那黄发青年歪着头恶狠狠地看向景岚，一把将水果刀插在了桌面上。接着一挥手将面前的西瓜打落，整个西瓜散碎一地。

也就在这一瞬间，整个屋子里原本正在打麻将的那群人瞬间站了起来，一个个恶狠狠地看向殷典三人。

"说，你们为什么要找明德神父?"黄头发青年懒洋洋地靠在了座椅上，斜睨三人道，"说不清楚，今天就别想离开。"

想不到这竟是一出鸿门宴！

殷典一个教书匠，哪见过这等阵仗，说不紧张那是假的。

不过与他相比，景岚却显得平静多了，只听她冷冷地说："怎么着！你们还想杀人灭口！"

在这种环境下，景岚竟然临危不惧，语气中甚至充斥着轻蔑。这实在是够气魄，不愧是一名刑警，殷典不禁暗暗佩服。

可俗话说，"双拳难敌四手，好汉架不住人多"。纵然是当年花木兰、穆桂英这样的女将军，面对这么多人，肯定也是要吃亏的。

殷典自然不愿意景岚吃亏，更不愿意景岚受一点点的伤害。于是殷典向景岚递过去一个眼神，示意她千万不要激动。

他则冲那黄发青年道："这位同志！我们之间可能有点误会，我这还是第一次来天津，不知道我们哪里得罪你了。"

"第一次?"黄发青年冷哼一声，道，"算上你这次，今年这都来了三次了。"

"可我们之前没来过啊！"殷典解释。可听黄发青年这么一说，他也有些茫然了。

"我也想问你这个问题，你们这些人到底想干吗?"黄发青年说完，一拳打在了桌子上，震得桌子咯咯直响。

这时站在一旁的人群开始朝着他们聚拢过来，对殷典三人形成了更为强烈的压迫感。

第七章
明德神火

就在这时,斯嘉丽却突然开口道:"哥哥,我们是李百合的朋友!"看来那招待所老板娘也曾对斯嘉丽说过同样的话。

黄发青年转过头看向斯嘉丽,不屑道:"你们就在她旅馆住了一晚,你们就成朋友了,这朋友交得也太随便了吧!"

"因为李百合姐想追我这位叔叔呀!"斯嘉丽一本正经地说,又顺势向着殷典瞟了一眼。

"妈的!"黄发青年骂了一句道,"这娘们怎么越来越骚了!"

"她还说你要是对我这个叔叔招待不周,她会跟你拼命!"斯嘉丽继续一本正经地说。

其实李百合压根就没对斯嘉丽说过这样的话,斯嘉丽只是见这个黄发青年在听到李百合的名字时似乎收敛了一些,便越发开始信口开河起来。

"她真说过这句话?"黄发青年看向斯嘉丽,眼神中却充满了质疑。

"当然了!"斯嘉丽秀眉一挑道,"不信!你可以打电话问问她嘛!"

黄发青年冷冷地望向斯嘉丽,试图从她的眼神中找到她撒谎的痕迹,末了,说了句:"好!那我就打个电话问问。"

说完,黄发青年将手机从兜里拿出,并嘱咐周围的人不要出声,之后这才拨通了李百合的电话。可电话一接通,李百合那边才刚说了一句"什么事?"斯嘉丽却在一旁,大喊一声"杀人了!"

那黄发青年忙将电话听筒捂住,冲斯嘉丽怒斥道:"你他妈想死是吧!"

这个斯嘉丽的确够聪明,原来她这么做的目的是发出求救信号,让这帮人不要轻举妄动。

而就在这黄发青年怒斥斯嘉丽的时候,景岚却突然跳了起来,双脚踏在了麻将桌上,抄起那插在桌子上的水果刀,一下子抵住了黄发青年的脖子。

这一下,只要景岚稍稍往前两厘米,刀子必定会刺穿黄发青年的喉咙。

瞬间,整个房间便炸了锅,房间里的那帮人快速向着他们靠拢,嘴中还不时发出诸如"刀子放下!""别乱来!""不然弄死你!"……

可他们此时也只是嘴上说说而已,却没有一人真敢走向前来,毕竟投鼠忌器嘛。

那黄发青年还想趁乱稍稍移动身体,试图离那把水果刀远一点。可景岚却上前一把抓住黄发青年的头发将其按倒在了麻将桌上。

众人见那黄发青年被按在麻将桌上,便抄起身边的板凳棍棒,似乎只要景岚敢动这黄发青年一根毫毛,他们就要将景岚乱棍打死。

"警察办案,无关人员统统让开!"景岚说着从身上掏出警察证,冲众人道,"怎么!你们还敢袭警吗?"

众人一见景岚亮出了警察证,这手上的板凳棍棒也跟着放了下来,袭警这事他们还真不敢。

"你们别听她的,她根本就不是警察。哪有警察办案带着个小女孩的。"这时被景岚按在麻将桌上的黄发青年还试图鼓动众人不要放弃反抗。

显然黄发青年的话引起了大家的警觉。他们看向斯嘉丽那张稚嫩的脸,这实在是不符合逻辑。

"我要是假警察,你们可以现在就去报警,冒充警察可是要受法律制裁的。"景岚淡淡地说。

"就算你是真警察,那我犯什么事了,你凭什么抓我?"黄发青年质问道。

"你涉嫌聚众赌博!"景岚说完这句话,众人也变得沉默起来。看起来这个地方还经常有人来赌博,人群中甚至有人已开始悄悄离场。

"那你可要拿出证据来!"黄发青年依然不服。

"没有证据，就不会抓你了！"

景岚说完，一把将黄发青年翻过来，左手抓住他的衣领，道："我们得找个安静的地方好好谈谈。"

就在这时，却听一个女人的声音传来："李严，你小子又胡作！"众人忙朝声音发出的地方看去，原来那是李百合。

她当时听到电话那头斯嘉丽说"杀人了"，便觉得肯定是出事了，于是急匆匆地赶了过来。好在她正出门办事，离这里不远，听到这句话便马不停蹄地跑了过来。

可让她怎么也想不到的是，这个叫李严的黄发青年不是在对别人施暴，而是正在被别人暴打。

"姑娘！你这是干什么？"李百合见景岚正将刀子抵在李严脖子上，诧异地问。

"姐！你这都是什么朋友啊，怎么来这砸我的场子？"原来这李百合是李严的姐姐。

"姑娘，你先把刀子放下再说。"李百合有些哀求道。

这时殷典走向前冲李百合道："老板娘，说实在的这都是误会。我们也不想这样，我们也是被逼无奈。"

李百合向四周望了望众人，大抵也算明白了其中的事情。她这个弟弟就是个地痞流氓，打架斗殴更是家常便饭。

想来一定是李严本想殴打殷典他们，没想到反被殷典他们制服，周围这些人不过是给李严站场的罢了。

"都给我滚！"李百合冲这些人大喊，"谁要是不走，我现在就报警了。"

众人见既然李严姐姐在，又是人家让自己离开，本来就不想蹚这摊浑水，正好也算有了个台阶下，免得以后见面李严说他们不仗义，便识趣地离开了。

此时偌大的房间只剩下了李百合、李严，以及殷典、斯嘉丽、景岚五个人。

缺少了别人为自己摇旗呐喊、站场助威，这李严也没了之前的嚣张。又加上被景岚弄成这样，既委屈又觉丢脸，竟然悄无声息地流下了眼泪。

景岚见众人离开，威胁已经不在，便也放开了李严。

李百合便忙向殷典三人赔不是，只说这李严是她堂弟，小时候爹妈死得早，是由他奶奶抚养长大的。这老人家看孩子疏于管教，他长这么大还是一事无成，就知道惹是生非。

最后李百合又问殷典这事情怎么会发展到这个地步，殷典只得一五一十地告诉了她事情的起因。

李百合叹了口气说："早知道，是这小子让你们来的，我跟你们一起来就是了。还整得这么神秘，也少丢这个脸了。"

她说到这，又问起李严，为什么他对别人打听明德神父这件事这么关心，人家打听别人的关他什么事。

这时李严捋了捋他那被抓乱的头发，点起一根烟。末了，他再次问起殷典为何要打听明德神父的事情。

景岚知道殷典不好回答，于是再一次亮出警察证，冲李严说："我们正在调查一起邪教凶杀案，其中的线索牵扯出了民国时期曾在中国传教的一个中文名叫明德的传教士。因案件尚在调查中，诸多细节还不方便透露。"

"邪教？"李严大吃一惊，"难道他们是邪教分子，他们给我奶奶施了某种邪术？"

"李严！当着警察的面，可不能信口开河。"李百合在一旁劝诫。

"好吧！既然你们是警察，说不定真能调查出我奶奶为什么会变成现在这个样子。"

李严长叹一声，说起一段故事：

这故事还要从二十年前说起。二十年前，我那时也才十一二岁。由于自己父母死得早，我便一直跟奶奶住在一起，相依为命。

我奶奶信教，所以经常也带我去教堂做礼拜。有一天教堂里来了一伙人，他们向教堂里的人打听一个人，当时我也不知道他们究竟想打听谁。

今年我才知道他们打听的是一个叫明德神父的人。据说这明德神父，曾于民国时期在天津住过一段时间。

可当时那些人在打听这事情时，教堂里没有一个人知道这个明德神父，甚至压根也没听说过这个人。

可巧的是，我奶奶却知道这个明德神父。她在听到有人打听明德神父的消息时，显得格外热情。

还说她当年之所以信教就是明德神父的缘故。后来这伙人给我奶奶送了很多礼物，我记得当时他们还送给我一些我从未喝过的饮料。

后来在我奶奶家，他们跟我奶奶聊了很长时间，还说以后会经常来拜访她。

可自打那伙人离开后，我奶奶突然像变了一个人似的，有时甚至还说胡话。

本来我奶奶是个挺健谈的人，可打那以后，我奶奶就变得沉默寡言了。

后来那伙人还来过一次，不过这次与我奶奶交谈的时间却短了很多。在这之后我奶奶开始变得精神不正常，甚至一度得了精神病。有一天晚上做礼拜的时候，我奶奶甚至脱了衣服四处攻击周围的人。

不过好在这帮人再也没找过我奶奶，十几年过去了，我奶奶的精神病也慢慢好转起来。

可就在今年竟然又有一帮人为了打听明德神父的下落找到了我奶奶。可自打那次之后，我奶奶就一病不起，人事不知，现在连我都不认识了。

当时我不在家，这事还是后来教堂的一个神父告诉我的。如果我要是知道的话，我一定弄死他们。

最近一些日子，我还听说有个麻子来打听明德神父的下落，我心想看来这事是没完没了了啊！

与其坐以待毙，还不如主动出击！

为了避免我奶奶被他们找到，我干脆把她接到了我这个棋牌社，再也不让她去做礼拜了。只要我有一口气在，就绝不能让这些人再见一次我奶奶。

为此我找到了几个神父对他们威胁恐吓了一番，并告诉他们如果下次再有人打听明德神父的事，他们必须马上通知我，我必须要查清楚到底这帮人是谁，以及他们对我奶奶到底做过什么。

后来的事，你们也知道了。

昨天你们在教堂打听完明德神父的消息，有人便告诉了我。于是我便一路跟踪你们，并给你们写了一封信，让你们来这里。

待李严说完这些，几人也不禁纳闷了，这李严的奶奶怎么会因为见了一些人，就变得精神不正常了呢？

末了，李百合也不禁说出这么一句话："这西开教堂我还听人家说闹鬼，难道老太太被鬼上身了？"

李严听到这，却突然笑了起来。

李百合问他笑什么，李严则笑呵呵地说："这西开教堂闹鬼的事我知道！"

"你知道？"

"因为扮鬼吓唬人的事，是我干的！"李严笑呵呵地说。

"啊！"李百合难以置信地望着李严，道，"你怎么净干这些事！"

"因为我奶奶当时在西开教堂突发精神病后，那些人都嘲笑我，还说我奶奶被魔鬼附身。我很生气，我说我奶奶没问题，可是他们根本就不听。"

李严顿了顿继续道："后来我无意间听了一个关于民国西开教堂神父杀小孩的事。从那以后，晚上没事的时候，我便时不时躲在教堂里的角落里吓唬人。其实我也没做什么，就是躲在角落里装哭，假装是那些小孩子的亡魂。其实目的就是告诉他们，出问题的不是我奶奶而是这个教堂本身。"

李严笑了笑道："不过后来我渐渐长大，变声之后学小孩子哭也不行了，就再也没在那里吓唬过人。"

李百合点点头道："怪不得关于西开教堂闹鬼的事都是十几年前的事，原来都是你小子一手操作的。"

就在两人谈话之际，殷典却一直在思考一件事情，经过这两天的走访调查和李严说的这些事，看起来这个明德神父在民国时期确实在这一带居住过。

可这明德神父虽然曾住在这里但却没在此地传教，因为如果这个明德神父长期在此地居住并传教的话，应该不至于这么多人都没听说过这个明德神父。

一个传教士居住在此却不在此传教，那他在这里干什么呢？

如果在一个不太了解历史的人看起来的话，这似乎有些不符合常理。

但这种事情在民国时期却很正常，因为当时有很多传教士被聘为了大学教授，在一些大学或者教会学校中任教。

比如在1949年，新华社曾播发了毛主席的一篇名叫《别了，司徒雷登》的社评，从此也让这司徒雷登成为了中国最家喻户晓的美国人。

大部分中国人只知道他是当时的美国驻华大使，但不了解他最开始只是一名在华的美国传教士，此人曾在南京金陵大学教过书，也曾当过燕京大学校长。

难道这明德神父主要是在当地的一些教育机构任教吗？

可这些曾在大学里任教又或者从事过行政工作的传教士都曾留下过档案，也有相应的历史记载，可殷典却压根就没听说过这个人。

殷典眉头微蹙，一个问题渐渐浮出水面。这个明德神父曾长期在天津居住过，但他既没有在此地传教也没在此地干过其他工作，那他长期居住在这里都在干什么呢？

恐怕那些人之所以找到李严的奶奶来打听关于明德神父的事，也是因为他们没找到其他有关明德神父的线索。

可这个李严的奶奶为何会了解明德神父呢，难道这李严的奶奶就是张素贞？

想到这，殷典冲李严问道："你奶奶是不是叫张素贞？"

殷典这么一说，李严也不禁吃惊起来，进而诧异道："你怎么知道？"

看来殷典的猜测没错！这的确是一件振奋人心的事，事情总算有个眉目了。

"我只能告诉你，那些人之所以找到张老太太，是因为张老太太曾与明德神父相识，而且曾照顾过明德神父的生活起居。"殷典回答。

"噢！！我倒是听我奶奶说过，她曾经给人当过老妈子，不过她却从来没提起是给这明德神父当老妈子的。"

李严说到这，忽又皱起眉头，道："那他们打听这个干吗？"

"我猜测，那些人是想从张老太太手中拿走一样明德神父留下的东西！"

"什么东西？"李严问。

"这件东西牵扯一起连环凶杀案，目前还处于保密阶段。"景岚在一旁说道，并恰当地回避了其中重要的内容。

"能带我们见一见张老太太吗？说不定我们能从老太太口中得知那些人究竟对张老太太做了什么！"殷典询问李严。

"见我奶奶这倒是没问题。我也曾问过我奶奶，到底那帮人对我奶奶做了什么。"李严无奈地说,"可我奶奶现在连我都不认识了,话都说不清楚了,你们问了也白搭。"

"那张老太太就从来没给你提起过这个明德神父,以及一些其他的事情吗?"殷典问。

"没有!我从来没听我奶奶说起过这个明德神父,这个名字我也是今年才知道的。"李严摇了摇头说,"我知道时,我奶奶就一病不起,神志不清了。我是因为我奶奶突然变成这样后,我去教堂里找人打听,从一个神父的口中得知他们打听的那个人叫'明德神父'。"

殷典双眉微蹙,很是失望。

好不容易找到了当年的当事人,可当事人却已经神志不清,再也无法打听出当年究竟发生了什么事。

难道线索就这样断了吗?

不过既然来了,殷典还是想去看望一下这位老人家。毕竟这老人是当事人之一,而她说不定当年也与自己的父亲相识。晚辈看望生病的长辈,也算是一种敬意吧。

"我们先去买点东西,一会过来看望一下老太太!"殷典冲李严说。

"不用了,你们的心意我替我奶奶领了。"李严挥了挥手道,"我现在带你们去见我奶奶!"

说罢,几人便在李严的带领下来到了张素贞的卧室。此时的张素贞正歪着身子躺在床上睡觉。

李严小心翼翼地推开门,来到张素贞床前,轻声说道:"奶奶,有人来看您了。"

那张素贞缓缓睁开眼,迷离地看向李严,喃喃说道:"大兄弟!你叫什么来着?"

"什么大兄弟啊!我是您孙子——李严!"李严无奈地说。

"李严是哪个王八羔子,我不认识他!"张素贞双眼一瞪,没好气地说。

"您孙子怎么还成王八羔子了!"李严无奈地将张素贞扶起道,"奶奶,我问您个事,您是不是认识一个叫明德的神父啊?"

"二富啊!那不是李狗子他爹嘛!"张素贞嘴巴张得大大地说。

"不是二富,是神父!我的亲娘啊!"

李严听张素贞这么说,无奈地直挠头。

097

看来这张素贞是真的神志不清了!

殷典看到这,不禁摇摇头,轻叹一声。

怎么本来好好的一个人就因为见了一些人,就宛如被人施了邪术一样,整个人就神志不清了呢?

殷典从身上掏出一千块钱,缓缓地走到张素贞床前,关切地说:"老人家!我是李严的朋友,今天来得太仓促了,也没给您准备点什么。我就给您带了点钱,您看看自个儿想吃什么就让李严去买吧!您好好休息,我有机会再来看您。"

殷典说着将那一千块钱放在了床边,而站在一旁的李严则忙将钱拿起冲殷典道:"你这是干什么!"

"一点心意,你就替老太太收下吧,回头给老太太买点吃的!"殷典说得很是诚恳。

"这哪行啊!"李严拿眼瞟了瞟李百合,试图向她询问这钱该不该拿。

李百合倒是没说该不该拿这个钱,而是上前一把将钱抢了过来,并塞到了自己的衣兜,只说:"我给你保管着,省得你又乱花钱。还不快谢谢人家!"

"多谢,多谢!大哥!"李严点头哈腰地说。

"我们就不打扰了!让老太太好好休息吧!"殷典笑了笑,转身便要离开。

可当殷典刚转过身时,一只手却拉住了殷典的胳膊。那是一只枯干瘦弱的手,而手的主人正是躺在病床上的张素贞。

殷典一愣,可再次看向张素贞时,张素贞那抓着自己胳膊的手早已收了回去。

这一举动让殷典颇为纳闷,于是他看向张素贞。却突然发现她的双眼正炯炯有神地看着自己,不过很快这眼神又再次迷离起来。

殷典一愣,一个神志不清的人绝对不会有那样的眼神,那眼神分明是想对殷典诉说些什么。

难道这张素贞根本就没疯!

于是殷典开始缓缓移动步伐,并有意让自己成为最后一个走出卧室的人。等到其他人都走出卧室时,殷典再次转头看向张素贞。

这时就见张素贞正瞪着双眼直勾勾地望着自己,并且双唇微微动了一下,仿佛是在向他说些什么。

此时殷典隐约觉得眼前的张素贞是想要对自己说什么,但却不想让别人知道。

当然了,目前来看,这也只是一种猜测。至于这种猜测是否是对的,那还要等他单独和这张素贞见上一面才能揭晓。

返回到旅馆后,殷典坐卧不安。于是他悄悄一个人再次搭上一辆出租车返回了棋牌社,在路上则顺便买了一些礼品。

看到殷典再次返回,李严很是吃惊。不过他早已没了初次见到殷典时的那种嚣张样,此时的他是满脸堆笑热情无比。

殷典却单刀直入,直接告诉他,他还想再看望一下老人。只说刚才也没给老太太带些东西,他挺过意不去的,于是他专门买了一些礼品想给老太太送过来。

李严又说了一些客套话,诸如"别再破费了!""大哥,你太有心了!"便领着殷典来到了张素贞的卧室。

可当李严推开门的那一刹那,却惊呆了。因为此时的张素贞竟然坐在梳妆台旁正在梳头。

李严怎么也想不到张素贞竟突然端坐在梳妆台旁,丝毫不像一个已经卧病在床大半年的病人,看起来甚至比之前更有精神了。

以至于李严不禁脱口而出:"奶奶!您这不会是回光返照吧!"

"臭嘴!"张素贞怒斥李严,"我好着呢!你就那么盼着你奶奶死吗?"

"不是,你别吓我啊!您这也太突然了点吧!"李严说着还不禁用手摸了摸张素贞的额头。

"滚蛋!"张素贞打掉了李严的手,正色道,"我还有正事要说,你现在到门外面看着有没有人,把门锁上之后,记得去买两张回老家的汽车票。"

"奶奶,您别吓我了,行吗?要不咱现在去医院吧?"李严依旧不依不饶,终究难以相信眼前的张素贞已经恢复如初。

"让你出去就出去,你怎么不听我的话呢?"张素贞说着伸手指了指站在一旁的殷典,道,"我还要跟这位殷典同志说个话呢!"

张素贞的这句话,也让殷典深感意外。

一个卧床大半年、神志不清的病人突然精神好转这自然很让人吃惊。

可更让人吃惊的是,她竟然突然说出一个她从来就没见过面的人的名字。

"您认识他?"李严也不禁诧异地问。

"我不仅认识他,还认识他父亲。"张素贞不耐烦地说,"你赶紧去买汽车票,而且就是今天晚上回东北老家的票。"

"啥意思?今天晚上咱们就回东北?"李严很是纳闷。

"等你回来的时候,我就告诉你。记得回来的时候,把你楼下拜关公的香炉拿上来。"

看着李严依旧迟疑的眼神,张素贞威胁地说:"再不去,我就从楼上跳下去。"

在张素贞如此坚定的语气下,李严也不敢违背,只得转身下楼而去。

等到李严离开之后,张素贞则将卧室的门锁上,转身坐在了一张太师椅上,看得出她心情很不错。

"老人家!"殷典率先开口问道,"您怎么知道我的名字?"

"你不是那个《天下探宝》电视节目里的专家嘛,我当然认识你了。"张素贞坦然自若地说。

不过这样的回答,显然不是殷典想要的。他本以为这个张素贞会说出一段关于如何认识自己的传奇故事来。

殷典轻声"噢"了一下,略有失望道:"原来是这样!"

"你的古董鉴定能力到底怎么样?"张素贞抬起头看向殷典问道。

"我对先秦时期的文物有些研究,如果是这个时期的话,倒是也可以看一下。"殷典回答。

"那就好!"老太太满意地道。

不过这好像与殷典来的目的不相干啊,怎么感觉这老太太好像是想让他鉴定古董啊!

不过张素贞刚才说她不仅认识殷典还认识殷典的父亲,这才是殷典想要了解的事情,于是殷典开口道:"老人家……"

可殷典才刚一开口,张素贞就打断了他的话,并说:"我知道,你想问什么,明德神父还有你父亲殷惟,是不是?"

殷典点点头,看来张素贞早已知道他此行的目的了。

张素贞缓缓站起身，走到窗前，长叹一声道："为了这个秘密，我在这个地方等了几十年，也守护了几十年。"

她说到这，转过头看向殷典，莞尔一笑道："你知道吗？我因这个秘密而麻烦不断，也因对这个秘密缄口不语才活到今天！"

什么样的秘密会给一个人带来这么多麻烦呢？不过现在想想张素贞之所以装疯卖傻，乃至假装卧病在床，其目的正是守护这个秘密。

虽然殷典并不知道张素贞口中的秘密究竟是什么，但可见为了这个秘密，张素贞付出的实在太多太多了。

"秘密，守护，几十年！"

听起来，这似乎就是一个传奇故事该有的几点要素。

殷典试探性地问道："老人家！我听说有很多人来找过您，据说他们都试图从您身上打听出关于明德神父的消息。"

张素贞点点头，道："很多很多人，一拨又一拨！"

"好了，不卖关子了！"张素贞微微一笑道，"如果你不是跟你父亲长得太像，如果我不是在电视上知道你也姓殷，恐怕我是绝对不会对你说出这个秘密的。"

张素贞说到这，却突然流下了眼泪，她抽泣了几声，片刻之后，才缓缓地说起了有关她和明德神父的故事：

"说起明德神父，那还要从几十年前说起。当时我还小，也就十来岁吧！我跟我娘逃难到了天津租界，可当时我们实在是太穷了，穷到我们一连好几天都没吃上饭。后来还是在西开教堂吃上了一口救济粮，而当时递给我食物的正是明德神父。

"当时明德神父还很年轻，也就二十多岁吧。他长得高高瘦瘦，浓眉大眼的，虽然他是个蓝眼睛的外国人，但我一看他就是个好人。

"我娘当时见在教堂里竟然可以有口饭吃，便把我扔在了教堂里，一个人悄无声息地离开了。其实我不怨她甚至该感激她，她这么做只是想让我活下来。

"我后来虽然住在了教堂里，却很少见到明德神父。他从来不给教堂的信众讲课，也很少出现在教堂里，只偶尔在教堂里做做礼拜。

"后来不知道怎么了，他与当时的主教大吵了一架，从此便离开了教堂。之后的五六年里，我再也没见到过明德神父。只是后来我长大了，而我又不想一辈子做个修女，于是就被教堂撵了出来，他们说我到

101

了该自食其力的年龄了。

"可我哪有什么能力养活自己，后来我听人家说可以去卖报纸，于是我拿着仅有的一点点钱，去报社里买了些报纸。想着把这些报纸卖了，就可以买东西填饱肚子了。

"我虽然买了不少报纸，但我比较笨，当天只卖出三份。我当时心想这报纸要是等到第二天肯定就更没人要了。没有钱，我是要饿死的。

"于是我拿着报纸趁报社下班前，便想去将它们退掉，可报社里的人却说我有病，说我既然卖不了那么多报纸当初买那么多干吗？可我真的是饿得走不动了，于是我便在报社里撒泼打滚，想尽办法让他们退钱。

"也就在这时，我在报社里竟又见到了明德神父。当时与他在一起的还有一个年轻人，也就是你的父亲。

"当我见到明德神父的那一刹那，就如同见到一根救命稻草一样。我扑倒在了明德神父面前，向他哀求，求他再救我一次。

"后来明德神父问了我很多问题，我说我真的是走投无路了。或许当时明德神父觉得我实在是太可怜了，便问我会不会打扫卫生，会不会做饭什么的。

"我说我什么都会，我只想有口饭吃。

"之后明德神父将我扶了起来，并将我带到了他们的住处。从此之后，我便成为了明德神父家的佣人。虽然我只是个佣人，但他却待我如同亲人一样。

"我感激他，感激他曾救过我两次，感激他对我一直那么好。"

张素贞说到这，又不禁失声痛哭起来。

看来这明德神父确实是对张素贞有恩，以至于张素贞每每提起明德神父总不免伤心落泪。

殷典安慰道："老人家！您注意身体，别太伤心。"

张素贞抹了抹眼泪，啜泣道："真是不好意思，说了半天，可能也不是你想听的。"

"您别多想！您说的这些，我都乐意听！"

张素贞看着殷典，微微一笑，道："我是一见到你，就想起了你父亲，想起了当初明德神父他们几个人年轻时的模样，让我止不住地回忆起往事来！人老了，就这样。"

"我看您精神矍铄,人老心不老嘛!"

"你可真会说话!"张素贞莞尔一笑,感慨道,"人要知恩图报,是吧!"

殷典点了点头,算是赞许她的话。

"所以我在这里等了几十年,就是为了报答他!"张素贞又一次双眼垂泪望向殷典,说,"我在这里等了这么多年就是想等明德神父回来找我。可这么多年了,他一直没有出现。我算了算,他如果现在还活着的话,起码也该有九十多岁了吧!"

殷典一愣,有些茫然。她不应该是等他的父亲殷惟,把当时明德神父交给她的地图转交给他父亲吗?听她这话,怎么还是在这里等明德神父呢?

"有件事,我得给您说,也希望您别太伤心。"殷典顿了顿道,"当年他从中国前往美国的途中便已去世。"

张素贞听到这个消息后,不禁又开始大哭起来。良久之后,她才慢慢恢复平静,并长叹一声:"其实我早就想过,明德神父可能已经去世了。年龄大了,谁还能躲过这一劫呢!多少次我都想离开这里,可在没得到准确信息之前我还是没下定决心。"

"不对!"张素贞忽然瞳孔一缩,"你说明德神父在前往美国时便去世了,明德神父当年身体很好又年轻,怎么会突然去世了呢?"

"这个我还真不清楚!我只是听说他是在前往美国的轮船上突然病逝的。"殷典回答。

"那我在这里岂不是白白等了几十年吗?"张素贞满脸愁苦,再次陷入了深深的哀伤中。

"老人家,我有点不明白了。"殷典双眉微锁道,"我从明德神父的笔记中看到,当时明德神父曾将一份地图交给了您,希望您在这里等我父亲归来,并将这份地图转交给我父亲。您在这要等的人不应该是我父亲吗?"

"开始的时候是这样。"

"开始的时候?"

"刚开始明德神父确实让我在这里等你父亲归来,并嘱咐我将一份地图转交给你父亲。"

"那后来呢?"殷典问,"这张地图现在还在您手里吗?"

103

"我已经将这张地图转交给你父亲了。"

张素贞顿了顿继续道："我将地图转交给你父亲后,你父亲却让我转交给明德神父一样东西。我在这里等待这么多年,其实是为了这个!"

"这又是怎么回事?"殷典很是诧异。弄了半天,张素贞手里的那张地图已经转交给了他父亲,而张素贞在这等待的人其实是明德神父。

张素贞长叹一声,冲殷典道:"事情还要从当时天津解放时说起。我们都没想到国民党会败得那么快!明德神父等不到你父亲回来了,只能马上离开天津回美国。临走时他将所有财产都给了我,只希望我能将那张地图转交给你的父亲殷惟。"

殷典点点头:"这个我也曾在明德神父的日记中看到过!"

"好,那我就闲话少说!"张素贞清了清嗓子道,"反正为了等你父亲来取那个地图,我在这一等就是好几年,不过终于还是等到了你父亲。你父亲找到我后,我当时便把那张地图交给了你父亲。"

张素贞说到这,又不禁长叹一声:"我本以为我的使命终于完成了!可谁承想,我才刚等来你父亲,你父亲却又交给我一样东西,让我在这里等明德神父,并让我将这件东西当面交给明德神父。"

"那他为什么不直接去找明德神父?"殷典刚说出这句话,便摇了摇头,"当时可没那么容易出国。"

"可不是嘛!我也问过他这个事!"张素贞道,"他说第一,他出不了国。第二呢,他也不能走。一旦他走了,有人就会因他而死。他这次是偷偷来找我的,如果别人发现他来过这里,他也性命不保。"

"还有这种事!"殷典很是惊讶。他父亲当时到底在做什么事,以至于有可能引来杀身之祸。

"我也问过他这件事,可他没说。他只说最好我不要知道得太多,知道得越多我恐怕越危险。"张素贞哀叹道。

这句话怎么这么耳熟,殷典皱起眉头,好像自己从哪里听过。

对!

那个神秘来电,好像也曾这样警告过自己。

"我父亲当时就没再跟您说点别的吗?"殷典问。

"你父亲当时来得很匆忙,我们交谈得并不多。他把那件东西交给我后,便一遍遍地嘱咐我一定要等到明德神父本人才能将这件东西交出来。如果在这中间,有任何人来找我问起这些事,千万不能说出一个字,更不能向别人提起见过你父亲。"

"听起来这件东西很重要!"

"我也不知道这件东西到底有什么特别的!"张素贞说,"但后来的事情证明,一些人的确想得到这件东西。而我也明白了,当时你父亲那些话的用意。他确实是在保护我,因为正如他说的那样,知道得越多越危险。"

"那究竟是什么东西?"殷典对这件东西是越来越感兴趣了。

"我只能先告诉你,这应该是一件古董!"

"古董?"

"当然了!我也只是猜测!至于这是不是真的,还要请你这个大专家好好鉴定一下!"

殷典心想怪不得刚开始,张素贞问他能不能鉴定古董,原来是这个原因。

"那东西在哪呢?"

"你先喝点水,待会儿我孙子就拿来了。"张素贞哈哈笑道,"为了保护它,我真是费尽心思啊!"

第八章
转交地图

张素贞站起身,给殷典倒上一杯茶,让他少安毋躁。

十几分钟后,屋外传来一阵急促的敲门声,有人喊道:"开门啊!奶奶!"

"李严回来了。"张素贞说着,将门锁打开。只见李严满脸都是灰尘,手上正抱着一个香炉。

"奶奶,您让我拿这香炉干吗?弄得我脸上全是灰。"李严说着,将那香炉放在了床边的桌子上,嘴里还时不时冒出白灰。

"你可要仔细看看!"张素贞指着桌子上的香炉冲殷典道,"这就是你父亲当年让我转交给明德神父的那样东西。"

殷典打眼一看,这可不是一个普通的香炉。从形制上看,这是一件青铜簋。

这青铜簋看起来的确有点像个香炉,不过青铜簋在古代主要作为祭祀礼器使用。

《周礼·地官·舍人》中记载"凡祭祀,共簋",就是这个意思。

殷典从桌子上拿起青铜簋,仔细打量了一番。只不过这青铜簋上布满铜锈,而且青铜器身上的铜锈一抠即掉,看起来完全像是一件经过做旧处理的假古董。

殷典看着眼前的青铜簋,陷入了深深的困惑之中。

如果这是一件假古董,那他父亲当年干吗费这么大的功夫非要让张素贞将其转交给明德神父呢?

一件假的古董能有什么价值呢？

就算这是一件真品，可像这种青铜簋在我国出土的数量很多，而且从形制上来看的话，这青铜簋也是没什么特别之处啊。

怎么说呢？

青铜簋的形制有很多种，从商代到周代也经历了很大的变化。

商代簋形体厚重，多为圆形，侈口，深腹，圈足，两耳或无耳。器身多饰的兽面纹，有的器耳做成兽面状。

周朝之后，这青铜簋的形制又出现了四耳簋、四足簋、圆身方座簋、三足簋等各种形式，部分簋还有盖。

面前的这个青铜簋从形制上看是圆形两耳方座簋，应属于西周的样式，这种样式在周代很普遍。

"我父亲当年为什么让您将东西交给明德神父呢？这件东西有那么重要吗？"殷典喃喃自语，很是困惑。

"这个你父亲当时也没说！"张素贞摇了摇头说，"但是我觉得这东西应该是很重要吧！毕竟你父亲当时那么看重这件东西，而且有人也试图想要拿走这件东西。"

"有人想拿走？那您知道那些人究竟是谁吗？"

"这个我也不知道！"张素贞顿了顿说："这还要从十几年前说起，当时有一伙人在教堂里打听明德神父的消息，我还以为他们是明德神父的亲朋好友。所以我当时很热情地将他们带到家，跟他们聊起明德神父的事。他们看起来也很高兴，还说明德神父一直记挂着我，说回头就来看我。"

"这些人在骗您！"殷典点点头道，"明德神父当时早就去世了。"

"是啊！可我当时不知道明德神父已经去世了！"张素贞叹了口气说，"不过他们的一些举动却引起了我的警惕！因为他们问我认不认识你父亲，还说你父亲有没有给过我什么东西，我当时就想起了你父亲给我说过的话。"

"那您当时怎么回答他们的呢？"

"我明明白白地记得你父亲当时告诉我的事，这件东西必须当面转交给明德神父！所以我没有回答他们这个问题，而是问他们明德神父怎么没来。"张素贞说。

"那他们岂不是还要继续骗您！"

"你猜测得没错，他们骗我说是明德神父让他们来的，请我大胆放心地说就是了，还给我一万块钱说是明德神父让他们捎给我的。"

"当时的一万块钱可不是个小数目啊！"殷典笑了笑。

张素贞狡黠地笑了笑："确实不少！当时我把钱收下了，但我并没有告诉他们关于你父亲的事。因为他们越是这么做，我就越发觉得他们就是你父亲口中让我警惕的人。我只说你父亲失踪之后，我就再也没见过他。"

"那他们岂不是赔了夫人又折兵！"殷典莞尔一笑。

"可他们却并没有就此罢手！"张素贞长叹一声，"在那之后，我家经常莫名其妙地被翻个底朝天。我知道他们就是在找这件东西，而且有一次被我当场撞见！"

殷典眉头一皱道："当场撞见他们在您家偷东西，那您可就危险了！"

"对，他们直接露出了凶相！几个人拿着匕首当场威胁我，逼问我关于你父亲后来的事！"

张素贞说到这，在一旁的李严不禁破口大骂："这帮龟孙子，我要是见到他们非弄死他们！"

"就凭你？"张素贞冷哼一声，"要不是我后来装疯卖傻，你早被他们宰了！"

"啊！"李严惊愕道，"他们还想对我下手！"

"你当然不知道他们也曾拿你来威胁过我！"张素贞说着将左手伸到殷典面前说，"我这只手的手筋曾被他们挑断过。"

"他们可真够狠的！"殷典语气中满是气愤。

"狠吗？"张素贞反而语气一扬道，"还好他们没杀我！"

"那后来呢？他们就此罢手了吗？"殷典问。

"我倒是清净了十几年！主要是我看透了他们，所以躲过了这一劫。"

"看透了他们？"

"因为他们多次逼问我，我也终于知道了他们的底细。其实他们根本就不知道后来你父亲曾和我见过面，他们之所以只拿我开刀，无非是因为他们在打听明德神父时，我刚好露面了而已。"

"他们就没通过其他方式，比如旁敲侧击，又或者给您下套让您钻，来发现您说谎的漏洞吗？"

"这是肯定的！他们旁敲侧击地问了很多问题，可我都不知道他们在说什么，所以我脸上表现的一无所知那绝不是装的。"张素贞无奈一笑，"因为你父亲当时就没跟我提及任何事，正如他所说的，我知道得越少越安全。"

张素贞说到这，指了指面前的青铜簋，道："这么重要的一件东西，你父亲压根没给你提起关于它的任何信息？"

"这么看来，他们当时算是铩羽而归了，可我怎么听说今年突然又有人来找您了。难道他们知道您当时是在说谎了？"殷典问。

"刚开始我也以为是当年那伙人又来找我了，可我卧床这大半年突然觉得，他们可能并不是一伙人！"

"还有其他人？"

"我也只是猜测！"张素贞道，"但起码那个日本女人应该跟当初那些人不是一伙的。"

"日本女人？"

殷典皱起眉头，怎么又突然冒出一个日本女人。

"这个日本女人是羽田龙野的孙女！"张素贞笑了笑说。

"羽田龙野又是谁？"殷典看向张素贞，不解地问。

"你父亲从来没有跟你提起过这个羽田龙野吗？"张素贞反问。

"没有！我跟我父亲都没见过几次面，别说这个羽田龙野，就是明德神父，我也是最近才知道有这么一个人的。"殷典摇了摇头。

"噢？"张素贞略感惊讶道，"听你这么说，关于你父亲的事，你也是知之甚少了！"

"何止是知之甚少，根本就是一无所知！"殷典苦笑道。

"原来是这个样子！"张素贞点点头。

殷典深吸一口气道："不过我还觉得这件事恐怕没那么简单，我隐约觉得当年我父亲所做的一些事和最近发生的一桩连环凶杀案可能有着千丝万缕的联系。"

"连环凶杀案？"张素贞很是惊讶。

"犯罪嫌疑人现在已经被警方抓捕，案件正在进一步的调查中，我想很快就会水落石出的。"

"那就好！"张素贞点点头，沉吟片刻，突然抬起头看向殷典道，

"我觉得你父亲当初之所以没给你提起当年的那些事,恐怕也是想保护你吧!正如你父亲说的那样,知道得越少越安全。"

"或许吧!"殷典长吁一声。

"那你何必再蹚浑水呢?"张素贞的语气中充满着关切。

的确!

虽然殷典很想了解关于他父亲的那些往事,可如果为了了解这些事而导致自己身陷险境无法自拔,这恐怕也有悖当年他父亲母亲的良苦用心。

"算了!"张素贞却摆了摆手道,"我觉得你还是不要知道这些事情的好。恐怕你知道了这些事,只会让你身处险境!"

"有些人已经找上我了,他们早已开始设局在陷害我了。与其茫茫然一无所知,还不如了解得深入一点。起码能做到知己知彼吧!"

"已经找上你了?"

"是的!"殷典点点头道,"警方在侦查那起连环杀人案时,我莫名其妙地成了警方传唤的第一个嫌疑人!"

"我对这个连环凶杀案不了解,但听你这么说,我觉得你最好还是躲一躲的好。"张素贞告诫殷典。

"不如您详细地给我说说!当初我父亲他们究竟在做什么事,我也好有个准备!"

"也好!也好!"张素贞点点头道,"既然他们已经找到了你,我就把我知道的全告诉你,说不定你能琢磨出点道道来!"

张素贞喝完茶,开口道:"后来那些人没有找到他们想要的东西,便失望地离开了。但我感觉他们极有可能还会再来,于是我便开始装疯卖傻,把自己整成了精神病,甚至不惜在教堂里当着众人的面又是脱衣服又是咬人,连我孙子都以为我是真疯了。"

在一旁的李严无奈地说:"我的亲奶奶啊,您真是把我都给骗了啊!"

"没办法!我若是不装疯卖傻,他们恐怕还会继续找咱祖孙俩的麻烦啊!还有咱祖孙俩的好日子过吗?"

"他们现在要是敢来,我肯定找一帮兄弟弄死他们!"李严愤恨道。

"省省吧!就你那帮子酒肉朋友,能顶什么用。"张素贞不屑地说。

"奶奶,您这是看不起我嘛!"李严挺起胸膛,展露出他所谓的英雄气概。

"这么快,就忘了你是怎么被人家女警察一个人给收拾的?"张素贞没好气地说,"行了!我还要跟这位殷典同志说正事呢,你别打岔了。"

张素贞这么一说,李严宛如泄了气的气球,灰溜溜地站在了一旁再也不吭声了。

她清了清嗓子,冲殷典说起了那天见到那个日本女人的事来:

"我就这么装疯卖傻地过了十多年,但今年还是有一伙人打着明德神父的旗号找到了我。为首的是一个日本女人,也就是羽田龙野的孙女。

"因为有之前那些先例,刚开始,我压根就不相信他们,也不愿见他们。

"可当时教堂的神父知道只有我认识明德神父,于是便把我硬生生地引荐给了他们,我才被逼无奈跟他们见了面。

"后来我才知道这个日本女人是给教堂捐了很多钱用以翻修教堂,所以神父才告诉了他们这些事。

"刚开始的时候,那个日本女人只是不断地跟我寒暄套近乎。说她是羽田龙野的孙女,说羽田龙野当年是明德神父的好友。因为之前的事,我已经有了防备,所以我当时也是半疯半傻地跟那日本女人说了一些与明德神父无关紧要的事。

"不过后来他们又问明德神父和你父亲以及这个羽田龙野他们三人当年离开天津去外地考古的事情。

"而那个日本女人最关心的则是,你父亲在外地考古失踪后再次返回天津的一些事。

"关于考古的事情,我根本就不清楚。再一个,我发现这日本女人这次不像上次那样单刀直入了,而是在给我慢慢下套,让我一点点地说出这些事。

"你父亲在外地考古失踪后再次返回天津能有什么事?我记得他当时和明德神父见了一面便匆匆走了,之后他两人也就再没见过面。要说有什么重要的事,我想也还是他来找我的这件事,而这日本女人肯定也是想得到你父亲交给我的那样东西。

"别说她是羽田龙野的孙女,就是羽田龙野本人,我也不会把那样东西交给他的,因为你父亲是让我把那样东西当面转交给明德神父。

111

"后来我干脆当场就倒在地上,假装犯了精神病。从那以后我也不再去教堂做礼拜,就这样躺在床上假装一病不起,也省得有人再来问我这些事。"

待张素贞说到这里,在旁边一直没吭声的李严再次开口道:"幸亏你这么办了,这日本女人走了后,还有个麻子脸也去教堂打听过你呢!"

"这一年确实是有些太频繁了!"张素贞看向李严,问道,"票买好了吗?"

"已经买好了……"

张素贞和李严的对话,殷典无心去聆听,此时他的大脑里正开始一个疑问接着一个疑问不断地涌出。

最关键的疑点是这个日本女人为什么也这么关心这件事。

还有一个疑问就是,张素贞为何那么肯定这日本女人就一定是羽田龙野的孙女,并认定这羽田龙野的孙女和之前那些人不是一伙的呢?

万一这羽田龙野的孙女是冒充的呢?

他们这么做的目的就是博得张素贞的信任,以求找到他父亲交给张素贞的这件青铜簋。

"这羽田龙野的孙女有没有可能是冒充的?"殷典发出疑问。

"刚开始我也有你这种想法!"张素贞摇了摇头道,"但后来那日本女人给了我一张羽田龙野的照片,这张照片我曾见过。而且她也跟我说起了一些只有羽田龙野和我才知道的事,所以我觉得她应该就是羽田龙野的孙女。"

"哦?"殷典笑了笑,"你们之间还有秘密?"

"哪有什么秘密!"张素贞笑道,"我虽然是明德神父家的老妈子,其实我比他们三人的年纪都要小很多,他们也都很照顾我。那一年,这个羽田龙野特想吃河豚,日本人喜欢吃河豚嘛!可这河豚是有剧毒的,做不好会毒死人的。后来这羽田龙野还曾亲自教我怎么做河豚。当然了,最后我也没敢学,我可犯不着做顿饭把人给毒死了。"

"那这个羽田龙野到底是什么人?"殷典问。

"我记得这个羽田龙野是一个报社的编辑。"张素贞回道,"明德神父主要有两个好朋友,除了你父亲便要数这个羽田龙野了。"

"看来友谊不分国界,三个国家的人能聚到一起成为好友,也算是一段美谈吧!"

"应该是志同道合吧!"张素贞笑了笑。

"志同道合?"

"他们三个人好像都对乌龟壳很感兴趣,后来我才知道那些都是出土文物,是商代的刻字甲骨,那上面刻的是商代甲骨文。"

"因甲骨文走到一起,看来他们当时也都算得上是年轻有为的甲骨文研究学者了!只可惜我没听说过他们!"

"是不是学者我不知道,反正他们特别痴迷于甲骨文的研究!"

"怎么个痴迷法?"

"我经常见他们在书房里讨论有关甲骨文的事,甚至一连好几天都不出门,我都是把饭菜给他们端到书房里。他们讨论得很激烈很投入,有时我下午去收拾碗筷时,还发现他们中午的饭菜都没动。"

殷典笑了笑,道:"甲骨文的确很有魅力,我有时也会这样。"

"你也研究甲骨文?"张素贞有点小吃惊,"这甲骨文真有这么大的魅力吗?"

殷典点点头,道:"甲骨文的破解与解读对于我们了解中华文明起源与发展有着极其重要的意义。如果用哲学上的一句话来讲,甲骨文能告诉我们,我们是从哪里来的。"

"哎呀呀!别说了,我听不懂!你们这些专家学者就跟我们这些普通老百姓的脑子里想的东西不一样。"

"那您没问过他们三人当初为什么对甲骨文如此感兴趣吗?"殷典笑了笑说。

"这个我还真问过明德神父,明德神父也给我说了很多,但我也没听懂更没记住。我就只听懂了一句,只有这句话深深记在了我的脑子里,他说他从这些甲骨文中看到了'上帝'的影子!我信上帝,所以当明德神父说这句话的时候,我感到匪夷所思,但又不好细问。"

张素贞说到这,看向殷典问道:"你不也是研究甲骨文吗?你觉得这甲骨文中真的有上帝的影子吗?"

"这个可能需要长篇大论一番。我怕我说着说着,您就睡着了。"殷典笑了笑道。

"好吧!那还是不要说这个了吧!"张素贞伸手指着面前的青铜簋说,"你还是说说这东西到底是个什么玩意吧!"

听张素贞说了这么多,殷典也越发觉得这青铜簋的重要性,不然不

113

会有那么多人想要得到它。

可至于这青铜簋为什么被人这么看重，现在最起码要仔细鉴定一下它是否是一件真品。

"从形制上看，这应该是周朝初期的'簋'！"殷典首先告诉张素贞这究竟是个什么东西。

"鬼？"张素贞惊讶地喊道。

"不好意思！我没说清楚，两个字同音不同义。就说这是青铜簋吧！"

"说得蛮吓人的！"

殷典微微一笑，走向了这件青铜簋。至于这青铜簋是不是真品，他还是要下一番功夫来鉴定，他有必要仔细观察一下。

关于青铜器鉴定，古董行有一套顺口溜，叫："先看形，后看花，拿到手里看底下，紧睁眼，慢开口，铭文要细察，铜质是关卡。"

第一招叫"闻味"。

这上千年的青铜器，一般是没有刺鼻的酸、臭、呛等异味。刚出土的青铜器可能会稍带土腥味，但因千年以上的土层与铜器的氧化物已牢结一体，青铜本身和锈蚀的气息已基本被吸收。所以这青铜器，如仔细闻辨似乎有一种接近甜味的感觉。

过去的古董商有的甚至用舌舔，以更好辨别这种味道，伪造的新品一般都有酸臭味道。

殷典将鼻子靠近这尊青铜器闻了闻，一股香灰味扑鼻而来。可仔细一品，这香灰味中却有一股子尿骚味。

这青铜器长期被当作香炉，有香灰味自然是正常，可这尿骚味可不是一个真品该有的。

殷典用手仔细擦了擦这青铜器的一块表皮，试图想清理干净这上面的香灰，之后他用手在上面反复快速搓摩，待搓得指头发热时，又闻了闻手上的气味。

让殷典没想到的是，这尿骚味比之前更浓了，简直是直冲脑门，差点没把殷典熏倒。

这时在一旁的李严突然开口道："大哥，你闻这个干吗？"

"当然是为了鉴定是不是真的古董。"殷典无奈道，"就是这簋怎么又臭又骚啊！"

"大哥,你别闻了,这上面都是我的童子尿!"李严嘿嘿笑道。

"啊!"殷典惊道,"我说怎么这么臭。"

此时站在一旁的张素贞也有些不好意思了,于是向殷典解释。

"是这样!"张素贞不好意思地说,"我当时看这东西是个铜的,又很结实,我也没想那么多。本来我是把它放在床底下的,后来我怕被那些人找到,于是将它埋在了茅厕里。我想这么重要的一样东西,他们怎么也想不到我会把它随意地埋在茅厕里吧!"

"唉!"殷典无奈一笑,"您可以选择埋在其他地方嘛!这青铜器要是跟强碱强酸接触太容易锈蚀了。"

"我还是后来看电视,才知道这东西可能是个文物,于是让李严从茅厕的地下把它挖了出来。可我又怕被那些人拿走,于是又让李严拿到这里当香炉使了。"张素贞解释道,"再说了,这东西不还在嘛!"

殷典指着青铜器上的锈迹,道:"你看这上面的锈迹,一看就和那些仿品差不多。有些仿造品在制造完成后,往往要将其放在潮湿的地下埋几年,这叫'作古'。"

殷典说着用手从这青铜簋上抠下一块铜锈,继续向两人解释:

"造假的人为了加速青铜器生锈,还会用一些醋、硫酸等化学药品来腐蚀铜器。但这些锈蚀只是短时间内产生的,并没有经历过漫长复杂的氧化过程,不会表现出那种协调与自然的感觉,而且锈斑也不牢固,有时一抠便能抠下来。"

"大哥!你的意思是说这东西要是拿去古董行鉴定的话,他们可能会认定这东西是个仿品了!"李严问道,"那这东西到底是不是真的古董啊?"

"直观上来看的话不好说,不过我们也可以借助一些科学仪器来测算一下这件青铜器的年代!"殷典注视着眼前的青铜簋,又道,"不过我父亲既然费了这么大的事把它弄到这里来,而且这么看重这件东西,我想这青铜应该不是假的。"

说完,他将青铜簋拿起又开始仔细观察这青铜簋的底座,过了良久,不禁又长叹一声。

"怎么了!大哥?"

"这件青铜簋如果是真的的话,那它的价值可就大了。"殷典说着,伸手指着青铜簋底座道,"可要是一般的古董商来看的话,只能说是越看越假!"

"啥意思啊,大哥?你这一会儿说是真的一会儿又说是假的,把我搞得是越来越晕了。"

"如果一件青铜器上有铭文,那么这些铭文也是鉴定青铜器真伪的重要依据,而这青铜簋底座就有铭文!"

殷典顿了顿,继续解释道:"你们可能不了解青铜器。简单来说吧,青铜器上如果有铭文的话,那它的价值可就比一般的青铜器高出太多太多了。可问题是这青铜簋底座的铭文都快锈蚀得没了。"

"啥意思?我没听懂啊,大哥!"

殷典伸手指了指周围的墙壁,道:"这么给你说吧,一百个这样的棋牌社加起来恐怕也没这青铜器上的一个字值钱!青铜器上的字越多,它的价值往往越大。"

"啊!"李严惊叹道,"那这上面本该有多少个字啊?"

"早就看不出来了,不过我猜之前至少应该也有二十多个吧!"

"哎哟,妈的!早知道我就少尿两泡尿了。"李严悔恨不已,"还尿个屁啊,我得搂着它睡觉才行。"

"这件青铜器弄成现在这样子,恐怕一般的古董商都会认为是假的。而且青铜器上铭文无法辨识,更加深了这件青铜器被有意做旧过的嫌疑。"

"真是一泡尿成千古恨啊!"李严说着,不禁伸手在自己脸颊上拍打起来。

看到李严这副样子,张素贞上前便朝着李严的后脑勺来了一巴掌,训斥道:"瞧你那没出息的样子。"

"奶奶,您可别说了。我这是在朝人民币上撒尿啊!"

"想撒尿,就跟我回东北。我那里还有几样玩意儿,你朝那上面撒尿就是。"张素贞气极而笑。

"您说什么,奶奶?"李严兴奋道,"您的意思是我们家还有这种古董吗?"

张素贞点点头道:"当年明德神父离开中国时曾留给我几件青铜小玩意,虽然跟这个不一样,我想应该是真的吧。"

"真的吗?"李严激动地抱着张素贞道,"奶奶,我们要发财了!"

"你快去收拾一下,我们马上就走。这次走了,咱就再也不回来了。"张素贞微微一笑,拍了拍李严的后背。

"我这还有好多朋友呢,咱们也不能说走就走,还不回来了啊。"李严看起来还不愿意与此地就此别过。

"就你那些狐朋狗友、酒肉朋友?你有钱了走到哪里还缺少这种人?"

"也是啊,我是有钱人啦!"李严说着,语气中已有些膨胀。

张素贞长叹一声,道:"如果那些人再找到我,我恐怕装死都不行了,到时候只能是真死了。"

"好好好,我马上去收拾!"李严说完,便迅速跑下楼。

如果李严不是听了张素贞说起了这么多事,他恐怕也不会这么痛快地答应,此时他也深知那些事的严重性了。

张素贞再次看向殷典,道:"我很惭愧没能完成你父亲交给我的使命。可明德神父已经去世了,显然我也无法再完成这项使命了。我只能将这件东西交给你,也算是物归原主了。虽然我没能好好地保管它,也只能请你谅解了。"

"您别这么说,我不知道有多佩服您呢!您为了一个诺言,这么多年坚守在此,真的太不容易了。"殷典说得很真挚,这也是他发自内心的话。

"对了!老人家,我还想问您一个事情!"殷典道,"您还记得当年明德神父的住所吗?"

对于当年明德神父埋藏的甲骨,殷典之前推测应该就在明德神父的住处,所以他还是想去一趟明德神父当年的住所调查一下。

"记得,当然是记得!不过那地方前几年已经被拆迁了,现在都是高楼大厦了。"

"那地方在挖地基时没挖出什么东西吗?"殷典问。

"我倒是没见到挖出什么东西来!"

"你还一直在那地方看着施工队施工呢?"

张素贞长叹一声,道:"主要是我对那个地方太有感情了,我在那还当了好长一段时间的钉子户。后来施工队动工时,我是一面看着那些老房子被拆毁一面流泪啊!直到那老房子下挖出个深坑来,我才离开那里!"

听张素贞这话,看起来那些刻字甲骨应该是没埋藏在那个地方,又或者当时她将地图交给他父亲时，他父亲已经将那些刻字甲骨取走了。

这时张素贞看向殷典，眼神中满是关切地说："还有一件事，也请你谨记！"

"您说！"

"我们离开的事情，你不要跟任何人提起，我希望你也能遵守这个诺言。"

"您放心，我一定谨守诺言！"殷典回答得很坚定。

最后，李严收拾妥当和张素贞坐上了一辆出租车。他们当晚就离开了这生活了几十年的地方。

站在街边，殷典在跟张素贞和李严道别时，张素贞则意味深长地冲殷典说："如果以后再有什么事，也请你不要再来找我了。我老了，我想过几天舒服日子。"

"您放心！我绝不会再去打扰您了。"殷典笑了笑冲坐在车上的张素贞说。

殷典拿着青铜簋站在街边打车，整个思绪开始乱飞：为什么父亲殷惟要将这件青铜簋送到张素贞手上，并让张素贞一定要当面交给明德神父呢？

这青铜簋难道有什么特别之处？看来这真需要自己好好研究一下。

就在这时，一辆出租车停在了殷典面前，就在殷典准备要上车时，出租车里却探出一个头，那竟然是张素贞。

张素贞将头探出冲殷典道："对了，我还忘了要告诉你一件事！"

她说着向殷典招手示意他过去，在他耳旁小声说道："你父亲还让我告诉明德神父，他说他已解开了甲骨文'帝'字的秘密！"

说完这句话，出租车再次扬尘而去。

第九章
惟殷先人

甲骨文"帝"字的秘密？这怎么如此耳熟！

猛然间，殷典想起了尹正东的那份手稿，手稿上写着这么一句话：说想要破解这一切就必须解开甲骨文"帝"的秘密！

为什么那个尹正东和他父亲都曾对甲骨文"帝"字产生了如此浓厚而特殊的兴趣，难道这两人曾有过某种交集？

殷典坐上车，急匆匆地赶往招待所。他只想赶快拿出尹正东的那份手稿，再仔细研究一下。

可就在殷典刚迈入招待所的大门时，却迎头与景岚撞到一起。

原来景岚在殷典离开的这段时间接到了一个电话。景岚在接到电话后，便急忙想去告诉殷典，可此时招待所里已没了殷典的踪影，这一度让景岚非常着急。

看着殷典出现在自己面前，景岚是又生气又欣喜。气他离开也不跟自己说一声，喜则是因为殷典现在已安安全全出现在了自己面前。

"你怎么不说一声就出去了！"景岚埋怨道。

"不好意思，刚才我出去办了点事！"殷典歉意道。

"算了，我不跟你计较了，下次你绝对不能再这样一声不吭地就离开了。"

"一定！"殷典点头称是。

"你来我房间一下！我有件事需要马上告诉你！"

"你房间？"殷典有些迟疑。他觉得去一个女孩子的房间终究有些不妥。

"怎么了？"

"要不还是来我房间吧！刚好我也有件事想要告诉你！"

"随便！"景岚干净利索地回答。

两人一进入房间，景岚便将房门反锁，转过头冲殷典道："那会儿我接到了局里同事打来的一个电话！是关于死者尹正东的。"

"这么巧！"殷典有些惊讶，"我刚好有件事，也是关于尹正东的！"

"确实挺巧的！"景岚愣了一下，说道，"要不你先说？"

"你先！"

"好！"景岚双手抱膀，冲殷典道，"尹正东的家属怀疑，文玩市场的无头尸体并不是尹正东本人。"

"啊！"殷典惊讶道，"警方现在的调查结果出来了吗？"

"正在调查中，不过我想尹正东的家属既然这么说，应该所言非虚。"

"能透露下现在警方的调查情况吗？"

"作为'9·17'连环凶杀案的特邀学术专家，所有关于案件的线索，我们当然会第一时间通知你的！"

景岚顿了顿继续道："尹正东死后，警方便通知了尹正东的家属来认领尸体。这尹正东并不是本地人，而是在本地做生意的一个古董商，他的家属都在山东老家。"

殷典点点头，示意他知道这些事。

"尹正东家属在得到通知后，前后用了两天的时间才赶到。本来家属是想就地火化后将骨灰带回老家埋葬，可尹正东的老母亲却死活不同意，她想再见自己儿子最后一面，哪怕那只是个无头尸体。"

殷典感慨道："'儿行千里母担忧'，可想儿子客死他乡的伤心。这也是人之常情。"

"没办法！尹正东的家属只得将尸体放入雪柜运回了山东老家。他母亲很悲伤，其间不知晕厥过多少次。可人既然死了，终归是要办理丧事的，然而就在准备为尸体换上寿衣时，他母亲却惊奇地发现这尸体的臀部缺少一道疤痕。"

"什么疤痕？"殷典问。

"尹正东的母亲说，尹正东小时候由于太顽皮，曾从墙头上摔下来过，而且正好一屁股坐在了一把铁锹上。当时整个屁股上全是血，于是家里人将他带到了当地卫生院包扎伤口，前后缝了三十多针，这长长的疤痕就此永远地留在了尹正东的屁股上。虽然这具尸体的身形与尹正东很相似，可这具尸体的屁股上却并没有疤痕。"

景岚说到这，殷典不禁眉头皱起道："不是在屯江边还发现了一具没人认领的尸体吗？那会不会是尹正东呢？"

"警方也让尹正东的家属辨认了，他们说那人也不是尹正东，那尸体屁股上也没有疤痕。"

"这就怪了！"殷典双眉微蹙，又问道，"警方不是已经把凶手抓了吗？现在调查得怎么样了？"

"问题就出在这。虽然那个凶手被抓住了，但具体作案细节，他却一直说不清楚，就连指认现场时也与真实的作案现场不相符。可无论警方说什么，他都只说人是他杀的。"

"是不是说，这个凶手有可能是替别人顶包的？"殷典道。

"其实警方现在也大多持你这个看法，不过这还需要花一些时间做深入的调查。在案件没有水落石出前，一切也都只不过是猜测而已。"

景岚说到这，冲殷典道："我的事说完了，说说你的吧！"

景岚虽这么说，可殷典却好像没听到一样。末了，景岚只听到殷典喃喃地在说："这个尹正东并没死！"

"你怎么这么肯定？"景岚追问道。

殷典似乎根本就没听到景岚在说什么，而是躬着身子在行李箱中翻找着一样东西。直到他拿出一个文件夹后，这才站起身冲景岚道："你刚才说什么？"

"我说你怎么这么肯定尹正东就没死呢！假定尹正东没死，那他店铺里死的那个人又是谁呢？"

"尹正东店铺里死的那个人是谁，我不清楚！"殷典沉吟半刻，却说出了这样一个推断，"有没有这种可能，尹正东并没有死，而死在他店铺里的那个人其实是想杀他的人！"

"怎么这么说？有什么依据吗？"景岚问。

"你还记得吗，李严曾向我们提起过一个人，说最近几天有一个人在打听明德神父的下落，还说那个人是个麻子脸？"

"记得！"景岚点点头，问道，"可这和尹正东有什么联系吗？"

"你还记得尹正东有一个外号叫'月球人'吗?据说是因为他脸上坑坑洼洼的青春痘疤痕与月球表面的陨石坑很是相似,再一个,他很少与周围的人交往,一直独来独往。所以才被人起了这么一个外号。"

"噢?"景岚眉头一皱道,"你的意思是这麻子脸就是尹正东!"

殷典点点头道:"虽然脸部的麻子和青春痘疤痕有所区别,但两者都会在脸上留下坑坑洼洼的疤痕,都像极了月球表面的陨石坑,你不觉得这很像吗?"

景岚托着下颌,沉思片刻后道:"我们倒是可以假设死在商铺里的不是尹正东而是想杀尹正东的人,然后试着解释一下,看看能不能解释得通。"

"说来听听!"殷典笑了笑。他越发喜欢面前的女孩在思索问题时的样子。

景岚捋了捋思绪,开始了她的推理:

"当时我们从监控录像上模糊地发现了一名形迹可疑的人,此人身穿黑色皮衣、戴着头盔、骑着摩托车,身后还背着一个双肩包。那人之所以如此打扮,正是为了避免被警方追查。

"那人本来的计划或许是这样的,他在进入店铺后,刚开始先和尹正东正常交流,交流的内容应该是围绕古董展开,并且表示想要购买某件古董。

"就在尹正东兴高采烈地将注意力全部集中到某件古董身上时,此人便趁尹正东一个不留神,迅速出手将尹正东杀害。

"此人作案手段虽然老练,也做过缜密的计划,可他万万没想到,最后他非但没将尹正东杀害,反而被尹正东反杀。

"而尹正东在杀死了这个人后,却将这人的衣服脱下并换上了自己的衣服。

"为了显示自己已被杀害,他将那人的脑袋割下,并伪造了'伐祭'的甲骨文。一个无头尸对于辨别死者的真实身份来说本就很困难。

"而尹正东还将自己的钱包和身份证故意放在了死者身上,更进一步误导了警方,让警方误认为这具尸体就是尹正东本人。

"最后,尹正东换上了那人的衣服头盔,并将那人的脑袋放在了双肩包里,骑上那人的摩托车离开了。

"虽然进出尹正东店铺的人从外形和打扮上几乎一模一样,可由于当事人一直戴着一个头盔，这也就给我们提供了两种可能。

"进入尹正东店铺的人和从里面出来的人有可能是同一个人，也有可能是两个不同的人。"

"当然还有一件特别重要的事，就是后来我们找到了一个对作案供认不讳的嫌疑人，转移了警方在这方面的注意力。"

景岚说到这，微微叹了口气："从逻辑上，尹正东确实有没被杀的可能！"

殷典点点头道："或许案件的真相应该就是如此！"

"可如果尹正东将想要杀他的人反杀了，这又会引起一系列逻辑上的悖论。"景岚皱着眉头说。

"逻辑悖论？"

"从逻辑上讲，尹正东应该在那人去杀他之前，便已经做好了充分的准备，因此尹正东才能在最短的时间里将那人反杀。"

景岚双眉紧蹙，继续道："如果是尹正东临时发现那人是来杀他的，那么现场就不会出现与李桂花被害时留下的相似甲骨文了。也就是说作为其中一个受害者的尹正东，他知道李桂花是怎么死的。"

殷典点点头道："你说得有道理，可这在逻辑上也说得过去啊！"

"问题是如果尹正东知道有人要杀他，他为什么不报警呢？而且他为什么在杀死那个人时要伪造他已经死亡的现场？还要偏偏留下甲骨文？"

"或许他有难言之隐吧！"殷典淡淡地说。

"难言之隐？"

"我想他刻意制造他已经死亡的假象，是想做一个金蝉脱壳之局，逃脱别人追杀。"

"什么意思？"

"只要他没死，还会有人找上他。"

景岚眉头一皱，却继续发出疑惑："如果是这样，那他就更应该报警了。毕竟早晚有一天，那些人会知道他还没死，还会来追杀他的。"

"现在看来，起码那些追杀他的人在了解到真相之前，他是安全的。而在这段时间内，他还需要做很多事，比如他来天津打听明德神父的消息，又比如其他一些我们并不了解的事情。"

"如果是这样的话，是不是说，这些人之所以想要杀害尹正东和尹正东正在做的事有关！可他究竟在做什么事以至于别人非要置他于死地呢？"景岚无奈地摇了摇头。

"或许这与某件东西有着莫大的关系吧！"殷典若有所思道。

"什么东西？"景岚问。

殷典没有直接回答，而是将手中的文件夹打开，并将尹正东的一页手稿递到了景岚面前，指着手稿上的一段话，冲景岚道："你看看这段话！"

景岚看向手稿上殷典所指的地方，只见上面写道：

"那个笔名叫做'惟殷先人'的人为何欲言又止，他为何又让我去找一个叫明德的美国传教士。

"说想要破解这一切就必须解开甲骨文'帝'的秘密！"

景岚看完这几句话，不禁惊愕道："原来是有人让尹正东来找这个明德神父的！"

"这倒也没什么好惊讶的！"殷典淡淡地说。

"这是一条很重要的线索啊！"景岚看向殷典，诧异地冲殷典道，"难道还有比这个更重要的线索吗？"

殷典无奈地点点头，却伸手指向了手稿上的几个字——"惟殷先人"。

"这个笔名叫'惟殷先人'的人有问题吗？"

殷典抬起头看向景岚，微微一笑道："看来我有必要重新介绍一下我自己了！"

"重新介绍？"景岚完全不知道殷典想要表达什么意思。

殷典点点头道："'殷典'这个名字取自《尚书》中的一句'惟殷先人，有册有典'。"

"惟殷先人，有册有典。"景岚一面看着手稿，一面喃喃道，"这也太巧了吧！"

"我父亲之所以给我取这样一个名字，主要原因是他的名字叫'殷惟'。我们父子俩的名字刚好出现在一部典籍中的一句话里，这说起来也是有典故的，我曾多次骄傲地跟别人隆重介绍过我这个名字的由来。"

殷典说到这，又笑了笑道："我给你说这么多，倒也不是向你炫耀先辈的学识，而是要告诉你一件事，这'惟殷先人'其实就是我的父亲'殷惟'的笔名！"

"'惟殷''殷惟',这两个字只是调换了一下。"景岚啧啧称奇。

殷典点点头道:"如果不是经历了这么多事,如果不是张素贞去而复返给我说的那句话,我是永远不会将'惟殷先人'与我父亲联系在一起的,也永远不会将那个来打听明德神父下落的麻子脸与'已死'的尹正东联系在一起。而尹正东之所以来这里找明德神父,其实是受我父亲信中的指引而来的。"

"你单独去找过张素贞?"

"是的!"殷典点点头,"就在刚才!"

"这么重要的事情,你还瞒着我。"景岚有些不高兴地说。

"我也不想瞒你!只是这件事,张素贞只想告诉我一个人!"

"想不到她还挺会装,连我都被她骗了!"景岚无奈地摇了摇头,不禁感叹道,"看来'9·17'连环凶杀案要远比我们想象的复杂得多!"

"现在看来,死者李桂花手机上那条未发出的短信——'殷典害我',恐怕也是另有深意!"

"先是神秘来电对你进行一番威逼利诱,再后来'9·17'连环杀人案又将你牵扯进入。难道他们这是'项庄舞剑,意在沛公'?"景岚说到这,缓缓地抬起头看向殷典道,"我看你还是避一避的好!于秘书长说得也挺有道理的,'不怕贼偷,就怕贼惦记'嘛!现在我也已经对这件事大体有些了解了,剩下的事就由我们警方来处理,我会随时将警方的调查情况告诉你的。"

"项庄舞剑倒是不假,只不过项庄的意图是想杀了刘邦。而从目前来看,这些人还并不想杀我,如果他们真想这么做的话,就不会对我威逼利诱了,我也就活不到今天了。"

"希望是你说的这样吧!"景岚顿了顿,问道,"你刚才说这些事可能与一样东西有关,是当年明德神父留在中国的商代刻字甲骨吗?"

"不是!"殷典道,"当初明德神父离开中国时,确实曾交给张素贞一张埋藏甲骨的地图,可她很早以前就已经将那个地图交给了我父亲,我猜测这些甲骨应该已经被我父亲取走了!"

"我虽然不懂文物,但听你说那些刻字甲骨是很珍贵的。你放心,我们警方也会继续追查这些刻字甲骨的下落的。"

"我想着这件东西可能比那些甲骨更重要吧!"

殷典说着将那个青铜簋放在了茶几上,双手抱着膀子说:"我现在还没搞清楚,那些人为什么如此看重这件东西!"

看着面前这奇形怪状的青铜簋,景岚不禁问道:"这是什么东西?"

"青铜簋!是我父亲让张素贞转交给明德神父的,并且嘱咐她千万要将这青铜簋当面交给明德神父本人。"殷典回道,"张素贞说,这么多人之所以来找她应该就是为了这青铜簋!"

"这件东西有什么特别之处吗?"景岚疑惑道,"我怎么看着这东西像一个香炉!这东西究竟干什么用的?"

"如果从用途上来看,这青铜簋相当于我们现在使用的碗,是用来盛饭的工具。"殷典指了指青铜簋上的纹饰道,"这青铜簋腹和底座上饰有饕餮纹。'饕餮大餐'这个词,你应该知道,指的是吃大餐嘛!"

"噢!原来就是当时的人用来吃饭的工具啊!那这也没什么特别的啊!"

殷典摇了摇头道:"虽然这是用来盛饭的,但却并不是一般意义上的盛饭工具。"

他顿了顿继续道:"比如青铜爵,是用于盛酒的一种酒器。在电视电影中,你肯定见过这种画面,那些身穿古装的演员拿着青铜爵在宴会中豪饮,这其实误导了很多观众。"

"噢?"景岚微微一笑道,"又要长知识了,那我可要洗耳恭听了!"

"这么说吧!"殷典笑了笑,道,"青铜簋中所盛的饭和青铜爵中所盛的酒是用来祭祀神灵的。祭祀完神灵之后,他们有可能会分食其中的食物,但分食时却并不是那么随意地拿着这些青铜礼器来食用的,而是有一套严格的礼仪形式,绝对不会在一般的宴会场所中随意使用这种青铜礼器。一些古装剧,由于考证不足,确实闹了一些笑话。"

"原来是这样!"景岚点点头道,"可这个青铜簋究竟有什么特别之处呢?"

"要说有什么特别之处,我还没看出来。其实出土的青铜簋很多,虽然上面的纹饰和样式稍有些不同,但大体还是差不多的,而这件青铜簋从外观上来看并没有什么特别的。"

殷典说到这,又无奈地叹了口气:"除非它上面的铭文很特别,才显现出它与其他青铜簋不同。"

"这是什么意思?怎么铭文不同,就会显得很特别呢?"景岚问。

"这就好比同样是一张唱片,但有一张唱片上面有明星的签字,这恐怕就与其他唱片有所不同了，因为它有着一些特殊的意义。"

殷典说到这，突然眉头一皱，喃喃道："难道这青铜簋也记载了一些极为重要的铭文，其价值堪比'利簋'吗？要是这样的话，那这青铜簋可是国宝了。"

"利簋？"景岚有些摸不着头脑，不知道殷典想要表达什么。

殷典则将那青铜簋翻了过来，看着青铜簋底座下方的铭文，继续道："1976年，在陕西临潼县零口镇出土了一尊青铜簋，通过专家的辨识和科学仪器的鉴定，发现它应该是西周初年的产物。而这尊青铜簋的价值可以说是目前所有出土的青铜簋中价值最高的，绝对的国之重器。由于这个青铜簋是一个叫'利'的人铸造，所以一般称它为'利簋'。"

"那为什么这个'利簋'的价值这么高呢？"

"因为它上面铸有铭文，铭文中有一段关于'武王伐纣'这一重大历史事件的内容。"

"你说了这么多，总算说到我知道的一段历史了，那我可要听听你这位历史学教授口中的'武王伐纣'又有什么不同！"

殷典笑了笑，开始讲解起利簋有关"武王伐纣"的故事：

"你可能不太了解这段历史！这么说吧，在没有发现这尊利簋之前，史学界考证武王伐纣之役的时间至少有四十多种结论，最早的为公元前1130年，最晚的为公元前1018年，前后相差了112年。

"一些天文学学者依据铭中所记'甲子'日'岁'（木）星在中天的天象，参照《国语·周语下》记载的天象记录，计算出武王伐纣的时间在公元前1046年1月20日。

"由此，中国史上这一著名的战役有了一个绝对年代，它为商周两代的划分，提供了重要的年代依据。

"不仅如此，利簋的发现，还为我们提供了一个重大信息，那就是证实了古籍中'战一日而破纣之国'的正确记载。武王伐纣之战的时间很短暂，可以说是一件势如破竹、水到渠成的事情。

"利簋铭文虽然简略，却是有关武王伐纣史实的唯一文物遗存，其价值之大，誉之为价值连城都不为过啊！所以这利簋也叫武王征商簋，说的就是它的历史价值。"

殷典侃侃而谈，景岚虽然不太懂，但也大约知道了这利簋的价值。

"哎呀！你说的这些我也不懂，关于武王伐纣，我只是看过电视剧

127

《封神演义》。我还以为周武王是费了多大的功夫才推翻了商纣王呢,没想到竟然是没几天就把商朝灭了。"景岚笑道。

景岚说到这,又冲殷典道:"那这个青铜簋上的铭文又记载了什么?会不会这青铜簋也记载了某些重要的历史信息?"

殷典摇了摇头,叹气道:"这青铜簋如果是真的,而且还铸有铭文,那这青铜簋的价值一定非常大。可问题是,这青铜簋曾长期被埋在厕所中,这锈蚀实在太严重,以至于青铜簋底座上的铭文根本辨别不了几个字。"

殷典说到这,又不禁摇了摇头道:"只能辨识出'武'……'帝'……'卫',这几个字了。"

"听你这么说,这青铜簋也没什么特别之处啊!"景岚略有失望。

"这也是我的困惑所在,我想不明白我父亲究竟想表达什么意思,为何还要让张素贞一定要将这青铜簋当面转交给明德神父?为什么有那么多人还要试图得到它?"殷典说完,不免长叹一声。

"看来想要解答这个问题,就只能当面问问那些也来打听明德神父消息的人了!"景岚点点头,若有所思道。

"道理是这个道理!可我们根本就不知道那些是什么人,他们又在哪里啊?"殷典摇了摇头,苦笑道。

"我倒是想到一件事!或许可以找到那些想要了解明德神父信息的人!"景岚微微一笑道。

"是吗?快说来听听!"殷典听景岚这么一说,不禁喜上眉梢。

"引蛇出洞!"景岚缓缓说道。

"既然有那么多人想打听明德神父的消息,那我们干脆向外界明确传递一下,我们知道明德神父的信息,而且得到了他们想要找的这件青铜器。"景岚笑着伸手指了指面前的青铜簋。

"能再具体点吗?"殷典还不知道景岚这葫芦里卖的是什么药。

"你不是在一个叫《天下探宝》的电视节目做鉴赏嘉宾嘛!不知道你能不能和节目组商讨一下,你们加一期,名字我都想好了,就叫'国宝回家'。"

景岚笑了笑,继续道:"我们可以在节目预告中大肆宣传,这文物是当年明德神父带到美国的,现在他的后人受他生前委托,将此文物归还中国。不仅如此,他的后人带了一张藏宝图,藏宝图绘制的是当年明德神父在中国埋藏甲骨的地方，其中藏有大量的商代刻字甲骨。"

殷典听到这，算是明白了这"引蛇出洞"妙计的精髓所在。

他笑了笑继续补充道："这次电视节目，我们要做一个现场直播，还要把国宝归还的时间和地点也传递出去。这样一来，那些曾打听明德神父信息的人一定会想方设法来这里，说不定那个尹正东也会出现在直播现场。"

景岚点点头道："如果'9·17'连环杀人案与明德神父当年的那些事也有着千丝万缕的联系的话，我想那幕后主使也会出现在现场的。"

殷典听到这，不禁激动地向前一把抓住景岚的双手，兴奋道："你真是既勇敢又聪明。"

可就在这时，房门却被人推开了！

殷典忙松开景岚的双手，却见斯嘉丽手里拿着一串钥匙，笑盈盈地望着两人，古里古怪地说："我是不是打扰到你们两个人了！"

"哪有！我们这不是在商量点事，还准备去找你呢！"殷典道。

"噢！"斯嘉丽故作不懂的样子说，"商量事还要拉着手啊！"

看来刚才殷典握住景岚双手时正好被斯嘉丽看在眼里。

殷典被她这么一说，脸颊有些发烫，不过景岚却秀眉一挑冲斯嘉丽说："怎么着！你有什么事吗？"

"没事！我就是问问，问问聊天的时候需不需要拉着手。"斯嘉丽道。

"别人的事，关你什么事，你操什么心！"

景岚脸露怒色，对于斯嘉丽的这些话，显然她很生气。

"殷叔叔，你看！"斯嘉丽一把抱住殷典的胳膊，伸一根手指指着景岚道，"这个姐姐好凶啊！"

殷典无奈道："那你就别惹人家啊！"

"我哪有？"斯嘉丽小嘴一噘。

"这事就此打住！我正好找你有点正事呢！"殷典说着抽出被斯嘉丽怀抱的胳膊。

"正事？"斯嘉丽摇了摇手中的钥匙，没好气地说，"我不知道找了你们多长时间，要不是我问老板娘要了房间的钥匙，我还不知道你们两个孤男寡女的正在这里搞正事呢！"

"你到底有完没完！"景岚挺起胸脯，似乎只要斯嘉丽再胡言乱语，她就会立马教训一下面前这口无遮拦的小姑娘。

"好了！好了！"

殷典忙站在两人之间，打个圆场冲两人道："两位消消气，我给两位道个歉，这都是我的错……"

殷典这话还没说完，景岚便打断了他的话，淡淡道："这怎么还是你的错啊，没教养的小孩子就该教育一下！"

"你以为你是谁啊！真以为我怕了你！"斯嘉丽此时也举起双拳，做出一副准备打架的架势来。

"别冲动……"殷典环顾左右，还在试图劝慰两人。

可一条腿已高高抬起，与此同时一拳也打了过来……

第十章
世事难料

之后的事情，也没什么好说的了，殷典被误伤，两人就此打住。

可两人却没有俯下身去看殷典受伤的地方，而是各自气鼓鼓地离开了房间。

景岚临走时，气呼呼地说了这么一句话："你就会护着她，让她一直肆无忌惮，口无遮拦。"

斯嘉丽临走时，也气呼呼地冲殷典说："这种女人就是个炸药包，你怎么还跟她一起呢？"

殷典捂着红肿的脸颊，苦笑道："这两个女孩下手可真够重的！"

当天三人便乘火车离开了天津，一路上要不是殷典拦着，两个女孩指不定在火车上动起手了。

殷典这一路真是恨不得自己是孙猴子，可以一个筋斗十万八千里赶快回家啊！

回到屯江后，殷典便马不停蹄地前往电视台，将计划归还文物的事与《天下探宝》节目组商讨了一番。节目组听完，无不双手赞同，并预测这有可能会成为《天下探宝》节目播出以来的收视率最高峰，甚至恨不得让殷典来做这档节目的导演。

于是电视节目中便开始轮番播出这样一个预告片：

"君问归期在何时？屯江相逢中秋日！

"民国传教士明德神父的后人将携周代青铜簋归还中国！中秋佳节，让我们共聚屯江，《天下探宝》邀您一起现场见证这归还盛况！"

节目预告搞得风生水起，并引起了社会各界的关注。半月之后，殷典出席了归还仪式。

此时屯江边上，人头攒动，座无虚席，主席台上主持人口若悬河地介绍着这件青铜簋的来历，当然这些都是殷典事先准备给节目组的。

除此之外，景岚和一帮干警则化装成工作人员，游走在现场寻找形迹可疑的人，景岚则要在这些出席的人员中看一看是否能找到一个满脸青春痘疤痕的人。

对！就是尹正东。

在主持人和相关领导上台发言完毕之后，斯嘉丽双手捧着青铜簋来到了中央，并将其放在了一个铺满红布的桌台上。

由于斯嘉丽这美国人的身份，她被殷典安排成了明德神父的后人。

主持人将话筒交给斯嘉丽，斯嘉丽则用一口流利的英文讲述着这个青铜簋的来历以及明德神父的遗愿。

之后斯嘉丽还声称不久之后，她会将明德神父生前埋藏在中国的商代刻字甲骨的地图捐献出来，现场响起雷鸣般的掌声。

最后，一群文物鉴定专家走上台，开始说话，除了感谢外国友人的真挚情谊之外，同时也表达了随着国家实力的增强，相信更多的国宝会回归中国。

观众很快被这一爱国热情感染，现场再次响起一片热烈的掌声。

可就在这时，殷典的手机却响了起来，是一个陌生号码。殷典接通电话，说了一声："你好！"

可里面的那个阴沉的声音让殷典瞬间紧张起来！

对，就是这个声音，就是这个号码。

那次就是这个电话打来后不久，他便在大学里开始被人追杀。

这时只听电话那头阴沉地说道：

"我不是告诉过你，找个地方藏起来吗？你怎么不听劝呢？"

"你非但不听劝竟然还掺和进这些事，你这不是把自己朝悬崖边上推吗？"

"你如此执迷不悟，看来我们只能执行第二套方案了。"

不过这个电话也暴露了这人的位置，因为电话里很嘈杂并且掌声不断，如果没猜错的话，这人应该就在现场。

"你究竟是谁？"殷典有些紧张地问。

那人却莫名其妙地说这么一句："我是一个爱你的人，也是一个恨你的人！"

说罢，那人便挂了电话。

殷典再次拨过去电话，但对方已经关机。

想杀他的人已经出现，而且就在现场。殷典不假思索便又拨打了景岚的电话，可景岚却拒接了电话，随后回复了一条信息："目标已经出现，我正在跟踪。"

景岚不愧是一个优秀的刑警，竟然可以在人山人海中锁定目标。

而就在此时，观众席中的最前排站起了一个头发花白的老头，这人二话不说便径直走向了主席台。

这时安保人员出于安全考虑想将此人拦下来，那人却大喊了一声："这青铜簋是个赝品。"

在这人大喊之后，现场顿时骚乱起来，主持人也傻了眼，显然他也没想到这半路杀出个程咬金。

如果是一般情况的话，这人肯定会被安保人员驱赶下去，可此时却是现场直播，几百双眼睛都在注视着主席台，电视机旁还不知有多少人在观看节目，如果强行驱赶的话反而坐实了他的话——这青铜簋是赝品。

主席台上的主持人开始和身后的节目组导演小声沟通。导演也被这突发事件整蒙了，他只得问身旁的殷典，这青铜簋到底是不是真品。

"既然这人说这青铜簋是假的，那就让他说说看，看他能不能说出个所以然来。"殷典笑了笑道，"你放心，我自有安排。"

在得到节目组的指示之后，主持人这才重新拿起话筒说道："既然这位老先生怀疑这个青铜簋是个赝品，那就请老先生进一步鉴定一下。"

那白发老头脱离了安保人员的阻拦后，走到了青铜簋面前，并在青铜簋身上仔细地打量了一番，就在他打算将青铜簋端起来准备观看簋底部的铭文时，被主持人叫停了。

主持人忙向前阻止道："老人家，咱看看就行了。我觉得没必要端起来吧，万一摔坏了怎么办。"

白发老头冷哼一声，道："我又不是手脚不利索，怎么还能把它摔了呢！"

"不怕一万，就怕万一嘛！我看您年龄也大了，这万一要是拿不稳呢！"主持人赔笑道。

白发老头冷哼一声，随即得意地冲着主席台下的观众道："正如我之前说的，这青铜簋是一个赝品！"

主持人笑了笑，冲白发老头略带警告意味地说："老人家，我们有那么多专家都鉴定过，这是一个真品。您怎么这么肯定这是一个赝品呢？您说话可要负责呀！"

白发老头白了主持人一眼，随即说道："这件青铜器上的锈迹明显是经过作古处理的，我想任何一个负责的专家肯定一眼就能看得出，这明显是你们这个节目为了所谓的收视率，邀请了一帮伪专家来给你们造势。"

虽然此时现场的气氛很尴尬，但却正中殷典下怀，他要等的就是这些对这尊青铜簋怀揣其他目的的人。

殷典微微一笑，稍微整理了一下衣服，走上了主席台。他来的目的除了救场以外，还要当场抓住这白发老头。

殷典走向主席台中央，从主持人手中接过话筒，冲白发老头道："老先生，您说这青铜簋上的锈迹一看就是伪造作古时留下的，那我想问您，如果它出土之后，被存放在一个极易生锈的环境里，是不是也会出现这种锈迹呢？"

"有这种可能！"白发老头懒洋洋道。

"我们在见到这件文物前，找过不少专家鉴定过。而且我们也已经用科学仪器检测过了，这就是三千年前的文物。"殷典微微一笑，双眼紧盯着白发老头。

"那是你自己说的而已，别人又没见过！"白发老头不依不饶道。

白发老头佯装打了个哈欠，道："除非你们让我看……"

殷典打断了白发老头，将话筒关闭，冲白发老头说："我知道你想说什么！你想说还可以看看底座上的铭文，通过底座的铭文来鉴定这古董是不是真品，对吗？"

白发老头一愣，随即道："如果这青铜簋底座有铭文，那对于鉴定真伪就更好了！"

殷典紧盯着白发老头的双眼，缓缓说道："你们恐怕就是冲着这件青铜簋底的铭文而来的吧！"

殷典说着，一把抓住白发老头的胳膊，道："我已经把簋底的铭文抹去了，铭文的秘密只有我一个人知道。如果你想知道的话，那就跟我下去，我们找个地方慢慢说。"

白发老头显然是被殷典说中了心事，他不由自主地瞟向嘉宾席，可此时原本坐在他旁边的那个人早已不见，只留下一个空空如也的椅子。

"不用看了，我们举行这个国宝归还典礼，真正的目的是调查一桩连环凶杀案，现场有的是便衣警察，你们的一举一动都在我们的监视中。"

殷典说这话时，俨然就是一名破案经验丰富的老警察，这段时间和景岚待久了，看来真是"近朱者赤，近墨者黑"。

"凶杀案？"白发老头瞬间脸色大变，颤抖双唇激动地说，"我什么都不知道，他们就是让我来看看这个青铜簋的。我可不知道这里面竟然还有凶杀案的事。"

殷典冷冷一笑，继续恫吓道："你最好主动交代，争取宽大处理。"

"警察同志，你可别开玩笑啊！"白发老头此时已满头大汗。

"开玩笑？你看我像开玩笑吗？"

"对不起，对不起！"白发老头连声道歉，"警察同志！你要相信我，我真是无辜的！"

"好！那就换个地方，让你把事情说清楚！"

说罢，殷典将话筒再次交给主持人，转身勾住白发老头的肩膀，一起走下了主席台。

主持人接过话筒后，冲台下道："如果观众中还有人质疑这件青铜簋的真伪，我们将在下一期《天下探宝》中继续邀请权威专家现场鉴定，届时大家可以在电视中收看鉴定过程……"

殷典拉着白发老头来到了保安办公室，几名便衣也赶了过来。此时的白发老头已完全没有了之前的颐指气使，整个人变得萎靡不振。

"说吧！你们到底是想干什么？"殷典面无表情地说。

"我们？"白发老头忙解释道，"不不不！我跟他们不是一伙的，警察同志！他们只是让我来看这青铜簋和底座铭文的。"

"你最好如实交代！"殷典说着，坐在了白发老者的正对面。

"事情是这样的，因为我对一些古董比较了解，也算认识甲骨文和金文，在我们那一块的古董圈子里也小有名气。有一天一帮人来这里找我，说是让我帮忙鉴定一个古董，就是这个青铜簋。"

"那些人，你之前认识吗？"殷典问。

"不认识，我才刚认识他们没多久。"白发老头无奈地说，"后来我才知道，他们是想让我在你们举行的这个归还仪式上给你们找碴，目的是让我亲自过目一下这青铜簋，并顺便观察一下青铜簋底座的铭文。"

"他们可都是杀人嫌犯，难道你就一点都不知道吗？"殷典有意吓唬这白发老头。

"啊，杀人犯！"白发老头哀求道，"警察同志！我什么也不知道啊！我真不是跟他们一伙的。"

"好！我暂且相信你说的，那你就说说那些究竟是什么人吧！"

"其实我对他们也不是很了解，"白发老头皱着眉说，"我记得那还是几天前的一个早晨，当时我在古董一条街闲逛……"

殷典打断了他的话："说重点！"

"好好好，我说！"白发老头说，"在那几个人中我印象最深的是一个女的，那女的很年轻也很漂亮，别人都称呼她'羽田小姐'！后来我才知道这女的是个日本人！"

"日本女人！"殷典双眉微蹙，这个日本女人也姓羽田，难道她就是张素贞提起的那个报社编辑羽田龙野的孙女？

"坐在你身旁的是不是就是这个日本女人？"殷典问。

"对！"白发老头连忙点头，却又恨恨地说，"早知道日本鬼子都不是什么好东西了，我就不该和日本鬼子打交道。我上了主席台后，这日本女人就溜之大吉了，把我一个人扔在了这里，一点江湖道义都没有。"

"听起来，你倒是很讲义气，敢为朋友两肋插刀啊！"

"警察同志，你可别这么说啊！我和这日本女人真不是一伙的！"白发老头满脸无奈道，"主要是这日本女人给了我不少钱，我是鬼迷了心窍。不过我保证，马上将赃款上缴。"

白发老头的话，殷典压根就没听进去。此时他一直在想一些事，这日本女人既然对这青铜簋感兴趣，那她为何要匆匆离去呢？

难道这日本女人早已识破了这归还典礼只不过是一场"引蛇出洞"的计谋？

还有一点就是，那个神秘来电的人也出现在了归还仪式的现场，不知这人现在还在不在现场。

可说起这个神秘来电,现在他的脑子就更乱了,因为那个打电话给他的人今天莫名其妙地说了句"我是一个爱你的人,也是一个恨你的人!"

这又是什么意思呢?

景岚那会儿发来的信息上说:"目标已经出现,我正在跟踪。"难道景兰已经锁定了那个神秘来电的人?!

想到这,殷典不禁摇了摇头,与其胡乱猜测这些事,还不如静候景岚的消息。毕竟以景岚的手段,想必很快就有结果了。

不过说起这个电话,殷典还是将手机掏出来,在通话记录中找出了那个电话号码,并嘱咐身旁的便衣警察,让他们赶快调查一下这个电话号码,并追踪一下机主。

末了,殷典又跟这白发老头交谈了一阵,不过从这白发老头所说的来看,他应该真的不知道内情,只是被人找来背黑锅的罢了。

很快,警方的信息中心也给了回复,那个给他打电话的号码,确实在一个小时前打出过一个电话,而且就在归还仪式现场。不过这个号码在打完电话后,信号便中断了。

显然那人为了防止追踪,已将手机卡与手机分离了。

殷典摇了摇头,心想这"引蛇出洞"的计策虽然不错,可奈何这些人根本就不是蛇,而是一个个狡猾无比的老狐狸。

可就在这时,殷典的手机却响了,殷典掏出电话一看竟是景岚打来的。

之前那会儿景岚还一直不方便接听电话,而此时景岚却主动打来电话,想必这个电话定会带来一个好消息。

殷典兴奋地按下接通键,可电话里景岚却一直默不作声。

"喂?"

"怎么了?"

"怎么没声音?"

殷典反复冲着电话里说着,就在他以为这有可能是景岚不小心碰到了电话以至于拨通了他的电话时,电话那头却传来景岚的声音。

"你去个没人的地方,我给你说一个事!"

电话里,景岚的语气很平静,甚至有些低沉。

殷典有点茫然,心道景岚这是怎么了,怎么还必须找个没人的地方和她通电话？难道她在跟踪可疑人员时把人跟丢了，所以情绪不高？

这时电话那头景岚继续说道："我们这次的电话，你谁都不能告诉，更不能告诉警方。"

既然景岚这么说，殷典也就没多想。他走出保安办公室，来到了一个没人的地方，这才冲电话那头道："到底怎么了？我旁边没人，你说吧！"

电话那头又开始沉默了，殷典心想，看来是景岚跟丢了目标，估计她是怕被人嘲笑，所以不想让其他人知道。

于是殷典开始安慰景岚："这些人都是老狐狸，这次他们是有备而来，不过下次我们……"

殷典这话还没说完，景岚却突然说了句："我已经找到尹正东了！"

殷典一愣，这不是好消息嘛！怎么景岚的情绪反而越来越低落了？

"是吗？那你现在在哪？"殷典问道。

景岚并没有答话，而是又沉默起来。

"喂！怎么了？信号不好吗？"殷典反复冲着电话那头说着。

这时电话那头却忽然传来景岚的一声尖叫："你别来，快报警……"

"嘟嘟嘟嘟……"

景岚话还没说完，电话便就此挂断了。

殷典一愣，随即觉得景岚一定是出事了。

殷典忙不迭地再次拨打了那个电话，不过这一次接电话的却是一个男人。

"你好！殷教授！"电话里的男人显得格外客气。

"你是谁？"殷典急切地问。

"在跟你说话之前，我奉劝你最好不要声张，更不要试图报警。只要你报警，这位小女警可就再也见不到你了。"

这人的声音很和缓，但听得出他有恃无恐，如果没猜错的话，景岚此时应该是被他控制了。只要殷典敢报警，这人将立马对景岚发动人身攻击。

"你放心！只要你不伤害小景同志，我是不会报警的。"

"好！我相信你！"这人的声音依旧和缓，和缓得让人毛骨悚然。

"你究竟是谁？为什么要绑架景岚？景岚同志可是一名公安干警，

你这么做可是犯罪，而且情节特别严重！"殷典正色厉声，颇具警告意味地说。

"是吗？我有点害怕了怎么办！"电话那头阴阳怪气地说。

他虽然这么说，可殷典却没听出他有丝毫惧意。不过殷典也突然觉得自己不应该对他这么严词厉色。毕竟景岚此时正被他控制着，万一他一时冲动，那吃亏的可是景岚。

不过刚才听景岚说，她已经找到了尹正东，难道这人是尹正东？

"你是尹正东？"殷典问道。

"没错！"那人笑了笑道，"我是尹正东！"

"原来你真的没死！"

电话里的尹正东哈哈一笑："怎么！你很想让我死吗？"

"这倒不是！"殷典无奈地摇了摇头道，"你跟我无冤无仇，我怎么会想你死呢！"

"希望如此！"

"我只希望你尽快把景岚同志放了吧！"

殷典此时说话已平和了许多，他现在只希望尹正东能赶快放人。

"是她想抓我，反被我抓了！"尹正东冷哼一声，"我只不过是自卫反击！"

殷典和景岚相处这么长时间，知道景岚不仅有着高超的侦查能力而且身手不凡，想不到她竟然会被尹正东反抓，可见这尹正东绝非一般人。

"那你想干什么？"殷典试图和尹正东谈判。

"我不想干什么，我更不想抓她！可我没办法，我现在又不能放了她。放了她，她肯定还要来抓我。"

听尹正东这话的意思，似乎他这么做纯属是被逼无奈，而他现在已是骑虎难下。

"你只要放了她，我向你保证，警方绝对不会追究你的责任。"殷典向他打了个包票。

"放是肯定要放的，但不是现在，更不是在这里。"尹正东呵呵一笑。

"你到底什么意思？到底是放人还是不放人？"

"我想先看看你和这小女警的感情如何，然后再考虑是不是要放人。"

这尹正东拐弯抹角地说了这么多话,可就是不打算现在把景岚放了,此时殷典也越发明白了,尹正东和自己通这番电话的用意了。

殷典冷冷一笑道:"想必你是另有目的吧?说吧,你到底想干什么?只要你不伤害小景同志,其他都好商量。"

"是吗?"尹正东笑了笑道,"你这是英雄救美呢,还是为真爱甘愿上刀山下火海呢?"

"听你的声音,应该也老大不小了,说这些话有意思吗?有什么事就痛痛快快地说。"殷典没好气地说。

"痛快!比你老爹总喜欢藏着掖着强多了。"尹正东顿了顿继续道,"我想和你搞个合作!"

"合作?"殷典一愣,"咱们之间有什么可合作的?"

"大有可为!"尹正东呵呵一笑,却没有继续说下去。

"那就说来听听!"

"救人亦救己!"尹正东微微一笑道。

"能把话说清楚吗?"殷典没好气地说。

"等我们见面再说吧!现在我只能告诉你,我是在救你!"

"看来你很乐于助人嘛!"殷典颇具讽刺意味地说。

"看来你还不知道,你卷入了一场三千多年前的战争,现在战火已烧到了你的身上!"尹正东淡淡地说。

"三千多年前的战争?"殷典双眉微蹙,完全不知道尹正东在说什么。

"你一个历史学教授,难道不知道三千多年前历史上那场最为出名的战争吗?"尹正东反问。

"我才疏学浅,不知道你说的究竟是哪一场战争!"

尹正东哈哈一笑,道:"关于这一点,其实我也不是很清楚!"

殷典有些无语,不过他现在最关心的还是景岚的安危,于是道:"我不想和你说这些没用的!告诉我你在哪,我到底该去哪里和你见面?"

"我现在正在开车去一个地方,这个地方你也有必要来一趟!"

"到底是哪?"殷典强压制自己的怒气说。

"到了会和你联系的,我只能给你一个大概地点,你先去甘肃敦煌吧！"

"甘肃敦煌?!"

"好了，就这样吧！如果你想尽早救出你的这位朋友，想尽早逃出别人给你设下的陷阱，那就尽早动身吧！"

末了，尹正东又在电话里警告了一番："记住！千万不要报警，不然后果你是知道的！"

说完，尹正东便挂了电话。

甘肃敦煌离这起码上千公里，尹正东怎么让自己去那么远的地方和他会面呢？

不管怎样，当下救人是最要紧的事，就算是西天取经，那也必须要走这一遭。

殷典来到停车场，发动了汽车。而就在这时，他的电话又响了起来，这一次是斯嘉丽打来的。

殷典摇了摇头，便将电话挂了，他怕斯嘉丽又会像个跟屁虫一样非要跟着他。

此次去甘肃敦煌还不知会发生什么事，斯嘉丽跟着他恐怕会很危险，他想等到了甘肃后，再打电话通知一下斯嘉丽。

可此时，斯嘉丽的电话却一个又一个地打了过来。殷典无奈只得接通了电话，他心想接通电话后，直接告诉斯嘉丽让她不要再打电话了，他现在很忙，回头再和她说。

可电话刚一接通，却听到斯嘉丽在电话那头正在撕心裂肺地大哭。

这斯嘉丽任性恣意，殷典心想八成是因为他不接电话，斯嘉丽这是在生他的气。

"怎么了？斯嘉丽，你哭什么啊！我这有点事……"

殷典话还没说完，没想到斯嘉丽却哭着说："殷叔叔，我被人绑架了！"

"啊?!"

纵然殷典算得上是一个成熟冷静的人，可在这么短的时间内，斯嘉丽和景岚两人都突然被人绑架，也不免让殷典惊呼一声。

"你快来救我啊！"斯嘉丽继续扯着嗓子哭泣道。

这时电话那头却忽然传了这么一句话："别这么说，我们可不是要绑架你，我们只是找殷教授谈一件事情！"

"你在哪？我马上过去！"殷典焦急地问。

"我不知道我在哪。"斯嘉丽哭着说。

"你快点啊！"电话那头斯嘉丽又大哭了起来。

"你把电话给旁边的人，我来问他们！"殷典嘱咐斯嘉丽说。

斯嘉丽抽泣着"嗯"了一声，便将电话交给了身边的一个人。

这时电话里传来一个女人的声音，只不过她的普通话有点不太标准。

"殷教授！不好意思，打扰了！"那个女人说话很客气，也很温柔。

"你是谁？"殷典问。

"我是羽田千雪！"

原来是那个日本女人！

不用说，她就是让那个白发老头在现场找碴，说青铜簋是赝品的那个日本女人。

不仅如此，她还曾找张素贞打听过明德神父的信息，并自称是明德神父生前好友羽田龙野的后人。

当下殷典也明白了，这个羽田千雪为何要找斯嘉丽，因为斯嘉丽在归还典礼现场说她是明德神父的后人。羽田千雪既然想了解明德神父当年的那些事，那自然要去找知道明德神父当年那些事的人了。

可显然，羽田千雪根本没从斯嘉丽的口中知道她想要知道的那些事情，因为斯嘉丽压根就不了解这些事。

想到这，殷典越发内疚起来，因为这个归还典礼，他把斯嘉丽推到了危险的境地。

"希望你们不要伤害斯嘉丽！"殷典说。

"殷教授，请您放心，我们绝对没有伤害也没打算伤害斯嘉丽小姐，只是斯嘉丽小姐的情绪有些不稳定而已。"羽田千雪信誓旦旦地说。

"你们在什么地方？"

"我们在四季花开酒店，2101房间！"

"好！我马上就到！"

说罢，殷典挂了电话，发动汽车，直奔四季花开酒店。

一路上，殷典思绪混乱，他怎么也想不到因为自己现在所做的一些事，两个女孩都被牵连其中，可他却不知道自己究竟在干什么。

先是有人说他死了三千多年，沉睡了三千多年，他不想被打扰。之后在"9·17"连环杀人案的现场先后出现了那已经消失了近三千年的祭祀仪式。

现在又有人说他卷入了一场三千多年前的战争。

三千多年前,到底发生了什么?那所谓的战争又是什么?

现在看来,他遇到的一些麻烦肯定与他父亲当年的所作所为有着莫大的关系。可他父亲当年究竟做了什么"见不得人"的事,以至于自己毫不知情?

二十分钟后,殷典来到了四季花开酒店的2101房间。这个房间处在四季花开酒店的顶层,顶层只有一个房间,就是这2101房间。它也是整个四季花开酒店中最大的一间房间,不用说它肯定足够大,装修也足够奢华。

此时的2101房间门口一个身穿黑西装的年轻男子在见到殷典后,便极尽谦卑地向着殷典鞠躬,并冲殷典问候道:"不好意思,殷教授!打扰了……"

殷典直接打断了他的话,直奔主题道:"斯嘉丽在哪?"

"斯嘉丽小姐正在房间里等您呢!"西装男说着,将房门打开,右手一伸,示意殷典进入。

殷典还是有些紧张,他实在拿不准这个羽田千雪究竟想干什么,更不知道这羽田千雪究竟是个什么人。

殷典刚一进入房间,房门便跟着关上了。与此同时,两个彪形大汉正迎面朝他走来。

看着面前的两个彪形大汉,殷典瞬间有种来赴鸿门宴的感觉。不过这两个彪形大汉走到殷典面前时,却恭敬地深深向着他鞠了一躬,随即将手一伸,冲殷典道:"殷教授!里边请!"

殷典没有挪步,只问道:"斯嘉丽呢?"

"都在里屋呢!"

殷典没有答话,径直便朝着里屋走去,不过两名彪形大汉并没有跟着,而是两手抱膀伫立在了门口。

看起来,今天羽田千雪要是得不到自己想要的,殷典是走不出这间房的,可等殷典进入内屋,却傻了眼了。

因为此时他发现,斯嘉丽正穿着一身杏黄色的日本和服和一名同样穿着一身和服的女人坐在地上喝茶,两人看起来有说有笑,哪里像是被绑架的样子。"

此时斯嘉丽一见到殷典，便站起身兴冲冲地跑向殷典，不过由于和服束缚着她的身体，她急匆匆走来的样子很是别扭。

斯嘉丽上前便抱住了殷典的胳膊，并笑嘻嘻道："看来！你还是担心我的！"

"你这不是好好的吗？哪有被绑架的样子！"殷典有些无奈地说。

"哼！"斯嘉丽小嘴一噘道，"我要不说自己被绑架了，你能这么快来吗？"

"那你也没必要又哭又闹啊！"

"你还说呢！"斯嘉丽埋怨道，"我本来好好的，可给你打了那么多电话，你就是不接，我当然不高兴了。"

殷典听她这么一说，忽然觉得挺对不住她的，毕竟斯嘉丽还是因他而被牵连进这些事的。

现在想想肯定是斯嘉丽给他打了那么多电话，可他却一直不接，以至于斯嘉丽情绪不稳，又哭又闹起来。

殷典满怀歉意地说："对不起，斯嘉丽！以后无论发生什么事，我都会接你的电话的。"

"还有一件事，你也不能忘了！"

"还有什么事？"

"你还说过，无论什么时候，你都会把我带在身边！"斯嘉丽昂着头冲殷典道。

殷典笑了笑道："好！一言为定！"

就在两人说话之间，那个日本女人也站了起来。她微微一笑，走向前冲着殷典便深深鞠了一躬，抬起头颇为礼貌地说："殷教授！您好！我是羽田千雪，请多多关照。"

"原来你就是羽田千雪！"殷典心说，总算是见到了你的庐山真面目了。

随即殷典向着羽田千雪点了点头，礼节性地说了一声："你好！羽田小姐！"

这时羽田千雪也慢慢抬起了头，殷典这才看清她的容貌，她很年轻也的确很漂亮，尤其那一双水汪汪的眼睛总是含着笑，散发着一种与生俱来的亲近感。

"殷教授！实在是不好意思，打扰了！"羽田千雪又是深深鞠了一躬。

"行了！不用客套了！"殷典直奔主题，"你们找我想干什么就直说吧！"

"感谢您的谅解！您先请坐，我给您沏茶！"羽田千雪说着，招手示意殷典坐下。

殷典一看，这里屋只有一大块地毯，哪有什么座椅。刚才羽田千雪和斯嘉丽还只是坐在地毯上喝茶聊天，他可没"脱鞋上炕"的习惯。

"我们中国人很早以前就没有跪坐的习惯了。"殷典淡淡地说。

"实在不好意思！那我去给您搬一把椅子吧！"羽田千雪说着便要向外走去。

"不用了！没必要这么客套！我们还赶时间，你有啥话就直说吧！"

"那多不好呀！"

"没什么不好的！"殷典淡淡道，"快点说吧，我真的还有事。"

"好吧！"羽田千雪努了努嘴，从茶几旁拿起一个密码箱，打开后从箱子里拿出了几样东西，分别是一块刻字甲骨、一本笔记和一张照片。

羽田千雪首先将照片拿出双手递到了殷典面前，并道："殷教授！这就是我祖父，羽田龙野！这张照片一直夹在他生前的笔记中，看起来好像很重要。"

殷典接过照片之后，只见照片中羽田龙野右手拿着一根手杖，左手则在胸口摆出了一个"OK"的手势，照片的上方标注着"日日新闻社"几个字。

虽然这是殷典第一次见到这张照片，但却有种似曾相识的感觉。

没错！

明德神父生前留下的那张照片与这张照片何其相似。

如果没猜错的话，这虽然是羽田龙野的一张单身照，但其实是一张合影照中的一部分。

三张照片上方标注的时间地点，此时也更为清晰了。

明德神父的照片标注的是"民国三十三年"，他父亲殷惟的那张照片标注的是"摄于天津"，而这张羽田龙野的照片标注的是"日日新闻社"。

145

三者合在一起就是：

"民国三十三年摄于天津日日新闻社"。

民国时期书写习惯还是从右往左，所以可以判断，当时拍照的时候，明德神父在最左边，他父亲殷惟排在中间，羽田龙野排在最右边。

看着殷典出神地望着那张照片，羽田千雪问道："殷教授！这张照片有什么问题吗？"

"我也想问你，你祖父生前应该有不少照片，你为什么单单拿出这张照片来给我看？"殷典反问道。

"是这样！"羽田千雪道，"这张照片一直夹在我祖父的笔记中，我只是觉得这张照片可能有着某种深意，所以就拿出来给您看了。"

"确实很特别！"殷典点了点头道，"当时明明三个人照了一张合影，却偏要将这张照片一分为三，每个人只拿走自己的那一张，你说怪不怪。"

"三个人？还有谁？"羽田千雪微微一愣，随即道，"难道还有明德神父和本杰明？"

"本杰明是谁？"殷典诧异道，这张合影明明只有明德神父，羽田龙野和他父亲殷惟，怎么又出来一个叫"本杰明"的人？

"您难道不知道本杰明是谁吗？"羽田千雪反问。

殷典摇了摇头，示意不知道。

"您不知道您的父亲有一个英文名字叫'本杰明'吗？"

"我父亲还有个英文名字叫'本杰明'？我还是第一次听说。"殷典想不到，他父亲当时那么时髦，还给自己起了个英文名字。

不过这也正常，民国时期，一些留过洋的人或接受过西式教育的人通常都喜欢给自己起一个英文名。

比如徐志摩英文名是汉密尔顿（Hamilton），张学良的英文名叫皮特（Peter），连周总理当年留洋时都有一个英文名叫约翰·耐特（John Knight）。

据说当年蒋介石和宋美龄在北京第一次见到张学良时，宋美龄一见到张学良就用英文招呼："Peter, How are you？"然后两个人在中国硬是用英语聊得打起劲，老蒋只能在一旁干瞪眼根本插不上话。

"我在我祖父的日记中经常见他提到这个本杰明，本来我还以为这是个欧美人，后来在中国我才知道他原来是您的父亲——殷惟老先生！明德神父的英文全名叫威廉·杰斐逊·布朗（William Jafferson Brown）。"

"原来是这样！"殷典点点头。"

第十一章 还有秘密

殷典不知道羽田千雪的目的何在，便郑重地问道："你找我究竟是为了什么？"

"我知道，我打扰到您了，但还请您多担待，因为这个说起来时间可能会有些长。"羽田千雪说完，又向殷典鞠了一躬。

"越快越好！"

"嗯！我会尽快的。"羽田千雪笑了笑，说起了关于她和她祖父的事情。

"我毕业于日本早稻田大学历史专业，主要研究方向是中国先秦史，当然这也是受我祖父的影响。

"在我考上大学后，便开始更加全面地了解中国历史，我越发觉得中国是一个很神奇的国家，它不同于世界上的任何一个国家。

"由于我的研究方向是先秦史，于是从中国的战国时期开始一直上溯研究到了周代历史。

"可当我继续上溯研究中国历史时，却发现关于商朝的历史记载实在是太少了，要不是甲骨文和殷墟的发现，恐怕商朝这个朝代到底存不存在都值得商榷。

"可当我研究到商代历史时，我却发现我碰到了一个很大的学术问题，那就是我不懂甲骨文。因为只有通过对甲骨文的解读，才能更全面地了解商朝历史。

"所以我对甲骨文也产生了浓厚的兴趣，但想不到我的祖父对甲骨文比我更感兴趣,他不仅收藏了许多商代刻字甲骨,而且为了研究甲骨文曾经来过中国。"

"而这些都是后来我在他生前的书房整理他的遗物时发现的,不仅如此,我还发现了一本他在中国游历的笔记。"

羽田千雪说着拿起了那本羽田龙野生前在中国所写的笔记,并递给了殷典。

殷典翻了翻日记,却发现里面全是用日文写的,根本就看不懂。

殷典只得将笔记还给了羽田千雪,摇了摇头道:"看不懂!"

"不好意思!殷教授!"羽田千雪将笔记拿回,又冲殷典道,"是这样的,殷教授!我曾看过很多遍这笔记中的内容,这笔记除记载了三位好友对甲骨文的解读外,还有就是当年明德神父、殷惟老先生和我祖父的一次野外考古探险经历。"

殷典点点头,心道:"你去找张素贞不就是为了打听这件事嘛!"

羽田千雪继续说道:"当年三位老前辈曾在中国游历过好几个地方,包括殷墟发掘地河南安阳,周朝龙兴之地陕西岐山县,最后他们又去了甘肃敦煌!"

听到这,殷典眉头微微一皱,这几个人当年进行野外考古时曾去过甘肃敦煌?而恰巧尹正东也让他去甘肃敦煌见面,这未免有点太巧合了吧。

看来尹正东之所以让他去甘肃敦煌,应是另有目的。

"怎么了!殷教授,有问题吗?"羽田千雪见殷典眉头紧锁,于是问道。

"没什么!你继续说!"

"嗯!"羽田千雪继续道,"可当时他们三人在甘肃敦煌一带进行野外考古探险时却发生了意外,殷惟老先生和明德神父以及我祖父走散了。后来明德神父和我祖父找了许久,但都没找到殷惟老先生的下落,之后两人只得先回到了天津。再后来由于日本战败,我祖父也因日本人的身份被遣返回日本,而这也成了我祖父一直耿耿于怀的伤心事。"

"所以你来中国的目的就是弄清楚这件事!"殷典淡淡地说。

"其实我只是想完成我祖父当年未完成的心愿!"羽田千雪坚定地说。

"这件事有这么重要吗?"

羽田千雪点了点头,道:"我祖父回到日本后一直郁郁寡欢,似乎他终生的事业就此终结了。可谁知两年后,我祖父却意外收到了一封来信,是明德神父通过各种渠道才寄给我祖父的。他让我祖父速去天津,一起商讨一件极为重要的事,是关于当初殷惟老先生失踪之后所发生的一些事!"

羽田千雪说到这,偷眼看向殷典。殷典知道她这眼神的深意,她是想从殷典口中了解这件事的原委,可殷典哪里知道这些事。

恰恰相反,殷典更想从羽田千雪的口中了解一下这件事。

"信里都说了些什么?"殷典问。

羽田千雪微微一笑,没有作答,反而问起殷典:"您不知道是什么事吗?"

殷典看着面前的羽田千雪,心想羽田千雪这么兴师动众地把他弄到这里来,就是为了打探当初他父亲失踪之后的事情。可他要是表现出一点都不知情,那肯定会让她大失所望,当然他也不会从羽田千雪口中了解到当年关于他父亲的一些事。

"张素贞老太太曾给我提起过这些事!"

"那她给您说了些什么呢?"

殷典微微一笑,没有作答,而是冲羽田千雪道:"你可以先说下那封信里的内容吗?"

"好吧!"羽田千雪努了努嘴道,"既然您来了,我肯定会坦诚相待的。"

羽田千雪顿了顿,继续道:"信里说,殷惟老先生在失踪将近两年后再次回到了天津,并告诉明德神父,他在甘肃的某个地方发现了一个极为特别的村庄。这个村子有很多特别的地方,但有一种祭祀仪式却给他留下了最深刻的印象,因为他发现这种祭祀方式,有别于中国其他地方的一些民间祭祀仪式。"

"一种特别的祭祀方式?"殷典喃喃地重复着,再次回想起了"9·17"连环杀人案中出现的刻字甲骨,以及那些模仿商代祭祀仪式的作案现场。如果这两种祭祀方式是相同的,那"9·17"连环杀人案可就有了一个新的线索。

"信里提到过是怎样一种特殊祭祀方式吗?"殷典看向羽田千雪,问道,"有没有出现用甲骨占卜等,这一类殷商时期的祭祀仪式呢?"

羽田千雪摇了摇头道："我也不知道那是不是殷商时期特有的祭祀仪式。"

"那信里有没有提及具体是怎么进行祭祀的？"殷典问。

羽田千雪莞尔一笑："殷教授，您还是听我慢慢说吧！"

"不好意思！羽田小姐！我有点心急了！"

"现在我怎么感觉，是您一直在问我问题啊！"羽田千雪笑着，眼睛眯成了一弯新月，却并没有继续说下去。

看起来这羽田千雪分明是在用话题引诱殷典上钩，不过殷典现在也顾不上那么多了。

更何况关于他父亲当年的那些事，羽田千雪显然要比自己了解的更多。

"你把你知道的告诉我，我也把我知道的告诉你！比如那一尊青铜簋的来历！"

"那我们一言为定，可不能有所保留哦！"

羽田千雪笑了笑，心满意足地继续说道："信里面说，殷惟老先生虽然住在那个村子里，却整日被村民监视着，更不能在村子里随意走动。他是用了将近两年的时间才慢慢取得了村民的一点信任，并观摩了一场祭祀仪式。"

"这些村民还要对我父亲进行监视，还不允许他随意走动，听起来怎么像是被软禁了似的！"殷典有些诧异。

"这个我就不清楚了！"羽田千雪笑了笑，继续道，"不过这种祭祀仪式，并非经常举行，看起来那似乎是很重要的一种祭祀仪式，一年只举行一次。举行的时间，殷惟老先生记得好像是西历的一二月份，而且并非是在中国传统的节日中举行。"

"听起来应该不像是商代的祭祀仪式。"殷典双眉微蹙道，"如果是商代那种占卜祭祀的话，应该会经常举行才对。《礼记》中记载'殷人尊神，率民以事神，先鬼而后礼'，说的其实就是商朝人遇到一些事情就喜欢祭祀占卜。"

羽田千雪笑了笑道："殷教授！我不是说过，您听我慢慢说嘛！"

殷典微微一笑，道："不好意思，我只是将这件事与另外一件事联系到了一起，所以脑子有点乱。"

羽田千雪道："信里面还详细地说了，这些村民是如何进行祭祀活动的!"

"说来听听!"

羽田千雪拿出那本羽田龙野的笔记,翻到其中一页念了起来:

"首先,那些村民将雕刻成人形的木头放入火堆中炙烤,之后再将人形木头从火堆中取出,并将其绑在空地的一个木桩上。

"这时一位身材魁梧的男人身披铠甲手持弓箭向着人形木头连射三箭,之后其他人将人形木头从木桩上解下来横放在空地上。

"再之后,那身材魁梧的男人则用一把斧头,将人形木头的头部一斧子砍下。

"最后,其他人则将这人形木头的头部拴在一个旗杆上,并将其高高挂起。

"这些活动举行完之后,所有人则跪在地上,并开始唱起一些很特别的歌谣。

"殷惟老先生后来才慢慢琢磨清楚,原来村民唱的歌出自《诗经·周颂》中的一篇叫'武'的诗歌。"

羽田千雪说到这,看向殷典笑道:"殷教授,您猜出来了吗?"

"猜什么?"殷典不知羽田千雪想要表达什么。

"那我先考考您!"羽田千雪将头一歪,冲殷典笑着说。

"考我?"

"您不是研究夏商周历史的专家嘛!"

殷典看向羽田千雪,这羽田千雪研究的方向是先秦史,而他研究的则是夏商周断代史。

这两者之间确实存在着重叠,看起来这羽田千雪是想摸摸殷典的学术水平。

这就好比80年代时,青年人总喜欢"斗舞"一样。

"好啊,请出题!"

"《诗经·周颂》中这篇叫'武'的诗歌讲的是什么意思?"

"从名字上不就可以看出嘛!'周颂',肯定是周人赞颂周朝的嘛。这篇'武'的话,应该是赞颂'周武王'的吧!"

"厉害!"羽田千雪竖起大拇指道,"不过我还有一个问题想考考您,为什么那些人在祭祀完后,要唱歌颂周武王的诗歌呢?"

殷典一愣,对呀,为什么那些人在祭祀完后,要唱歌颂周武王的诗歌呢？

《诗经》根据乐调的不同分为风、雅、颂三类：

《风》主要是周朝王畿之外分封地区的土风歌谣，也就是民歌。

《雅》主要是周王朝王畿之内直辖地区的音乐，即所谓正声雅乐诗，是宫廷乐歌，按音乐的不同又分为《大雅》和《小雅》。除《小雅》中有少量民歌外，大部分是上层贵族创作的作品。

《颂》是祭祀宗庙时的音乐，内容多是歌颂祖先的丰功伟业的。

如此看来，难道他们祭祀的对象是周武王姬发？不过这也只是一种猜测而已。

殷典看向羽田千雪，有些不确定地冲她说："因为他们祭祀的对象是周武王？"

"正确！"羽田千雪再一次竖起大拇指笑道。

"那他们为什么要祭祀周武王呢？"殷典有些疑惑地说。

羽田千雪道："这不仅仅是我们的困惑，这也深深地困扰着殷惟老先生和明德神父。于是明德神父当即提出他们可以再去那个村子一探究竟，可殷惟老先生却拒绝了。他说他不知道那个村子具体的位置，因为他出来的时候被蒙着眼睛足足蒙了一天的时间，而且他们也不能再去了，如果他们再去的话恐怕是有去无回。"

"竟然还有这么个神秘的地方！"殷典诧异道。

"可到了第二天，殷惟老先生却找到明德神父，说他必须马上回去，因为那里有个天大的秘密等待他揭晓。当时明德神父还要陪他一起去，他却说这次只能他一人回去，如果明德神父也去的话肯定会暴露自己的身份，到时候恐怕会有杀身之祸。"

殷典双眉微蹙道："这么说，我父亲岂不是也很危险？他如果这一次有去无回的话，即便是再大的秘密也跟着他一起石沉大海了。"

羽田千雪笑了笑道："但是殷惟老先生很聪明，他想到了一条计策。他说只要明德神父执行好这条计策，他不出三个月就会再次回到天津。"

"什么计策？"殷典问。

"信里面并没有提及这条计策！信写到这，明德神父便嘱咐我祖父想办法尽快来中国，一同揭开他们在甲骨文中苦苦探寻了十多年的终极秘密。"羽田千雪有些遗憾地说。

羽田千雪轻声叹了口气，颇为遗憾地说："当时日本很混乱，中国又在内战,想从日本来中国几乎是不可能的。再后来新中国成立后,中日两国一直处在敌对状态,我祖父也就再没来过中国,他在1971年便在遗憾中去世了。如果他能活到1972年中日建交之后,或许还能有机会再来一趟中国。"

"那都是大环境造成的,个人也只能顺从于大环境!"殷典点点头说。

"那现在轮到我问您喽!"羽田千雪笑着说。

"我大体也知道你想问什么了!"殷典淡淡地说。

"您知道?"

殷典点点头道:"你想问明德神父和我父亲见面后的事!"

"是的!"羽田千雪有些兴奋道。

"你把斯嘉丽带到这里来,她没告诉你一些事情吗?"

"并没有!"羽田千雪有些无奈道,"我们本来想斯嘉丽小姐既然是明德神父的后人,她应该会了解一些事情的,可是我们和她交谈时,斯嘉丽小姐总是顾左右而言他,根本没有透露出一点关于明德神父的事情。"

"那她没给你们说,这场所谓的归还国宝典礼其实是假的吗?"

"假的?"羽田千雪显然有些惊愕。

殷典看了看正在一旁摆弄茶具的斯嘉丽,心想:"没想到斯嘉丽平时没心没肺的,在关键时刻,她还是分得清楚轻重的,看来是自己小看她了。"

"其实我们邀请您来,主要是斯嘉丽小姐说,关于明德神父的事我们可以找您。可我们才让她打电话,她却嚷着说自己被绑架了,我现在想想她的目的其实是向您求救,其实我们并没有想害她的意思。"羽田千雪解释道。

"不对!"殷典看向羽田千雪道,"你在撒谎!"

"没有的,殷教授,我都是实话实说!"羽田千雪忙解释道。

"那为什么我一来,你就知道我的身份呢?"殷典问。

"其实是这样的!"羽田千雪笑了笑道,"您在电话里告诉斯嘉丽小姐您要来之后,斯嘉丽小姐高兴得不得了!她见我们并没有什么歹意,就变得什么都愿说了。是她告诉我您曾去天津找过张素贞,也是她告诉我您的父亲是殷惟老先生的。"

殷典听罢，不禁连连摇头，斯嘉丽毕竟还是一个小女生，在看到自己没有危险时，还是经不住别人给自己下套，不过这羽田千雪看起来还是很有手段的。

这也难怪，毕竟眼前的这个日本女人看起来就是一副平易近人、人畜无害的样子。

而斯嘉丽之所以始终没说归还典礼是假的，恐怕也是因为她认为这件事才是最重要的。至于他是不是去找过张素贞，至于他是不是殷惟的儿子，好像从始至终，殷典也没有给她仔细地说过这件事，这也不怪她。

"我直接说了吧！明德神父当年和我父亲并没有见过面，至于后来的事，也就没有后来了！"

"没见面？"羽田千雪略带失望地说。

殷典点点头道："明德神父还未等到我父亲回到天津，却先等来了解放军解放天津，他只得匆匆离开了中国，而明德神父在返回美国的途中也突发疾病去世了！"

"那斯嘉丽小姐今天手里的那尊青铜簋又是从哪里来的呢？"

殷典看向羽田千雪道："我想你应该不止一次地问过斯嘉丽吧！不是她不想说，而是她根本就不知道，因为她并不是明德神父的后人，关于青铜簋的事她也一无所知。"

羽田千雪被殷典这么一说，双颊开始有些发烫，她确实被殷典说中了。原本她还以为是斯嘉丽在故意隐瞒，想不到她根本就不知情。

"那个青铜簋也是假的喽？"羽田千雪小声问道。

"青铜簋是真的！当年我父亲交给张素贞，曾嘱咐她务必当面转交给明德神父。"

"那它一定很重要了！"

"应该是吧！"殷典点点头。

"应该？"羽田千雪有些诧异。

"这么说吧！当年我父亲转交给张素贞时应该是很重要的，可现在看来，它也只不过是一件普通的青铜文物而已！"

"您这话是什么意思？"羽田千雪看向殷典，又小声说道，"请您不要忘了刚才的承诺，您知道的都会告诉我的。"

"好！那我就告诉你！"殷典点点头道，"我曾和几个老专家一起对这青铜簋做过详细的研究，可无论是从纹饰还是形制上看，这件青铜簋都没什么特别之处。如果这件青铜簋真有什么特别之处的话，那就只能取决于簋底的铭文了。"

"那这件青铜簋到底有什么特别的铭文？"羽田千雪追问道。

"青铜簋底座的铭文已经严重锈蚀了，虽然我们用了很多办法，但最后也仅仅只是辨识出'武''帝''卫'三个字！"

羽田千雪双眼眯成一条缝，疑惑道："这几个字是什么意思？"

"这个我也不清楚！"殷典说到这，冲羽田千雪道，"好了！我知道的全告诉你了。我现在还有别的事需要处理，确实不能再耽搁时间了，我们后会有期。"

说完，殷典又冲斯嘉丽道："斯嘉丽，我们该走了！"

看着转身就要离开的殷典，羽田千雪忙道："殷教授！您这样就走了吗？"

"非法拘禁一个中国公民或剥夺其人身自由都是违法犯罪，我想你应该有所了解吧？"

殷典这话是在警告羽田千雪。

"不是的，殷教授！您别误会，我绝没有任何对您不尊重的想法。"羽田千雪忙解释说。

"那门口那两个人是什么意思？"

"这个其实是为了保密，防止有人偷听！"

"行！我就相信你说的。"殷典淡淡地说，"我已经把我知道的都告诉你了，我现在还有其他事要办，必须马上离开，你应该没什么异议吧？"

"您当然可以随时离开，只是我想和你一起走！"羽田千雪面露难色地说。

"什么意思？和我一起走？"

"殷惟老先生和我祖父曾经是至交好友，我们应该继承这份友谊，一起完成他们当年的遗志才对啊！"

听起来，这羽田千雪还想和殷典一起揭开这段往日的疑团，不过殷典显然不想再与这个看似人畜无害的日本女人在一起，因为他始终看不清她的心思究竟有多深。

"还是不用了吧！我现在也不想再去了解这些事了，我只想我的朋友不要因我而受到一丝伤害。"

说罢,殷典便和斯嘉丽转身离开。

可就在这时,身后的羽田千雪的一句话,却让他停了下来。因为那句话是"我还知道一个关于殷惟老先生的秘密!"

殷典转过头看向羽田千雪:"你这是在吊我的胃口啊!我们刚才不是说好双方要毫无保留吗?"

羽田千雪深深鞠了一躬,道:"殷教授!请您相信我!关于明德神父、殷惟老先生和我祖父当年的事,我绝对已经毫无保留地告诉了您。"

"那你刚才那话是什么意思?"

"因为这个秘密,和他们三人当年所做的事情并无关联,所以它并不在我们必须坦诚相谈的范围内。"羽田千雪道。

"并无关联?"殷典冷冷道,"既然是这样,你也没必要说,我也就没必要听了。"

"不!"羽田千雪看着殷典,正色道,"这个秘密,您肯定很想知道!"

殷典摇了摇头道:"你怎么知道我会对你说的这个秘密就这么感兴趣。"

"您难道不想知道我是谁?我从哪里来?要往哪里去?"

"这三个问题的确是我很想知道的,不仅仅是我,恐怕整个人类都很想知道这三个终极问题的答案。"殷典完全不知道羽田千雪想表达什么。

"好吧!我说得有点太笼统了!"羽田千雪顿了顿道,"那您知道殷惟老先生到底是哪里人?您的祖籍又是哪里吗?"

这个问题,不知有多少人曾经问过他,可关于这个问题,他却从来都不知道,甚至他母亲也从未跟他提起过。

是啊!

一个人虽然可以不关心整个人类的三个终极问题,但总是要关心自己是从哪里来的。

虽然他不需要回答几百甚至上千年前的祖先是谁,但起码可以回答出他的父母是谁,他的爷爷奶奶又是谁吧。

可很显然,殷典回答不了这些,这曾一度让他很困惑,尤其是跟一些同事朋友吃饭时谈起这些事,殷典从来只是那个在一旁聆听而不做任何回应的人。

羽田千雪似乎看出了殷典脸上所呈现的困惑与渴望,但她却并没有当即告诉殷典这些事情,而是向殷典提出了一个要求。

"殷教授!我向您保证!关于殷惟老先生的这个秘密,我一定会在合适的机会告诉您的。"

羽田千雪顿了顿继续道:"现在摆在我们面前最重要的事,是共同完成先辈们的遗志!我想当年他们之所以将那张合影照片剪成三份,而且每人持有一张,目的就是让后人能拿着他们各自的照片相认,继承他们当年的友谊。"

这羽田千雪绕了这么一个大弯,目的还是希望她能和自己一起去解开当年的那些疑团。

很显然,她现在绝对不会告诉自己关于父亲的那个秘密,因为那是她用来和自己合作的一个筹码。

多说无益,强求更无益!

又或许真如她说的那样,当年他们三人之所以各自从合影中剪下自己的照片,就是为了能够让他们后人拿着这些照片相认,继承他们的遗愿吧!

最后殷典还是答应了羽田千雪的请求,不过他之所以答应羽田千雪的这个请求,关键倒不在于羽田千雪说的那个秘密。

最主要的还是门口的那两个彪形大汉,羽田千雪虽然说这两个人是为了防止别人偷听,可这不过是个冠冕堂皇的说辞罢了。

万一他不答应羽田千雪的请求,之后究竟会发生什么事,还真不好说。

正所谓"忍一时风平浪静,退一步海阔天空"。现在先答应了羽田千雪,等出了这个房间后,再做打算也不迟。

"好吧!既然你非要和我一起蹚这趟浑水,我也不阻拦了。"殷典顿了顿,冲羽田千雪道,"我只能友善地提醒你一句,前方很危险,越是向前就越危险。"

羽田千雪深深地向殷典鞠了一躬,抬起头眉开眼笑道:"千雪不怕危险,请您多多指教!"

"那走吧!"殷典微微一笑。

其实殷典此时只是想赶快离开这里,毕竟在这里终究是受制于人。

"您先等我一下,我收拾一下!"

说罢,羽田千雪拉着斯嘉丽转到内屋,再次出来时两人已换上了一身连衣裙,连衣裙外则披着一件毛呢大衣,两人一白一灰,显得既青春靓丽又端庄大方。

只是当殷典看到两人裙下露在外的小腿时,不免关切地说:"现在都中秋了,一早一晚会很凉,不太适合穿裙子了!"

"我们不怕冷!"

羽田千雪笑了笑,又拉起斯嘉丽的手,亲昵地说:"斯嘉丽!你愿不愿意我加入你们?"

"反正我就是跟着殷叔叔到处玩,人越多当然是越好玩了!"斯嘉丽笑着说。

看着两个充满青春活力的女孩,殷典瞬间觉得自己老了,老到自己都会莫名其妙地去关心年轻人到底冷不冷。

离开四季花开酒店时,那两个彪形大汉却一直紧紧地跟在羽田千雪的身后,那架势好像是要准备一直跟着她。

这当然引起了殷典的不满,而此时殷典则有意在脸上放大了这种不满之色。

不过羽田千雪也已看出来了殷典的不满,在两个彪形大汉将行李抬到殷典车上时,她便用日语对两人嘱咐了一番。

殷典虽然听不懂日语,不过看起来好像羽田千雪是在嘱咐两人不要再跟着她了。

总之,三人驾车离开时,那两个彪形大汉只是向着汽车深深鞠了一躬,并没有跟过来。

一路上,虽然车上的羽田千雪和斯嘉丽有说有笑,可殷典却一直默不作声,直到他将车子开出屯江市区后,突然将车子停在了路边。

"羽田小姐!你下车吧!"殷典淡淡地说。

"啊?"羽田千雪诧异道,"怎么了?殷教授,您这是什么意思?"

"虽然我答应要和你一起去了解当初我父亲的那些事,但我接下来要做的事却和这些事并没有多大的关系,而且可能会很危险。"殷典微微把头一侧道,"为了你的个人安全,你先在这里待着吧,我一旦回来便立马去找你!"

羽田千雪呆呆地望着殷典,良久不说一句话。末了,她却突然哭了起来。

159

"怎么哭了?"殷典问。

"您还是不相信我!"羽田千雪哭诉道。

"这和相不相信你没有关系,我只是就事论事而已!"

话虽如此,可殷典心里确实是对羽田千雪信不过,毕竟害人之心不可有,防人之心不可无,更何况殷典对于羽田千雪的底细一无所知,更不知道她来中国到底是出于什么目的。

羽田千雪双手捂着脸,边哭边说:"我只是想完成祖父的遗愿,您就不能成全我吗?"

"好!我实话说了吧!"殷典顿了顿道,"我一个朋友被人绑架了,我现在必须马上去救她。等救了她之后,我们再谈其他的事,好吗?"

羽田千雪没有回答,只是坐在车中哭泣。

"殷叔叔,我们就带上千雪姐姐吧,你没看她哭得这么伤心呢!"斯嘉丽在一旁为羽田千雪求情。

"斯嘉丽!我觉得你最好也不要去了,你和羽田小姐一同下车吧,我回来再去找你!"

斯嘉丽没想到,她这番求情,换来的却是这个结果。

"哼!"斯嘉丽没好气地说,"说过的话就像放屁一样!一点都不守信用。"

殷典被斯嘉丽这么一说,脸瞬间红了。

是啊!他才刚向斯嘉丽信誓旦旦地说无论他去哪,他都要将斯嘉丽带在身边,绝不会扔下她一个人。

一个大男人,出尔反尔,这可不就是说话如放屁嘛!

"主要我怕你跟着我会很危险!"殷典解释。

"你还知道危险啊?你朋友被绑架了,你难道不知道报警吗?你以为你是谁,007吗?还想自己去救人!"斯嘉丽讽刺地说。

"不能报警!不然对方会撕票的。"殷典无奈地说。

"既然是绑架,那绑匪肯定是想要些好处了,你尽可能地满足他不就行了。实在满足不了,我们也只能报警啊!"

"你说得对!"殷典点点头,无奈道,"他现在开出的条件,就是让我去甘肃敦煌。"

"这个绑匪好奇怪哦!"斯嘉丽挠了挠头说,"那到底是谁被绑架了?怎么还把你也扯上了!"

"景岚！"

"啊？"斯嘉丽诧异道，"她那么厉害，还是个警察，谁敢绑架她啊？"

"只能说那个人比她更厉害！"

"那这个绑匪可真不是个普通人啊！"

就在两人说话间，在一旁的羽田千雪突然止住哭声，冲殷典说："殷教授！我想通了，中国有句谚语叫'强扭的瓜不甜'。既然您这么不相信千雪，千雪也不能强人所难了！您把我带到甘肃敦煌吧，我正好想去那找一个人。您把我带到敦煌后我们就分手，可以吗？"

殷典本想说，你可以让你那两个保镖带你去，可当他看到羽田千雪那梨花带雨的样子时心却软了。

不管怎么说，当年羽田龙野和他父亲殷惟也是一时的至交好友，虽然殷典可以选择不愿跟她合作，可也该尽一些地主之谊吧，起码这面上也该过得去吧。

而此时人家只是想搭个便车，这点请求要是再不答应，确实是有些不近人情了。

"好吧！我带你去！"殷典再次发动汽车道，"到了敦煌后，我们先各忙各的！"

不过这一路上，殷典可要比之前去天津时舒服多了，最主要的原因是斯嘉丽和羽田千雪处得非常融洽，他再也不用为调节两个女人之间的矛盾而殚精竭虑了。

斯嘉丽总是千雪姐姐长、千雪姐姐短地叫着，而羽田千雪很多时候都在谦让着斯嘉丽，从来不与斯嘉丽争执。

两天后的清晨时分，殷典已开车驶入了敦煌境内。殷典下了车看着路边的指示牌，深吸一口清晨的空气之后，他拨通了尹正东的电话。

可谁承想，一连拨打了好几遍，尹正东的手机却始终处于关机状态，这尹正东的手机怎么关机了呢？

第十二章
考古困惑

这尹正东究竟想搞什么鬼？把自己大老远地叫来，现在手机却关机了。

敦煌可是一个地级市，偌大一个地级市，尹正东也不说个具体的见面地点，这不是大海捞针嘛！

殷典此时是越想越气愤，不过现在他最为担心的却是景岚的人身安全，因为以景岚的脾气，她怎么会任由尹正东摆布呢？

要是景岚在被绑架的这段时间里和尹正东起了冲突，这尹正东究竟会做出什么事，可就难说了。

想到这，殷典不敢再朝下想了。他无奈地摇了摇头，从车上拿出一包烟。他不喜欢抽烟，可每当他极为无助时，又特别喜欢点上一根烟，或许抽烟能给他带来一些心理安慰吧！

这时斯嘉丽和羽田千雪也走下车，站在了殷典身旁。

羽田千雪关切地说："殷教授！我看您一直闷闷不乐的。有什么事，您可以给我们说嘛！"

殷典却摇了摇头，伸手指了指路边的指示牌道："离敦煌市区还有六十公里！"

殷典是在表明马上就要到敦煌市区了，等到了敦煌市区后，他们将就此分手，各干各的。

羽田千雪一听这话，瞬间气得小脸绯红。她怎么也没想到和殷典相处两天来，终究还是没有取得殷典的信任。

"好！那你把我带到敦煌一个叫阳关的地方吧！到了那里我就下车，以后也绝不再麻烦你了。"羽田千雪裹了裹大衣，气呼呼地回到了车上。

斯嘉丽见羽田千雪气呼呼地回到了车上，上前戳了戳殷典，道："千雪姐姐怎么生气了？"

殷典只是微微一笑，没有回答。

斯嘉丽又问道："我们到底去哪里找景岚？"

殷典摇了摇头，无奈道："我也不知道她现在在哪。"

说完，他深深地吸了一口烟，冲着朝阳缓缓地吐出。

这时冷风又起，斯嘉丽不禁裹了裹身上的大衣，而殷典的头发已被冷风吹得凌乱不堪，这还是斯嘉丽第一次见到这个男人如此憔悴的样子，憔悴得让人心疼。

斯嘉丽向前拉住殷典的胳膊，道："哎呀！殷叔叔！外面好冷啊！快上车吧！"

殷典转过头，看向斯嘉丽，若有所思道："斯嘉丽！你会唱歌吗？"

"啊？你想听我唱歌？可我唱得不好啊！"斯嘉丽有点茫然。

"老鹰乐队的《加州旅馆》会吗？"殷典笑了笑说。

"这首歌好老了，现在早过时了。"

"经典永远不会过时！"殷典笑着说，"我听的第一首英文歌就是老鹰乐队的《加州旅馆》，还是你妈妈唱给我听的！"

殷典说完，深吸一口烟，开始哼唱起《加州旅馆》的曲调，直到他哼唱到歌曲的一段歌词时，却突然停了下来。

"This could be heaven or this could be hell.（这里可能是天堂，也可能是地狱。）"殷典喃喃自语起来。

"你别这么消极嘛！"斯嘉丽在一旁安慰殷典，"我们肯定能把景岚救出来的。"

"你知道吗，斯嘉丽？"殷典看着远方升起的旭日，淡淡道，"那个绑匪说我卷入了一场三千多年前的战争，而战火现在已烧到了我的身上。"

"绑匪的话，你也信！"斯嘉丽说着拉着殷典便往车上拽，"快上车吧，外面好冷的。"

可就在这时，殷典的手机却响了起来，是一条陌生号码的短信，短信的内容很简单只有四个字：

163

"先去阳关。"

看着手机上这简短的四个字,殷典嘀咕着:"先去阳关!这是不是尹正东发给我的?"

可当殷典拨通那个电话号码时,电话里又提醒:"你所拨打的电话已关机。"

看来这应该是尹正东发给殷典的,恐怕他还是害怕殷典会报警,所以又找了一个手机给殷典发了这条短信。

殷典回到车上,拿出一张地图,开始查询阳关的具体位置。阳关镇隶属于敦煌市,处在敦煌市区的西南方向。

不过让殷典感到诧异的是刚才羽田千雪也说,她要去敦煌阳关这个地方找一个人,这未免有点太巧了吧。

殷典坐在车上,不动声色地说:"羽田小姐!你说你要去阳关找一个人,请问你找的这个人叫什么名字?"

"无可奉告!"羽田千雪毫不客气地回答。

"那这个人和我父亲当年做的那些事有关系吗?"

"有!"

"你忘了我们之前的约定了吗?关于当年的那些事,我们要坦诚相待,不能有所隐瞒。"

"是你不遵守诺言在先,所以我们的约定已经无效了!"羽田千雪毫不客气地说。

"绑架我朋友的那个人也让我去阳关,你说巧不巧?"

"你什么意思?"羽田千雪一愣,随即道,"你怀疑我和绑架你朋友的那个人是一伙的?"

"没有!"殷典摇了摇头,淡淡道,"我只是想了解一下而已!"

羽田千雪冷哼一声道:"你就是怀疑我。"

"巧的是我的这个朋友是和斯嘉丽在同一时间被人挟持的,更巧的是这个绑匪也曾去天津打听过明德神父的消息!"殷典依旧不动声色地说,不过他这话已经将羽田千雪列为了重点嫌疑人了。

"原来你一直在怀疑我!"羽田千雪已然气得浑身发抖,"随便你怎么想,反正我问心无愧,更没有一丝想害你们的想法。"

"既然问心无愧,那就说来听听嘛!"殷典依旧不依不饶。

"我才不要和一个不讲信用的人说话!"羽田千雪说着,眼泪已开始在眼眶里打转了。

"千雪姐姐,你就告诉殷叔叔,你到底来找谁嘛,别因此产生一些没必要的误会。"斯嘉丽在一旁打圆场。

"斯嘉丽,这是原则问题!你的这位殷叔叔现在一直在怀疑我,而且根本就不打算和我合作。你难道没看出来吗?"

"随便你们啦,我闭嘴!"斯嘉丽也没好气地说。

斯嘉丽是什么性子,她可没有劝别人的耐心,更不想因此而被人奚落,场面一度颇为尴尬。

"好,我说!"羽田千雪撇过脸看向车外,"不过我之所以说,完全是看在斯嘉丽的面上,和你殷教授没有一点关系。"

殷典微微耸了耸肩,也没有答话。

"我去找的这个人是当年我祖父三人在敦煌一带进行野外考古的向导,这人名叫'李领军'!"羽田千雪说着,声音已近乎哽咽。

李领军!

殷典还是第一次听说这个名字。

现在事情已经越来越明显了,尹正东之所以引他到这里来,绝对与他父亲当年所做的那些事有关。

让殷典困惑的是当年他父亲三人进行野外考古时怎么就到了敦煌呢?

如果说当初殷惟和明德神父以及羽田龙野想要搜寻刻字甲骨的话,他们最该去的地方应该是河南安阳一带。因为那里是殷墟发掘地,在那里曾发掘过大量商代遗址和刻字甲骨。哪怕他们是在靠近中原一带的甘肃地区进行野外考古也都说得过去。

可无论怎么说,他们想得到更多刻字甲骨以及研究商朝的历史,他们都没必要来甘肃敦煌啊!

毕竟商周时期的统治范围有限,主要集中在中原一带,而敦煌地处甘肃西北。敦煌一带当时还是犬戎、狄、羌等的势力范围,商周的文化不可能传到那个地方并且在那里发扬光大。

难道他们突然对敦煌感兴趣了?

那时敦煌地区发现的莫高窟曾吸引许多人前往那里考古探险,因此也导致了大量的莫高窟文物被盗,这其中就有不少外国人的身影。

当然想要了解这些,现在也只能问问羽田千雪了。

可此时羽田千雪正在气头上,而且自己又显得如此不信任她,她岂会继续跟自己说这些。

既然这样,那就迂回一点好了。

"不好意思,羽田小姐!我主要是救人心切,所以话说得不好听,希望你别往心里去。"殷典试图先缓解一下他与羽田千雪之间的尴尬。

可羽田千雪并没有答话,只是看着窗外一言不发。片刻之后,她突然打开车门,冷冷地说了一句:"毫无诚意!"

看这架势,羽田千雪是要下车啊!

殷典微微点了点头道:"这地方前不着村后不着店的,我还是先把你带到阳关吧!"

"不劳烦你了,你把后备箱打开吧,我要拿行李!"说着,羽田千雪便下了车。

可此时殷典只是双手握着方向盘,却没有想打开后备箱的意思。

这时羽田千雪走到车窗旁,冲殷典道:"殷教授,麻烦你开一下后备箱!"

殷典转过头,看向羽田千雪道:"羽田小姐,我想你还是上车吧!毕竟我们的先辈们也算是至交好友。我也没尽到地主之谊,这确实是做得不对。再说你一个女孩子真要是在这地方下了车,确实太危险了。"

"你还知道我们的先辈是至交好友?"羽田千雪说着,两眼已变得通红,"我只是想完成我祖父当年的遗愿,你为什么就不相信我呢?难道就因为我把斯嘉丽带到了宾馆,打听了明德神父的消息,你就一直耿耿于怀吗?"

"好,既然你这么说,我就把话挑明了吧!"殷典看向羽田千雪,直截了当地说,"我确实不相信你!因为我不知道,你来中国的真实目的是什么。"

"我说了这么多,你竟然还怀疑我来中国的目的!"羽田千雪此时已气得浑身发抖,眼泪也扑簌扑簌地掉落下来。

"那你来这里到底是为了什么?"虽然羽田千雪楚楚可怜的样子让人不禁心生怜悯,可殷典还是冷冰冰地说了这句话。

"好,我说!"羽田千雪瞪视殷典道,"因为我想调查一件事,我要调查清楚我祖父为何会突然去世。"

"这两件事有关系吗?"殷典双眉微蹙,有些不解地说。

"你可能不知道我祖父去世时还不到五十岁,而且之前身体一直很好。"

"生老病死,这种事恐怕不是人力所能控制的吧!"

"我之前也一直认为我祖父的死只不过是一起普通的交通事故造成的。可在他日记的最后一页上却提到,在他去世前一天曾有人打电话给他说了一件事。"

"什么事?"

"那人在电话里告诉我祖父,他知道甲骨文'帝'字所藏的终极秘密。"羽田千雪说到这,长吁一声,"你不觉得这件事太过巧合了吗?"

殷典听到羽田千雪这番话,也不禁愣住了。他已经是第三次从别人那里听到这句话了。

先是在尹正东店铺的那些手稿上,他见到了这句话,当时他根本没把这句话放在心上。到天津时,张素贞原本已经乘坐出租车离开,却中途专门返回告诉殷典,他父亲当时给张素贞那件青铜簋时,还特意说了这句话。

如果羽田龙野的死真像羽田千雪说的这样,看来这甲骨文"帝"字中确实隐藏了一个巨大的秘密。

而当初他父亲之所以将青铜簋交给张素贞,其实是为了证明他已找到了甲骨文"帝"字的秘密?

可一个甲骨文字能有什么秘密呢?

作为一个甲骨文专家,此时殷典反比普通人更为困惑。

殷典深吸一口气,缓缓转过头看向羽田千雪道:"上车吧,羽田小姐!我们现在就去阳关!之前是我错怪你了,这次我真诚地向你说一声对不起。"

殷典虽然说得足够真诚,可羽田千雪却根本不为所动。此时的她更是蹲下身,抱着头大哭起来。

当然了,殷典最怕的也是这个。因为他真是不知道该如何哄一个女孩子开心。

最后,还是斯嘉丽下车,生拉硬拽地将羽田千雪弄回车上。

殷典发动汽车,将油门踩到底,直奔阳关而去。

说起来,还多亏有斯嘉丽在。虽然羽田千雪哭得梨花带雨,可在斯嘉丽一番搞笑的表演后,很快便咯咯地笑了起来。

而此时，殷典也不失时机地问起羽田千雪一些事情来。

"羽田小姐，龙野先生的那本日记中，有没有提过他们为何要来敦煌一带进行野外考古？"殷典问。

"日记中只记录了，他们在陕西岐山曾有过一次激烈的讨论。三人在讨论了整整一夜后，第二天便决定去敦煌了。"羽田千雪此时情绪已逐渐稳定。

"那他们讨论了什么？毕竟去敦煌进行野外考古，和他们这次出行的目的不相符啊！"

"当天的日记中并没有提及具体讨论的内容。只不过在明德神父和我祖父两人回到天津后的日记中写了一段话，我才知道他们此行的目的。"

"能说说吗？"

"回到天津后，我祖父和明德神父大吵了一架。说他们去敦煌寻找甲骨文'帝'字的终极秘密简直是愚蠢至极。不仅毫无所获，还因此丢失了一位最好的朋友，为此他们懊恼不已。"

"听你这么说，他们来敦煌就是为了探寻甲骨文'帝'字的秘密？这确实太不符合常理了！"殷典双眉微蹙，难以理解地说。

这时羽田千雪看向殷典，问道："殷教授，你是甲骨文方面的专家。我也想请教你一下，这个甲骨文'帝'字到底有什么秘密呢？"

殷典无奈地笑了笑，说："一个字能有什么秘密！"

"你能详细说一下吗？我也挺想深入地了解甲骨文！"羽田千雪笑了笑说。

"这么说吧！破译甲骨文的工作主要分为'辨识'和'解读'。所谓'辨识'，就是把不认识的甲骨文字认出来。甲骨文与现代汉字虽然相去甚远，但它毕竟是现代汉字的前身，两者虽然不同但又有着内在的联系。"

殷典顿了顿继续道："汉字的演变过程，从历史上看主要经历了甲骨文、金文、篆书、隶书、草书、楷书、行书，再到今天的汉字。"

"我明白了！"羽田千雪点点头道，"所以辨识甲骨文，主要通过与后来的金文、篆书、隶书、楷书等汉字写法进行对照，以及通过对各种史册中文字用法的查询，找出与甲骨文文字相对应的那个现代汉字！是这样吗？"

"说得很对!"殷典笑了笑道,"所谓'解读'指的就是探索甲骨文的造字机理。通过解读,我们能够了解一个汉字的来历和构字原理,也就是它的造字本义。不仅如此,我们还能了解文字背后所代表的历史与文明。"

"是吗?"羽田千雪饶有兴趣地说,"解读甲骨文竟然还有这么重要的意义。"

"这也是我痴迷于甲骨文研究最关键的一个因素,因为每个甲骨文文字背后都隐藏着一段历史。"殷典笑了笑道,"比如'东南西北'这四个汉字,现在指的是方位。可通过研究甲骨文,我们发现这几个字在造字之初,却并非如此。"

"你快说说,我好想听听!"羽田千雪兴奋道。

"比如'北'字,现在我们知道这指的是方位'北'的意思。"殷典笑了笑道,"你是研究中国先秦历史的,那么你肯定知道,古代往往会用'败北'来形容打了败仗。"

"这个我知道!"羽田千雪用手指敲了敲太阳穴,笑道,"《史记·项羽本纪》中有过一段记载,项羽被围困在垓下时,说自己起兵八年,经过大小七十余战,未尝败北,遂霸有天下。"

"厉害!不愧是早稻田大学的高才生!"殷典话题一转,继续道,"如果我们不了解这个'北'字的造字本义,总会有些摸不清头脑,为什么打了败仗不是'败南'而是'败北'呢?"

"快说、快说!"羽田千雪笑着催促道。

"通过对甲骨文的解读,我们发现这个字的造字是两个人一个向左、另一个向右背向而坐,是一个'背对背'的形象,凸显背部来表达逆反的意思。"

殷典笑着说:"由于古时两军作战的过程中,打了败仗向后逃跑的一方总是以背对着胜利方,所以'败北'这个词后来就逐渐增加了'失败'的含义。"

"可您还是没说清楚,原本凸显背部来表达逆反意思的'北'字,是如何又演化成了指代方位——北面的。"羽田千雪小嘴一噘道。

"不好意思,绕远了。"殷典笑了笑道,"现在大量的甲骨文专家解释是这样的。这可能与古代天子'南面称王'有关,指的是天子坐北朝南,天子的后背指的就是'北面'。"

羽田千雪点点头道："如果后背可以引申出方位'北'的概念，那么是不是说前胸可以引申出方位'南'呢？"

殷典笑了笑道："比较有意思的是，'南'这个字和前胸没有一点关系，和身体部位也没有关系。"

"那这个'南'字造字之初指的又是什么呢？"羽田千雪问道。

"关于甲骨文'南'字的解读，至今众说纷纭，普遍观点认为甲骨文中'南'字应该是某种祭祀的乐器。可一种祭祀乐器为何会引申出方位南的含义，至今还未解。"殷典笑了笑说。

殷典侃侃而谈，羽田千雪则在一旁连连点头，冲殷典道："听你这么一说，这个甲骨文'帝'字确实无非只是个字而已，也没什么秘密可言啊！"

羽田千雪说到这，又不禁困惑起来："那我祖父他们为何这么执着于探索甲骨文'帝'字的秘密呢？"

"这也是我的困惑！"殷典无奈地摇摇头。

"对了！"羽田千雪手托下颌，若有所思道，"听你这么说，每个甲骨文背后都隐藏着一段历史，那甲骨文'帝'字背后肯定也隐藏了一段历史。"

"你想表达什么？"

"甲骨文既然是象形文字，那么这个'帝'到底是依照什么物体或者说事物创造的，它本来究竟是什么？它又是如何引申成了信仰中至高神'上帝'的称谓的呢？"

"关于甲骨文'帝'字的造字本义，现在甲骨文学术界主要有两大观点。"

"哪两个观点？"

"一种是'花蒂'说，像王国维、郭沫若等权威学者也持这种观点。从象形上看，甲骨文'帝'字像花蒂的样子，上面突出的倒三角像花的子房，中间一个'束'字像花萼。"

"普普通通的一个花蒂形象，竟然可以引申成至高神'上帝'的称谓，反正我有点不能接受！"

羽田千雪摇了摇头，继续道："原始社会都有图腾崇拜，比如老虎、狮子、眼镜蛇、熊等等，从这些崇拜的对象来看，这些图腾往往都有着普通人所没有的能力。所以原始人敬畏这些图腾，往往是试图从这些图腾中获取他们所没有的力量和技能。可一朵花能引起原始人什么敬畏呢？"

"你说得很对，这也是这种观点至今存疑的原因。"殷典顿了顿继续道，"可话说回来，汉字从单体字发展到有偏旁部首的合体字，这极大地提高了汉字的表达能力。可单体字和加上偏旁部首的合体字，这两者其实是有着内在联系的。"

"没听懂！"羽田千雪努了努嘴道，"你还是说得具体点吧！"

"这么说吧！"殷典笑了笑道，"比如我们之前说的'北面'的'北'，之所以加上一个代表身体部位的'月'字旁，形成了'后背'的'背'字，其实是因为'北'这个字在造字之初就是指代背部的意思。"

"我明白你的意思了！"羽田千雪点点头道，"'花蒂'的'蒂'之所以是一个'上帝'的'帝'加上一个草字头，是因为'上帝'的'帝'在造字之初应该是有这种意思的。"

殷典点点头道："在远古部落时期，往往都有生殖崇拜，无论是植物的花蒂，还是女性的阴蒂，都和此类生殖崇拜有关。而这种生殖崇拜进而演化成造物主的含义，比如基督教中的God也被尊为造物主。"

羽田千雪听到这，脸部有些发烫，这殷典说起学术问题真是毫不避讳周围的女性。

这时在一旁一直不说话的斯嘉丽却突然哈哈大笑起来。

"很好笑吗？"殷典见斯嘉丽笑得这么毫无顾忌，略微不高兴地说。

"我还是第一次听人这么说。"斯嘉丽说完，又哈哈大笑起来。

"至于笑得这么夸张吗？"殷典眉头微皱道。

"我笑的是你是不是老处男啊，连这个都不懂。"斯嘉丽已然笑得前仰后合。

"怎么说话呢，斯嘉丽！"殷典生气地说。

"其实女性的那个部位确实与生孩子没关系，不然很多地方就不会有割礼了。"羽田千雪小声地说。

"啥叫割礼？"斯嘉丽问。

羽田千雪贴近斯嘉丽耳旁，小声道："就是把那个部位割掉。"

"好恐怖啊！"斯嘉丽努努嘴，惊讶地说。

"好了！"殷典摇了摇头道，"这个话题就不讨论了吧！"

"可您不是说关于甲骨文'帝'字的造字本义，还有一个观点吗？"

羽田千雪继续问。

殷典道:"还有一个主流观点认为,甲骨文'帝'字的造字本义其实是'燎木祭天'这种祭祀仪式。'帝'的上半部分为祭台,下半部分是一个'束'字,指的是将木柴捆束在一起。不过这个观点,最大的问题在于甲骨文中有'燎'这个字,而且在祭祀中,也常有'燎'祭。可见'燎木'祭祀这种方式并没有想象中那么高规格。而且我们从甲骨文的卜辞中发现,商人的至高神'上帝'并不像其他神祇祖先那样接受祭品。"

"我不太明白。你能详细说下,什么叫上帝不接受祭品?"羽田千雪问。

"这么说吧!上帝是商人的至高神,可商人对于上帝的祭祀次数却远低于祖先以及其他神祇。你应该也知道,中国人去寺庙道观等地方很喜欢烧香,其实这种烧香的目的是获得神佛的保佑,要么求子,要么求财,要么求官,等等。总之祭拜神佛往往有很强的目的性,甚至像一种交易。"

"其实日本也存在这种情况!"羽田千雪点点头道,"我明白你的意思了!你的意思是说在商朝人的信仰中,上帝是整个宇宙万物的主宰,有着绝对的权威,是整个宇宙法则的制定者。普通人只能敬畏上帝,上帝的意志并不会因一个普通人而有所改变。这一点其实和基督教也很相似。"

"你说得很对!虽然上帝不会因普通人而改变自己的意志,但去世的祖先变为神灵后,还会庇荫子孙、护佑自己的后代,所以商人更喜欢祭祀自己的祖先!"

殷典继续道:"关于'帝'的本义,当然还有很多观点。比如还有人说'帝'的造字本义是在树上搭建房屋,也有人说'帝'其实就是一种武器,只不过和'王'这种斧钺兵器有些不同罢了。"

"听你解释了这么多,这甲骨文'帝'字确实并没什么秘密可言啊!"羽田千雪一手托腮,一脸困惑道,"我实在想不明白我祖父究竟在探索什么,更想不明白为何我祖父的死会与这个字有关?"

"算了!我们先去阳关吧!想要了解这一切,我们有必要和那个绑匪当面聊聊。"

"你的意思是说,那个绑匪之所以绑架你的朋友也是因为和这些事有关?"羽田千雪诧异道。

"其实我也不是很确定!只不过这个绑匪说我卷入了一场三千多年前的战争,而战火现在已经烧到了我的身上。"

"三千多年前的战争?"羽田千雪抚摸着耳垂,难以置信道,"好遥远啊!"

"你是研究先秦历史的,那你认为三千多年前可有什么特别的战争吗?"

"特别的战争?"羽田千雪眉头微皱道,"要说某个特别的战争我不太了解。可要说最出名的一场战争,那肯定是'武王伐纣'之战了!"

殷典听到这,猛地一踩刹车,很快车子便停了下来!

"哎呀!你怎么开车的,我都撞着头了!"斯嘉丽摸着脑袋埋怨道。

可此时殷典却毫不在意,只是转过头,冲羽田千雪道:"当年明德神父给你祖父的那封信上,提到我父亲在野外考古时曾误入一个神秘的村庄,而这个神秘的村庄在祭祀时,还要吟唱《诗经·周颂》中的一篇'武',也就是说这个神秘的村庄是在祭祀'周武王'?"

"是啊!周武王不就是三千多年前去世的嘛!"羽田千雪同样很是惊讶。

"等一下!我先查下史书!"殷典说完,走下车从后备箱中的一个箱子中拿出一本《史记》,这是殷典最爱的一本史书。

因为他觉得读太史公的《史记》就如同读诗歌一样让他能放松心情,所以他总是在闲来无事时将《史记》拿出来翻阅一下。

再次返回车中,殷典则直接将《史记》翻到了《周本纪》,而在通读一遍后,他惊愕发现《周本纪》关于"武王伐纣"有过这么一段记载:

武王驰之,纣兵皆叛纣……纣走,反入登于鹿台之上……自燔于火而死……武王自射之,三发而后下车,以轻剑击之,以黄钺斩纣头,悬大白之旗……。

殷典倒吸一口凉气,喃喃道:"三千多年前的战争!消失了近三千年的商代祭祀仪式!一把用了近三千年的青铜短剑!一件三千多年前的青铜簋。这些事物依次出现,恐怕绝非偶然。"

"殷教授!你在说什么呢?"羽田千雪不知殷典在喃喃地说些什么。

"当年周武王在攻克商朝都城后,曾对商纣王的尸身进行戮尸枭首,

173

而神秘村庄里的祭祀活动其实是在模仿当年周武王的行为。"殷典说着将那本《史记》递给了羽田千雪。

"还真是！"羽田千雪看着手中的《史记》，惊愕地说。

"简直是超出想象！"殷典摇了摇头，无奈地说。

"可这和我祖父的死又有什么关系呢？他们只不过在研究一个甲骨文而已！"羽田千雪合上书，看向殷典茫然道。

"我也不知道！不过我也曾收到过一个神秘来电……"

"啊？"羽田千雪睁大眼睛，难以置信地说，"也有人给你打过电话？是关于甲骨文的吗？"

"对方不让我再研究甲骨文，而是让我找个地方隐居起来。而且对方还莫名其妙地说了一段话，'我死了三千多年，也沉睡了三千多年，我不想被打扰。凡是打扰我的人都将没有好下场'。"

"凡是打扰我的人都将没有好下场！"羽田千雪咬着大拇指，片刻之后才冲殷典道，"看来我祖父的死应该就是给你打电话的那人所为了！"

"龙野先生去世都快三十年了，恐怕打电话的不是一个人而是一伙人！"

羽田千雪喃喃道："我祖父的死绝非那么简单，这肯定与一个惊天大秘密有关！"

"至于究竟是什么秘密，我们只能去找知道的人了解了。"殷典摇了摇头，"算了，我们还是先去阳关吧！"

说罢，殷典再次发动汽车，直奔阳关而去。

阳关始建于汉武帝元鼎年间，因在玉门关之南，故名阳关。在阳关鼎盛时期，许多王朝都把这里作为军事重地并派兵把守，商人、僧侣、使臣也曾在这里出关西行，正所谓"劝君更尽一杯酒，西出阳关无故人"。

现如今的阳关已经失去了当时的重要性，自然环境的恶化，使那曾经雄伟的阳关古城也被掩埋在了流沙之中。

终于在下午，三人赶到了阳关镇，殷典则再次拨通了尹正东的电话！

这一次尹正东的手机并没有关机，可电话在嘟嘟十几声后，却一直没人接听。

一次不接，那就多打几次。

可谁承想一连打了多次，电话却始终没有接通。

"这尹正东究竟搞什么鬼！"殷典愤愤道，"怎么又不接电话啊！"

可就在这时，手机却响了起来，殷典一看，正是尹正东的电话号码。

殷典接通电话毫不客气地冲电话那头道："尹正东，你到底想干吗？"

不过电话那头却沉默了，过了大概十几秒，电话那头才莫名其妙地回了一句："你是谁？"

"问我是谁？"殷典很纳闷，难道自己打错了，又或者对方打错了？于是殷典又仔细辨别了一下这个电话号码，没错，这就是之前尹正东留给他的那个电话号码啊！

难道这次给自己打电话的并不是尹正东而是别人，于是殷典也回复了同样一句话："你又是谁？"

"我在问你是谁！"电话那头不耐烦地说。

"我也在问你是谁！"殷典继续反问。

"我现在问你呢，你为什么要找尹正东？"

"我为什么不能找尹正东！"殷典越发觉得这个电话有点蹊跷，所以他开始谨慎起来，并没有直接回他的问题。

"好好好！你不说我就把电话挂了！"

"随便！"殷典知道电话里的那人分明是在欲擒故纵，所以他反而要显得满不在乎。

"是吗？如果是这样，你干吗要打这么多次电话！"

"我只想找尹正东！"

电话那头沉默了，过了一会才再次问道："好吧！我最后再问你一个问题，你是来阳关找尹正东的吗？"

"是的！"殷典反问道，"他现在在哪？"

"你怎么不早说，你早说不就行了，我还以为你是什么人呢！"那人笑了笑道，"尹正东在我这呢！"

"和尹正东一起的那个人呢？"殷典继续问道，为了保险起见，他并没有直接提及景岚的名字。

"都在呢，就等你了！"

"能让尹正东接个电话吗？"殷典问。

175

"他现在很忙,没空接电话。"说到这,那人有些不耐烦地说,"好了,你快点来吧!我还有事就不跟你说了。记得到了阳关后,打这个电话,我们会派人去接你们的。"

"我已经到阳关镇了!"

"是吗?来得挺快嘛!你先去墩墩山附近,我会派人过去接你们的。好了,就这样吧。"

说完,那人便挂了电话。

虽然,对于这通电话,殷典始终觉得有些太过蹊跷,可他又能怎么办呢?想要找到景岚,他只能按照那个人说的去做,因为这是唯一的线索。

殷典翻出地图查看了一下墩墩山的位置,又咨询了一下当地人,便开足马力奔墩墩山而去。

殷典驾车行驶在平坦宽阔的公路上,远远便见到山头上的一座烽燧台遗址。

据当地人说这山就是墩墩山。山头上的烽燧台始建于汉朝,昔日的阳关古城早已荡然无存,仅存这一座汉代烽燧遗址,耸立在墩墩山上。

墩墩山处在阳关古城的制高点,周围黄沙一片,一道道错落起伏的沙丘从东到西排成一排。

看着眼前的汉代烽燧遗址,殷典感慨万千,想当年这座烽燧台是何等雄伟,而此时早已是破败不堪。

真是沧海桑田,流年暗换。

在墩墩山下,殷典走下车再次拨通了尹正东的电话,电话很快接通了,对方直接说让他们在原地等待,他们很快就赶过来。

一个小时后,殷典便见远方一辆皮卡车扬尘而来,皮卡车后还跟着三个骑马的人。

很快皮卡车便停在了殷典几人面前,只不过那三个骑着马的人却没有下马,他们拉着缰绳只是在殷典几人身旁转圈。

殷典搞不清他们这是什么意思,只是从衣着上看,这几人像是牧民。

这时皮卡车的车门打开,从车上走下一个男人,这男人穿着一件皮夹克,头上戴着一顶阔檐帽,阔檐帽压得很低,挡住了大半张脸,只能见到他嘴上叼着的一根烟。

那人缓缓地走近殷典，头也不抬地说："你是来找尹正东的？"

殷典点点头，示意正是。

那人嘴角一撇，将含在嘴中的烟蒂吐在了地上，道："跟我们走吧！"

"去哪？"殷典问。

"到了就知道了！"

"好！你们前面带路！"殷典取出车钥匙，准备开车。

谁知那人却一把将殷典手中的钥匙夺走，淡淡地说："你们坐我的车。"

说完，他又吹了一声口哨，从皮卡车上走下一个年轻人，那人将殷典的车钥匙扔给了年轻人，年轻人便径直上了殷典的车。

"我会开车！"殷典有些恼怒，那意思是用不着你们来开我的车。

"我知道，但你不熟悉路，这样更快一点！"那人嘴角一撇道，"你们不是想赶快见到尹正东吗？"

这时在一旁的斯嘉丽有些生气道："你说让我们干什么就干什么啊？一点礼貌都不懂！"

那人冷哼一声，抬起头冲斯嘉丽道："小姑娘长得不错，就是脾气有点大！"

在那人抬起头的一瞬间，殷典总算看清了那人的样子。他的脸黝黑狭长，左眼角处还有一道深深的刀疤，双眼眯成一条缝，充满了傲慢，真是怎么看怎么都不像个好人。

此时的殷典心里越发开始没底。是的，这些人很不友好，也不知道他们会被这些人带到哪里去。

"快点上车吧！"那人在催促，与此同时殷典的车也已被发动，而那些骑着马的人手里则多了一个锁套。

正所谓"敬酒不吃吃罚酒！"

看起来，如果殷典他们不跟着这些人走，这些人就会把他们用锁套套住，将他们强行带走。

既然这样，他们也只能在那人的催促下上了皮卡车。

第十三章
你是密钥

皮卡车行驶在戈壁滩中，黄沙飞舞，殷典早已分不清方向。只知道大约过了一个多钟头，殷典几人才被人带到了一个地方，这只有几十个牧民特有的毡房，应该是当地牧民居住的地方。

殷典三人下了车，又被这些人簇拥着来到了一间稍大的毡房，毡房里点着一盏煤油灯，一个六七十岁头发花白的老者正在那里擦拭着一杆老式猎枪，并时不时地在枪身上哈着气。

"进去吧！"

那些人朝着殷典三人后背一推，三人踉跄地迈入了屋子里，险些摔倒。

白发老者把手上的猎枪轻轻地放在了桌子上，抬起头猛地在桌子上用力一拍，冲那个戴着阔檐帽的男人怒喝一声："沙陀，怎么一点礼貌都不懂！"

那个叫沙陀的男人没有说话，只是低下头，双手相抵站立在门后。

"你要是再敢对我们的客人这么不友好，我非拿你这脑袋试试我这枪不可！"

沙陀唯唯诺诺地道了声："知道了！五天姥爷！"

白发老者站起身，褶皱的脸颊勉强挤出一丝笑意，冲殷典道："不好意思，失礼了！"

他说着礼节性地伸出右手，殷典也礼节性地伸出手，双方握了一下。殷典只觉他的手很硬，像是枯树枝一般。

简单地握手后,白发老者开始自我介绍:"我是个汉民,大名叫陈五天!幸会幸会啊!"

"那他们怎么叫你五天姥爷啊?"斯嘉丽用下巴指了指站在门后的沙陀。

白发老者笑了笑道:"当年因为我闺女嫁给了当地的一个牧民,我也就跟着她来了。这边的牧民也没那么多规矩,有的喊我哥,有的喊我爷。后来我教了一下他们,也按照我们那里的习俗给他们立了个规矩,既然是我闺女嫁到这里,他们按辈分得喊我一声姥爷,所以就习惯地称呼我为'五天姥爷'了。"

"来,这天气凉了,先喝点酒暖暖!"说着,五天姥爷拿起一壶烧酒给三人各倒了一杯。

很显然,这五天姥爷可要比那些牧民客气得多,可殷典却没这个心情喝酒,他是来找人的。

殷典开门见山地说:"多谢五天姥爷盛情!不过我们这次来是想找尹正东的,还望您让尹正东出来和我们见个面。"

"这个你先不要着急,我先问你个事!"五天姥爷和颜悦色道。

"请说。"

"你和尹正东什么关系?"

"五天姥爷,我知道我说的话,你可能不太相信。其实我和尹正东只通过一个电话,连面都没见过。"殷典说得很真挚。

"是吗?"五天姥爷有些不屑,褶皱的脸上开始显露出一丝不快。

"确实如此!"殷典点点头。

"好,那就不管这些了!我再问你一个问题,你也是搞古董的?"

"我不搞古董,只是对古董稍微了解一点!"

五天姥爷枯瘦的脸庞上终于露出一丝笑意,点点头道:"懂就行!看来我们只能执行第二套方案了!"

看来我们只能执行第二套方案?

这句话怎么这么耳熟,茫然间殷典回忆起了那个神秘来电对他说的那番话:

"我不是告诉过你,找个地方藏起来吗?你怎么不听劝呢?

"你非但不听劝竟然还掺和进这些事,你这不是把自己朝悬崖边上推吗?

"你如此执迷不悟,看来我们只能执行第二套方案了。"

怎么这五天姥爷跟那神秘来电说了同样的一句话——"看来我们只能执行第二套方案了。"

虽然这五天姥爷的声音并没有电话里那人的声音那么低沉,可一个人完全可以有意装出那种低沉的声音。

难道这个五天姥爷就是那个神秘来电的主人?想到这殷典后背开始不自觉地发凉。

他缓缓地抬起头,看向五天姥爷那张枯瘦的脸,而五天姥爷也在似笑非笑地看着他。

如果这五天姥爷就是那个神秘来电的主人,那他为什么要说"我是一个爱你的人,也是一个恨你的人"呢?

为了验证面前的五天姥爷是不是就是那神秘来电的主人,殷典组织了一下语言,道:"五天姥爷,咱们之前通过电话吗?"

"当然通过电话!"五天姥爷继续似笑非笑地望着殷典。

殷典一惊,又继续问道:"你为什么要给我打那个电话?"

"你怎么问我这个问题?你难道不知道吗?不过现在已经不重要了,你不是已经来了吗?"五天姥爷笑着说。

"你所说的执行第二套方案指的是什么?你究竟想干什么?"殷典继续询问。

五天姥爷瞬间收起了脸上的笑容,语气一转,冷冷道:"你心里就没点数吗?"

"既然已经这样,那就摊开来说!"殷典此时只想知道他是不是那个神秘来电的主人。

"你小子,我真是对你又爱又恨啊!"五天姥爷不屑地说,"你装什么蒜卖什么葱?这不过是没办法的办法!我告诉你,你最好老实一点,我还有很多话要问你,不然我现在就让他们拉你去喂狼。"

"又爱又恨!"

听完五天姥爷这番话,殷典已确认这五天姥爷就是那个神秘来电的主人。

"正好!我也有很多话想问你!"

此刻的殷典,已然变得淡然了,哪怕是死,他也要问清楚这所有事情的来龙去脉。

只是当殷典望向身旁的斯嘉丽和羽田千雪时，他又有些犹豫了，毕竟她们都是那么的年轻，又都是那么的漂亮，她们不该跟着自己蹚这趟浑水。

于是殷典抬起头，看向五天姥爷，道："五天姥爷，我敬你是个长辈，想必不会跟这两个女孩一般见识吧！"

"你先管好你自己吧！"五天姥爷仰头哈哈一笑。

五天姥爷的言外之意是他们要将斯嘉丽和羽田千雪留下，当成人质。

这五天姥爷连杀人都不放在眼里，拘禁两个女孩子当人质岂不是说到做到。

羽田千雪怯生生地拉了一下殷典的衣服，看起来她很害怕被留在这种地方。

此时殷典内心真是五味杂陈，景岚因为他被尹正东挟持，尹正东至今没找到，也不知景岚现在究竟怎样。

更让他难以释怀的是，斯嘉丽和羽田千雪因为他也身陷险境。

他可以一死了之，可这些女孩呢？

她们还有大把的青春，还有美好的年华，就因为她们跟他蹚了这趟浑水，而使得她们身处危险之中，殷典真是越想越难受。

可就在这时，殷典的电话却响了，此时屋子里的牧民全部瞪视着殷典，那个叫沙陀的牧民则走过来想要抢夺殷典的手机。

这时五天姥爷却摆了摆手，示意沙陀退下，并道："有什么好紧张的，他人都在这，我们还害怕他说什么吗？"

说完，他又冲殷典淡淡地说："这个电话，我允许你接，但是不能泄露这里的事情。只要你泄露半个字，我立马让你见阎王。"

五天姥爷说着，又拿起手中的老式猎枪擦了起来，这分明就是一种威胁。

殷典拿起手机看了看，竟然又是一个陌生号码，只不过这是个座机号。

殷典刚准备按下接听键，五天姥爷又开口道："我已经够客气了，我允许你接这个电话，也希望你在接完电话后能如实交代一些事情。"

殷典没有理会五天姥爷，便将手机放在了耳旁，可让他怎么也想不到的是电话那头一开口便说道："殷教授，我是景岚，我已经摆脱尹正

181

东了。"

打电话的正是景岚，殷典苦苦寻找尹正东的目的是救出景岚，而此时景岚竟然已经摆脱了尹正东顺利脱险，自己此刻却身陷险境。

"怎么了！殷教授？你怎么不说话啊！"景岚见殷典一直不回话，便关切地问，可她不知道这是因为殷典惊讶得说不出话了。

"太好了，你没事就好！"殷典长舒一口气。

"你们现在在哪？"景岚问。

"我现在……"

此时五天姥爷已举起猎枪放在了殷典额头的正前方，只要殷典说出他现在的情况，子弹定会穿过他的脑袋。

而此时，五天姥爷则小声冲殷典道："你问她知不知道尹正东现在在哪。"

殷典没办法，只得问道："你知道尹正东现在在哪吗？"

"我也不知道尹正东去了哪！前天我们一起来到了敦煌下面一个叫阳关的地方，他把我带到了一户人家中，把我捆绑结实，还给我吃了不少安眠药。他说他很快就回来，让我最好老实点。"景岚说。

"服用过量的安眠药可是很危险的！"殷典怎么也想不到这尹正东如此心狠手辣，他难道不知道这样会害死人吗？

"好在他给我吃的还不算多！"景岚无奈地说道，"我第二天醒来后，便开始拼命地拍打床铺，这才引起那家主人的注意。但是他打开门却只是问我想吃点什么，我说我是警察，让他快点把我放了。那家主人还说我骗他，因为尹正东给他说，我是他老婆，有些精神不正常。"

景岚顿了顿继续道："我说我身上有证件，他也可以打电话问问，如果是假的的话，他就当我是个神经病得了。后来那户主人见了我的证件，当场吓得够呛。我说你们最好把我快点放了，因为尹正东涉嫌一起连环凶杀案，你们如果不赶快把我放了，你们就成了帮凶，是要负刑事责任，要坐牢的。我说完后，他们赶紧就把我放了，还求我千万不要怪罪他们，他们什么也不知道。"

"安全就好，安全就好！"殷典喃喃地说，心里的一块大石头总算是放下了。

"殷教授，你现在到底在哪啊？我觉得这个尹正东问题很大，你可千万要小心点，'9·17'连环凶杀案肯定隐藏了一个巨大的秘密。可到底是什么秘密,我现在也说不清!"景岚关切地说。

此时的五天姥爷小声冲殷典说:"告诉她,你现在有事,一会儿再打给她,让她在那里别走。"

"你先稍等一下,我一会儿打给你,你别先走!"殷典只得按照五天姥爷的话转述给了景岚。

"嗯!你先忙!不过你最好快点,我用的公用电话,待会儿就怕也有人用这个电话。"

"我尽快!"

说罢,殷典便挂了电话。

五天姥爷深吸一口气,皱着眉头冲殷典道:"你这个朋友是个警察?"

殷典点点头示意没错,五天姥爷怒视着殷典道:"你要是走漏了半点消息,我可就立马做掉你!"

"你不是一直想杀我吗?用得着一直吓唬我吗?"殷典冷哼一声,看向五天姥爷道,"但是我告诉你,杀了我可以,但这两个女孩你最好是把她们都放了。因为我这个警察朋友如果一直联系不上我们,她肯定会怀疑我们出事了,到时候她只要调查一下手机信号便可以追踪到这里来。"

殷典现在能做的,也只有用警察来吓唬吓唬面前的五天姥爷,希望他能将斯嘉丽和羽田千雪放了。

"你在吓唬我!"五天姥爷嘴角一撇,冷冷道,"我可不是被吓大的,别以为我不敢动手。"

"好像是你一直在吓唬我吧!给我打了那么多次电话又是恐吓又是利诱,现在好了,反正我人已经在这了,你动手就是。"殷典毫不示弱。

"你等一下!"五天姥爷打断了殷典的话,"你说我反反复复给你打了那么多电话是什么意思?"

"什么意思,你难道不知道吗?"殷典毫不示弱,"这两个人和我并没有什么关系,她们是跟我来这里玩的。我们之间的事,我们自己解决,我也不希望警察介入我们之间的事!"

"嘴巴放干净点,我可是一个守法公民!"五天姥爷怒视殷典道,"你小子来这究竟是干什么的?"

"守法公民?守法公民能持枪吗?"殷典冷笑一声。

"你最好把话说清楚点,你来这究竟是干什么的?"五天姥爷说着,已然将猎枪抵住了殷典的脑门,"我看你是找死来了,快说你是干什么的?"

殷典抬起头,看向五天姥爷,淡淡地说:"你现在倒来让我把话说清楚,我还想问你呢!说什么你死了三千多年,也沉睡了三千多年,不想被打扰。只要打扰你的人,都没有好下场。还给我个青铜短剑,让我卖了之后隐居起来。你究竟想干什么?"

殷典越是往下说,五天姥爷的眉头就越皱越深,直到五天姥爷在桌子上用力一拍,这才打断了殷典的话。

"你说的都是些什么乱七八糟的,我根本不知道你在说什么!"五天姥爷没好气地说,"我不就是今天才给你打了个电话,而且还是因为你打了那么多电话之后,我才给你回过去的。我什么时候给你主动打过电话?"

"什么!"殷典一愣,"你说你今天才给我打过一个电话,那之前又是谁打的?"

"你问我我问谁去!姥爷我从来不喜欢什么手机电话之类的玩意儿,姥爷我只喜欢刀枪,至今都没有一部手机。"五天姥爷站起身,整个脸贴近殷典不足两厘米,狠狠地说,"小子,你可不要乱栽赃嫁祸,小心我割了你的舌头。"

难道是自己搞错了?

殷典一愣,随即又问道:"那你为什么说要执行第二套方案?为什么还说既爱我又恨我的话?"

五天姥爷看着殷典,眉头一皱,没好气地说:"我看你小子脑子有毛病,听不出好赖话啊!"

"什么好话赖话,我不感兴趣。"殷典淡淡地说,"只是希望你别老是转移话题!"

"既然你脑子不好使,那么姥爷我也只能给你开开窍了!"五天姥爷说着端起面前的酒杯嘬了一口道,"不过在我说之前,我还是要问你一个问题,希望你如实回答!"

殷典做出一副无所谓的样子,道:"该说的我都说了,只是你一直没回答我的问题罢了!"

"有一个问题,你还是没说清楚!"五天姥爷冷哼一声,"你和尹正东到底是什么关系？"

"我不是给你说了嘛，我跟他压根就不认识。我之所以来这只是因为尹正东挟持了我这位警察朋友，我是来找我这位朋友的。"殷典刻意将警察二字说得格外响亮。

"行了！别老是警察警察的挂在嘴边，姥爷我心里门儿清着呢！"五天姥爷撇了撇嘴道，"不过尹正东这胆子够肥的，为了让你这个密钥来这里，竟然敢绑架警察！"

"密钥？"殷典眉头一皱，问道，"我怎么还成了密钥？"

"你不知道，尹正东让你来，是因为尹正东认为你是解开一份藏宝图秘密的密钥吗？"五天姥爷问。

"我都不知道你在说什么。"

五天姥爷听罢，也是眉头微皱，自言自语道："这尹正东葫芦里究竟卖的是什么药？"

"这事你还是问尹正东好了！"

"你这不是废话吗？我要是能找到他，还会问你吗？"五天姥爷摇了摇头道，"也是姥爷我失算，想不到这小子有两把刷子！一不留神，让这小子脚底抹油溜之大吉了。"

"这有什么好奇怪的！"殷典淡淡道，"他在绑架我朋友之前，还杀了一个人，并且还伪造了作案现场，让警方以为他就是那个被杀的人。"

"还有这种事！"五天姥爷皱起眉头道，"尹正东这小子猴精猴精的，做事可不像个没脑子的人。他敢付出这么大的代价，看来他说的应该是真的了。"

五天姥爷顿了顿又意味深长地说："看来这第二套方案得改一改了！"

"你说的这第二套方案究竟是什么？"殷典追问。

五天姥爷没有直接回答，而是突然笑嘻嘻地冲殷典道："小子，你想不想发财？"

"发财？发什么财？"

五天姥爷突如其来的笑，让殷典反而有些不安。

"好！既然是这样，我就实话给你说了吧！"

五天姥爷说完抬了抬下巴，冲屋子里的其他人道："你们先出去一下，把这两个小姑娘也带下去！"

"不行！"殷典斩钉截铁地说，"这两个女孩，你们不能带走，我必须保证她们的人身安全！"

"瞧你说的，我们还能吃了她们啊？"五天姥爷顿了顿道，又冲那帮人道，"好吧！既然是这样，你们先出去，让这两个女孩留下吧！"

待那帮人离开并将门关上后，五天姥爷则颇为兴奋地说："小子，现在有一桩天大的富贵就摆在面前，我希望我们两个都能抓住这个机会！机不可失，时不再来啊！"

"你还是直接说你的第二套方案吧！"殷典淡淡道。

"别急嘛！"五天姥爷顿了顿继续道，"这事说来可就话长了，姥爷我得好好捋一捋。不过在说这第二套方案之前，我必须把这些事情的前因后果给你说道说道！"

五天姥爷又喝了一口烧酒，咂了咂嘴，开始说起他和尹正东关于寻找宝藏的那段往事来：

"三年前，尹正东这小子来到阳关找到了我，说他手里有个藏宝图，而且他猜测这个藏宝图描绘的地点应该就在鸣沙山一带的沙漠中，发现宝藏是指日可待。

"他之所以找到我和他一起寻找宝藏，是因为我跟这儿的牧民都很熟，也熟悉这一带的环境，所以就想和我一起合作去找寻宝藏。

"他还说只要我们找到了宝藏，我们就可以大富大贵、吃香喝辣，不仅如此，还够我们子孙几代人吃喝的。

"那一年，我们真是费尽苦心日夜在沙漠中寻找他所说的宝藏，可几个月下来，我们非但没有找到他说的那些宝藏，反而让我们这儿的两个人在寻找宝藏的途中失踪了，活不见人死不见尸。

"我当时很生气，寻了三个多月的宝藏，连根毛都没找到，反而人还失踪了。

"于是我当即便停止了和他的合作，还要让他赔偿我们的损失，可他说这都是意外，他也没办法。

"我说我不管，我压根就不相信他说的什么狗屁宝藏。这事我们都有责任，算是一人一半，如果那两个失踪的人要是真死了的话，那我们就各自赔一个人的丧葬费。

"他说这次之所以没找到宝藏，关键是他还没找到解开藏宝图秘密的钥匙，如果他能找到密钥，我们就可以顺利找到宝藏了。

"我当时就骂了他一顿,让他不要再提宝藏的事,并让他马上筹钱,筹不到钱我就要他陪葬。

"这小子口头上答应得很好,可他说他身上没钱,只能回内地找亲戚朋友借钱。

"我当时心想留着他也不是个办法,我看他把那藏宝图看得比他爹还亲,于是便把他那张所谓的藏宝图留下当作抵押,让他回去筹钱了。

"可这小子一走就是三年,连个话也没回。

"我本以为这事就这么算了,姥爷我聪明一世、糊涂一时,这次算我认栽。

"可事情过去三年后,那小子竟然又在昨天找上了我,说是他已经找到了解开藏宝图秘密的密钥,希望跟我再合作一次。

"我当时就把他揍了一顿,而且这次我直接把他扣下不让他离开,让他家里凑钱,把他赎回去。

"我能上他一回当,还能上他两回吗?

"可这小子也是够硬!他非但不求饶,还信誓旦旦地给我说,他这回来再次找到我,目的就是还他当年欠下的债,他想弥补自己曾经的过失。

"我一听,心想这年头,欠债的都是躲着债主走,他竟然还会再回来找我,应该也算是挺够义气的。

"说不定真像他之前说的那样,上次的失败是因为他没找到密钥,后来他就让我将当年的藏宝图拿出来给他好好再看一看,大半天的时间,这小子都在不断地研究那幅藏宝图。

"最后他说,他当年的猜测没错,这宝藏就在鸣沙山附近,现在只要等密钥来就能解开藏宝图的秘密了。"

五天姥爷说到这,又喝了一口烧酒,继续说起再一次见到尹正东所发生的那些事:

"我当时一听,就觉着这小子在诈我,弄了半天他根本不知道密钥是什么。

"后来这小子说,密钥就是一个人,只要那个人来了,就可以解开这个藏宝图的秘密了。

"再后来,他说他要去接这个密钥,我说你小子能来我是绝对不能放你走了,人不用你亲自去接,我派人去给你接。

"他说我们不认识那个人,恐怕会搞错了,还是他自己去接比较稳妥。

"我就知道这小子会这么说。我说你小子别哄我,你这种把戏我见得多了。这叫什么,这叫'金蝉脱壳'。

"我说那人既然来阳关找你,甭管你们之前有没有定下过碰头的地点,但那人来了要是见不到你,他肯定会给你打电话。

"我说你把你身上的手机什么的都交出来,我替你好好注意着点。

"尹正东这小子见我这么说,也不好反驳,只得连连对我说些感激的话。

"后来我就派了一个人在毡房里看着他,没想到这小子竟然借口在外面拉屎溜走了,临了还打伤了我这的一个人。

"后来的事,你也就知道了。

"因为我把他的手机留下了,所以当你在给尹正东手机打电话时,我反复确认你是不是尹正东口中的那个密钥。

"直到你说你是来阳关找尹正东的,我才派人把你接回来。至于我问你是不是搞古董的,目的也是为了确认你是不是那个密钥。

"尹正东溜走后,我才突然想明白他这次来找我的目的,他只是想再好好研究一下那张藏宝图,至于和我合作的事,那不过是放屁而已。"

五天姥爷说到这,嘴角一撇,恨恨道:"我被尹正东戏耍了两次,这个仇我肯定要报。当然想报仇就必须找到尹正东,这就是第一套方案。可第一套方案显然是失败的,因为我们四处打听寻找尹正东这小子的下落都毫无结果!"

"我想既然你是他口中的密钥,可见你在他心里有多重要,所以我反复问你和尹正东是什么关系,也是因为这个。至于第二套方案嘛,既然无法直接找到他,那就把你当作诱饵引他上钩,来个守株待兔了!"五天姥爷说罢,笑盈盈地望向殷典道,"这第二套方案,我也是没办法。"

殷典苦笑地摇了摇头,此刻他总算弄明白了五天姥爷口中的第二套方案了,至于五天姥爷为何对他说"既爱他又恨他",还说自己听不出好赖话,他也理解了。

现在想想所谓的爱他,是因为他是找到尹正东的诱饵。

而恨他,则是因为五天姥爷之前一直认为他是和尹正东一伙的。

当然，殷典之所以误以为五天姥爷是神秘来电的主人，主要也是两者沟通不全面造成的。

可听完五天姥爷这番话，殷典反而产生了一个更大的困惑。他这次来敦煌，目的就是解救景岚。可现在自己怎么又和什么宝藏牵扯到了一起？尹正东为何又说自己是打开那份藏宝图秘密的密钥？

这究竟是什么宝藏呢？

不过现在想想，这宝藏一定与他父亲有关，可他父亲能留下什么宝藏呢？

难道尹正东所说的那些宝藏是当初明德神父埋在中国的商代刻字甲骨？

之前殷典猜测，那些原本埋在天津的商代刻字甲骨当初应该已经被他父亲殷惟取走，但现在看来，说不定这所谓的宝藏就是这些刻字甲骨。

可问题是想要找到这些刻字甲骨，他父亲当初为何让尹正东去天津寻找明德神父呢？这么做岂不是徒劳吗？毕竟这些甲骨已经在他父亲手里了啊！

难道他父亲当初虽然给了尹正东一份藏宝图，但却并没有告诉他这藏宝图的秘密？而尹正东如果想要找到打开藏宝图秘密的钥匙，就必须找到明德神父才行，这其实是一种交易，这也是他父亲的真正目的。

可显然尹正东没有找到明德神父，既然找不到明德神父那就把问题回归到本源，干脆直接找他父亲好了。

可问题是他父亲早已去世，尹正东又如何能找到他父亲呢？而找不到他父亲，那就只能退而求其次找殷典本人了。

想必尹正东认为，那些价值连城的刻字甲骨的相关信息，他父亲一定会告诉他的后人，这就是为何尹正东认为他就是那藏宝图的密钥了。

当然这些也只是殷典自己的猜测罢了，至于究竟是什么原因，也只有当面问尹正东了。

"喂！小子，想什么呢？"五天姥爷见殷典一直愣愣地沉默不语，于是问道。

"没什么！"

"你难道不想知道我为什么要说这第二套方案要改一改了吗？"五天姥爷笑盈盈地说。

"请说！"

"既然尹正东付出这么大的代价，那他说的宝藏应该就是真有其事了。既然他说你是打开那藏宝图的密钥，也就是说他还是需要通过你才能解开藏宝图的秘密。可我们手中有那份藏宝图，而你能直接解开藏宝图的秘密。"

五天姥爷说到这，注视着面前的殷典道："既然这样，我们何不一起寻找那些宝藏呢？"

殷典本想直截了当地告诉五天姥爷，他根本就不是什么密钥，他压根就不了解这件事，让五天姥爷别再纠缠他们了。

可当殷典看向五天姥爷那老谋深算的面庞时，他又不打算这么说了。

其一，他这么直接跟五天姥爷说，恐怕五天姥爷根本就不相信。正如他说的那样，尹正东为了找这些宝藏付出那么大的代价，这事应该不是假的，他现在对尹正东说的那些有关宝藏的事情已经深信不疑。

其二，如果殷典这么说了，恐怕五天姥爷会对他采取另外的措施，软的不行可以来硬的嘛！虽然五天姥爷口口声声说自己是守法公民，可看他这个样子，确实很难将他与守法联系在一起。他虽然不愿触犯法律的底线也不愿招惹警察，但那不过只是最好的一种状态罢了。

马克思在《资本论》中指出："如果有10%的利润，资本就保证到处被使用；有20%的利润，资本就活跃起来；有50%的利润，资本就铤而走险；为了100%的利润，资本就敢践踏一切人间法律；有300%的利润，资本就敢犯任何罪行，甚至冒绞首的危险。"

资本是什么？资本就是钱财。

如果那些宝藏就是商代刻字甲骨而且数量可观，其价值恐怕要用亿来衡量了。在这么巨大的利益面前，以身试法，这些环人又有何不敢。

想到这，殷典心中也有了打算，既然五天姥爷想和他合作，那他正好借此机会获得五天姥爷的信任趁机脱身。

"那我有什么好处？"

"肯定是有大大的好处啊！"五天姥爷见殷典似乎有些心动，有些抑制不住内心的兴奋，"你我联手，事成之后，五五分，怎么样？"

"五五分成，听起来是挺诱惑人的！"

"正所谓'人无横财不富，马无夜草不肥'！人一辈子安安稳稳地能挣几个钱。我们就干他娘的这一票,从此不再为吃喝发愁。"五天姥爷说着,笑眯眯地望着殷典,只等他给个准话。

"说得有道理!"殷典佯装点头赞同道,"这么好的事,五天姥爷能想着我,能看得起我,也算是我莫大的荣幸。"

"这么说,你是同意了?"

"当然了!"殷典微微一笑,看向五天姥爷道:"哪有人见到地上掉的钱不去捡的道理!"

"痛快!"五天姥爷高兴地倒满一杯烧酒递到殷典面前,"咱爷俩干一杯!"

殷典举起酒和五天姥爷碰了下,然后一饮而尽道:"干完这一票,我们可就是真正的有钱人了。"

"对对对!这话太对了!"五天姥爷一拍脑门,笑道,"到时候,我给这儿的人都找个老婆,以后也别放羊了,全他娘的去城里住去。"

"那不是坐吃山空吗?"

"你这话什么意思?"

"咱们还要学会钱生钱啊!到时候去了城里,只要我们手里有足够的启动资金,随便搞点什么都能让我们更上一层楼的。"

"我就喜欢和你这种知识分子打交道,懂得多,有前途,不过这我也不懂,等回头再说吧!"五天姥爷笑了笑冲殷典道,"咱们光顾着展望未来了,我都忘了问你叫什么名字!"

"我叫殷典!"

"好名字!"五天姥爷竖起大拇指赞扬道,也不知这名字好在哪里。

两人交谈得那叫一个相见恨晚,好像有几十亿就摆在桌面上等着他们安排使用似的。

连坐在一旁的羽田千雪都有些看不下去了,她悄悄地拉了一下殷典的衣服,似乎在提醒他,让他不要迷失了自己,更不要忘了来这里的目的。

可这一谨小慎微的动作,却被五天姥爷看在了眼里,他收起笑容,似乎对于殷典这个密钥为何带来两个女孩有些不解,于是冲殷典道:"你还没介绍一下这两位小姑娘啊!"

对于五天姥爷的突然询问,殷典不由得一愣,他有些拿捏不好该如何回答这个问题。

191

怎么说呢？

殷典此时只有一个想法，那就是摆脱五天姥爷这帮人。可想要摆脱五天姥爷这帮人恐怕没那么简单，起码不是一时半刻的事。

而自打他们三人被这些人挟持到这里来，这些人可是没少打量羽田千雪和斯嘉丽，那投来的眼神也是格外异样。

虽然现在看来，五天姥爷很信任他，可殷典心里清楚，这不过是因为自己还有着利用价值。

可问题是，如果殷典如实地将两个女孩的身份告诉五天姥爷，就算五天姥爷看在殷典的面子上，不会做出伤害这两个女孩的事，可保不齐那些人会做出些出格的事啊！

在这前不着村后不着店的地方，伤害一个女孩的方式有很多，可不仅仅是打骂一通这么简单。殷典此时大脑开始飞速旋转，他想尽快给两人安排一个身份，而这个身份必须能得到五天姥爷的重视，并且还需要五天姥爷必须保证那些人不能做出伤害两个女孩的事。

如果说这两个女孩是自己的学生，这么看起来，好像这种身份的分量有点轻了，不足以引起五天姥爷的重视。

如果说羽田千雪和斯嘉丽是自己的女儿的话，这种身份肯定足够分量，五天姥爷也绝对不允许这些人伤害合作伙伴的"女儿"。

可这种身份却极易暴露，先不说三人在年龄上存在不符，单说斯嘉丽喜欢喊他"殷叔叔"，而羽田千雪喜欢喊他"殷教授"，就只这一条，将立马暴露两人的身份。

就在殷典迟疑之际，五天姥爷却笑着冲斯嘉丽道："小姑娘！你是……"

见五天姥爷要问斯嘉丽，殷典瞬间紧张起来，斯嘉丽这小姑娘口无遮拦，还不知会说出什么话来，万一一开口得罪了五天姥爷可就不好了。

殷典笑着打断了五天姥爷的问话，冲他道："五天姥爷，别问了。小姑娘不好回答！"

"这有什么不好回答的！"五天姥爷冲殷典若有所思道，"我问你，你也不说啊！"

"我也不好回答啊！"殷典面露难色。

"奇了怪了，这还是个大难题吗？"五天姥爷嘴角一撇，似笑非笑地说。

算了，豁出去了！殷典此时脑子里蹦出了一个他自己也难以接受的想法。

殷典清了清嗓子，吞吞吐吐地冲五天姥爷道："主要是人长得帅，女人缘好嘛！"

殷典这话的意思，是把斯嘉丽和羽田千雪解释成和他是情人关系了。

五天姥爷看了看殷典的脸庞，瞬间明白了殷典这句话的意思，笑着冲殷典道："长得帅，看来就是资本啊！怪不得你拼了命地要保护这两个小女孩。小子有两把刷子嘛，能老牛吃嫩草，那是你的本事，有什么不好意思说的！"

像五天姥爷这种人，从来都是认为自己是聪明绝顶的人，有些话如果你直接告诉他，他反而会生疑。

殷典这么一说，反倒让五天姥爷深信不疑了。

是啊，情人关系，你可以叫我教授，也可以叫我叔叔，而且有些事情哪怕是说漏了嘴，似乎也可以解释过来。

"哪有啊，我有那么老吗？"殷典微微一笑，做出一副自己不愿接受这个说辞的样子。

"你是不老，问题是人家小姑娘太小了吧！"五天姥爷说着，瞥了瞥眼前的斯嘉丽。

"我十八岁了，好吗？"斯嘉丽努了努嘴，冲五天姥爷说。

"哎哟，看来这是嫩草自个往牛嘴里跑啊！"五天姥爷笑嘻嘻地拍了拍殷典的肩膀道，"你放心，只要你跟我真心合作，你这两个小情人一定会安然无恙的。"

"也还请你务必嘱咐一下这里的人！"

"姥爷我走江湖，靠的就是义气。夺人所爱，那是大忌，我一定会让这些人不要乱来的。"

"有您这句话就行了！"殷典顿了顿道，"不过五天姥爷，现在还有一件事，我们必须处理一下！"

193

第十四章
探险注事

"什么事?"五天姥爷问。

"你忘了我那个警察朋友了吗,她可一直在等我的消息!"

"你不说,我差点忘了。"五天姥爷一手击额道,"这种事最好不要让警察掺和进来,你应该心里明白。你现在给你那个警察朋友打个电话,告诉她不要担心你,让她先回去吧!"

"这个恐怕不行!"殷典摇了摇头道,"我这朋友可是出身警察世家,而且是个经验丰富的刑警,如果我只是在电话里给她这么说,反而会更引起她的怀疑。"

"你的意思是?"

"我必须跟她见个面,当面跟她解释一下!"

五天姥爷望着面前的殷典,沉默半晌,忽然冷冷地说:"你不会想告密吧?"

"怎么会呢?到嘴的肉不吃还要吐出来,我有病吗?"殷典笑了笑道,"我告密后能有什么好处吗?一张奖状、一个证书,再加一千块钱奖励金?"

"你能想开了就好!"五天姥爷点点头道,"那就快去快回!"

"那你可要关照好两个姑娘啊!"殷典站起身道,冲斯嘉丽和羽田千雪道,"我很快就会回来的!"

五天姥爷摆了摆手,道:"快去吧!别啰唆了,整得像牛郎织女道别似的。"

"好，记得给我热一壶好酒！"殷典微微一笑，心想只要把这件事告诉景岚，让她及时联络警方，总是有办法让他们脱身的。

说罢，殷典便转身离开，可此时羽田千雪却拉着他的衣角，看起来对于留在这里，羽田千雪心里还是很害怕的。

殷典冲羽田千雪笑了笑道："没事！我很快就回来了。你放心，五天姥爷既然和我们合作，他肯定会好好招待你们的。"

五天姥爷笑着冲羽田千雪道："小姑娘！你放心让你这情郎走就是啦！我绝对会保护好你的人身安全的，只不过要是你这情郎不把你放在心上的话，这恐怕就不好说了。"

五天姥爷的话说得很轻松，但话里话外还是透露着一个信息，如果殷典能安安稳稳地回来，羽田千雪和斯嘉丽的人身安全肯定会得到保障，更不会被人侵犯。

如果殷典不打算回来，他们肯定就要对两人采取另外的措施。

这是赤裸裸的威胁。

最终，殷典被两个五天姥爷的手下开着皮卡车带到了阳关镇，此时的景岚正在阳关镇中心街的一家小商店里等待着殷典。

再次见到殷典，景岚很激动，自己被人绑架到千里之外的一个陌生地方，而此时他乡遇故知自是感慨良多。

可殷典却注意到景岚眼角处的两块青印，想必是尹正东打的。

殷典有些心疼，冲景岚安慰道："你脸上这是被尹正东打的吧，还疼吗？"

"没事！"景岚微微一笑。

"都青了，还说没事！"景岚越是这么说，殷典就更自责了。

景岚耸了耸肩道："怪就怪我一时疏忽大意，着了尹正东的道。"

"到底是怎么回事？"殷典问。

"你就不用问了，也没什么好说的，我现在完完整整地出现在你面前，不就已经很好了吗？"

说罢，景岚又是微微一笑，似乎那些事在她看来，根本不值一提。

可是殷典知道景岚是个要强的女孩，她被尹正东绑架到这里，在景岚看来这简直是奇耻大辱，她自然不愿透露这些落魄的经历，殷典也就没再细问。

后来殷典才知道，原来那天在归还典礼上，景岚来回巡视，只是为了想找到麻子脸尹正东，可她来回走了好几圈却并没有发现可疑的人。

直到她发现了一个壮硕的中年妇女。这中年妇女穿着一身连衣裙，头戴一顶大檐遮阳帽。

原本景岚也没有将注意力放在她身上，毕竟尹正东是个男人而不是个中年妇女。可当这中年妇女抬起头向着主席台张望时，就这一瞬间，景岚却发现这女人的妆化得有些过分。

女人爱化妆这自然没什么可说的，可这中年妇女的妆容简直让人无法直视，说实在的，就是画得太丑了。

于是景岚便开始不自觉地留意起这个中年妇女，直到她发现这中年妇女凸起的喉结时，景岚不得不认定这个中年妇女就是男扮女装。

可景岚的刻意关注也引起了"中年妇女"的警觉，归还典礼进行到一半时，她便起身离开了。

一个"中年妇女"走起路来奇特怪异，趁人不注意时还要加上一阵小跑，这未免有些太急迫了点，于是景岚便跟了上去。

后来"中年妇女"上了一辆出租车，景岚也打了辆出租车然后紧跟其后，直到出租车在一片城中村停下了。

城中村里的道路歪七扭八，景岚对这地方又不熟悉，一个不注意便将那中年妇女跟丢了。

而当她在四处继续寻找时，竟被那"中年妇女"在背地里一个闷棍打晕在地。

等景岚醒来时，她已经被捆绑起来带到了一间小黑屋，这屋子里除了她，还有一个正在脱掉连衣裙的麻子脸。

很显然，中年妇女是尹正东假扮的。

尹正东为了防止暴露身份，将自己打扮成了中年妇女，而且在自己坑坑洼洼的脸上擦满了粉底，以此来掩盖那张麻子脸。

后来尹正东又问起景岚几个问题，问她是谁，为何要跟踪他。

当景岚直接亮明她警察的身份时，尹正东却显得格外镇静，只是说这件事和你们警察没有关系。

再后来，尹正东又问她和殷典是什么关系，她为何要跟殷典去天津，是不是去打听明德神父消息的。

诸如此类的问题，景岚自然不会跟他讲这些，于是尹正东便对景岚拳打脚踢，可景岚终究是没吐露一点信息。

最后，尹正东没办法也只能停止对景岚施暴，可他转念一想，不如趁此机会，以景岚要挟殷典前来敦煌帮助他解开藏宝图中的秘密。

两人在说话间，景岚的肚子却咕噜咕噜地叫了起来，景岚笑着说："我快两天没吃饭了，肚子有点饿了。咱们找个地方，边吃边聊吧！"

很快，两人找了一家小饭馆，点了当地有名的羊肉粉汤。景岚连吃两碗，这才满意地抹了抹嘴。她见殷典一直没动筷子，便问道："殷教授！你怎么不吃啊？"

殷典笑了笑道："我不饿，你吃就是了！"

"我都吃两碗了！"景岚吐了吐舌头，"你不吃我怎么还好意思吃！"

"好吧，我吃！"

殷典一面吃着羊肉粉汤，一面拿眼偷瞄景岚，心中不免又升起一阵自责。因为他，面前的这个女孩在这些日子里，不知道吃了多少苦受了多少罪。

要不要告诉她，羽田千雪和斯嘉丽的事情？

现在他确实需要景岚的帮助，可又觉得这段时间已经麻烦她太多了，此时他竟不知该如何开口。

"老板，再来一碗！"

景岚见殷典难以置信地望着她，于是冲殷典笑道："我必须吃饱了，那样才有力气抓尹正东！"

"抓尹正东？"殷典关切地问，"你都这样了，还不回去吗？"

"我必须抓住尹正东，我就不跟你回去了。"景岚说到这，又伸手指了指脚下的一个包袱道，"对了，殷教授，这都是尹正东的东西，你帮我捎回警局吧！"

"什么东西，我能看看吗？"殷典问。

"也没别的东西，都是些尹正东的衣服、鞋子。主要是我发现其中一件衣服的袖口处有一块血迹，我是想寄给局里，让证物鉴定中心研究一下，看看能不能在这些衣服里找到什么线索之类的。"

"那我也没必要看了！"殷典顿了顿冲景岚道，"但是我现在还不能走！"

"抓捕嫌疑犯是我们警察的事，你还是回去吧。"景岚还不知殷典说这话的意思，还以为是殷典想陪着她抓捕尹正东。

197

殷典摇了摇头，道："小景，其实是这样的，跟我一起来的还有两个朋友，她们现在正被别人挟持着。"

于是殷典将事情的来龙去脉一一告诉了景岚，并告诉了她关于如何解救斯嘉丽和羽田千雪的计划。

如果现在直接去五天姥爷那里要人，就怕这些人一时急了眼，做出极端的事情来，到时候只怕没救出人反而会让她们身处不可挽回的险境。

所以殷典的计划是这样的，他们可以在寻找宝藏的时候找机会摆脱五天姥爷，景岚可以带人在鸣沙山一带接应他们。

景岚点点头道："我明白了！吃完饭我先去邮局把尹正东的这些东西寄回去，就去联系一下当地警方。"

"最好不要这样！"殷典摇了摇头道，"我看这五天姥爷在当地应该很有势力，万一牵扯的人多了，有人给他报信就麻烦了。"

"多亏你提醒！"景岚点点头道，"我知道该怎么做了。"

吃过饭后，两人便带着尹正东的东西来到了当地的邮局，这家邮局很小，仅有三名工作人员。

两人在邮局填写了邮寄信息，并付了邮费，转身正要离开之际，却被一个门卫挡住了去路。

"有事吗，大爷？"景岚看向面前白发苍苍的门卫说。

门卫大爷没有理会景岚，却只是在殷典身上仔细地打量着，这番打量，让殷典很是不自在。

于是殷典开口道："老人家，您有什么事吗？"

门卫大爷眯起双眼看着殷典，良久才道："俺是看你长得好像俺一个老相识啊！"

"老相识？"殷典诧异道。

"实在是太像了，简直是一个模子里刻出来的。"门卫大爷啧啧道。

"那只能说我长了一张大众脸！"殷典笑了笑道。

门卫大爷却摇了摇头道："你长得这么俊，还说是张大众脸。你让俺们这些干瘪老头子还要不要活喽！"

"您老年轻时也俊得紧喽！"殷典笑道。

"你真会说话，俺年轻那会，又丑又穷的，连媳妇都没找到！要不是当初那个老相识给了俺几块洋钱，俺早饿死了！"门卫大爷笑道。

殷典笑了笑道："老人家，我们还有事，就不和您长聊了。"

"那你就不想知道俺那个老相识长得什么样吗？"门卫大爷还是不愿殷典离开。

"老人家，我是真有事！您看改天我再来找您，专门去拜访您这个老相识行吗？"

"还拜访？俺们都几十年没见面了。"

这时景岚用胳膊肘捣了捣殷典，示意他不要在这里跟这老头聊了，他们还有正事要办。

"老人家，回头再聊！"

殷典说罢，便和景岚绕过门卫大爷，径直走向门口。

就在两人刚踏出大门时，身后的老大爷的一句话，却让殷典止住了脚步。

"你姓什么？不会也姓殷吧！"

听着门卫大爷这么一说，殷典一惊，猛然想起很多事来。

他的父亲殷惟既然曾长期在这一带进行过野外考古，那肯定与这里的人也有过交集。

殷典转过头冲门卫大爷道："老人家，您说的那个人，名字是不是叫殷惟？"

门卫大爷一拍手，高兴道："俺就说嘛，天底下哪有长得这么像的人，这肯定是有血缘关系的！"

看来这门卫大爷还真是认识自己的父亲！

门卫大爷说着向前拉住殷典的胳膊，将整张脸靠向殷典，笑道："真是有其父必有其子啊，一水的白净俊俏！"

"您跟他很熟悉吗？"

"何止是熟悉啊！"门卫大爷高兴地拉着殷典的手道，"去俺那，俺得好好地招待招待恩人的娃子！"

虽然这门卫大爷挺憨厚热情的，可经过这些事，殷典也小心了许多，并且此时他并不愿意就这么跟他一走了之。

正在踌躇之际，景岚在一旁小声说："有我在！"

有了景岚的陪伴，的确让殷典放心了许多。

于是景岚和殷典跟着门卫大爷来到了他的住处。门卫大爷的住处不远，也就离邮局能有个两三百米。

199

虽然他的屋子很简陋，却收拾得格外干净，井然有序。

一进入门卫大爷的房子，门卫大爷便热情地招呼殷典和景岚坐下，又是给两人端茶倒水，又是给两人送上葡萄干。

末了，门卫大爷从墙角的一个窟窿里掏出一沓零钱，冲两人道："你们先喝点水，吃点葡萄干，俺去杀只羊，弄几瓶好酒来。"

殷典站起身忙道："老人家，别麻烦了。"

"你可别这么说！这有什么麻烦的，今天俺必须招待好你！"

门卫大爷的确是够热情，殷典看着他手里的零钱，真不知他是攒了多久才攒下这么多钱，一时间竟有些感动。

"老人家，您听我说，我们也是刚吃过饭，您就别忙乎了。"殷典微微一笑道，"我们先聊聊天行吗？您看咱们也认识有一会儿了，我都不知道该怎么称呼您！"

"噢，俺都忘了！"门卫大爷挠了挠头，笑道，"俺大名叫'李领军'！"

"是吗？"

殷典真是颇感意外，他记得羽田千雪在来的路上曾跟他提起过这个人，还说这李领军是他父亲一行人当时进行野外考古的向导，而羽田千雪来敦煌的目的正是想找这李领军！

想不到，殷典从来就没打算来找李领军，却在这邮局意外地碰到了他。

此时李领军伸手指了指墙上的一个老式相框中的一张照片道："俺这个名字还是你父亲给起的！"

殷典凑过去，只见这张照片上有两个人，一个是二十来岁的青年男子，一个是十来岁的男孩，两人紧挨着的则是阳关的那处汉代烽燧台遗址。

"这个小男孩就是俺！"李领军说着又指了指那个青年男子说，"你看当年你父亲长得多俊！"

是的，这青年男子的确是殷典的父亲殷惟！能在这里看到父亲的照片，殷典真是感慨良多。

"您当初做过我父亲在野外考古的向导？"殷典看着老式相框中的照片说。

"啥向导啊，说起来真够丢人的！"李领军长叹一声。

"您能详细说一下,当时我父亲他们进行野外考古,以及我父亲失踪的事吗?"殷典转过头看向李领军。

"这说起来可就长了!"李领军双眼微微一眯,顿了顿继续道,"俺跟你父亲刚认识时,俺记得当时他们一共三个人,除了他之外,还有一个日本人和一个美国人。"

"这个我有所耳闻,可当初我父亲怎么会找您当向导呢?看起来您当时年龄可不大啊!"这确实是殷典的一大疑问,当时李领军也不过是个十来岁的孩子。

"俺跟你父亲认识,纯属意外,最开始你父亲可没打算让俺当什么向导。"李领军挠了挠头,继续道,"因为俺当时穷得没饭吃,便学会了偷鸡摸狗的本事,当时俺见你父亲那些人都是外地人,而且穿得也时髦。所以便认定你父亲那些人是有钱人,于是便有了偷他们东西的打算。"

李领军说到这,冲殷典笑了笑道:"俺早改了哈!那时候干那营生,主要也是没骨气,没本事!"

殷典笑道:"那时候,兵荒马乱的,能活下来就不容易啦!我能理解!"

"你有你父亲的胸怀!"李领军拍了拍殷典的肩膀道,"中间的事情,俺就不说了。总之俺没偷成你父亲,反而被他们当场抓住了,还说要把俺送到县里的警察署里!"

"那后来呢?"

"后来还是你父亲宽宏大量又看俺年龄小,便决定不把俺送到警察署了,并且给了俺一块大洋让俺去找个老师傅学门手艺。"

李领军说到这,又长叹一声:"俺当时感动得是哭天抢地,可是要说让俺找个老师傅学门手艺这事,俺还真不知道哪找去。俺说俺家里人都死了,俺跟着你们行不行,其实俺当时就是看到救命稻草不愿意放手!"

殷典点点头,深知李领军当时走投无路时的无助。

"刚开始他们根本不同意俺跟着他们,毕竟那年月像俺这样的人多了去了。后来还是你父亲可怜俺,问俺对这地方熟不熟,要是没事的话,可以给他们做个向导,他们可以再给俺工钱。俺当时一口便答应了,还说要什么工钱,只要跟着他们吃口饭就行,于是俺就带着他们开

201

始到处转悠。"

李领军笑了笑道:"俺这个大名就是当时你父亲给俺起的。领军,就是带领队伍嘛!可后来俺才发现,俺这个向导就是形同虚设,因为俺们后来去的那些地方,俺之前也压根就没去过。"

"你们当时都去哪了?"殷典问。

"俺们去过祁连山、青海湖、黑河、党河等,反正好多地方!前后大约得有半年多吧!"李领军眯着眼,努力回忆。

"那您当时就没问问他们为什么要去这些地方?"殷典始终想不明白,为何他父亲三人当时为了研究甲骨文,却跑到这个地方进行野外考古。

"问过!"李领军笑了笑道,"俺当时还问你父亲,说俺们来这些兔子不拉屎的地方干吗?"

"那我父亲怎么说?"

"你父亲说,他们要找西王母的瑶池!"

"这也太荒诞了吧!"殷典难以置信,作为一个严谨的历史学者怎么还会信这种神话故事呢?

"俺当时也问过他这件事,俺说俺虽然没上过学,但俺也听过一些神话故事。这西王母不是住在昆仑山吗?俺们要是真想找传说中的瑶池,不是应该去昆仑山吗?"

李领军说到这,冲殷典道:"你猜猜你父亲当时怎么说的?"

殷典摇了摇头道:"猜不出来!"

"你父亲说,经过他们考证,古时候所说的昆仑山就是现在的祁连山!"李领军笑了笑道,"俺也不知道他们这些学者脑子里都在想什么,之后俺也就没再问过!"

殷典摇了摇头,心想:"别管古时候昆仑山是不是祁连山,这找瑶池显然是无稽之谈。估计也是父亲当时在开玩笑,毕竟跟一个没上过学的孩子提这些,也是多说无益。"

这时李领军又道:"可俺们最后一次探险时,却遇到了大麻烦,你父亲失踪了!"

"当时到底发生什么事了?"

李领军道:"说起来可就多了,不过简单来说,那一次算是俺们倒霉吧!当时先是遇到沙尘暴,之后又遇到了土匪。俺们当时为了躲避土匪，在逃跑途中和你父亲失去了联系。

"后来，俺们也去找寻过你父亲的下落，可是一连去了好几个月，也没找到你父亲。

"当时俺就想你父亲可能遇害了，那些日子，俺是天天以泪洗面，俺这个向导实在是太不称职了。

"之后那个日本人安慰俺，说在未见到你父亲尸首之前，一切都只是猜测，说不定你父亲还活得好好的。

"可话虽这么说，但俺还是觉得你父亲应该已经遇害了。

"再后来，这个日本人和美国人也离开了，临走时给了俺十块大洋，说是你父亲留给俺的工钱！

"在当时那个乱世，要是没这十块大洋，估摸着俺也活不到今天了。"

李领军说到这，不禁长叹一声："唉！你父亲真是个大好人啊，是俺的大恩人啊！"

听完李领军的这番话，殷典也总算弄清楚了当年他父亲殷惟、明德神父、羽田龙野的探险之旅的大体情形。

看着李领军神色黯然的样子，殷典安慰道："李大叔，其实我父亲当时在探险中并没死，他活得好好的，你也不用自责。"

"俺知道！"李领军干脆利索地说。

"你知道？"殷典有些诧异。

李领军点点头，道："因为俺后来又见过你父亲，俺只是感叹那段时间过得太快了！"

"那您什么时候又见到我父亲的呢？"

"也是俺兄弟俩缘分未尽吧！俺也没想到过去三十多年后，俺们竟然还能再相遇。"

李领军顿了顿继续道："说起这些，俺是越想越觉得该感激你父亲。俺刚才不是给你说过嘛，当时俺因为偷你父亲的钱被你父亲抓住。他非但没把俺送到警察署，还给俺一块钱让俺找个师傅学门手艺！可俺怎么也没想到，这教会俺手艺的人竟然会是你的父亲。"

"您这话是什么意思？"

"当年俺不是跟着你父亲做过向导去过不少地方嘛，所以对于这周围的地形也算是熟悉。这不后来解放军解放大西北时，俺赶巧临时成为

203

了解放军的一个小向导。"

　　李领军笑了笑，满是自豪地说："俺还因此立过功来着！组织上念俺有功，这不后来就推荐俺做了当地的一个邮递员，原因也在于俺对这地方熟门熟路。你说俺这门手艺是不是你父亲教的啊！"

　　"难怪您一直对我父亲心存感激，念念不忘！"殷典点点头，心道，"要不是景岚要来邮局寄东西，要不是李领军刚好就在邮局工作，想要寻找李领军的下落恐怕没这么容易，这真是冥冥之中自有天意。"

　　"再次见到你父亲时，你父亲也没有了当年的青春容貌，他苍老了太多了，头发也全白了，但俺还是一眼就认出他来了。"

　　李领军说着拍了拍殷典的肩膀，道："俺跟你父亲再次见面的地方恰巧也是在邮局里，就像俺们今天相见一样，你说这是不是天意啊。"

　　"这可真是够巧的，可他当时来邮局要干吗？"

　　"你父亲来邮局的目的是，他希望邮局能给他订一些研究历史的杂志刊物，当时俺们邮局还真没订过这种杂志刊物，邮局里一般只有《人民日报》之类的报纸。"

　　殷典问道："那订到了吗？"

　　李领军笑了笑道："可你父亲既然这么说了，俺是想尽一切办法也必须把这种杂志给他弄到手。之后俺将一些什么《历史研究》之类的杂志交到你父亲手上时，你父亲高兴得真是手舞足蹈了。"

　　"那我也替我父亲感激你了！"

　　"大侄子，你可不能说这话啊！你父亲是俺的大恩人，俺必须得知恩图报啊！"

　　"再后来呢？"殷典笑了笑。

　　"再后来俺们见面的次数就多了，他一般三四个月来邮局拿一次杂志。"李领军挠了挠头道，"你不知当时俺是多苦恼。一心想请俺这个老哥哥一起痛快地喝上一杯，可俺们却从来没吃过一次饭，因为他每次都说他没时间他很忙，说不上三五分钟他就匆匆离开了。"

　　"我父亲怎么来也匆匆去也匆匆的，他当时究竟在忙什么呢？"殷典怎么也想不明白他父亲何以每次都这么匆忙。

　　"俺问过他不止一次，可你父亲只说现在太忙，等有机会一定和俺一醉方休。"李领军笑了笑道，"这机会，俺最终也等到了，可自打俺们喝完那顿酒后，也就再没见过你父亲。"

"这又是什么原因?"

"是这样的,你父亲后来突然让俺寄一封信出去,说是投给一个研究历史的杂志社的。只不过他嘱咐俺,千万不能在信上写他的名字,而且如果有人问起这件事的话,也不要说他曾向外寄过信。"

"寄信还不署名?这又是什么意思?"

"哎呀,你问俺这些,俺也回答不上来,你父亲当年也没给俺说啊。俺还是说说俺们那次喝酒的事吧!"

"不好意思,打断您了,您继续说。"

"你父亲当时前后寄出去三封信,也曾收到过两封杂志社的回信。"

李领军顿了顿,继续道:"不过俺们哥俩喝酒的那次,恰恰就是你父亲第三次来找俺寄信时。那天不知道是为什么,你父亲竟突然主动找俺喝酒。那一次他待的时间很长,其间俺们回忆起年轻时的点点滴滴,感慨岁月流逝,是越说越难受。"

李领军说到这,也不禁开始两眼噙泪。他擦拭了一下眼角,冲殷典笑了笑说:"人老了,往往就是会这样!"

"我能明白!"殷典笑了笑说。

李领军感慨道:"俺也明白人都会老的,哪有人能青春永驻呢?俺只是看到你父亲那头白发,心里就格外难受。后来俺把当年俺俩年轻时拍的一张合影递给你父亲看时,你父亲当场就哭了,哭得那叫一个伤心。"

殷典看着眼前这白发苍苍、满脸皱纹的老人也不知该说些什么。

"不提这个了,今天高兴,还是说点高兴的吧!"李领军笑了笑道,"你父亲哭完之后,又大笑了起来。说俺俩能再见面真是缘分使然,所以他要赠一首诗给俺,还说这首诗千金难得。"

"一首诗?"

李领军笑了笑,从老式相框中拿出那张合影递给了殷典道:"诗就写在背面!"

殷典翻过照片,只见上面写道:

赠阳关故友

万里寻得甲骨来,韶华不在头先白。
若是阳关故友问,黄沙埋没烽燧台。

惟殷先人绝笔

205

当殷典一看到落款处"惟殷先人绝笔"几个字，不觉为之一颤，为何他父亲要说这是他的绝笔之作，难道他知道自己生命已到了尽头？

恍惚间，他仿佛看到他父亲当年在这间屋子里喝酒写诗时的样子，那绝不是曹孟德"对酒当歌，人生几何"的豪迈，也不是李白"人生得意须尽欢，莫使金樽空对月"的洒脱，而是李清照"三杯两盏淡酒，怎敌他晚来风急"的凄凄惨惨。

当年他父亲和明德神父以及羽田龙野为了探寻甲骨文中的秘密，不远万里来到这里，正值大好青春。

可岁月流逝，这时的父亲已是白发苍苍，早已不是那个风华正茂的年轻人了。

父亲在得知自己的生命马上就要走到尽头时，不免追忆起当年那些志同道合的好友来，可那些朋友就算想来这里寻找他，恐怕也再也见不到他了。

就如同阳关那曾雄伟无比的烽燧台一样，随着时间的流逝，终究也还是被黄沙埋没了。

与其说，这首诗是赠给李领军的，还不如说这首诗是他当时心情的真实写照，千金难得的恐怕是他这种执着的精神吧！

不知不觉，两行清泪已顺着殷典的眼角缓缓地流了下来。

可就在这时，殷典的手机却响了起来。殷典刚一接通电话，便听里面的五天姥爷说："小子！你这是不打算回来了吗？"

"我马上回去！"

"你最好快点，你的小情人快等不及了！"

说罢，五天姥爷便将电话挂断了。

李领军还想挽留殷典一起吃饭，但殷典去意已决，他也只能放殷典走了。

之后，殷典和景岚又商量了一下关于解救羽田千雪和斯嘉丽的事。

总之，殷典只要保持通话畅通，剩下的事就交给景岚了。

最后，景岚还意味深长地说了一句："你悠着点！"

什么叫"悠着点"？

不应该是"注意安全"抑或是"多保重"之类的话吗？

再次回到五天姥爷的住处，五天姥爷不禁喜笑颜开，拉着殷典的手道："你小子，这一走，姥爷我是坐卧不安啊！"

"瞧您说的,我还能不回来了吗?"殷典笑着说。

"我可心里没底,也不知道你和你那朋友去邮局干吗去了!"五天姥爷似笑非笑地说。

殷典一愣,原来五天姥爷派人一直在暗中跟踪他。

只是不知道五天姥爷是否知道他下一步的计划,不过按理说应该不会。毕竟当时他和景岚谈论计划时周围并没有人,而且两人也算是窃窃私语,应该不至于被别人听到才对。

"我给您直说了吧!我那个警察朋友是去寄尹正东的衣物,她要回警察局好好调查一下这个尹正东,她明天就赶回去。"

殷典觉得这事对于他们下一步寻找宝藏的计划并无关系,也就没必要隐瞒了。

"幸亏我没跟他继续合作!"五天姥爷幸灾乐祸地说,"这小子连警察都敢绑架,警察能放过他吗?"

"反正我这位警察朋友可不打算就这么算了!"

"这位女警察,看起来也是你的相好吧!"五天姥爷笑嘻嘻地说,"长得俊看来真是不缺女人啊!这样吧!我让他们今晚给你安排个好房间,给你和你那两个小情人住!怎么样,姥爷我够仗义吧!"

"别!您还是单独给我安排房间吧!"

"怎么了?"

"最近身体不太好!"殷典伸手扶着腰,面露难色地说。

"天天美女相伴,而且还是两个,这确实是有点伤身体啊!"五天姥爷哈哈一笑道,"不过我们这也没多余的房间了,你就将就一晚吧!"

五天姥爷既然这么说,殷典也实在不能再强求了。

最后,五天姥爷将那份藏宝图递到了殷典手中,并嘱咐道:"小子,你可要好好看看这个藏宝图,尽快破解其中的秘密,我们也好早日找到那些宝藏!"

"没问题!"殷典满口答应。

"你看我把藏宝图都交给你了,够诚意了吧!"五天姥爷笑道,"你是不是也要拿出点诚意啊!"

"诚意?"殷典不知五天姥爷想表达什么意思。

"你把手机先放在我这,等事成之后,我自然会还给你!"

"别人给我打电话怎么办……"

"有电话的话，我会通知你的！"五天姥爷打断了殷典的话，并招了招手，示意他把手机拿出来。

殷典知道，既然五天姥爷提出这样的要求，他不答应也得答应。

可这样一来，想联系景岚就难了。

走一步算一步吧！毕竟过多的争执反而会引起五天姥爷的怀疑，还不如干脆将手机给他算了。

殷典将手机递到五天姥爷面前，道："有必要这么防着我吗？"

"瞧你说的！咱们双方既然合作了，我怎么还能防着你呢。我把手机收起来是避免你被外界打扰，这样你不就可以专心地破解藏宝图中的秘密了吗？"

五天姥爷笑了笑，将殷典的手机拿在了手中。

"还是姥爷您想得周到！"殷典点点头，心想这五天姥爷把不信任这事编得如此清新脱俗、有理有据，他不服也不行啊！

之后，殷典便被带到了一处毡房，临走时五天姥爷还笑着冲殷典意味深长地来了一句："晚上注意点，我们这儿好多人可是光棍，别馋他们。"

此时斯嘉丽和羽田千雪正坐在地毯上聊天，整个毡房内铺满了手工编织毯，使得毡房内保温极好，一个木质矮桌置于正中，墙上还挂着狼皮、冬不拉。

看得出这间毡房的确要比五天姥爷那间好太多，他也算是用心在招待几人了。

三人相见后，自然免不了一些寒暄，可殷典又怕五天姥爷会监视他们，也没跟两人过多提及他见景岚的事情。

倒是斯嘉丽显得异常兴奋，说他这位殷叔叔才是对她信守诺言，真正愿意带她玩的人。还说他们下一步要去寻宝，这简直是太刺激了。

殷典只是无奈一笑，心想这宝藏哪有那么好找，尹正东找了三年都没找到，我们岂能说找就能找到呢！

羽田千雪可不像斯嘉丽这样没心没肺的，她小声跟殷典说，五天姥爷这些人怎么看怎么都不像好人，他们最好尽快离开。

殷典又何尝不是这样想的，可他们现在又岂能说走就走，而且现在手机又被五天姥爷收去了，想要联系景岚也不可能了。

殷典只得小声安慰羽田千雪说："我们可以在寻找宝藏的过程中借

机逃跑!"

羽田千雪双手托腮,望着面前的煤油灯,疑惑道:"那会是什么宝藏呢?为什么那个绑匪说你是揭开藏宝图秘密的密钥呢?"

第十五章
藏宝秘图

"我也不是很清楚,我只是感觉这藏宝图可能与我父亲有关吧!"殷典说着将那张藏宝图展开。这张藏宝图早已泛黄,看得出它的年岁也是够长了。

之前殷典脑子里全是想着如何带着两个女孩逃走,关于这份藏宝图以及寻找宝藏的事他还真没上过心。

可事情发展到这一步,他确实是有必要对这藏宝图研究一下,当下殷典便借着灯光开始仔细观察起这张藏宝图。

可研究了好一会儿,殷典也还是没看出个所以然来。

这张藏宝图绘制得很简单,简单到殷典都怀疑这是不是一张所谓的藏宝图了。

怎么说呢?

如果单从藏宝图中所绘画的东西来看,这上面好像是画了一轮大的弯月,这大的弯月之中还画了一个小月牙,在这小月牙周围则画着一堆小圆圈。

除此之外,这所谓的藏宝图上就没别的东西了。

看到这,殷典不禁双眉微蹙,无奈道:"这是什么藏宝图?"

羽田千雪却在一旁若有所思地说:"我怎么感觉这上面画的好像是一幅星空图!"

"星空图?"

"嗯,应该就是星空图!"羽田千雪伸手指着藏宝图说,"这小月牙,代表月亮，这些小圆圈应该是代表星辰吧！你看这是不是射手座呢？"

"还真是射手座！"殷典抚摸着下巴，困惑地说，"可这星空图为什么要画在一轮大弯月里呢？"

"这个我也没想明白！"羽田千雪双手托腮，喃喃道。

"既然这是一张藏宝图，那么绘制藏宝图是为了提示宝藏藏在什么地方。可这藏宝图中也没什么提示啊，尹正东为何要来敦煌找宝藏呢？"殷典疑惑地说。

"那尹正东找到那些宝藏了吗？"

"当然没有！"

"如果这些宝藏这么轻易就可以找到，尹正东又何必非要把你这个密钥弄到这里呢？"羽田千雪笑了笑道，"我想尹正东应该只是知道了这些宝藏藏身之所的大体范围，但由于他没有解开藏宝图的秘密，所以这些宝藏具体藏身之所他也不知道！"

"密钥！"殷典摇了摇头，无奈道，"真够滑稽的！"

就在这时，屋外传来一阵敲门声。殷典打开了毡房的门，只见一个人手里端着一大盘羊肉和一壶烧酒，原来这是五天姥爷派人给殷典他们送的晚餐。

那人放下盘子后，指着盘里的肉说："姥爷说，补补！"

说罢，那人便转身离开了。

看到热气腾腾的羊肉，斯嘉丽早已是按捺不住了，拿起一块羊腿肉便肆意地啃了起来。

只是当她眼睛注意到殷典还一动未动时，不免问了句："你不饿？"

殷典没回答，还想着"密钥"的事。

斯嘉丽见殷典没吃又问道："殷叔叔，那五天姥爷不是让你吃这东西补补身体嘛，这几天你一直在开车也挺累的，还是快吃吧！"

斯嘉丽说着已将一块肉递到了殷典面前，殷典只得拿起吃了起来。

这时在一旁的羽田千雪笑了笑，开口说道："人是铁，饭是钢。我们还是先填饱肚子再想吧！"

斯嘉丽一听这句话，忙又给自己选了一块。

她一面一面说："吃饱了，你肯定就能破解其中的秘密了。"

殷典有些尴尬，想了想端起酒杯向羽田千雪说道："烧酒跟羊肉是绝配。来，羽田小姐，我敬你一杯！"

羽田千雪听殷典这么一说，忙也端起酒杯和殷典碰了一下。

可当羽田千雪端回酒杯时却愣住了，她没有喝酒而是突然冲殷典道："殷教授，你看这酒！"

"酒有问题？"殷典一惊，忙看向了羽田千雪手中的酒杯。

"不是酒有问题！"羽田千雪面露喜色道，"是酒中倒映的灯光！"

"灯光？"殷典有些诧异，转头看向了那盏煤油灯。

"不是灯光！"羽田千雪笑了笑，"是倒影！"

"倒影？"殷典完全被羽田千雪弄糊涂了。

羽田千雪放下酒杯，兴奋地说："殷教授！我想明白这藏宝图是什么意思了！"

"噢？"殷典很是吃惊。

"这藏宝图画的其实是'月中月'！"羽田千雪指着酒杯中的灯影说，"月亮倒映在水中，就如同这灯影倒映在酒中一样。"

"不好意思，我还是没听懂这'月中月'是什么意思！"

羽田千雪笑道："我祖父的笔记中曾提起过一个地方，说在敦煌城南的沙漠中有一湾清泉，这一湾清泉身处沙漠之中，可几千年来却没被沙漠掩埋。而且当晚，他见到了让他终生难忘的自然奇观——'月中月'！"

"沙漠中的一湾清泉，而且千年不干涸！"殷典点点头道，"你说的是月牙泉吧！"

"正是月牙泉！"羽田千雪笑着说，"月牙泉之所以被取名'月牙泉'，正是因为它形似'弯月'！这星空图为什么要画在一轮大弯月里，只是因为这藏宝图描绘的其实是夜晚星空倒映在月牙泉中的景象。"

"这么说，那些宝藏应该就埋在月牙泉那里了！"

"应该就是这样！"

"我觉得恐怕没这么简单吧！"殷典道，"我们既然能看出这是月牙泉，难道尹正东就看不出吗？他们可是在沙漠中找了很长时间。"

"当然没这么简单！"羽田千雪道，"这张藏宝图只是提供了一个大概的地理位置。月牙泉是很大的，宝藏具体藏在什么地方可并不好找。"

"说得也是！"殷典点点头。

"你之前说，这宝藏可能与殷惟老先生有关，难道这宝藏是殷惟老先生当初埋藏的？如果是这样，那么殷惟老先生生前应该会给你留下什么线索才对!"

"虽然我现在可以确定这所谓的宝藏应该就是我父亲当时埋藏的,但我父亲并没有给我留下什么线索。"

"可那个叫尹正东的人为何笃定你就是解开藏宝图秘密的密钥呢?"

"那人的想法和你一样,都认为我父亲会留给我什么线索。当然最关键的是他知道我也去天津打听过明德神父的消息,并且还找到了明德神父的一个'后代',只不过他不知道这是斯嘉丽假扮的而已!可这在尹正东看来,我去天津找明德神父正是为了宝藏的事。"

"您这话是什么意思?这两者有什么关系吗?"

"因为这藏宝图是我父亲当时交给尹正东的,而且也让尹正东去天津找明德神父。当然我猜测应该是通过信件寄给他的,而且寄信时用了一个叫'惟殷先人'的笔名。"

殷典顿了顿,继续道:"虽然我父亲当初给了尹正东一份藏宝图,但并没有告诉他这藏宝图的秘密。而尹正东想要找到解开藏宝图秘密的钥匙,就必须找到明德神父才行,这其实是一种交易。"

"可殷惟老先生当初为何让尹正东去天津寻找明德神父呢?他难道不能自己去找吗?"

"因为我父亲离不开,也走不了!"

"这又是什么意思?"

殷典叹了口气道:"我想我父亲应该是被困在这里了,当然我也还没弄清楚他为何被困在这儿了,又是被何人困在这里的。"

"那殷惟老先生会埋藏下什么宝藏呢?"

"我猜测应该是当年明德神父藏在中国的商代刻字甲骨!"

"天津离这里这么远,明德神父怎么会把那些甲骨藏在这里呢?"羽田千雪瞪大眼睛望向殷典,难以置信。

"甲骨还是那些甲骨,只不过埋藏甲骨的人不是同一个人,埋藏甲骨的地方也不是同一个地方!"

"我听糊涂了!"羽田千雪噘起小嘴说。

殷典微微一笑,道:"当时在天津时,我问过张素贞关于甲骨的事。她说明德神父之前确实交给她一张地图,但她后来已经将地图转交给了我父亲,而那张地图上绘制了明德神父当时所藏甲骨的地方。

"我之前猜测,这些甲骨极有可能是埋在了明德神父生前的住所。

可当我问起明德神父当年的住所时,张素贞告诉我明德神父当年住的地方已经拆迁了,那一片地方早在几年前便盖起了高楼大厦!

"既然盖高楼大厦,那自然要挖很深的地基,如果当时那些甲骨还埋在那里的话,工程队应该是能挖到的。所以我想当时应该是我父亲在得到明德神父的地图后,便将那些甲骨挖走了。"

羽田千雪点点头道:"我听明白了,殷惟老先生将那些甲骨挖走后,便将其带到了这里,然后找地方将其埋藏起来,之后他又绘制了一张地图。"

羽田千雪说着,伸手指了指面前的藏宝图:"也就是这张藏宝图。"

"没错!"

殷典点点头,道:"可有一点,我又很困惑。我曾看过警方的案宗,这尹正东年龄不过三十二岁。我父亲去世时,他不过是个小孩子,我父亲怎么会让一个小孩子去找明德神父呢?"

"是很困惑的!"羽田千雪扁了扁嘴道,"可有一件让人更困惑的事,那就是殷惟老先生为什么宁愿舍弃那么多价值不菲的甲骨,也要想尽办法与明德神父再见上一面呢?很显然,他肯定有什么想要告诉明德神父的,而且是一件极为重要的事,可那究竟是什么事呢?"

"我父亲肯定是有重要的事想跟明德神父说,可问题是他当初在天津和张素贞见面时,已经知道明德神父离开中国回到美国了。他再让别人去天津找明德神父,岂不是徒劳吗?"

"你说得有道理!"羽田千雪想了想说,"或许殷惟老先生是另有目的吧!"

"想知道这些,那就只能找到尹正东一问究竟了。"殷典摇了摇头道,"算了,我们还是早点休息吧!明天我们还要想办法脱身!"

这一晚,殷典辗转反侧,难以入睡,他怎么也想不到事情会发展到这一步,更想不到自己竟然莫名其妙地要和别人去寻找宝藏。

"9·17"连环凶杀案、神秘来电、刻字甲骨这些肯定都与他父亲当年所做的事有着千丝万缕的联系,或者真如尹正东说的那样,他卷入了一场三千多年前的战争,而战火现在已烧到了他的身上……

第二天一早,五天姥爷便派人邀请殷典去谈论下一步寻找宝藏的具体计划。

可殷典心里是一点底也没有,他真不知道在面对五天姥爷时该说些什么。于是他干脆叫上了羽田千雪和她一同前往五天姥爷的住处,说不定羽田千雪还能帮上一些忙。

此时五天姥爷的毡房里已摆上几张地图,除了官方出版的一张敦煌地图外,还有便是五天姥爷这些年在周围放牧时自己手绘的地图,里面清晰地标记着沙漠、水源、山川、草地以及最佳的放牧时间。

五天姥爷一见到殷典,便似笑非笑地冲他说:"小子,姥爷我招待得还行吧!"

"太周到了!"殷典微微一笑。

"可是这效果显然不太好啊,晚上也没个动静!"五天姥爷意有所指地笑道。

殷典知道昨晚五天姥爷肯定派人在毡房外监视他们了,于是编了个理由说:"主要是最近太累了,我得养精蓄锐准备寻找宝藏嘛!"

"养精蓄锐,说得深刻!"五天姥爷哈哈一笑道,"我一看你就能成大事,成大事者怎么能被女色所蒙蔽呢!"

说罢,五天姥爷一挥手,指着那几份地图,冲殷典道:"小子,你解开那藏宝图的秘密了吗?"

殷典伸手指了指敦煌地图上月牙泉的位置说:"那些宝藏应该就藏在月牙泉一带!"

"然后呢?"五天姥爷面无表情地说。

按理说,殷典告诉了五天姥爷宝藏的藏身之所,他应该有些高兴才对。可此时他却毫无波澜,那么就只有一种情况了,他们曾去月牙泉但却没找到宝藏。

殷典想到这,干脆把球又踢给了五天姥爷,说道:"你们当时在月牙泉一点线索都没找到吗?"

五天姥爷撇了撇嘴,说:"当初尹正东也是说宝藏就藏在月牙泉一带。我们在那地方待了有七八天,这月牙泉的水底也好,周边也好,我们是能找的都找了,根本就没找到什么宝藏。"

"月牙泉面积应该不小吧!难道每一寸土地,你们都曾全方位、无死角地找过吗?"说话的是羽田千雪。

"这肯定是做不到的。再说了,那地方平时有人看管,姥爷我前后搭进去好几十头羊,还在那做了好长时间的义务劳动,最后趁那些人不注意才派人潜入月牙泉中进行搜寻的。"

"什么也没找到?"羽田千雪问。

"你这不是废话吗?"五天姥爷没好气地说,"我要是找到了,还需要你这情人吗?"

五天姥爷说着,转身看向殷典,略带讥讽道:"是吧,密钥!"

"我是这个意思,"殷典顿了顿冲五天姥爷道,"我们应该走出去,去实地做调查,然后再对照这份藏宝图,相信我们一定能找到那些宝藏!"

殷典的目的很简单,他们必须离开这里才能找机会脱身,摆脱五天姥爷这帮人。

"你到底是不是密钥?"五天姥爷不屑道,"听你这话,我怎么感觉你也打算像尹正东那样来个瞎猫碰死耗子啊!"

"那为何尹正东要费这么大的功夫把我弄到这里来呢?"殷典没有直接回答五天姥爷的疑问,而是反问五天姥爷。

五天姥爷看着殷典沉默不语,良久之后,才冷冷地说:"你不要以为姥爷我读书少,便可以随便欺骗姥爷,姥爷我心里知道你在想什么!你既然是密钥,那就先把宝藏埋藏的地点说出来,哪怕是一个大体范围也行。我们这次绝不能像上次那样,整个一无头苍蝇似的,最后损兵折将连根毛都没找到。"

殷典看了看五天姥爷,心想这五天姥口口声声说和自己真诚合作,可打心底压根就不相信自己,而且五天姥爷上次竹篮打水一场空,现在自己要是不说出个所以然来,估计今天是别想走出这毡房了。

可不管怎么样,离开这个地方才是当务之急。

殷典嘴角微微一撇,道:"五天姥爷,虽然我知道我这么说,您可能不高兴,但我还是要提醒您一句,有句古话叫'聪明反被聪明误'!"

"你小子,胆子够大啊,还敢教训姥爷我!你要是说不出个一二三四五来,我可要终止和你合作了。"五天姥爷看向殷典,嘴角不禁抽了抽,话里话外充满着威胁。

"好,那我就告诉您!"殷典淡淡地说,"宝藏根本就不会藏在月牙泉中!因为那些宝藏如果藏在水中,肯定早已腐烂了。"

"噢?"五天姥爷眼珠一转,"我这还是头一次听说宝藏会腐烂的!"

"那是因为您不知道那些宝藏是什么!"

"看来,你是知道的了!"

"当然！"殷典微微一笑，"不然我怎么会是密钥呢？"

"别卖关子了，行吗？"五天姥爷冷哼一声道。

"我只是想问一下，就算我说出宝藏究竟为何物，您会相信我所说的吗？"殷典看向五天姥爷，微微一笑。

"如果你说的是真的话，我当然相信了！"

"好，那我就说说，您来判断一下！"殷典顿了顿，笑道，"那些宝藏是一些乌龟壳和一些牛胛骨！"

"乌龟壳？牛胛骨？"五天姥爷眉头一皱，不屑道，"这他娘的也算宝藏？"

"当然是宝藏了，而且价值非同一般！"

"那你倒是说说这乌龟壳和牛胛骨有什么价值？"

殷典看着五天姥爷，却只是笑而不语。

五天姥爷看向殷典，心知殷典不仅是在卖关子，而且还在隔着靴子给他挠痒痒。

"行啊，小子，跟我这挠痒痒呢！"五天姥爷点点头，扁了扁嘴，把手一抬抱拳道，"姥爷我读书少，还望你这个文化人多教导教导！"

"教导，可不敢说。"殷典微微一笑，道，"不过，您老人家既然读书少，就应该多听下别人的意见。你我既然合作了，我肯定是别无二心的，飞来的横财不取，那不是傻子吗？"

"姥爷我不是不信你！只是我们这次只能成功不许失败，绝不能再犯之前的错了。"五天姥爷顿了顿道，"你也别卖关子了，快说这宝藏究竟是什么吧！"

"我不是说了吗，这宝藏就是一些乌龟壳和牛胛骨！"

"好好好！那就说说这乌龟壳、牛胛骨怎么还成了宝藏呢？我这虽然没有乌龟壳，可牛胛骨却多得很呢！"五天姥爷催促道。

"那不是普通的乌龟壳、牛胛骨，而是三千多年前刻有甲骨文的乌龟壳、牛胛骨！"殷典微微一笑，"也就是商代刻字甲骨！"

"商代刻字甲骨！这是什么东西？"五天姥爷眉头一皱，显然他不知道什么是刻字甲骨，更不知道这刻字甲骨的价值！

"商代刻字甲骨是极为重要的历史文物！"

"就是古董呗！这些东西很值钱吗？"五天姥爷依旧一头雾水。

"当然很值钱了！"殷典笑了笑道，"这么说吧！你们这里所圈养的羊全部加起来，都没一块商代刻字甲骨值钱！"

五天姥爷一听，不禁在心头算了算，慢慢地两眼都已然开始向外放光，说了句，"我这里少说也有一两千只羊啊，可是值很多钱啊！"

"那我还是把这刻字甲骨的价值说小了！"殷典微微一笑。

"真这么贵啊？"五天姥爷伸手摸了摸鬓角道，"那到底有多少这样的刻字甲骨？"

"那可是三千多年前的文物，历史极为悠久，少说也有上百块！而且近些年，刻字甲骨的拍卖价还在持续攀升。"殷典继续吊五天姥爷的胃口。

"真他妈是横财啊！"五天姥爷此时激动得身体都有些颤抖了，末了，他抬起头冲殷典道，"你说我们去哪找这些宝藏吧？"

"去月牙泉！"

"你不是说这些宝藏不在月牙泉吗？那我们为何还要去月牙泉？"

"虽然宝藏不在月牙泉中，但藏宝图的秘密就藏在月牙泉中！"殷典贴近五天姥爷的耳朵，轻声道，"既然是宝藏，那肯定不会轻易被找到了。"

"就按你说的来，咱们今天就去月牙泉！"

说罢，五天姥爷转身走出毡房，冲着屋外的人朗声道："收拾东西，现在出发！"

西北的清晨，天气很凉，风也很大，风中还夹带着黄沙，这一度让殷典等人苦不堪言。

好在五天姥爷想得也算是周到，给他们三人都准备了羊皮袄以及遮挡风沙的头巾，这才总算避免了被风沙吹打的痛苦。

在前往月牙泉的交通工具上，五天姥爷执意选择骑马前行，他说他有一条近道，需要穿过戈壁滩，骑马会比开车要快。

殷典这还是第一次骑马，虽然在武侠剧中，骑着高头大马的侠客们英姿飒爽，让人无比羡慕。可当自己真骑上马时还是不免心里打怵——骑马这事比开车可要难得多，这马根本就不听使唤。

相较殷典而言，羽田千雪要强多了，她骑马的技术丝毫不逊于五天姥爷那些手下。据她说她之前学过马术，家里还曾经专门为她购买了一匹德国汉诺威混血马。

至于斯嘉丽，她也和殷典一样，之前从未骑过马，虽然斯嘉丽对于骑马这件事很兴奋，可一坐到马背上，两只手除了紧紧地扯着缰绳，其他的什么都不懂了。

很显然，如果以这两个人行进的速度，到达月牙泉还不知道要到什么时候！

最后，五天姥爷也是看不下去了，才对殷典说："你还是和我的人共骑一匹马吧！"

虽然五天姥爷说得很有道理，可是接下来却发生了让殷典尴尬不已的事。

那些人是各个都抢着要和斯嘉丽共骑一匹马，可到了殷典时这群人却马鞭一挥全部远离了殷典，那意思是他们没一个想和殷典共骑一匹马的。

五天姥爷见状，哈哈大笑起来，奚落殷典，说他长得虽然很帅，可那是女人喜欢的。这男人嘛，是最讨厌小白脸的。

不过也就在五天姥爷的奚落声中，羽田千雪却掉转马头，来到殷典面前，冲殷典微微一笑道："殷教授！我带着你吧！"

没办法！

殷典只得翻身上了羽田千雪那匹马。只是两人共骑一匹马，身体上难免有些接触，殷典又不好搂着羽田千雪的腰肢，这一度让殷典很是不舒服。

最后还是羽田千雪大大方方地拉过殷典的手臂搂住了自己的腰，这才使得殷典不至于一直尴尬难耐。

大约到了下午，一行人便来到了鸣沙山月牙泉附近，看得出五天姥爷与其中几个管理员的确很是熟悉，他将宰杀的几头羊送给了那几个管理员后，那几个管理员就更热情了。

而五天姥爷则说，他们又想来月牙泉做义务劳动了。至于五天姥爷为何这么做，他则解释说，他年轻那会儿放牧时突然遇到沙尘暴，自己被困在了沙漠之中，三天三夜没喝一点水，没吃一口粮食。最后他在奄奄一息时，却突然见到了这沙漠之中的一湾清泉。他之所以能活到现在，就是月牙泉救了他，所以他对月牙泉有着极深的感激之情，甚至把月牙泉奉为神明。

他的理由不仅合理而且感人至深，甚至充满了宗教救赎的意味，当然羊肉吃起来也确实不错。

殷典站在月牙泉旁的鸣沙山上俯瞰整个月牙泉,不禁感慨起造化之神奇。

这月牙泉形如弯月,处于鸣沙山环抱之中,周围全是流沙,但却不被流沙所淹没,不因干旱而枯竭。

就这么静静地淌了几千年,依然碧波荡漾!

在茫茫沙漠中见此一泉,真是让人心旷神怡。

羽田千雪诧异地说:"这月牙泉处在沙丘之下、黄沙之中,怎么就没被黄沙掩埋呢?"

这时在一旁的五天姥爷哈哈一笑,道:"每个来这里的人都曾发出过这种疑问。"

五天姥爷伸手指着沙丘上随风流动的沙砾,说:"你看这些个沙子,风一刮,它不往山下走,而偏偏往山上走,你说奇不奇怪。"

"还真是!"羽田千雪惊讶地说。

这时殷典拿出那张藏宝图,开始和月牙泉实地进行对照,虽然藏宝图上绘制的月牙泉与现在的月牙泉样子已经有所不同,但大体轮廓差别并不大。

殷典无奈地摇了摇头,他总算知道当时他们为何没找到那些宝藏了。

因为现在他对这份藏宝图的认识,也不过仅仅局限在藏宝图的秘密就在这月牙泉中。

可这月牙泉中究竟隐藏了什么秘密?

很显然,他一概不知。

原本殷典是打算在寻找宝藏的途中能和景岚联系上,到时候景岚能带人将他们救走,可现在他们的手机已被五天姥爷收走,想要联系上景岚恐怕是不可能了。

既然现在联系不上景岚,那他们也只能想办法自救了。

殷典此时见到月牙泉旁还有些零星的游客,于是打定主意,要么通过其中的旅客和外界取得联系,要么干脆找机会偷偷溜走。

这时五天姥爷走到殷典身旁,问他是不是看出点端倪来了。

这个问题,显然是把殷典难住了,可他又能怎么说呢?

殷典把心一横,既然现在五天姥爷为了寻找这些宝藏,把希望全都寄托到了自己身上,只要是自己说得合情合理,他肯定会听自己的。

当下最主要的还是拖延时间,同时别让五天姥爷起疑心。

殷典看着五天姥爷,肯定地说:"藏宝图的秘密确实就藏在这月牙泉中!"

"然后呢?"五天姥爷兴奋道,"那这些宝藏究竟藏在哪呢?"

"你先别着急,不过……"殷典面露难色,并没有说下去。

"不过什么?"五天姥爷挠了挠腮帮道,"我可把宝都押在你身上了,你可别给我说些丧气的话啊!"

"我肯定能解开藏宝图中的秘密,不过需要一些时间!"

"时间我们有的是,只要别浪费时间就行!"

殷典指着那份藏宝图,说:"这藏宝图虽然只是一张图,连一个文字都没有,但藏宝人绝不会平白无故地画这么一幅图!"

"这个我都知道!"

"我想当时应该是这样的,藏宝人将宝藏埋藏在一个地方,然后他走到一个可以俯瞰整个月牙泉的位置,最后绘制了这张藏宝图,并在藏宝图中暗藏了那些宝藏的具体藏匿点。"

殷典说到这,看向五天姥爷道:"您觉得呢?"

"有道理!"五天姥爷点点头道,"你就说怎么办吧!"

第十六章
星空之谜

"我是这个意思!"殷典笑道,"我们照着这份藏宝图多画几份一模一样的,然后大家各自拿一份藏宝图,分头来找寻当时藏宝人绘制藏宝图的视点,找到了视点也就是找到了当时藏宝人绘制地图时的位置!"

"'视点'是啥?"

"'视点'就是绘画者眼睛的位置!"殷典看向五天姥爷道,"我现在站在你的正前方,如果我给你画一张肖像画的话,那画出来的就只能是你的一个正面。可如果我转到你的侧面,那么我就只能画出你的侧面肖像。"

"又是视点,又是肖像的,差点把我整晕了!你的意思不就是说,藏宝人当时绘制藏宝图所在的位置不同,他看到的月牙泉的样子就会有所不同,那么他在藏宝图上画出的月牙泉也就会有所不同。也就是说,我们只要拿着藏宝图对照着真实的月牙泉,找到和藏宝图中样子差不多的月牙泉,也就找到了藏宝人当时绘制地图时的具体位置。"

"就是这个意思!"

"把人分散到各个地方来个广撒网,这虽然很有道理,但我觉得有点太笨了。"五天姥爷眉头一皱说。

"想要找到那些宝藏,肯定要花点力气的。"殷典笑了笑说,其实他这么说的真正目的是想把这些人分散开,然后好找机会脱身。

"我虽然没啥子学问,但我有一项爱好,那就是画地图。我每到一个放牧点,就会在当地绘制一幅地图,主要是为了方便下次放牧,同时也为了避免迷路。"五天姥爷得意地说,"你以为没两把刷子能带着这帮小子混吗?"

说着,五天姥爷将那份藏宝图拿在手中,看了看道:"从这份藏宝图上看,可以肯定当时藏宝人在绘制这份藏宝图时绝不是站在月牙泉的北部或者南部!"

"噢?"殷典点点头说,"愿闻高见!"

五天姥爷伸手指着月牙泉,道:"这月牙泉大体呈东西横向,凸出的部分朝向北方,凹进去的部分朝向南方。这月牙泉的东半截和西半截虽然大小有所不同,但差距也并不太大。"

他说到这儿,又伸手指向藏宝图中所绘制的月牙泉:"如果当时藏宝人是站在南部和北部的话,那么他眼中看到的月牙泉的东半截和西半截应该是基本差不多大的!可从这藏宝图中却看出,这月牙泉的东半截和西半截的大小差距挺大。'远大近小'嘛,所以当时藏宝人应该是站在东部或者西部绘制的这份藏宝图。"

"有道理!"

"所以我的意思是,我们没必要把人散落到月牙泉的四周漫无目的地寻找。我们只要集中力量,将人分成两拨,一拨人从月牙泉的西面向东寻找,一拨人从月牙泉的东面向西寻找,就可以了。"

五天姥爷说得的确很有道理,可这样一来,人员太过集中,他们就算想跑,恐怕也没那么容易了,这一次殷典的计划算是又落空了。

"佩服!"殷典掩盖住自己失落的神情,竖起大拇指赞扬道。

"说干就干!"

当下五天姥爷便又画了一幅一模一样的藏宝图,交给了那个叫沙陀的牧民,并让他带领一帮人从西往东找寻藏宝图上的那个视点位置,而五天姥爷则带着几个人和殷典他们一起从东往西寻找。

分配妥当后,天色已晚,一行人便在鸣沙山后搭建帐篷住下,等明天一早再进行寻找。

殷典依旧和斯嘉丽以及羽田千雪住在一起,不过殷典却毫无睡意,而是在帐篷里与两个女孩商量下半夜逃跑的事情。

按照殷典早上从那张敦煌的官方地图上推测,月牙泉距离敦煌市区不过十几里地,而且就在敦煌市区正南方,所以只要他们直奔正北而去,就可以到达敦煌市区。

223

到了下半夜，殷典偷偷将头伸出帐篷，此时月色正明，照得鸣沙山通体发亮。

在确定此时四周无人后，殷典便和羽田千雪以及斯嘉丽裹上羊皮袄，偷偷迈出了帐篷。

为了确定方位，殷典抬头仰望星空，最先找到了北斗七星，然后根据北斗七星找到了北极星，确立了北方的方位，便偷偷地向着敦煌方向去了。

不过三人迈出帐篷走了没多久，身后却传来了一个人的声音："你们干吗去？"

殷典回头一看，那人正是沙陀，此时他的手里还拿着一支猎枪，枪口则正对着三人。

看来五天姥爷终究还是对他们不放心，哪怕到了晚上也会派人监视。

没办法，殷典只能编了个谎，说："我是想看看有什么线索嘛！"

他说着，便将那份藏宝图拿出来，开始装模作样地和鸣沙山下的月牙泉对照起来。

"是吗，有什么发现吗？"沙陀冷冷地说着，却端着枪开始缓缓地向三人走去。

"我这才刚要看呢！"殷典耸了耸肩，做出一副无奈的样子。

"五天姥爷早算准你们今晚想跑了！"沙陀冷冷地说。

"跑什么跑，为什么要跑？"殷典反问沙陀。

"好！"沙陀淡淡地说，"那我就在这等着你们！"

说完，沙陀在距离三人十几米的地方盘坐下来，并裹了裹身上的羊皮袄，那意思好像是在说"你们就装吧，我就在这里看着你们装"。

殷典也没办法，只得拿着那份藏宝图佯装在仔细寻找其中的线索。

此时的月牙泉波光粼粼，星空倒映在泉水中，显得唯美至极。尤其是那一弯新月倒映在泉水中，当真呈现出一幅"月中月"的美景。

羽田千雪看到此情此景，不禁感叹："真美啊！"

"是好美！"殷典也感叹道。

"好冷啊！"斯嘉丽却噘着小嘴道。

羽田千雪看着殷典，若有所思道："殷教授！我在想一件事，殷惟老先生当时将这些甲骨埋在这附近，难道就是让别人来找吗？"

"什么意思?"殷典问。

"我在想这些甲骨可能只是一个引子吧,殷惟老先生真正想让人找到的,恐怕是他一直追寻了几十年的秘密吧!"

羽田千雪说的不无道理,殷典又何尝不想搞清楚他父亲当年究竟在干什么,又何尝不想了解这些事的来龙去脉。

可问题是,他根本就不是解开这份藏宝图秘密的密钥,他去让五天姥爷找视点什么的,无非是为了拖延时间想趁机脱身。

可如果迟迟没找到这些宝藏,那五天姥爷肯定会越来越怀疑殷典的动机。

以殷典这些天对五天姥爷的了解,他知道五天姥爷这个人可不是喜欢做赔本买卖的人,到时候要是找不到宝藏,五天姥爷究竟会做出什么出格的事可就不好说了。

殷典看向羽田千雪,小声道:"这些事以后再说,现在我们最重要的是逃离这里,摆脱这些人!"

"为什么说是以后的事呢?"羽田千雪问。

"等你们安全了,我会一个人继续找下去的!"

"不,这不是你一个人的事!"羽田千雪抬起头坚定地望向殷典,"我从日本不远千里来到这里,就是为了找到这其中的秘密,就是要找到是谁害死了我祖父。"

"我能理解你的心情,可是也要看清楚当下我们的处境,你觉得仅凭这张藏宝图,真的能找到那些宝藏吗?"

"这……"羽田千雪一时语塞,不过很快她还是继续秉承原有的观点,"只要我们一起努力,相信肯定是能找到那些宝藏的。"

"好,那就退一步讲!"殷典看向远处的月牙泉说,"就算我们找到了那些宝藏,只怕到时候'飞鸟尽良弓藏,狡兔死走狗烹'!"

"你这话是什么意思?"

"你觉得五天姥爷是真心和我们合作吗?他这个人自始至终都不相信我们,都在防着我们。要是真找到了那些宝藏,你觉得我们真有什么好结果吗?"

"那如果我们不要那些宝藏呢,他们还会伤害我们吗?"

"与虎谋皮,焉有其利!"殷典转头看向羽田千雪淡淡道,"是,你可以花上大把的时间用在寻找宝藏上,可你有没有想过,在没找到宝藏

225

的这段时间里,五天姥爷肯定是不会放你走的。可这么长时间你住在哪呢?不用说肯定是要和这帮人住在一起。这帮人看你和斯嘉丽是什么眼神,你难道看不出吗?"

"五天姥爷不是保证不伤害我和斯嘉丽吗?"

"那种保证的前提是,我们能帮助五天姥爷快速找到那些宝藏,我们在五天姥爷眼里有不可取代的价值。可如果迟迟没找到呢,我们还有这么重要吗?我们说的话还那么有分量吗?"

殷典顿了顿,继续道:"再退一步讲,就算我们最后找到了那些宝藏,恐怕到时候,你可能已变成了那些人的老婆,这辈子再也不能从这里走出去。你就会像我父亲当年那样,只能将这秘密跟自己一起埋藏在这漫漫黄沙之中。"

"你吓唬我!"羽田千雪颤抖着身体,情绪有些激动,"你以为我是三岁小孩子,可以随便任人控制我的人身自由吗?再说了,我要是一直没回到日本,我父亲肯定会来找我的。"

"好,我相信你父亲肯定会找到你,也会把你安然无恙地接走,就像当年曹操派人将蔡文姬接回了中原一样!"

"这和蔡文姬有什么关系?"

"当年蔡文姬在匈奴那里生了两个孩子,你要是和这些人待上个一年半载,谁又敢保证你离开时不会也这样呢!"

殷典这话是在警告羽田千雪,到时候就算她父亲找到了她,只怕她已经不再是原来的羽田千雪了。

殷典这么一说,羽田千雪脸颊瞬间惨白,双手拉扯着衣角不知该如何是好。

这时在一旁的斯嘉丽突然开口道:"千雪姐姐,你好傻啊!我们走了之后可以再回来嘛!"

羽田千雪先是一愣,随即喜笑颜开:"你说的倒也是!"

这时坐在远处的沙陀忽然开口朗声道:"喂,你们在那聊什么呢?"

他说着缓缓地站起身,向着三人走来,一面走又一面说:"没什么事,就赶快回去睡觉!"

"还能聊什么,主要还是想看看如何找到宝藏呗!"殷典解释道。

"那找到了吗?"沙陀问。

"还没有!"

"那就先回去睡觉！"沙陀说着，用猎枪捣了捣殷典的胳膊，示意他赶快回去。

三人没办法，只得在沙陀的胁迫下再次回到帐篷里，一踏进帐篷，斯嘉丽还向着沙陀吐了吐舌头，做了个鬼脸。

沙陀却面无表情，只是冷冷地说："快点睡觉！"

这次逃跑计划以失败告终，三人也只得躺在帐篷中和衣而睡。

第二天清晨，五天姥爷便派几个人将睡眼惺忪的三人带了出去。

五天姥爷阴沉着脸冲殷典道："我听说你们昨天晚上想逃！"

"没有的事！"殷典正色道，"我主要还是想更好地了解一下这地方的情况！"

"那也没必要一声不响地晚上出来了解情况吧？"五天姥爷根本不信殷典的话。

"'时间就是金钱，效率就是生命'，咱不得争分夺秒吗？"殷典笑道。

"少来那一套！"五天姥爷冷冷道，"我告诉你小子！你最好不要有这种想法，姥爷我要是生了气，可什么都做得出来。"

说罢，五天姥爷又嘱咐身旁的人，让他们务必盯紧了三人。

最后五天姥爷拍了拍殷典的肩膀，在他耳旁轻声说："小子，我原谅你这一次，不过也是最后一次。如果再有下次，我将让你知道什么叫夺人所爱！"

五天姥爷说着，用下巴指了指身旁的斯嘉丽和羽田千雪，又道："这帮人可是很眼馋这两个小美女啊！"

看着五天姥爷离去的背影，殷典不禁叹了口气，他知道这个五天姥爷定是会说到做到。

终于，经过一天的勘察，他们最终锁定了当时藏宝人绘制地图的大体位置，只不过殷典却犯难了。

因为他当时之所以这么做无非也是为了拖延时间，好找机会带着两个女孩逃跑。

至于找到这个位置后，又该如何解开这藏宝图的秘密，殷典显然毫无头绪。

此时一群人围在三人身旁，五天姥爷也蹲在山头抽着烟看着他们，只等殷典解密了。

殷典拿着藏宝图看着面前的月牙泉，整个脑子却是一片空白。

这时那个叫沙陀的人走上前来，斜睨向殷典，催促道："喂，你倒是快点说说那些宝藏在什么地方啊！"

"还在看，不用催！"殷典淡淡地说。

"看了这么长时间，总该有个结果吧！"沙陀不屑地说。

"现在还没结果！"

"那什么时候有结果？"沙陀双眼圆睁，望向殷典。

"不好说！"殷典挥了挥手，道，"不过你们现在挡着我们的视线了。"

"别说那些没用的！"沙陀冷哼一声，"我看你是敬酒不吃吃罚酒！"

说完，沙陀冲身旁的一个人嘀咕了几句，之后那人跑向五天姥爷，在和五天姥爷沟通之后，又跑了回来对沙陀低语了几句。

沙陀点点头，冲殷典道："姥爷说了，不给你点颜色瞧瞧，只怕你是出工不出力！"

说完，他挥手招呼了一下周围的人，道："今晚，哥几个想和哪个娘们玩啊？"

那群人一听，便开始指手画脚起来，有的指向斯嘉丽，有的指向羽田千雪。

似乎对于这两个女孩，他们的选择困难症犯了。

最后还是沙陀伸手指着斯嘉丽道："就她了！"

说罢，那群人便将斯嘉丽围了起来。

斯嘉丽虽然号称练过空手道，可在这帮身强力壮的男人面前也是毫无招架之力，几个人抓住斯嘉丽的四肢，便将其整个抬了起来。

斯嘉丽虽然不住地咒骂，可此时反而让这些男人更为兴奋。

殷典向前扯住几个人，想要将斯嘉丽救下来，却被沙陀一拳打倒在地，殷典刚要站起身，又被沙陀一脚蹬翻在地。

沙陀面露凶相，指着殷典说："信不信我打死你！"

殷典踉踉跄跄站起身，吐了吐嘴中和着血的沙子，向前一把抓住沙陀的衣领，怒气冲冲道："把人放下！"

"找死！"沙陀说着，一拳打在了殷典的脸颊上。

可怜殷典一介书生，哪经得起这一拳，他当真是觉得眼冒金星、天旋地转，向后连连退了几步，一屁股坐在了沙丘上。

可那沙陀却根本没打算就此收手,而是握紧拳头,健步冲向殷典。

就在此时,羽田千雪却伸出双臂挡在了殷典面前,并冲沙陀哀求道:"我求求你了,你别打殷教授了!"

"走开!"沙陀面无表情地说。

"我已经发现藏宝图的秘密了!"羽田千雪看向沙陀,双眼此时也已湿润。

沙陀一愣,随即放下了手臂,道:"那就快说!"

"必须要等到晚上才行!"羽田千雪焦急地冲沙陀道,"请你们不要伤害斯嘉丽小姐!也请你转告五天姥爷,我们今晚一定能解开藏宝图的秘密!"

"你要是解不开藏宝图的秘密呢?"沙陀反问。

"那就随你们怎么处置!"羽田千雪昂着头,坚定地说。

沙陀见羽田千雪说得如此坚定,便转过身一路小跑到了五天姥爷身旁。

过了一会儿,沙陀再次返回,冲殷典道:"五天姥爷说了,再给你这一个晚上。要是明天早上还没有结果,可就别怪我们不客气了!"

说完,他向着那帮人招了招手,示意将斯嘉丽放了。

斯嘉丽一回到殷典身旁,便双手抱住殷典哭起来。

殷典摸了摸嘴角的鲜血和沙子,拍了拍斯嘉丽的后背,安慰道:"没事了,斯嘉丽!"

羽田千雪则掏出一块手帕,跪在殷典面前为他擦拭嘴角的鲜血,一面擦拭一面哭泣道:"他们怎么这么狠心,把你打成这样。"

殷典长吁一声,无奈道:"连累了你们两个,我心里实在是过意不去。"

"殷教授,你别这么说,我是自愿来的。"

"你刚才不该那么肯定地说你能解开藏宝图的秘密,要是你解不开藏宝图的秘密,那岂不是甘愿要受他们的欺辱了吗?"

"或许我的想法是对的!"羽田千雪双手紧握放在胸前,冲殷典道,"我觉得这藏宝图中月牙泉里倒映的星空,或许才是打开藏宝图秘密的关键。"

"什么意思?"殷典问。

"我们不仅要确定藏宝人当时绘制藏宝图的地点还要确定绘制藏宝

229

图的时间。"

羽田千雪说着,将那份藏宝图拿出,伸手指着藏宝图中月牙泉里的繁星点点,道:"昨天晚上我们在月牙泉旁欣赏月牙泉倒映星空的美景时,我想当时藏宝人应该是晚上绘制的这份藏宝图,月牙泉里的这轮弯月就是最好的证明。"

"我明白你的意思了!"殷典点点头道,"我们今天晚上可以再对照一下这份藏宝图,看一看这藏宝图中绘制的星空景象与月牙泉倒映出来的真实星空景象有没有差异。"

"正是这个意思!"羽田千雪点头道,"我想藏宝人当时在照着倒映的星空绘制藏宝图时会有意画出一个与实际情况不一样的星空来,而秘密就在他绘制的星空图之中!"

"就算解开了藏宝图的秘密又能怎样呢?"殷典摇了摇头道,"你也见识到这是帮什么人了。"

"可不管怎么说,对于我们现在的处境,能解开藏宝图的秘密总比解不开其中的秘密要好吧!"

事情既然已经发展到了这种地步,那也只能继续往下走了。

殷典点点头道:"走一步算一步吧!"

当晚,殷典三人趁着月色,便开始拿着藏宝图对照起来。

可千算万算,有一条他们还是没考虑周全,那就是星辰明月是会随着时间变动位置的,正所谓"斗转星移,时空暗换!"

虽然他们确定了藏宝人绘制藏宝图的位置,也确定了藏宝人绘制这份藏宝图时是在晚上,这藏宝人究竟是在哪天晚上绘制的藏宝图可就不好说了。

以目前来看,藏宝图中绘制的星空景象图与月牙泉实际倒映的星空景象已完全错位了。

看到这番景象,羽田千雪也焦躁起来,她咬了咬嘴唇轻声说:"如果我们告诉五天姥爷这些事,他会同意让我们多花些时间来确定当时藏宝人究竟是在哪天晚上绘制的藏宝图吗?"

"他已经不信任我们了,恐怕是没这个耐心了!"殷典抬起头,怅然地看向满天的星斗,心想:"无论如何,今天晚上必须逃走了!"

就在这时,沙陀走过来,冲殷典道:"怎么样,这次应该有结果了吧!"

"有了!"殷典点点头,道,"你去告诉五天姥爷,让大伙今晚好好睡一觉,养精蓄锐,明天我们就开始动手挖掘宝藏!"

殷典这么一说,沙陀那阴冷的脸上总算挤出了一抹笑意,他快速前往五天姥爷的住处,并将事情告诉了五天姥爷。

不过当沙陀再次返回时,他的手中却多了一根麻绳,并冲殷典道:"五天姥爷说了,这几天,你们比较辛苦。为了让你们休息好,五天姥爷特地给你们准备了一根麻绳,省得晚上你们再大半夜不睡觉,还要争分夺秒地进行实地勘察。"

"什么意思?"殷典不解地问。

沙陀没有回答,而是将麻绳扔给了身旁的人,并嘀咕了几句。

这时就见几个人拿着麻绳,向前便抓住殷典他们的胳膊,并用那根麻绳依次将三人的手腕捆绑起来。

殷典三人虽然极力反抗,可他们的反抗在这些人面前,如同蚍蜉撼树,毫无一点用处。

不仅如此,在那帮人将三人带到帐篷后,还用麻绳将三人的腿脚绑住,这一晚他们注定是走不出帐篷了。

时至凌晨,殷典、羽田千雪和斯嘉丽三人躺在帐篷中是怎么也睡不着。

此时殷典除了自责以外,也是毫无任何计策。

这时斯嘉丽在一旁开口不禁意味深长地说句:"要是景岚姐姐在就好了!她是警察,又能打架,我们就不至于被这群人这么欺负了。"

殷典瞥向斯嘉丽,心道:"你终于知道景岚的好了。"

可就在三人怅然时,帐篷却被人掀起一角,殷典猛然抬起头,问道:"谁?"

这时就见一个手指伸进了帐篷里,做了一个嘘声的手势,就在殷典诧异之时,一个人探了进来。

只不过这人整个头部都蒙着整块的黑布,只露出一双眼睛,但那双眼睛却让人有种不寒而栗的感觉。

怎么说呢?

这人的眼睛中,眼白占据了整个眼球的绝大部分,只有靠近上眼睑的部分露出些许黑色,就如同正在捕捉猎物的狼眼一样。

"你到底是谁?"殷典小声问。

"我是来救你们的！"那人压低着声音说。

虽然这人压低着声音说话，可这声音，殷典却有一种似曾相识的感觉。

"可是外面一直有人在监视我们！"羽田千雪小声说道。

"你是说那个人吗？"蒙面人伸手指了指身后。

羽田千雪瞥眼看向帐篷外，在月光的照耀下，只见那个叫沙陀的男人正直挺挺地躺在沙丘上。

"你把他杀了？"羽田千雪惊愕地说。

"只是打晕了！"蒙面人催促道，"别浪费时间了！快走吧！"

那人说着用一把匕首割断了绑在几人手上的麻绳，三人虽不知道这蒙面人究竟是谁，但起码现在看来，此时跟着他确实能摆脱五天姥爷这帮人。

当下三人便走出帐篷，跟在蒙面人的身后一路狂奔，直至天色渐渐亮了起来，三人这才在一片胡杨林中停了下来。

斯嘉丽一屁股坐在了地上，气喘吁吁地说："走不动了，真的走不动了！"

"那就休息一下，反正马上就到县城了！"蒙面人说这话时已忘了要压低声音，或许也是这一路喘不上气的缘故吧！

但殷典还是从蒙面人的这句话中，瞬间听出了这人究竟是谁！

没错！

他就是尹正东！

"你是尹正东！"殷典看着蒙面人略带惊讶地说。

那蒙面人听罢，大笑一声，将原本蒙在头上的黑布扯了下来，露出了他那张麻子脸。

"没错，我是尹正东！"

这一次，殷典总算是见到了尹正东的庐山真面目，如果单从他这张坑坑洼洼的脸来看的话，那的确像极了月球表面。

一个可以将杀人凶手反杀，一个可以将身怀绝技的女警绑架，一个可以将手拿猎刀的牧民神不知鬼不觉地撂倒的人。

他究竟会是怎样一个人呢？

殷典望着眼前这桀骜不驯的尹正东，不知该如何开始他们的交谈，因为他实在有太多的疑问想要问眼前的尹正东了。

他为什么要救自己摆脱五天姥爷那帮人？

他为什么要在"9·17"连环凶杀案中伪造自己已被害的现场？

他究竟是怎么知道明德神父那些事又是从哪里得到的那份埋藏甲骨的藏宝图？很显然当时他父亲不可能给还是小孩子的尹正东寄那封信的！

还有他为什么要说自己卷入了一场三千多年前的战争？那三千多年前的战争究竟指的是什么？

太多的谜团，需要眼前的尹正东来一一回答了，可尹正东会回答他的疑问吗？

最后还是尹正东打破了僵局，他扁了扁嘴冲殷典笑道："你难道不该先谢谢我吗？"

"多谢！"

殷典说得很诚恳，没有尹正东的解救，他们三人确实很难摆脱五天姥爷。

"知道感谢就行！"尹正东撇了撇嘴，向前拍了拍殷典的肩膀说，"跟我来！"

"去哪？"殷典问。

"找个地方，谈谈合作！"

"合作，合作什么？这里不能说吗？"

"不能！"尹正东说完，又在殷典耳旁小声说道，"你知不知道你身边一直埋藏着两枚定时炸弹！"

说完，他歪了歪头，用眼睛瞄了瞄身旁的斯嘉丽和羽田千雪。

殷典一愣，不知道这个尹正东究竟想要表达什么。

"走吧！"尹正东说着便大步流星地离开了。

殷典也不知这个尹正东葫芦里究竟卖的是什么药，不过他既然将他们从五天姥爷手中救出，现在又想和自己合作，他应该不至于害自己。

末了，殷典还是跟着尹正东来到了另一片胡杨林中，他确实还有很多问题想问尹正东。

这时尹正东拿出一根烟递到殷典面前，道："抽烟吗？"

"不抽！"殷典摇了摇头说。

尹正东扁了扁嘴，自己点上一根烟，深吸一口缓缓地吐出，这才冲殷典道："你知道我为什么救你吗？"

233

"我也很纳闷,你为什么要救我?可我更纳闷的是我怎么就成了那个解开藏宝图秘密的密钥?"殷典淡淡地说。

"噢?"尹正东撇了撇嘴道,"难道我说错了吗?"

"我都不知道你在说什么!"

尹正东呵呵一笑,道:"我知道,你有很多问题想问我,我只能告诉你一句话叫'身不由己'!但这些已经不重要了,重要的是,你要知道你必须和我合作才能救你自己!"

"救我?要不是你把我朋友挟持到这里来,我们几个人怎么会来这里。要不是你告诉五天姥爷我是什么所谓的密钥,我们又岂会被他挟持着去找什么宝藏。"

"啧啧啧!满腹牢骚,格局能不能大一点。"尹正东扁嘴一笑道,"陈五天算什么东西,比起那些大人物他连蝼蚁都不算。我告诉你,你早就被人盯上了,你要是不跟我合作,你躲得了初一也躲不了十五。"

"我不明白你在说什么。"

"不明白也好,有些事知道得越多反而越烦恼,你现在只需要知道和我合作是你最好的一个选择就好了。"

"那我怎么能确定和你合作就是最好的一个选择!"殷典淡淡地说。

"因为我要做的事和救你其实是一回事!"尹正东撇了撇嘴,冲殷典道,"我可以友情提示你一下,任何试图靠近你的人,对你都另有所图!"

第十七章
寻找上帝

"噢？"殷典淡淡一笑，"那我怎么能确定，你不是那个靠近我，对我也另有所图的人呢？"

"说得有道理！"尹正东哈哈一笑，"不过我和你之间的合作是各取所需，你拿走你想要的，我拿走我想要的，我们两个之间不存在其他的利益纠葛！"

"我不太明白你这话的意思！"

"很多人都想要找到你父亲留下的那些秘密，于是你就成了他们的一颗棋子，一颗找到你父亲那些秘密的棋子。"

"听起来，你好像对于我父亲当年所做的事很了解！"

"你想知道？"尹正东看着殷典，撇嘴一笑。

尹正东说得没错，殷典的确想知道他父亲当年究竟做了些什么事，也想知道他父亲究竟隐藏了怎样一个秘密。

正如羽田千雪说的那样，他父亲将那些商代刻字甲骨埋藏在此的真正目的恐怕也只是一个引子，而他父亲真正想让人找到的是他一直追寻了几十年的秘密吧。

可要想知道这些，现在看来也只有通过尹正东了，当然尹正东愿不愿意告诉他，则又取决于他是否愿意跟尹正东合作。

殷典看着尹正东，开口道："能给我一支烟吗？"

"噢？"尹正东撇嘴一笑，"你不是不抽烟吗？"

尹正东虽然这么说，但还是递给殷典一支烟并为其点燃。

殷典深吸一口缓缓吐出后，冲尹正东道："我们合作没问题，只不过在合作之前我还想问你几个问题。"

"我说了，那些事情都不重要！"尹正东淡淡地说。

"但我想对我的合作伙伴稍微了解一下。"

尹正东耸了耸肩，歪着头看向殷典，道："看来你们这些学者，就喜欢打破砂锅问到底啊！好，你问吧，我会把我知道的都告诉你的。"

"那就好！"殷典微微一笑，问道，"你认识我父亲？"

尹正东摇了摇头，道："并不认识！"

"那你为什么要去天津找寻明德神父的下落？"

"是你父亲在信里写的，想要打开藏宝图的秘密就要去天津找那位明德神父！"

"我父亲的那封信应该不是寄给你的吧！"

"当然了，我当时才多大岁数，你父亲怎么会跟我通信呢！"尹正东打了个哈欠道，"故事太长了，我实在懒得说！"

"好，你既然不愿回答，那就下一个问题！"殷典顿了顿继续道，"你为什么要在'9·17'连环凶杀案中伪造自己已被害的现场？"

尹正东看向殷典，却沉默了，过了良久，他才扁了扁嘴说："这个问题回答起来更麻烦！我只能说我这是身不由己，我也只能这么做，不然我永远都是别人手中的一颗棋子。"

"好，那就最后一个问题！"殷典吸了一口烟，缓缓吐出道，"你为什么说我卷入了一场三千多年前的战争？三千多年前的战争究竟指的是什么？"

"这个问题，我可以回答你一点，不过我恐怕也只能回答你一点，因为我也不是太清楚。"

尹正东点点头，冲殷典似笑非笑地说："你相信这个世界上有上帝吗？"

"你什么意思？"殷典眉头一皱，他完全想不明白尹正东为何会突然问这么一个问题。

"你就说，你信不信吧！"

"我反正是没见到上帝！"殷典摇了摇头道，"不过从甲骨文的解读中，我们倒是可以更为清楚地看清信仰的本质。比如说'神'这个字，'神'这个字是合体字，最早出现在周朝的青铜器上，可'神'这个字却是从甲骨文'电'字引申出去的。也就是说'神'的原型其实只是阴雨天里的闪电罢了。由于古人无法解释为何阴雨天会出现闪电这种自然现象，便认为这就是'神迹'，这就是神。"

"厉害！"尹正东竖起大拇指，赞扬道，"不愧是历史学家，剖析问题就是这么深刻。"

"但是我还是不明白你为什么要问我这个问题。"

"因为一些人告诉我，说那场三千多年前的战争和上帝有着直接关系！"尹正东撇嘴一笑，道。

"那这三千多年前的战争究竟是什么战争？"

"作为一个历史学家，你难道不知道三千多年前在中国历史发生过一次极为著名的战争吗？"

"若论三千多年前最为著名的一场战争，我第一个想到的就是武王伐纣之战。"

"对！"尹正东点点头道，"就是'武王伐纣'！"

殷典眉头一蹙，道："这场战争和上帝有关系？你在说《封神演义》吗？"

尹正东哈哈一笑，道："那帮人说的比《封神演义》还玄乎，他们认为关于上帝的记载就在甲骨文中。"

"这种想法未免太荒谬了！"

"荒谬？"尹正东又是哈哈一笑，走向前拍了拍殷典的肩膀道，"我要是告诉你，你父亲当年一直都在寻找'上帝'的影子，你是不是会觉得你父亲的脑子进水了？"

"你说我父亲这么多年一直在苦苦寻找上帝的影子？"

殷典听尹正东说完这番话，简直到了崩溃的边缘，作为一个严肃的历史学教授，他怎么也想不到他父亲作为一个对历史颇有研究的学者，怎么会有这么荒谬的想法呢？

难道这就是他父亲口口声声说的甲骨文"帝"字的秘密？

难道当年他父亲、明德神父和羽田龙野一直在做这么一件毫无意义，甚至匪夷所思的事吗？

当然了，这些都只不过是尹正东的一面之词罢了，起码从他的口气中可以看出，他可不是要寻找什么上帝而是寻找他父亲当年埋藏的刻字甲骨。

"怎么，你接受不了？"尹正东呵呵一笑道，"不过没关系！有一帮人认为你父亲已经掌握了寻找上帝的一个重大线索，只不过这个线索断了，而你的出现则重新燃起了他们的希望。"

末了，尹正东又来了一句："当电视明星可不见得是件好事啊！"

"你跟我合作恐怕不是为寻找所谓的上帝吧？"殷典微微摇了摇头。

尹正东哈哈一笑道："我可不是为了寻找上帝，而是要成为上帝。"

"成为上帝？"

殷典一愣，看向面前这桀骜不驯的尹正东。他想成为上帝，这难道不比寻找上帝更为荒谬吗？

"你的理想可真够远大的！"殷典无奈一笑，不置可否。

"其实你也可以成为上帝！"尹正东撇嘴一笑，又递给殷典一支烟。

殷典没有接过香烟，而是诧异地望向尹正东，道："我也能成为上帝？"

殷典此刻当真是越来越糊涂了，他完全不知道尹正东为什么会说出这些匪夷所思的话来。

尹正东哈哈一笑，上前拍了拍殷典的肩膀，慢慢地侧过脸，语气瞬间严肃起来："谁有钱，谁就是上帝！"

"你究竟想表达什么？"殷典无奈地问道。

"想表达什么？难道我说得还不够清楚吗？"尹正东撇了撇嘴道，"我觉得你们这些个学者学问越深，反而把问题搞得越复杂了。"

"不是我听不懂你的话，而是我感觉你的思维跳跃性太大了，我有些跟不上。"

"你是不是真的读书读傻了！"尹正东撇了撇嘴道，"我告诉你，在这世界上，谁有钱，谁就可以让别人匍匐在他面前崇拜他、仰慕他，他就是上帝，哪怕他放个屁都是香的！这就是三十多年来，我唯一参透的颠扑不破的真理。"

"厉害！"殷典无奈一笑，原来这就是他所说的成为上帝。

"你在笑话我？"尹正东双眼一瞪，面露不悦。

"没有！"殷典摇了摇头说。

"像你这种人既有钱又有社会地位，当然不会明白这个世界上还有很多人生活在社会的最底层，他们每天都在为吃饱饭而发愁，都在为生存下去做着无比艰辛的事。"尹正东越说声音越大，仿佛是在控诉着自己的不幸。

"你很缺钱吗?"殷典突然问起尹正东这个问题。

"不是我缺钱,而是我天生就是穷人!"尹正东冷哼一声,"你知道吗?我打小学习成绩一直很好,就是因为家里没钱,我不得不辍学早早地出来打工,而打工显然又不赚钱。于是我又选择做古董生意,可到头来却赔得一塌糊涂。"

"做生意也很辛苦,也需要慢慢积累经验……"

殷典还试图想宽慰一下尹正东,却被尹正东直接打断了。

"拉倒吧,你还真以为你能安慰我啊!"尹正东冷哼一声道,"别给我说什么心灵鸡汤!心灵鸡汤都是些狗屁不通的东西。"

尹正东此时似乎打开了话匣子,开始滔滔不绝地说起他的人生哲学:"古人说'小富靠勤,大富靠命'。我本穷命,可我不信命。因为在'小富'与'大富'之后还有个'巨富'。巨富靠什么,靠的是'赌',历朝历代能造反成功当上皇帝的人靠的就是'赌'。我没有赌的资本,只有赌我这条命了。"

尹正东说到这,再次点上了一根烟,深深吸了一口,冲殷典道:"既然打开了话匣子,那我也就说道说道你前面问的那两个问题。"

尹正东猛地吸几口烟,将烟蒂扔在了地上,说起了以前的那些事情来。

"你父亲的那封信,还要从二十几年前说起,当时刚刚改革开放,整个中国的出版业重获新生,许多出版社开始陆陆续续出版一些非政治性的学术期刊,出版业的再次兴盛,也同样燃起了中国人投稿的热情。

"我爷爷当时在一家名叫'历史研究'的杂志社打杂。他这个人虽然只是个打杂的,但却对中国历史有着浓厚的兴趣,或许也是'近朱者赤,近墨者黑'吧。

"可那一年,我爷爷在杂志社帮着编辑清理退稿信件时,却无意间发现了一个署名叫'惟殷先人'的人寄来的一封信,信的内容大致是在批评当时杂志社所发表的一篇学术论文。

"我爷爷说起这封来信时,那叫一个赞不绝口,他认为其中的历史观点真是振聋发聩。

"所以我爷爷便问当时杂志社的编辑,为何这么好的稿件,他们要退回呢?

"可当时杂志社的编辑却说,像这种文稿他们一年不知要收多少,写这些文稿的人大多都是民间历史爱好者。

"像这种民间历史爱好者,最大的一个通病就是喜欢语不惊人死不休,喜欢奇谈怪论,更喜欢阴谋论。

"但这些论点往往缺少历史客观证据,只是投稿者的臆想罢了。

"比如有一个投稿者信誓旦旦地说美国登月其实是假的,并罗列出一系列自认为是证据的证据,其实那个人连基本的物理学常识都不懂。

"这类文稿不应该投到他们这种严肃的学术期刊,投到那些地摊文学或许还能被发表。

"那个编辑说得很对,但是我爷爷当时却认为这个'惟殷先人'不见得就是信口开河。

"于是我爷爷便以出版社的名义给他回了一封信,信里的内容大致是说他的观点虽然很新奇,但缺少相应的证据,如果他能找到那些客观证据的话,他的文稿或许还能得以发表。

"几个月后,'惟殷先人'给我爷爷回了一封信,信里的内容大致是说,他有的是证据,如果他们想要证据的话可以去天津找一个叫明德的美国神父。

"前往天津,路上不免舟车劳顿,所以他愿意付一笔酬劳给我爷爷,并在那封信中给我爷爷寄来了一份藏宝图,还说这是一个天大的富贵。

"我爷爷当时心动了,后来真的去找过这个明德神父,可在天津他根本就没找到这个明德神父。

"之后我爷爷又给'惟殷先人'回了一封信,信里的内容主要是痛批这个'惟殷先人'是信口开河的大骗子,说天津根本就没有个叫明德的美国神父,那个所谓的藏宝图根本就是一个骗人的伎俩,他是在耍我爷爷。

"再后来几个月后,这个'惟殷先人'又给我爷爷回了一封信,他说那藏宝图绝对是真的,只不过想要找到宝藏还需要解开藏宝图秘密的密钥。

"'惟殷先人'说他感觉自己已经时日不多了,只希望在他死后我爷爷能为他做一件事,就是让我爷爷务必找到那个美国传教士——明德神父。

"虽然明德神父可能暂时不在天津,但他绝对会再回到天津的,只要我爷爷常去天津打听明德神父，就一定能找到他。

"找到了明德神父，也就找到了解开藏宝图秘密的密钥，到时候那些宝藏都将是我爷爷的。

"我爷爷在看完这封来信后，却并没有按他说的去做，也再也没给这个'惟殷先人'回过一封信，因为此时我爷爷已经深信这个'惟殷先人'就是一个大骗子！

"道理很简单，找一个人难道自己不能去找吗？再说了，要真有他说的那些宝藏，他难道自己不要却拱手让给别人吗？

"后来这个'惟殷先人'也再没给我爷爷写过一封信，这就更证明了这个观点。

"从此这件事在我爷爷那里也就此画上了一个句号。

"可这件事之所以再次浮出水面，还要从最近几年，我开始倒腾古董生意说起。

"我刚开始倒腾古董时，手里没钱便干起了铲地皮的活，就是专门跑到一些人家里去收些老物件，然后把这些收来的东西卖给其他人赚个差价。

"不过要是真找到一户人家，而那户人家还能对祖上的事说出个一五一六的，这种人家说不定手里还真能拿出些好东西来。

"不过我运气很一般，虽然总想着捡个大漏发笔横财什么的，可一直也没得到机会。

"后来我听人说，阳关附近有个地方，相传那里原是汉代阳关遗址。据说那地方经常有人能捡到古董，因此我也不远千里想来这里捡漏，也是在那里我认识了陈五天。

"再后来，我的古董生意一直做得是不温不火，而且还欠了一屁股债。

"原因也只有一个，因为我手里没钱。

"我曾看中过好几个古董，而且事实证明那都是让我倒手就可以赚大钱的古董，就是因为我手里没钱，所以我没能够当时从上家买下来。

"直到有一天在老家，我闲着没事跟我爷爷聊起来关于这铲地皮的事。我说人家祖上都有什么传家宝，咱家倒好，上数八代，全是一水的穷人，也没给咱留下点什么值钱的玩意。

"说什么'富不过三代，穷不出五服'，这话就是穷人的自我安慰罢了。

"我爷爷当时就把我臭骂了一顿,还说我是钻到钱眼里去了。

"我说我不是钻到钱眼里了,我说的是事实,我们家注定世世代代都是穷鬼,我这辈子是无能为力了。

"我爷爷当时说不过我,气得转身便回了自个屋子里。

"我当时还想着这老人年龄越大,怎么脾气也越大了。甭管怎么说,他也是我爷爷,我还是跟他道个歉吧。

"可没想到,他却从屋子里拿出了一本书,并从书中拿出了一张图,也就是当年'惟殷先人'给他的那张所谓的藏宝图。

"我爷爷说,这是一份藏宝图,让我找宝藏去。

"我当时还以为这爷爷是气糊涂了,可他却说这是二十几年前,一个笔友给他的,于是他便跟我说了这件事的来龙去脉。

"虽然他说得有来有去,但我压根就不信。我跟我爷爷当时的观点一样,找一个人而已,难道自己不能去找吗,煮熟的鸭子不吃还能让给别人吗?

"可我爷爷却说,这件事不见得就是'惟殷先人'在信口开河。

"首先,当时我爷爷虽然没在天津找到那个明德神父,但却无意间从别人口中得知民国时期确实有一个叫明德的美国传教士曾在天津居住过,也就是说这个明德神父确有其人。

"其次,恰恰是因为明德神父这个人在天津找不到了,而'惟殷先人'又因为某种原因不能亲自去找,所以他才想委托我爷爷去帮他干这件事。

"最后一点,也是最重要的一点,是因为有人曾来找过我爷爷,向他打听关于'惟殷先人'的事,并且还问我爷爷,说'惟殷先人'有没有给过他什么东西。我爷爷当时就警觉了,只说他什么也不知道,后来那些人无功而返,我爷爷则将这份藏宝图藏了起来。

"后来我得到那张藏宝图,便开始寻找明德神父的下落,可是并没有找到任何线索。

"于是我干脆带着地图来到了敦煌,我猜藏宝地点应该就是鸣沙山月牙泉一带,所以我找到了五天姥爷希望和他一起找到藏宝图中的宝藏。

"可是这次寻宝却以失败告终,后来我摆脱陈五天后,也就再没有去想这件事,因为我觉得这'惟殷先人'就是一个大骗子。

"再后来,也是机缘巧合。我在倒腾古董时,偶然认识了一个大古董商,并且在无意间听到这个大古董商和别人聊起明德神父这个人来,还提到什么刻字甲骨以及甲骨文之类的事。

"我当时很吃惊,一个大古董商竟然也对这个明德神父感兴趣,除了古董能引起他们的兴趣,还能是什么呢?

"更何况'惟殷先人'给我爷爷说那些宝藏就是一些古董。

"在这之后,我几乎放弃了我的古董生意,并开始着手研究这个'惟殷先人'。

"可我对'惟殷先人'这个人的研究,以及多次去天津打听明德神父的信息,却引来了杀身之祸。

"可他们没想到我岂是那么容易任人宰割的,想杀我可不是一件容易的事。

"我也是身不由己,我不杀那个人,那个人就杀我。

"可我也知道只要我没死,他们就不会就此罢休,于是我便制造了自己已死的现场。

"再后来我又去了一趟天津,虽然依旧没打听到明德神父的下落,但在那里,我见到了你。

"一个电视明星和两个女孩竟然也和我一样想去打听明德神父的下落,当时就引起了我的注意。后来你们离开天津,我也就跟着离开了。

"可我没想到你竟然那么顺利地找到了明德神父的下落,并且举办了一场国宝归还典礼,还在典礼上声称你们要继续找寻明德神父藏在中国的那些甲骨,我想你应该已经知道那藏宝图的密钥了吧!

"我本来只是想在归还典礼上随便看看,但是想不到一个女孩居然会跟踪我,后来我只得把她打晕了。

"原来这个女孩曾跟你一同去过天津打探明德神父的消息,所以我想让她跟你沟通一下,希望我们能见个面。

"可这个女孩却说她是警察,并且认出了我的身份,还让我必须跟她去警局协助调查。

"如果我知道她是警察的话,我绝对不会打伤她,我也不会招惹任何警察。

"可没办法,我既然已经把她打了,也就注定是招惹上了。

"不管怎么样,我是不能跟她去警局的,但我也不能放她走。一旦她走了,警方肯定会四处搜捕我。

"所以我只好把她挟持到了这里,远离他们警局的地盘,在这里和你见个面了。"

尹正东说到这,扁了扁嘴,冲殷典似笑非笑地道:"人生本来就是一场赌注,害怕输的人永远赢不了!既然要赌,那就赌得大一点,所以我拿我这一条命,孤注一掷!"

听完尹正东最后这句话,殷典真是不知该说些什么好。

都说钱财乃身外之物,可人一辈子又都离不开这身外之物。只不过尹正东是个想发财已经想得发狂的人罢了。

听起来,这尹正东为了寻找他父亲殷惟当年留下的那些刻字甲骨,可谓是煞费苦心了,自己要是真不愿意和他合作,也不见得能说走就走。

可要说起尹正东讲的这些事来,其中又有些细节,殷典还是有些困惑,比如到底是谁想杀尹正东以及尹正东怎么会知道李桂花被杀的现场。

殷典冲尹正东微微一笑,道:"我还有一点疑问。"

尹正东不等殷典把话说完,便极为不高兴地说:"打住!打住!打住!你还没完没了了?"

尹正东靠向殷典,两人的脸几乎要贴到一起,他嘴角一扁道:"你再有什么疑问,我也回答不了你了。想要答案,就跟我一起找到你父亲生前留下的那些东西吧!"

殷典向后撤了一步,心想他就是想知道这些细节,尹正东也不会说了。既然是这样,那就先跟他合作着,然后找机会慢慢套他的话吧!

殷典微微一笑,伸出右手道:"那先预祝我们合作愉快!"

尹正东那麻子脸上瞬间笑得露出了一排牙齿。他咧开大嘴,伸出右手与殷典握在了一起。

"合作愉快,我的财神爷!"

尹正东说完,又抽出一根烟欣喜地递给了殷典,并为其点燃。

殷典缓缓吸了一口,冲尹正东道:"破解藏宝图秘密的重大线索,我的确已经确定了,只不过还要花上一些时间。也就是说我们不仅要确定藏宝人当时绘制藏宝图的具体位置,还要确定藏宝人绘制藏宝图的具体时间。等我们找到了这两点，藏宝图里的星空之谜自然就解开了。"

"说得很对！"尹正东点点头，语气却极为平淡地说，"然后呢？"

"然后？"殷典一愣，看向尹正东，试探性地说，"然后不就可以找到那些宝藏了吗？"

"想得美！"尹正东眉头一皱，冷冷道，"你是不是不打算和我合作啊？"

"你这话什么意思？"

"我比你更了解这份藏宝图，藏宝图的星空之谜我也早就破解了！"尹正东冷哼一声，"你别跟我兜圈子，行不行？"

殷典双眉微蹙，既然尹正东已经破解了藏宝图的星空之谜，他为何还要跟自己合作？

"别做出这副表情！"尹正东双眼瞪视着殷典道，"我最恨别人在我面前耍心眼了。"

"你等一下！"殷典顿了顿道，"听你这话的意思，你是已经破解了藏宝图的星空之谜，但却并没有找到那些宝藏！"

"你这不是废话吗？我要是找到了宝藏，我还找你干吗？"

"你先别激动，关于解开藏宝图秘密的线索，我确实只了解到了这一步。如果你已经破解了藏宝图的星空之谜，那么也请你先说一下星空之谜下究竟隐藏了什么线索。"

尹正东目不转睛地望着殷典，试图想要看穿殷典的心思，可良久之后，他还是略带失望地说："罢了！罢了！既然事情已经发展到这一步，我也就都告诉你吧，谁让我一直认为你是破解藏宝图秘密的密钥呢！"

尹正东说完，从身上掏出了一张纸递到了殷典面前，道："藏宝图的星空之谜就在这上面！"

殷典接过这张纸，并将其展开，确切地说这是一张拓片，从拓片的所拓之物来看，这好像是从一块凹凸不平的石头上拓下来的，而这张拓片上则歪歪扭扭、模糊不清地拓了一行字：

"赠阳关故友"！

殷典一愣，这不是当初他父亲殷惟写给李领军的那首诗的诗名吗？

当然了，如果殷典不是在李领军那里得知他父亲曾写下一首《赠阳关故友》的七绝诗，估计是怎么也不会将这几个字和一首诗联系到一块的。

难道藏宝图的星空之谜就是这首诗的诗名——"赠阳关故友"？

殷典又来回仔细地看了看这张拓片，可实在是没看出什么端倪来。

看着殷典一脸茫然的样子，尹正东略带失望地望向殷典道："你不知道这句话是什么意思吗？"

"我知道这句话是什么意思。可我不知道藏宝图星空之谜为什么在这张拓片上，一张拓片浸泡在水里岂不是早就烂掉了！"

"那你先说说这句话是什么意思吧。"

殷典双眉微蹙，道："这能有什么意思，不就说'赠给原来在阳关的朋友'吗？"

"你太令我失望了！"尹正东摇着头，一脸的不快。

殷典看向尹正东，淡淡道："你也很令我失望！如果你不告诉我，为什么藏宝图的星空之谜就在一张拓片上，而这张拓片上只有一首诗的诗名，你让我怎么解密藏宝图！"

"等一下，你说什么！"尹正东一愣，随即兴奋道，"这是一首诗的诗名？"

"我父亲生前曾写过一首诗，诗的名字叫作《赠阳关故友》！"殷典点点头说。

尹正东呆呆地望向殷典，惊讶地张大嘴巴，良久之后，才道："我怎么也不会想到，这会是一首诗的诗名，而且就是你父亲生前写的一首诗。不用说，藏宝图暗藏的秘密就在这首诗里！"

"你确定？"殷典眉头一皱。

"当然了！看来我的付出终于要有回报了，我就说你是密钥嘛！"尹正东满脸喜色地再次为殷典点上一根烟道，"当年你父亲埋藏的那些刻字甲骨肯定与这首诗有关，你快把整首诗说一下。"

殷典点点头，缓缓念道：

赠阳关故友

万里寻得甲骨来，韶华不在头先白。
若是阳关故友问，黄沙埋没烽燧台。

殷典念完这首诗后，尹正东却连连摇头，眉头紧蹙，喃喃道："这首诗和宝藏有什么关系吗？"

"你不是说，这首诗可以破解藏宝图的秘密吗，怎么现在突然一百八十度大转弯了？"殷典略带讽刺地说。

"不对。你肯定隐瞒了什么！"尹正东抬起头恶狠狠地望向殷典道，"这首诗不会是你现编的吧？"

"你以为我是曹植啊，七步成诗！这首诗虽然算不上什么上乘之作，可平仄押韵都很讲究。别说走七步，就是走上七百步，我也不见得能写出来。"

殷典看向尹正东冷哼一声，道："说起隐瞒，我看你倒是一直在隐瞒吧！星空之谜很明显是在月牙泉中，一张拓片浸泡在水中这么长时间，怎么还能如此完整！"

"好好好，我说，我说！"尹正东皱着眉头说，"但是你绝对不能对我隐瞒什么了。"

"我没必要对你隐瞒什么！"

尹正东撇了撇嘴，道："那藏宝图的秘密其实很简单，正如你说的，只要弄清楚当初藏宝人绘制藏宝图时的具体位置和具体时间，然后对照藏宝图中绘制的星空景象与月牙泉倒映出来的真实星空景象看看有没有什么差异，秘密也就自然而然地浮出水面了。"

"没错！"

"上次寻宝失败后，我虽然将那份藏宝图交给了陈五天，但凭借我很长时间以来对藏宝图的观察，之后我凭借记忆也绘制了一份藏宝图。"

"你的记忆力确实够好的，那上面星星点点的，我看着都有点头晕。"

"我小时候之所以学习好，就是因为记忆力好。"尹正东撇嘴一笑道，"在了解到破解藏宝图秘密的关键就在于藏宝图上的星空之谜后，我几乎每个月都要来一趟月牙泉。前后用了一年多时间，终于在三个多月前，我确定了当时藏宝人绘制藏宝图的大体时间。通过对照藏宝图，我发现藏宝图中启明星的位置与月牙泉倒映出来的真实位置不相符，于是便跳进泉水中，在藏宝图标记启明星的位置找到了一块石头。"

尹正东指了指那张拓片，继续道："这块石头上刻着歪歪扭扭、模糊不清的五个字——'赠阳关故友'。"

第十八章
解密诗歌

"你的意思是这张拓片是从那块石头上拓下来的?"

"没错!"尹正东点点头道,"那石头不好拿,我看着也没什么特别之处,只是上面刻着一行字,于是我便用宣纸把它整个拓了下来!可我一直不理解这句话究竟是什么意思,我甚至一度怀疑我是不是记错了藏宝图。于是我又找到了陈五天,重新核实了一次藏宝图的原图。核实之后,我发现藏宝图的原图与我记忆中的丝毫不差,那么星空之谜也就在这块石头上了。"

听尹正东说了这么多,殷典也觉得他父亲把这首诗的诗名刻在石头上,并将其投入月牙泉中,应该是另有深意才对。

殷典微微眯上双眼,再次回忆起当时李领军说起关于他父亲为何要写诗赠给李领军的场景来。

李领军说,他父亲当时开怀畅饮后大哭了一场,然后他父亲说要赠李领军一首诗,还说这首诗千金难得。

千金难得!

殷典想到这,不觉心头一颤,睁开眼望向尹正东道:"没错,这首诗的确是破解藏宝图秘密的真正密钥。"

"怎么说?"尹正东激动地说。

"我父亲当时在写下这首诗时,曾告诉身边的朋友说这首诗'千金难得'!我当时还以为这首诗只不过是我父亲那时心境的真实写照,千金难得的是他那种执着的精神。"

殷典微微叹了口气，道："恐怕他所说的'千金难得'其实指的是这首诗就是找到那些刻字甲骨的密钥，那些刻字甲骨才是真正的'千金难得'！"

尹正东听罢，一拍大腿，兴奋道："真他妈是千金难得的好诗啊！"

殷典此刻也终于想明白，这首诗为什么叫《赠阳关故友》了。

历史上，以诗歌赠送朋友最耳熟能详的当属李白的《赠汪伦》了，所谓"桃花潭水深千尺，不及汪伦送我情。"

因为这首诗，一个叫汪伦的人从此在中国文学史上乃至每一个中国人心中留下了鼎鼎大名。

赠送别人的诗，作者通常会在诗中表达对受赠之人的友谊之情，可他父亲的这首诗却并非如此。

粗看起来，这首诗明明是他父亲当时心境的真实写照，可他偏要将诗的名字写为《赠阳关故友》，总有一种诗名与诗的内容不相符的感觉。

现在想想，他父亲想赠的恐怕不是一首诗而是那千金难得的刻字甲骨，所以才叫《赠阳关故友》。

殷典再次微微闭上双眼，他试图想要从这首诗中找到可以破解藏宝图秘密的线索。

难道这是一首藏头诗？

说起这藏头诗，最家喻户晓的当属《水浒传》中梁山好汉为了拉卢俊义入伙，军师吴用和黑旋风李逵前去大名府，利用卢俊义正为躲避"血光之灾"的惶恐心理，口占四句诗文：

芦花丛中一扁舟，俊杰俄从此地游。义士若能知此理，反躬难逃可无忧。

这首诗每一句的头一个字，合起来就是"卢俊义反"四字，结果这首诗成了官府治罪卢俊义的证据，最终把卢俊义"逼"上了梁山。

于是殷典也将这首诗每一句的第一个字拿出来组合了一下：

"万韶若黄！"

这四个字组合起来语句不通顺，显然这首诗的玄机不在于此。

不是藏头，会不会是藏尾呢？

殷典想了想，又将每一句的最后一个字拿出来组合了一下：

"来白问台！"

这四个字组合在一起也是语句不通，显然玄机也不在于此。

此时的殷典陷入了深深的困惑之中,与此同时还有尹正东那炽热的眼神在灼烧着他。

看着殷典双眉紧蹙,良久不说话,尹正东在一旁焦急地问:"怎么样了,你怎么不说话啊?"

尹正东还生怕殷典不愿说出这诗中的秘密。

"再给我一支烟,也再给我一点时间!"

尹正东忙又为殷典点上一根烟,并道:"我觉得你应该想想你父亲当年有没有给你提起有关这方面的事情来,毕竟这么贵重的东西,也算是他的遗产了,他应该会想方设法留给后代嘛!"

"我父亲从来没有给我提起过这些事!"殷典摇了摇头道。

"他虽然没有直接给你说起过这些事,但肯定是给你留下了什么线索,你得好好想想!"尹正东焦急地说。

"我从小几乎没怎么见过我父亲!"殷典又是摇了摇头。

"那你母亲呢?你母亲给你说过这些事吗?"

"也没有!"

"不应该啊!我爷爷去世时,手里头仅有那三百块钱的存折都给我这个孙子了。"

此时尹正东在一旁已开始焦急地转起圈来,嘴里还在不断地嘟囔着:"你父亲一定会有什么线索留给你的,你一定要好好想想。"

"线索!线索!线索!"殷典被尹正东转得头都晕了,更是被尹正东带得也焦躁起来。

"别转圈了!"殷典有些烦躁地冲尹正东道,"你说得没错,我父亲肯定还会留下什么线索。"

"你想起来了?"尹正东兴奋地说。

"没有!但是我想线索应该就在你从月牙泉泉底找到的那块石头上!"殷典看向尹正东道,"可那块石头呢?"

"我不是给你说了吗?那石头没什么特别的,而且我也把它整块拓了下来,你要是想从石头上找到线索的话,完全可以去研究研究这个拓片嘛!"

"可这是二手资料,我需要的是一手资料!"殷典指着那张拓片道,"你是倒腾古董的,你应该知道想要判定一个古董是不是真品,那最好是观摩实物才对。"

尹正东挠了挠头，片刻之后，面无表情地说："那块石头被我砸碎了，我因为一直无法破解这几个字，还以为石头中会藏着什么秘密，可那只是一块石头而已。"

"你真是太急功近利了！"

殷典无奈地摇了摇头，此时也只能拿着那张拓片再仔细研究一番了。

可是单从这张拓片上来看的话，除了"赠阳关故友"这五个汉字外，也再没看到其他字。而且即便是这五个汉字，也是歪歪扭扭、模糊不清，要不是这几个汉字笔画比较多，而且刚好连在一起，估计也是难以辨识。

只不过殷典在观察这张拓片时，这一行汉字下面交错凌乱的纹路却引起了殷典的注意。

怎么说呢？

这是一张拓片，而且是从一块不太平整的石头上拓下来的，石头上凹凸不平之处往往也会被宣纸拓上，这就导致拓片上会显现出纵横交错的纹路来，其实不见得石头本身就有这么多纹路。

这就好比我们拿着一份文件去复印一样，如果原件有折痕，那么复印出来的文件上则会显示出一条明显的痕迹出来，从而影响复印件的阅读，可这条痕迹在原件中显然是没有的。

所以为了避免出现这种情况，原件在复印时通常要铺平展开，这样复印出来的效果才会更好。

显然石头是无法平展开的，拓片中也就不可避免地出现了交错凌乱的纹路。

可即便如此，殷典还是隐约觉得这张拓片中紧挨着这五个汉字的下面好像是两个甲骨文。

研究甲骨文这件事，不了解的人可能以为这些甲骨文专家是从出土的刻字甲骨上直接进行实物研究从而得出了研究成果。

可事实是，大量的甲骨文研究学者在研究甲骨文时更多的是对刻字甲骨的影印资料进行相应研究。

原因有两点：

第一点是，刻字甲骨是文物。如果每个学者在研究甲骨文时，都将刻字甲骨拿出来研究，先不说破坏文物与否，你总不能为了研究甲骨跑

251

到各大博物馆里研究吧，这显然是一件很麻烦的事。

第二点是，历史上出土的刻字甲骨有很多，但流失的或者损坏的也很多，而恰恰是因为有刻字甲骨的影印资料，学者们才能继续通过研究这些影印资料来研究这些刻字甲骨。

可研究影印资料时，往往又会出现一个很大的问题，那就是对某个甲骨文字进行破译时可能出现误差。

怎么说呢？

刻字甲骨大多数是用来占卜的，在占卜过程中，巫师会在这些甲骨上进行钻烧。

钻烧后的甲骨就会出现裂痕，这种裂痕被称之为"兆"，"预兆"这个词即来源于此。

可如果甲骨上的裂痕刚好穿过甲骨上的文字，那么对于识别甲骨文有时候会造成一些障碍。

比如一个字明明是三横一竖，可由于裂痕穿过文字时，这个字看起来好像是三横两竖。

这种障碍，学者研究刻字甲骨的实物时还好避免，可如果研究影印资料，那么就比较麻烦了。

殷典还曾因对一个甲骨文字的辨识获得过甲骨文学术界的高度赞扬，就是因为他通过对甲骨影印资料的细微观察排除了甲骨烧痕对那个甲骨文字的误读，并准确推测出那个字的真正字形。

二十年来甲骨文的研究，使得殷典在面对这些影印资料时有着极高敏感度，而也是这一点，让他大胆地猜测出紧挨着这一行汉字下刻着的两个甲骨文分别是：

甲骨文"五"和甲骨文"六"！

甲骨文的"五"是一个"叉号"形状，而甲骨文"六"这个字则是一个"屋檐"的形状。

这两个甲骨文的笔画很少也很简单，如果不是常年研究甲骨文，且单从一张拓片上来看的话，绝大多数人都将会认为这可能是石头上凹凸不平的纹路罢了。

殷典指着拓片上的这两个甲骨文冲尹正东道："你也对甲骨文有所研究，你当时就没注意到这石头上有可能还刻着一些甲骨文吗？"

尹正东皱着眉头，道："其实当时我也觉得这石头上刻着的可能是几个甲骨文。可我不是什么甲骨文专家,而且甲骨文数字一到十,字形都非常简单。很容易让人误认为有可能是当时刻字的人拿着刀子在石头上练手,甲骨文从一到四,就只是多了几横,哪怕是'五'也不过是个叉号。你说在石头上画个叉号和几条横线,谁又敢肯定这就是个字呢!"

"噢?"殷典看向尹正东淡淡道,"你既然不是甲骨文专家,那为什么你在我写的那本书上大肆批判我根本就不懂甲骨文呢?"

"那根本就不是我写的!那是……"尹正东说到这欲言又止,于是将话题再次转移了过来,"反正等找到宝藏后,你就都知道了。你还是继续看看这拓片上还有什么线索吧!"

多说也是无益!

殷典点了点头,再次继续仔细地观察起那张拓片来。很快他便又在这两个甲骨文的下方,辨识出来了一个"四"字。

甲骨文"四"就是比"三"多一横的"四条横杠。"

而在甲骨文"四"的下面,他又辨识出了两个甲骨文,分别是甲骨文"三"和甲骨文"四"。

在最下面,他最终又辨识出了甲骨文"五""六""七"三个字,甲骨文"七"和汉字"十"相似。

在这之后,殷典就再也没从这张拓片中辨识出其他的甲骨文了。

在月牙泉中找到的这块石头上竟然刻下了这么多甲骨文,很明显这是当初他父亲有意为之的,可他父亲为什么要将这些代表数字的甲骨文刻在石头上呢?

殷典双眉微蹙,在脑海里将这些字依次罗列:

第一行是:五、六。

第二行是:四。

第三行是:三、四。

第四行是:五、六、七。

不多不少,刚好是四行!

而且这四行甲骨文正好出现在《赠阳关故友》这首诗诗名的下方,难不成这数字其实是对应了诗中的某一字?

想到这,殷典再次回忆起他父亲的那首诗来:

万里寻得甲骨来,韶华不在头先白。

若是阳关故友问,黄沙埋没烽燧台。

殷典将数字一一带入其中，第一行筛选出"甲""骨"两字，第二行筛选出"在"字。

此刻，殷典已开始有些激动了。

紧接着，他从第三行中筛选出了"阳""关"两字，第四行则筛选出了"烽""燧""台"三个字。

如果将这几个字合在一起的话，那么就成了：

甲骨在阳关烽燧台！

殷典深吸一口气，原来这才是这首诗的玄机所在。

阳关烽燧台！

殷典首先想到当时在古阳关遗址附近，看到的墩墩山上的那一处汉代烽燧台遗址。

想到这，殷典抬起头，看向尹正东道："我知道那些刻字甲骨埋在哪了！"

"是吗？"尹正东激动地说，"在哪？"

"古阳关遗址附近，墩墩山上有一处汉代烽燧台遗址！"

"你的意思是那些刻字甲骨就埋藏在烽燧台遗址上！"尹正东此时已兴奋地颤抖起来。

可尹正东刚说完这句话，却又不禁提出了问题："那烽燧台可不小，难道我们要把那烽燧台铲平吗？"

尹正东说得没错，难道真要将烽燧台遗址铲平，才能找到那些刻字甲骨吗？

将烽燧台遗址铲平，那显然是不可能的。

这时尹正东又给殷典递上一支烟，再次提示了殷典一句："我想应该还有一些细节，你还没想到！"

细节！

什么样的细节呢？

猛然间，殷典再次想起一件事来，那就是当初他父亲在写这首诗时，将这首诗写在他和李领军合影的背面。

这算不算是一种暗示？

暗示那些刻字甲骨就是埋在当初两人合影之处的黄沙下。

"或许那些甲骨埋藏在烽燧台下！"殷典若有所思道。

"能说下具体位置吗？"尹正东激动道。

"说不清楚！"

"说不清楚？"尹正东有些疑惑。

"我还需要去找一个人，找到他拿上一样东西，或许就可以顺利找到那些刻字甲骨了。"

"那还等什么，我们现在就出发啊！"尹正东摩拳擦掌，跃跃欲试。

"好！"殷典点点头道，"我和那两个女孩说一声，咱们一起出发！"

"她们就算了！"尹正东扯住殷典的肩膀，冷冷道，"我不是给你说了嘛，她们究竟是谁，你都还没搞清楚！让她们跟我们一起，这是把自己往火坑里推！"

"是不是火坑，我心里清楚！"

"你心里清楚？别自以为是了！"尹正东冷哼一声，摆了摆手道，"色字头上一把刀！可别被她们骗了。"

"别把我想得那么猥琐，好吗？"殷典看向尹正东略微不高兴地说。

"好好好，你是君子行了吧，是我以小人之心度君子之腹！"尹正东扁了扁嘴道，"如果你心里真放不下这两个小妞，可以让她们在一个地方等你！找到那些宝藏后，随便你去哪，也随便你跟谁说，但在没找到那些宝藏前，这一切都必须保密。"

殷典最终拗不过尹正东，也只能照他说的做了。

当天，四人来到敦煌市区，尹正东将羽田千雪和斯嘉丽安排在了一处招待所中，便和殷典又一起马不停蹄地来到了阳关镇。

临走时，羽田千雪和斯嘉丽问殷典他们这是要去哪。

尹正东在一旁看得紧，殷典也不好透露本意，只说是和尹正东去办一件事，很快就会回来，并嘱咐她们好好休息。

之后两人在敦煌找了辆黑出租，便一同直奔李领军家，可让人想不到的是，此时李领军家前的胡同口处却停着一辆警用面包车。

尹正东一见到那辆警车，便远远地停下脚步依靠在一棵大树旁，并将殷典一把扯了过来，低声问殷典："怎么有警车？你不会是想给我下套吧！"

殷典也是一脸茫然，无奈道："我也不知道！"

"我可告诉你，你别给我耍花样！"尹正东拉下脸，阴沉地说。

"怎么会呢？"殷典解释，"要是真是个套，你怎么还能看到警车呢？这不是欲盖弥彰吗？"

"你说的倒也是！"尹正东点点头，"那我问你，你要找的人究竟是谁？"

"他是我父亲当初在阳关的一个老朋友！"

"什么老朋友？"

"有必要问得这么清楚吗？"

"当然了！"

"他是阳关的一个老邮递员！"

尹正东点点头，喃喃道："那就好！那就好！"说着，他已将扯着殷典衣服的手松开了。

殷典整理了一下衣服，询问尹正东："要不我先进去，看看到底是什么情况！"

尹正东斜睨向殷典，似乎是想从殷典的眼神中看出什么阴谋诡计来。

良久之后，尹正东才开口道："这样也好。你也正好打听一下这帮警察是不是从屯江来的。"

"没问题！"

说罢，殷典穿过胡同便向着李领军家走去，可当他刚一踏入李领军家的大门，却迎面撞到了屯江刑警队的陈铮队长以及一帮干警。

陈铮一看到殷典，不禁大吃一惊，道："殷教授！"

"陈队长！"殷典也是很吃惊。

"终于找到你了，你人安全就好！"

陈铮双手握住殷典的手掌，这一次殷典没有将手抽出来。

"你怎么来了？"殷典有些诧异。

"抓捕犯罪分子！"陈铮正色道。

就在两人说话之间，李领军的屋子里又走出了两个人，一个是李领军，另一个则是景岚。

再次见到殷典，景岚那原本沮丧的神情顿时一扫而空，兴高采烈地走到殷典面前，可一开口说话，声音却又不自觉地有些哽咽了。

只说了句"殷教授！"后面便怎么也说不出来了。

"怎么了！小景？"殷典上前安慰道。

景岚侧过身，捋了捋头发，不想让别人看到她眼角的泪花。

这时陈铮也看出了其中的端倪，他笑了笑说："殷教授，你不知道这几天，小景同志一直联系不上你，心里是多着急，还以为你出事了呢！"

"主要是我手机不在身上！"殷典解释。

陈铮伸手拍了拍殷典的肩膀，在殷典耳旁笑道："看来你单身是有原因的！"

"什么！"殷典一愣，脱口而出，"单身？"

陈铮笑了笑，道："行了，给你们单独留点时间，你们慢慢谈！"

这时景岚却转过身，抬起头，正色道："陈队长，你今天说话怎么怪怪的？我是很担心殷教授，但这是领导安排的任务，让我必须确保殷教授的人身安全。"

"好好好！"陈铮呵呵一笑道，"这个话题，我们就不谈了。"

殷典这才明白陈铮说这些话的意思，这真是遍地都是红娘。

殷典也有意转移话题，于是冲陈铮道："陈队长，不得不说你们干刑警的确实挺辛苦！为了追捕凶手不远千里来到敦煌，连个周末都不能休息！"

陈铮笑了笑道："我们也想休息休息啊，可这'9·17'连环杀人案的案子还没结，我这个专案组特别行动小组的组长怎么能睡得好觉呢！"

殷典一愣，问道："你的意思是，你们要抓捕的犯罪分子和'9·17'连环杀人案有关？"

"正是！"陈铮点点头道，"殷教授，不瞒你说，我们要抓捕的犯罪分子正是'9·17'连环凶杀案的真正杀人凶手。虽然他极其狡猾，但'天网恢恢，疏而不漏'，坏人终究会被绳之以法的。"

殷典倒吸一口凉气，想不到"9·17"连环凶杀案的杀人凶手竟然也来敦煌了。

陈铮说到这，又冲景岚道："小景啊，你就在这里陪着殷教授吧！务必保护好他的人身安全，我们先出去调查调查！"

说罢，陈铮招呼了周围的干警，便离开了。

这时在一旁一直没说话的李领军，则向前拉住殷典的胳膊，关切地说："大侄子，你没事吧？"

殷典笑了笑道："没事，让您担心了！"

"俺刚才看这女警官那么着急，还以为你出什么事了呢！"李领军哈哈一笑道，"不说这个了，今天说什么也得留在大叔这儿，喝个痛快！"

李领军说着，便拉着殷典朝屋子里去，并转头对景岚说："警察同志，你也要一起啊！"

殷典也正想问他要那张照片，于是便跟着他进了屋子。

一进入李领军的屋子，殷典就将注意力集中到了那张李领军和他父亲殷惟的合影照片上。

李领军也注意到了殷典的眼神，于是道："大侄子，怎么了？"

"大叔，我能借您这张照片用一用吗？"殷典问。

"当然可以！"李领军爽快地答应，"不过你借这个干吗？"

殷典自然不能说出这其中的缘由，只说他手里也没他父亲的照片，想拿去复印一份。

李领军欣然将那张合影交到了殷典手中，殷典此时还想着外面的尹正东，只说他现在有事，等下次一定和他喝个不醉不归。

李领军自然是不愿放他走，可殷典却依旧执意要离开，在一旁的景岚也问殷典究竟有什么事。

殷典支支吾吾地说不清楚，这让景岚很不高兴。景岚嘴角一扁，不高兴道："你肯定有事瞒我！"

殷典想起此前的种种，又觉得还是干脆把这些事简单扼要地告诉景岚吧！

可当殷典说到他准备和尹正东一起去寻找他父亲生前埋藏的刻字甲骨时，景岚却猛地站起身，紧张地说："你绝不能和尹正东一起！"

殷典一愣，随即道："我知道你们警方肯定要传唤尹正东以了解案情。我也知道尹正东绑架挟持你，这让你很气愤。但我想尹正东当时也是出于无奈，虽然有些防卫过当……"

殷典话还没说完，景岚便打断了他，冷冷地说了一句："防卫过当？这是他告诉你的吧！"

"怎么了？难道不是这样吗？"

"你知道'9·17'连环杀人案的真正作案凶手是谁吗？"景岚没有回答，而是反问了一句。

"难道不是那个神秘来电的主人吗？"

"可能是，也可能不是！"

"这是什么意思？"

"我的意思是，我们还不能确定那个神秘来电的主人是不是尹正东!"

"我有点搞糊涂了!"殷典双眉微蹙道,"那'9·17'连环凶杀案的杀人凶手究竟是谁?"

"尹——正——东!"景岚缓缓地吐出这三个字。

"是他?"

听景岚这么一说,殷典不禁大吃一惊。

他怎么也想不到,尹正东竟然会是"9·17"连环杀人案的真正凶手,不过警方既然这么说,那自然是已经有了确凿的证据。

事情转变得太快,快到殷典皱着眉头,一时怎么也接受不了。

看着殷典眉头不展、难以置信的样子,景岚有意提示了一下:"你还记得吗?当时我们一直有些地方想不通,我还说这其中感觉存在逻辑悖论,那就是尹正东为什么会对李桂花被害的现场了如指掌?还有就是尹正东为什么迟迟不报警?"

殷典缓缓抬起头道:"因为李桂花是尹正东杀的,所以他才对李桂花被害的现场了如指掌,而一个杀人凶手当然是不会报警的。"

"对!这样逻辑上才讲得通!"

"如果杀人凶手是尹正东的话,那神秘来电的主人应该不是尹正东!"殷典双眉微蹙道,"而是另有其人!"

"怎么说?"

"很简单,尹正东是想让我帮他找到我父亲生前埋藏的那些刻字甲骨,而神秘来电却不想让我再掺和进我父亲生前所做的那些事中。很明显,两个人的目的不同!"

"你说得有道理!"景岚点点头道。

殷典问:"案情怎么突然发生了这么大的转变?"

"你还记得那天我们去邮局把尹正东的一些东西寄给了局里吗?后来技术鉴定科仔细查了一下,尹正东衬衫袖口处的那块小小的血渍,通过提取DNA进行检测,竟然发现与那具在屯江发现的尸体上所提取的DNA完全相同。"

"也就是说被施以'沉祭'的人是尹正东杀害的了!"

"如果仅凭这一点,还不能断定杀人凶手就是尹正东。我们为此也问过嫌疑人,可嫌疑人却还是一口承认人是他杀的,他并不认识一个叫尹正东的人。可尹正东的衣服上竟然有死者的血渍,这显然引起了我们的注意。于是我们将更多的精力放在了被害人身上，试图从被害人身上找到突破点！"

景岚顿了顿道："所以确定死者的身份就成了最为首要的一件事，而这个问题显然又是一件棘手的事！"

"这是什么意思？"殷典不解道，"这么长时间了，死者家属如果一直找不到人应该会报警吧，确认死者身份应该没什么问题吧？"

"尸体之所以一直没人认领，是因为死者家属根本就不打算去认领尸体！"

"竟然还有这样的事，那你们最后又是如何确定了死者的身份？"殷典很是惊讶。

"尸检！"

"尸检？"

景岚点点头道："有一类精神病患者需要长期服用一种叫'氟哌啶醇'的药物，长期服用该药物往往会引起一些不良反应，比如引起血浆中泌乳素浓度增加，从而导致女性出现月经失调、闭经，而男性则会出现女性化乳房。"

"医学上的东西，我一概不懂！"殷典摇了摇头说。

"好，那我就先给你说下警方调查的结果吧！"景岚道，"这个死者是一个精神病患者，有严重的精神分裂症，而且长期住在精神卫生中心，属于重点看护对象！"

"嗯？"殷典略感惊讶，"之后呢？"

"我们在精神卫生中心确定了死者的身份后，很快也就确定了死者家庭成员的基本情况。"

景岚顿了顿，继续道："之所以这具尸体一直无人认领，是因为他只有一个亲哥哥，而那个亲哥哥恰巧是我们之前抓捕的那个嫌疑人！"

听景岚说了这些，殷典不禁微微叹了口气，道："这'9·17'连环杀人案的确是够扑朔迷离的。"

"更扑朔迷离的还在后面！"

"更扑朔迷离？"殷典面露惊讶之色。

"你忘了？还有一个死者——李桂花，以及尹正东店铺里的无头尸体！"

"噢？"

看着殷典一脸的茫然，景岚道："我还是从头给你仔细说吧！"

接着景岚开始从头说起警方这段时间对"9·17"连环凶杀案的调查情况：

"我们的老法医在初次对屯江发现的那具尸体进行尸检时，其实就发现了死者身上乳房部位的异样。

"不过当时由于大家都将注意力集中到了刻字甲骨上，后来警方很快又抓捕了嫌疑人，而且嫌疑人对作案经过供认不讳，这事也就暂时搁置了。

"虽然我们刑警队没有一直将注意力集中在这名死者身上，可我们这位老法医却将死者胸部的异样牢牢地记在了心中。

"在这之后，他经常向一些圈子里的朋友请教，到底是什么药物导致了这名死者的胸部出现了女性化特征。

"虽然有不少药物的不良反应会引起男性乳房女性化，但通过不断排除，终于在前几天，我们老法医得出结论，这名死者应该是服用了一种治疗精神病的药物从而导致其胸部出现女性化特征。

"一个不了解精神类药物的圈外人可能会觉得就算知道了死者是一个长期服用抗精神病药物的精神病患者，这对于确定死者身份也没有多大的意义。

"就像一个有高血压、糖尿病的人一样，该吃药吃药、该打针打针，这不是很正常的吗？

"总不至于因为知道对方有什么病，吃什么药来判断这个人是谁，叫什么名字吧。

"可问题是治疗精神病的药物属于国家管制药物，在药店以及一般的医院很难买到。

"而从死者的胸部特征看，他生前应该长期服用这类药物，如果想持续获得这种药物，那么他必须通过当地的精神卫生中心才能购买到，而且患者每次购买此类药物，精神卫生中心都会有非常明确的记录。

"这对于我们想要确定死者的身份显然是一条极为重要的线索，之后我们干警根据这条线索，对当地的精神卫生中心进行走访调查，最终确定了死者的身份，也确定了嫌疑人正是他的哥哥。

"当我们干警对嫌疑人进行审讯时，嫌疑人最后也承认他杀死了他的亲弟弟。至于为什么要杀死他亲弟弟，嫌疑人说他弟弟就是他的负担,所以他要杀了他弟弟来减轻负担。

"可当我们干警问及他之前为什么一直不说那个死者是他的亲弟弟时,他却说他既然都招了,也承认他就是杀人凶手,'杀人偿命,欠债还钱!'他已经注定是死罪,这还有什么好说的呢!

"之后我们干警又对他进行心理疏导,主要是说如果他有什么难言之隐的话,不妨就说出来,警方会为他尽可能地排忧解难。

"而且依照目前警方所掌握的证据来看,嫌疑人弟弟的死也一定与尹正东有着某种关联,他没必要为了别人背这个黑锅,从而让真正的犯罪分子逍遥法外。

"可嫌疑人当场却说他根本就不认识尹正东,至于背黑锅也是不存在的。

"同时他再次强调,人就是他杀的,与任何人无关。"

殷典听到这,不禁皱起眉头,道:"看来这个人是铁了心地想要背这个黑锅了!"

"没错!"景岚点点头,道,"所以我们要查清楚,他为什么要下这么大一个决心!"

景岚顿了顿继续道:"既然我们无法直接从嫌疑人身上找到突破口,那就想办法从别人那里找寻突破口。之后我们干警再一次去了嫌疑人家中,找到了嫌疑人的妻子,并对他妻子进行了一番询问调查!"

"那他妻子怎么说?"

"面对警方的询问,嫌疑人的妻子一直面无表情、冷言冷语。无论警方如何引导,她始终说她丈夫什么事都干得出来,她对她丈夫早就失望透顶了。还说她丈夫就是社会败类,希望警方尽早将嫌疑人枪毙了算了。"景岚扁了扁嘴说。

殷典倒吸一口凉气,感叹道:"一夜夫妻百日恩,怎么说夫妻一场,也不至于这么仇恨吧!"

"这可不好说,刑事案件中,可没少见夫妻反目成仇的案例!"景岚淡淡地说。

殷典耸了耸肩,道:"看来这条路也走不通了!"

"不过就在我们干警结束对嫌疑人妻子的调查后,嫌疑人的两个女儿却恰巧放学回家,与我们干警正好打了个照面。"

景岚顿了顿道:"我们干警最开始也没怎么留意这两个孩子,可是就在我们干警离开后，准备上车返回局里时，嫌疑人的大女儿却突然跑到干警身旁，并且直接钻进了车里。"

"噢？孩子有事想告诉警方？"

"没错！"景岚道，"孩子一上车，便跪了下来，求我们干警放了她爸爸，还说她爸爸没有杀人！"

"仅凭孩子的这些话，好像也算不上一个突破口吧？"

"如果孩子只是这么说，那也没什么，毕竟她只是个孩子，而且肯定希望父亲平安无事。关键是后来她提供了一件东西，这才引起了我们干警的重视！"

"什么东西？"

"那女孩从口袋里拿出了一张褶皱不堪的照片递到了我们干警面前，我们干警将照片展开后，却惊讶地发现，这照片竟然是嫌疑人和死者李桂花的一张合影。"

"那么说，李桂花生前和嫌疑人认识！"

"何止是认识，而且关系还很不一般！"景岚道，"从照片上看，嫌疑人和李桂花搂在一起，显得非常亲昵，当时我们干警就感觉这两个人存在着不正当男女关系。"

"嗯。"

"接下来，女孩的一番话让在场的干警大为吃惊，因为那个女孩指着照片上的李桂花说，是这个女人想害她爸爸！"

殷典听罢，唏嘘不已，只道："真是越来越扑朔迷离了！"

"后面还有更离奇的！"景岚顿了顿，继续说起警方对案件的调查情况：

"当时我们干警对小女孩说，小孩子千万不能胡乱说话，这样是不对的。

"可这个女孩却说她曾亲眼见到她母亲，拿着这张照片大骂她爸爸，说她爸爸背地里在外面乱搞女人。

"那小女孩转述起她妈妈的话也是毫无保留，说得很是难听。我们在场的干警都有些听不下去了，于是打断了女孩的话。

"可是从女孩的话中，我们了解到了一个重要的信息。

"也就是在这期间，她妈妈接到过一个电话，虽然小女孩听不清电话那头的声音，但是却听到了她妈妈说：'你这个臭不要脸的婊子，你

吓唬谁呢！还做鬼都不会放过我全家，信不信我报警抓你！'

"当时我们干警便推测这个电话可能是李桂花打的，而嫌疑人十有八九和李桂花有着不正当的男女关系。

"了解到这一点后，我们干警便开始对嫌疑人展开了新一轮的审讯工作。

"在审讯室里，我们干警直接将那张照片递到了嫌疑人面前，并问他到底和李桂花是什么关系。

"嫌疑人一看到这张照片，身体便开始不自主地颤抖起来，不过很快嫌疑人再一次恢复了平静。

"这一次，他主动向我们干警交代，说李桂花是他的一个情人。因为她一直在纠缠自己，想让他和他妻子离婚，所以他选择将李桂花杀死，省得烦心。

"虽然嫌疑人所说的作案动机合情合理，可是他越是这么说，我们干警反而越觉得他是在想办法为真正的犯罪分子顶包、背黑锅。

"因为通过我们对嫌疑人的审讯，已然发现嫌疑人根本就不懂甲骨文，也不是一个所谓的极端狂热分子。

"一个狂热的极端分子杀人行凶是为了所谓的'信仰'，可显然，嫌疑人所说的这些动机都在表明他只不过是一个'普通人'罢了。

"既然寻求外在的证据已不足以迫使嫌疑人如实地回答这些问题，那么就只有在嫌疑人身上找到突破口了。

"之后我们邀请到了省公安厅的犯罪心理专家，经过与犯罪心理专家反复探讨，最终我们得出了一个结论：

"简单来讲，虽然在一些刑事案件中，出现过有人愿意为真正的犯罪分子顶包、背黑锅的情况。

"但这些情况的前提是，这些人要么收到了好处或者受到了威胁，可如果一个人要以自己的生命为代价来给别人背黑锅，那么他要这些好处又有什么用呢？

"同理，一个人受到最大的威胁就是失去生命，而他现在承认犯罪就注定是死罪，那么这与被人威胁生命又有什么区别呢？

"也就是说，无论嫌疑人收到了什么好处或者受到了什么威胁，他都不应该用自己的性命来交换。

"除非收到好处的或者受到威胁的人并不是他自己而是别人，而且这所谓的'别人'应该在嫌疑人心中极为重要!"

"别人?"

听景岚说了这么多,殷典不禁开口道:"那会不会是嫌疑人的妻子抑或是他的女儿呢?"

"你说得没错!"景岚点点头道,"当时我们干警也持有这个观点!"

景岚顿了顿继续道:"之后我们的犯罪心理专家对嫌疑人展开了一番心理战,而突破口就在嫌疑人的女儿身上。原来尹正东曾多次威胁过嫌疑人要将他的女儿杀害,也正是因为这个,嫌疑人不得不甘愿为尹正东背这死罪的黑锅。"

"噢?"殷典双眉微蹙,愤然道,"这尹正东的心可真够狠毒的!"

景岚说到这,冲殷典道:"中间的审讯过程我就不说了,总之嫌疑人把案件的来龙去脉都说清楚了。"

景岚顿了顿继续道:"我们抓获的那个嫌疑人确实和李桂花有过一段时间的地下恋情,而嫌疑人也曾许诺李桂花,未来他将和自己的妻子离婚并与李桂花走到一起。

"嫌疑人之所以迟迟没和妻子离婚,只因他放不下两个女儿,可由于嫌疑人一直没有和妻子离婚,这引起了李桂花的强烈不满。她甚至一度以死亡来威胁嫌疑人,甚至还扬言她死了之后一定会化成厉鬼找他报仇,杀他全家。

"后来李桂花真的死了,可是来找他复仇的却不是李桂花而是尹正东。

"一天晚上,嫌疑人在外面喝完酒走在回家的路上,在巷子里猛然见到了一身红裙,满脸血红的尹正东。

"他还没反应过来,就被尹正东一棍子打翻在地,就此晕了过去。

"之后嫌疑人被绑架到了一栋老房子里,当他苏醒过来时,便发现那个身穿红裙的尹正东正用极为残忍的手段杀害他的亲弟弟,嘴里还时不时地发出女人的尖叫声,并不断地重复'我做了鬼,也要杀你全家!'

"可是尹正东在将嫌疑人亲弟弟杀死后,却一下子晕倒了,过了好长时间才苏醒过来。

"苏醒过来的尹正东惊恐无比,跑到嫌疑人面前恐慌地说他被李桂花的亡魂附了身,要是想活命他就必须要杀嫌疑人的全家。

"当时嫌疑人就吓坏了,他虽然文化程度不高,但是冷静下来后,还是难以相信这个世界上真的存在灵魂附身这件事。

"第二天,在嫌疑人被绑架的那个房间里,嫌疑人又一次见到了李桂花,只不过此时的李桂花已经死了,而尹正东身穿红裙正拿着刀割李桂花。

"尹正东尖声尖气地说:'我要让你知道负心汉的下场,我也会一刀一刀地割你老婆和孩子。'

"尹正东血淋淋地走向嫌疑人,嫌疑人吓得再次当场晕倒。

"当他再次醒来时,发现自己只是头上受了一点点伤,而尹正东已不见了。

"与此同时,嫌疑人发现绑在他身上的绳子被割断了,而且他的脚边多了一个DV机。

"当他打开DV机却发现,里面有一段录像,录像里的尹正东身穿红裙邪恶地笑着,手里还提着一把刀。

"紧接着镜头一转,画面中出现了两个女孩的身影。镜头里虽然是晚上有些看不清楚,但嫌疑人还是一眼便认出那是他的两个女儿,当时他就吓哭了。

"可是就在DV机慢慢靠近他的两个女儿时,画面却再次一转,转到了尹正东的脸上。

"此时的尹正东忽然变得惊恐起来,画面中的尹正东惊慌失措地告诉嫌疑人,他刚才差一点就把他两个女儿给杀了。他现在非常害怕,不知道为什么李桂花会找上他,他实在不愿意再杀人了。

"可在DV里,尹正东却说他最近找了一个老神父,老神父告诉了他一个可以摆脱李桂花亡魂的法子,但这个法子却需要嫌疑人配合他。

"具体的方法是,尹正东要用'换命'的方式来摆脱李桂花的亡魂。

第十九章
缉拿真凶

"换命？"殷典双眉微蹙，很是诧异。

"这只不过是尹正东'金蝉脱壳'的一个办法而已。"

景岚顿了顿继续道："尹正东当时告诉嫌疑人，说他将用一种特殊的方法与别人换命，可那势必会引起警察的注意。

"可换命成功后，尹正东还需要一个多月的时间进行潜心祷告，这段时间里，尹正东不能被外界所打扰，而嫌疑人也应该经常在教堂为他祷告。

"如果在这段时间里，嫌疑人在教堂碰到了警察前来调查一些案件，那么就证明尹正东已换命成功。

"为了避免被外界打扰，嫌疑人必须想尽一切办法以引起警方的注意力，为尹正东尽可能地争取时间。

"如果嫌疑人被警方抓捕后，被告知尹正东被杀了，那么他也必须承认他就是作案凶手。

"因为一旦走漏了消息，警方找上了尹正东，那势必会让尹正东前功尽弃。到时候，李桂花的亡魂再附身在尹正东身上，他一家子人都将会被残忍地杀害。

"至于一些作案细节，嫌疑人一概不用对警方多说，只需要反复承认人是他杀的就好了。

"最后尹正东还嘱咐他，只要嫌疑人再挺过一个多月的时间，尹正东肯定会为他找最好的律师来搭救他。

"人不是他杀的，就不是他杀的。尹正东手里有大量的证据来证明嫌疑人不是真正的杀人凶手。

"到时候，为了答谢嫌疑人，尹正东还会给他丰厚的回报。"

景岚说到这，殷典不禁连连摇头，感叹道："真是连篇鬼话！恐怕嫌疑人就算按照尹正东所说的那样做，尹正东也不会去搭救他的。"

"其实嫌疑人也想过这个问题，可是他没办法！"景岚顿了顿道，"因为尹正东在文玩市场杀完人后，还曾见过一次嫌疑人，送给嫌疑人一辆黑色的摩托车，让他将车子骑到教堂里去。尹正东还告诉嫌疑人，他已换命成功了，剩下的事就全靠嫌疑人的配合了。如果嫌疑人不按照尹正东说的那样做，那么他两个女儿一定活不过八月十五。"

殷典听罢，不禁长叹一声："父爱如山啊！"

"是啊！"景岚点点头道，"尹正东做的那些神神鬼鬼的事可能是假的。可嫌疑人却亲眼见到过尹正东残忍地杀害了他弟弟，这可不是假的，这足以证明尹正东就是一个心狠手辣的杀人狂魔。"

景岚说到这，看向殷典道："至于李桂花手机上出现的那条'殷典害我'的信息，现在看来，想要陷害你的正是尹正东！我不让你再和尹正东见面，是怕他会害你！"

殷典摇了摇头道："他还不想害我，起码现在不想，因为他想利用我找到我父亲当年埋藏的刻字甲骨。只是我实在搞不懂，他为什么要杀这么多的人？虽然他口口声声说自己是身不由己，是为了自保才这么做的。可杀这么多人对于找到那些刻字甲骨又有什么帮助呢？"

不过要说尹正东就是连环凶杀案的真正凶手的话，殷典现在倒是有一条不太严谨的证据。

那就是在作案现场出现的甲骨文卜辞。

甲骨文卜辞有一定的格式。一条完整的卜辞，可分为前辞、命辞、占辞、验辞等部分。

前辞，指占卜的时间和人名。

命辞，指所要占卜的事项。

占辞，指兆文所示的占卜结果。

验辞，指事后应验的情况。

当然这是比较完整的情况，很多甲骨文卜辞只有前辞、命辞，比如出现在作案现场的那些卜辞就只有前辞、命辞。

李桂花家发现的卜辞为：辛亥卜，东贞，酒王亥，卯一犬，岁一人。兹用。

丁亥指的是时间，东贞指的是一个名字叫"东"的占卜人在占卜刻字。

无论是在死者胃里面发现的甲骨文卜辞，还是文玩市场发现的甲骨文卜辞，这些占卜刻字的人都是一个叫"东"的人在执行。

如此看来，完成这些刻字占卜活动的人应该是同一个人，也就是一个名字叫"东"的人。

可巧尹正东的名字中刚好有一个"东"字！

当然，仅凭这段卜辞来证明尹正东就是杀人凶手，显然是不严谨的。

看着殷典一直沉默不语、若有所思的样子，景岚开口问道："殷教授！怎么了？"

"没事！"殷典回过神道，"既然你们警方已经有确凿的证据，证明尹正东就是杀人凶手，那还是将他尽快捉拿归案的好！"

殷典顿了顿，继续道："他人现在就在外面不远处的一棵老槐树旁，你们现在就可以去抓他了！"

"送上门了！"景岚秀眉一挑道，"这一次，我倒想看看他还能跑到哪去！"

说罢，景岚将了捋袖子，便朝着屋外走去。

"等一下！"殷典叫住景岚，"他认识你，这个尹正东反侦查能力很强，只怕你一出去，他就跑了！"

"这我倒是见识过。"景岚停下脚步，"我还是给陈队打个电话吧！"

殷典摇了摇头道："这个尹正东的手段我也是见识过，直接对他进行抓捕恐怕并不好抓！而且这地方人也多，到时候他要是被你们追得穷途末路，恐怕会伤及一些无辜的人。"

"这倒也是！"景岚点点头道，"那你有什么好办法吗？"

"不如来个瓮中捉鳖！"殷典若有所思道。

景岚呵呵一笑，道："看来这次需要你这位历史学教授来指导警方抓捕犯人了！快说！快说！"

"看来我要班门弄斧了！"殷典笑了笑说。

"我可没有嘲笑你的意思！"景岚笑道，"你还是快说说吧！"

269

"我是这样想的!"

殷典顿了顿道:"你们可以先去墩墩山的汉代烽燧台那里埋伏起来,我先拖延一下时间。到时候,我们挖出那些商代刻字甲骨后,尹正东肯定会很兴奋,会将所有的注意力都倾注到那些甲骨上,你们可以出其不意地将尹正东抓捕。何况那地方地势宽阔,少有人烟,尹正东就是想跑也跑不了。"

虽然殷典说得在理,但是景岚却还是很担心殷典的人身安全。

殷典安慰景岚说,在没找到那些甲骨前,尹正东绝不会伤害他的,让她放心就好,并再次让景岚抓紧联系陈铮他们,现在就赶往墩墩山。

之后,殷典走到李领军面前,满脸歉意地说:"李叔,您的心意我收下了,不过这次真不是时候,只能下次了。"

李领军见他去意已决,留是留不住了,便道:"希望你一切顺利。"

说罢,殷典便转身离开,可他才刚走到门口,却又转身返回,冲李领军道:"李叔,您家有酒吗?"

"酒,当然有了!"

"我想喝两口!"

李领军大喜:"你是准备要留下了!"

"不是!"殷典摇了摇头道,"我只是想喝两口酒!"

李领军也不明白殷典究竟想干什么,便将一桶散酒递到了殷典面前。

殷典抬起酒桶,咕噜咕噜连喝三口,最后抹了抹嘴角,这才转身走出大门。

不过当殷典再次回到那棵老槐树旁时,却并没有发现尹正东的身影。

难道尹正东已经敏锐地察觉到警方正准备对他进行抓捕吗?

就在殷典诧异之际,一块小石子扔在了殷典面前。

殷典一愣,随即四处张望,只见街角有一个人正在向他招手。殷典定睛一看,那人正是尹正东。

可当殷典朝着尹正东走去时,尹正东却并没有停在原地等他,而是径直走开了。

直到走到一处没人的地方,尹正东这才停下了脚步,转过身面无表情地望着殷典。

说实话，再次见到尹正东，殷典不免有些紧张起来。

除了殷典已经知道尹正东是"9·17"连环杀人案的真正凶手外，最主要的还是殷典给警方出谋划策想要将他抓捕归案。

俗话说"做贼心虚！"

殷典虽然不是"贼"，可尹正东投来的眼神总有一种要看穿他的样子，让他不自觉地心里有些忐忑。

"你怎么去了这么久？"尹正东歪着头斜睨向殷典。

"嗨，别提了！"殷典佯装若无其事的样子，笑道，"主要是我父亲这位老朋友非要留下我喝酒，要是我不喝，就不给我那样东西！"

尹正东在殷典身上闻了闻，确实有些酒味，便又问殷典，"那些警察是来干吗的？"

"好像是来调查一起盗窃案的吧！"殷典解释，"我刚进去没一会儿，他们就走了！"

陈铮他们确实是在殷典进去后不久便出来了，殷典这么说倒也合情合理。

尹正东点了点头，冲殷典道："东西拿到了吗？"

"拿到了！"

"行！"尹正东点点头，道，"我们现在就出发，省得夜长梦多。"

"咱们两个就这样空手而去吗？"

"怎么了，你什么意思？"

"我的意思是，那些刻字甲骨要是埋在地下，咱们起码得买个铁锹、锄头之类的工具去挖吧！"

"有道理！"尹正东点了点头道，"我差点把这事给忘了！"

之后，两人在镇上寻找了一番，买了两把铁锹和几个蛇皮袋子，又在镇上找了一辆黑出租。

准备妥当后，两人便向着墩墩山汉代烽燧台遗址出发了。

算了算时间，殷典估摸着此时陈铮他们应该已经到达烽燧台遗址了。

可一路上，尹正东一直默不作声，只是目不转睛地望着前方。

而此时的殷典，却有些坐卧不安，和一个杀人犯一起去寻找宝藏，危险可想而知。

车子缓缓地停在了墩墩山下，尹正东却并没有急着下车，而是点上一根烟，静静地看着远处的烽燧台遗址。

良久之后，尹正东才开口说了这么一番话："当年算命的说我命属'七杀'！说我若生逢乱世，可做一方霸主。若生在和平年代，那只能是'匣中之虎'，虎困匣中，焉能有所作为！"

尹正东说到这，转过头冲殷典撇嘴一笑，道："殷教授，你知道'七杀命格'是什么意思吗？"

殷典摇了摇头，示意不知道。

尹正东又点上一根烟，深深吸了一口，缓缓吐出道："'七杀'是古时候七种杀人罪的合称，即谋杀、劫杀、故杀、斗杀、误杀、戏杀、过失杀。"

"这种江湖术士的话，岂能当真！"殷典摇了摇头道，"如果算命真的有那么准的话，那么盛行商代数百年的甲骨占卜也就不会消失了。"

"是吗？"尹正东道，"殷教授有高见？"

"甲骨占卜之所以在商代如此盛行，不是因为其预测吉凶的准确与否，而是因为政治的需要。当然了，如果政治不需要了，那么它也就注定会消亡了。"

"什么政治不政治的，一句没听懂！"尹正东冲殷典道，"你先下车吧！抓紧去找我们要找的东西，这次可千万别再让我失望了！"

殷典只得先下了车，一面走一面掏出那张合影，在走到烽燧台遗址下时，他伸直胳膊将照片竖在面前，对照着眼前的烽燧台，开始寻找当时他父亲殷惟和李领军合影的地方。

虽然此时的烽燧台遗址比起当初他们合影时已经有些损坏，但是还是可以辨别出他们当时是在烽燧台正南方五六米的地方拍摄的这张照片。

经过反复确认，殷典最终确定了当时两人照相的具体位置。

这时尹正东也走下车，拿着铁锹和蛇皮袋子来到了殷典身旁，冲殷典道："找到了吗？"

殷典指了指脚下的黄沙戈壁，道："应该就在这附近！"

"那还等什么？"尹正东扔给殷典一把铁锹，兴奋道，"挖啊！"

说完，尹正东已挽起袖子，挥起铁锹开挖起来。

此时殷典一面拿着铁锹挖掘，一面则开始四下留意，试图找到陈铮那些人的踪迹。

这地方确实正如他之前说的那样，可谓是地势宽阔，少有人烟，要是陈铮他们埋伏在这里对尹正东进行抓捕，尹正东还真无所遁形。

可现在的问题是这地方整个是一片黄沙戈壁，连棵树都找不到，陈铮那些人又会埋伏在哪里呢！

就在殷典困惑之际，尹正东已汗流浃背地挖出一个大坑，足足挖了有半米多深。

"抓紧啊！"尹正东摸了摸额头的汗珠，冲殷典不满道，"你们这种文化人干个活怎么这么费劲！"

"主要是好久没干过体力活了，这一干还有点不适应！"

"真是五谷不分，四体不勤！"

尹正东埋怨了一句，便又开始拼命地挖掘起来，殷典也跟着挖掘起来。

就在殷典一铁锹铲进沙土中时，只觉好像铲到了什么东西，以至于铁锹出现了打滑。

这时尹正东也停了下来，抬起头冲殷典道："有东西！"

接着，尹正东将铁锹扔在了一旁，开始徒手进行挖掘，慢慢地，在沙土之下，一块鼓鼓的羊皮呈现在了两人面前。

"终于找到了！"尹正东深吸一口气，双手抓住羊皮，奋力地将整个羊皮袋子从沙土中提了起来，放到了沙坑一侧。

接着尹正东从沙坑中跳了出来，随手便从身上拿出一把匕首在羊皮袋子上一划，只见里面整齐地摆放着一块块商代刻字甲骨。

尹正东激动地拿出两块，整个身体都开始不自觉地颤抖起来，看得出为了这一刻，他付出了太多太多。

虽然尹正东为了找寻这些甲骨付出了太多的心血，可当年殷惟为了埋藏这些甲骨不也是付出了太多太多的心血吗？

殷典的脑海里渐渐浮现出父亲那白发苍苍的模样，以及他佝偻着背在这里埋藏这些甲骨时的情形。

看着眼前的这些甲骨，似乎这上面还保留着当年父亲的气息，殷典不自觉地蹲下身，伸手从羊皮袋中拿起一块刻字甲骨。

可当他刚想要仔细看看这片甲骨时，尹正东却一把将那块甲骨夺了回去，并冷冰冰地说了句："这都是我的！"

殷典看着尹正东那阴鸷的眼神，不觉有些毛骨悚然起来！

可当初他父亲煞费苦心地将这些刻字甲骨埋在这里，肯定不只是为了让人找到这些刻字甲骨，这里面一定还隐藏了什么其他秘密。而这些秘密，正是殷典想知道的。

殷典冲尹正东道："你不是说，等找到我父亲埋藏的东西后，我们各取所需吗？你放心，这些刻字甲骨，我不会要的，但我想看看这里面还有没有什么别的东西！"

"行！"尹正东爽快地答应，"没问题！"

殷典没想到尹正东竟然会如此爽快地答应了，看来他还真是讲信用的人。

殷典蹲下身开始在羊皮袋里翻找起来，最终他在一块甲骨下面找到了一本书！

殷典将那本书拿在手中，吹了吹上面的尘土，只见封面上印着几行字：

标准电码本

BIAOZHUN DIANMABEN

中华人民共和国邮电部

殷典双眉微蹙，难道他父亲当年费尽心思为的就是将这本书藏在这里吗？这明显不符合常理啊！

接着，殷典开始翻阅起这本书来，还没翻几页，只见一封信从书中掉落了下来。

一看到这封信，殷典已然激动起来，可就在殷典刚要将信捡起来时，却突然听到了一声枪响。

随即殷典只觉后脑勺一阵疼痛，一把铁锹跟着跌落到了身旁。

殷典猛然站起身，竟然发现尹正东正捂着左手手腕，手腕处还正向外渗着血液。

就在殷典诧异之际，一个人高声喊道："殷教授，你没事吧？"

这是陈铮的声音！

殷典忙环顾四周，却并没有发现陈铮的身影。

"殷教授，我们在上面呢！"

殷典抬起头，只见陈铮、景岚正举着手枪，站在烽燧台之上。

原来景岚他们早就来了，只不过这里放眼望去全是戈壁黄沙，根本找不到个藏身的地方，两人只得爬到烽燧台上躲了起来。

"尹正东，你的心可真够黑啊！"陈铮站在烽燧台上高声说道。

尹正东面无表情，可双脚却开始挪动起来。

陈铮对着天空又放了一枪，道："你跑得再快，有子弹快吗？"

陈铮刚说完这话，只见远处一辆警用面包车正朝着这里快速驶来。

尹正东转过头，双眼怒视着殷典，愤恨道："你出卖我！"

"你怎么不说，你刚才想杀我呢？"殷典冷冷地回道。

"我可不敢杀你，我只是想把你打晕而已！"

"你不敢杀我？"殷典冷哼一声道，"你杀的人还少吗？"

"这不过是有人想引你入局而已，而我和你都不过是一颗棋子！我之所以选择这么做，只是不甘心给别人当一颗棋子罢了！"

"想引我入局的人恐怕就是你吧！"殷典愤然道，"只是我想不明白，如果只是为了找寻我父亲当年埋藏的这些刻字甲骨，你为什么要杀这么多人？如果你一开始直接找到我，给我说明一切的话，咱们说不定可以愉快地进行合作，你也不至于走到现在这个地步！"

"要不是有人让我引你入局，我怎么知道你是'惟殷先人'的儿子！"尹正东摇了摇头，道，"看来你还是想不明白，我这是在救你！你早晚会后悔的，警察把我抓了，你将再次回到风口浪尖之上，你这颗棋子将永远走不出棋局！"

"你口口声声说，是有人想引我入局！那你倒是说说，那人究竟是谁？"

"答案就在我的后背上！"

"后背？"

显然这个问题，吸引了殷典，以至于殷典不自觉地向前走了一步，试图绕到尹正东的后背看个清楚。

可殷典才刚迈出一步，却瞥见尹正东的眼神为之一变。他那近似一头饿狼般的眼神，不禁让殷典心中一颤。

这时他才发现尹正东手上正紧握着一把匕首，尹正东这突然一变的眼神，让殷典猛然觉醒。

尹正东是想在自己慢慢靠近他之后，他好将自己控制住，以做他的人质、挡箭牌。

殷典停下脚步，望着尹正东，冷冷道："你的心的确够黑。你想要答案，不用急于一时！"

"虎出于匣,要么吃人,要么被杀!"尹正东扁了扁嘴,惨然一笑,却缓缓举起手中的匕首放到了自己的脖颈处。

"别!"

殷典见尹正东竟突然拿起匕首想要自刎,忙走向前想要阻止。

可他哪里知道,这不过是尹正东设下的又一个圈套,此时的尹正东见殷典走向前,那原本放在脖颈处的匕首突然一转径直刺向了殷典。

眼见那把匕首就要刺向殷典的胸膛,这时又是一声枪响,尹正东的胳膊上直接喷出一注鲜血,匕首也跟着掉落在了地上。

这时两名干警也及时赶到,直接将尹正东扑倒在地,并将其双手反铐在背后。

此时尹正东虽然被按在地上,满嘴都是黄沙,可他却一直梗着脖子,一言不发恶狠狠地望着面前的殷典,就好比一头虽然被猎人捕获的狼,总有一种试图要将猎人反咬一口的架势。

殷典转过头,不愿再与尹正东对视,他倒不是怕这头"狼"此时会来反咬他一口,而是他觉得眼前的尹正东虽然阴险毒辣但又显得那么可怜。

一个一直试图和命运作斗争的人,终究还是被命运戏弄了一番。

这时景岚和陈铮也顺着绳索从烽燧台上爬了下来,陈铮则嘱咐那两名干警先将尹正东押送到警车上并好好看管。

看着两名干警拖着尹正东僵直的身体缓缓向着山下走去,殷典微微叹了口气,原来"狼狈不堪"这句成语用来形容一头"狼"才是最恰当的。

"你刚才怎么回事!"景岚皱起眉头,冲殷典生气道,"你知不知道刚才你很危险,你怎么能在那种情况下,一而再地想靠近尹正东呢?"

还没等殷典回答,陈铮先开口道:"小景,你怎么能这样跟殷教授说话?"

说罢,陈铮向前握紧殷典的手,满怀感激道:"殷教授,真是太感激你了!没有你的计策,我们一时半会儿还真是很难将尹正东这个大滑头抓捕归案。"

"哪里的话,要不是你及时出手,这坑恐怕就是我的葬身之所了!"殷典说着,用下巴指了指面前的那个土坑。

"这个你该感谢小景,两枪都是小景开的。"陈铮笑了笑,看向景岚道,"枪法是真够牛的,不愧出身于警察世家啊!"

"有什么好谢的,只是职责所在而已!"景岚扁了扁嘴道,"再说了,要不是殷教授为了配合我们抓捕凶手,他也不至于身处危险之中!"

"不管怎么说,还是要谢谢你!"殷典微微一笑,伸出右手示意与景岚握手。

不过景岚却没有伸出手去跟殷典握手,而是双手抱膀,冲殷典道:"我们之间需要这么假客套吗?"

殷典有些尴尬,不过这时陈铮也看出了殷典的尴尬处境,于是陈铮开口转移了话题。

"尹正东费了这么大的劲,就是为了找这羊皮袋子吗?"陈铮指着土坑旁的羊皮袋子说。

"确切地说是为了这羊皮袋子里的刻字甲骨!"殷典也借机回避尴尬。

"就为了这些东西,他有必要杀这么多人吗?"

"只能说是'人为财死,鸟为食亡'!"

"这东西很值钱吗?"陈铮一只手捏起一块刻字甲骨漫不经心地左右翻看着。

"你手上的那块上面有很多甲骨文,估计在古董市场上能值几百万吧!"殷典微微一笑。

"啊,这么贵啊!"

陈铮听罢,原本一只手捏着那块甲骨的,急忙改成双手托举。

他低下头看了看羊皮袋子中的几百块甲骨,不禁诧异道:"照你这么说,这羊皮袋子里的甲骨总价值岂不是要几十个亿了!"

殷典点点头道:"市场价虽然是这个情况,不过这都是我们的国宝,是不允许私人买卖的。这些甲骨有着极高的历史价值,是我们研究中国历史的第一手资料。"

陈铮忙将手上的甲骨小心翼翼地放入羊皮袋中,站起身道:"还真是'人为财死,鸟为食亡'!这么看来,尹正东的作案动机就再清楚不过了!"

"尹正东的作案动机是求财,可有些人却是为了这封信!"殷典说着,从那堆甲骨中再次捡起那封信。

"信?什么信?"

"用尹正东的话说，我父亲生前一直在寻找'上帝'，而且有一帮人认为我父亲已经掌握了寻找上帝的一个重大线索。我想这封信就是那些人所说的线索吧！"

"什么？"陈铮诧异道，"寻找上帝，这也太扯了吧！"

"确实有点太扯了！尹正东还说我卷入了一场三千多年前的战争，而战火已经烧到了我的身上。"殷典说着已将那封信展开，只不过他却根本看不懂信的内容。

陈铮也凑过来，看向那封信，不禁诧异道："这上面写的都是些什么乱七八糟的。"

这时一直在一旁沉默不语的景岚开口道："信的内容被加密了！"

"加密了？"殷典看向景岚道，"什么意思？"

"我也不太懂这个，不过我们倒是可以回去找个研究这方面的专家，让他帮忙解密一下。"

殷典点点头，道："正好我有一个大学同事，他对密码学很有研究，我可以找他帮下忙。"

之后，三人将这些刻字甲骨装在了蛇皮袋子中抬上了警车。

原本他们是想直接回屯江，可殷典说他有两个朋友现在还在敦煌市区，需要接上她们一同回去，于是警车开始朝着敦煌市区方向驶去。

可就在车子刚刚驶入省道，正前方的道路却被一群羊挡住了。

羊群顺着省道慢悠悠地走着，足足有七八百只，使得汽车根本无法通过。

虽然驾驶员急促地按着喇叭，惊了车前的几只羊，可整个羊群却不为所动，依旧在慢悠悠地走着。

陈铮指挥驾驶员小刘，让他下车跟牧民说一下，他们现在有任务在身，希望他们能配合一下，让牧民先把羊群赶下公路。

那几个牧民满口答应，可羊群却依旧没有什么变化！

可就在此时，殷典却从后视镜中看到一辆皮卡车正从警车后方快速驶来，殷典一愣，暗叫一声："不好！"

第二十章
那个秘密

这正高速驶来的皮卡车分明就是那个叫沙陀的牧民开的那辆!

"陈队,小心后面那辆皮卡车!"殷典冲陈铮紧张道。

"怎么了?"陈铮诧异道。

"他们和这尹正东是一伙的!"

"一伙的?"

"这伙人手里有枪!"

殷典刚说完这话,车内几名干警便纷纷掏出配枪,神情瞬间变得严肃起来。

陈铮双手持枪,后背紧靠着汽车的座椅,透过后视镜,只见那辆皮卡车依旧在高速地驶来,丝毫没有一点想要放慢速度的打算。

"不好,他们这是想撞车!"

陈铮说罢,冲驾驶员小刘道:"小刘,快开车,撞出一条路来!"

小刘听罢,踩下油门,便向着前方的羊群冲了过去。

这时就听车外的山羊发出一阵阵惨叫声,可现在他们也顾不上这么多了。

不仅他们顾不上这些羊群,身后的皮卡车也根本就不顾及羊群,直接撞向了这群慢慢悠悠的山羊。

不过车子撞在山羊身上,也使得车子速度慢了下来,两辆车的距离也开始慢慢拉近。

这时就听警车外传来数声枪声,殷典几人只觉车子向左一歪,整个警车内的人也跟着歪向左边。

刚才那几枪，已然打中了警车左后方的轮胎，车子歪歪扭扭就更跑不快了。

"他大爷的！"陈铮骂了一声，吐了一口血，"竟然敢袭警！"

陈铮毫不示弱，他摇下车窗，便向着身后的那辆皮卡车连开三枪，皮卡车内的人也向着警车开始胡乱射击！

"嘭嘭嘭……"

"啪啪啪……"

一阵阵枪声中还夹着子弹撞击车身和车窗玻璃破碎的声音。

陈铮起初还向着车外瞄准了才打，此时已整个人窝在车里，只是举着枪向着车外一通乱射。

殷典哪见过这种阵势，此时整个人都蒙了，好在身旁的景岚一把将殷典按倒，让他趴在车座上不要乱动。

这一次，景岚不再窝在车内，她深吸一口气，直接抓着车窗，半个身体探出车外，朝着皮卡车便开始射击。

也不知景岚击中了什么，只见那辆皮卡车突然在公路上打了个圈，就此侧翻了过去。

这时景岚重新回到车内，异常冷静地说："我击中驾驶员了！"

"厉害啊，小景！"

车内的一帮男警察纷纷赞扬景岚，可陈铮却催促驾驶员小刘道："小刘，别停车，继续向前开！"

此时车子内的尹正东却突然开口骂道："真是一群猪！"

"你骂谁呢？"陈铮怒视着尹正东，指着他的鼻子说，"我告诉你，尹正东，你死上十回，都抵不了你犯的罪！"

尹正东冷哼一声，道："我是骂这群笨得像猪一样的乡巴佬，不知道用脑子办事！"

"这些人和你是什么关系？"

尹正东没有回答，而是意味深长地说了句："天下熙熙，皆为利来。天下攘攘，皆为利往！"

陈铮怒气冲冲地一拳打在了尹正东的身上："我告诉你，到了局里，你最好老实交代！"

尹正东没有理会陈铮，反而哈哈大笑起来。

"闭嘴！"陈铮怒喝。

可陈铮越是这么说，尹正东笑的声音反而更大了。

最后陈铮直接让两名干警，用一卷卫生纸将尹正东的嘴巴堵上了。

警车一歪一扭地向着前方行驶着，直到确定身后已经无人在追赶时，陈铮才命令停下车子，换上备胎继续前行。

车子到达当初斯嘉丽和羽田千雪住的招待所时，已经是晚上了。

殷典急匆匆地走进招待所去找她们两人时，却发现此时的房间里住着的竟然是一个二十多岁的男孩，根本就没发现两个女孩的身影。

殷典询问那个男孩，这房间不是两个女孩住的吗？

这男孩却说，他压根就没见过两个女孩，还说你们有完没完，我不是已经说过了吗？

"已经说过了，这是什么意思？"殷典有些诧异地问。

谁知那个男孩却气鼓鼓地说："不知道！"

说完，便一把将房门关上了。

可门一关上，殷典却瞬间紧张起来，羽田千雪和斯嘉丽难道出事了？

现在想想，沙陀那帮人突然出现在阳关烽燧台遗址附近，而且一出现就开始袭警，他们肯定是有备而来，而这消息一定是尹正东告诉的五天姥爷。

尹正东和殷典在到达汉代烽燧台遗址附近后，当时尹正东曾让殷典率先下了车，而尹正东在车里还待了一段时间，或许就是在这段时间里，尹正东将所有消息透露给了五天姥爷。

这尹正东和五天姥爷的关系，恐怕不是他们两人说的那么简单。

或许，当时尹正东之所以可以轻而易举地将三人从五天姥爷手中救出，这本来就是尹正东和五天姥爷联手做的一个局。

他们的真实目的不过是想换取殷典的信任，好让殷典为他们破解那份藏宝图的秘密罢了。

想到这，殷典只觉整个脑袋开始一阵阵地抽疼，这些日子他实在受够了。

可就在他双手扯着头发，痛苦无比时，对面的房门却打开了。

紧接着一个人影从房间里跳出，一把从背后抱住了殷典。

殷典大吃一惊，忙想挣脱那人的双手，这时却听一个声音道："殷叔叔!"

竟然是斯嘉丽!

殷典大喜,转身也不禁一把将斯嘉丽抱住,而此时门口还站着笑靥如花的羽田千雪。

"你们怎么住对面了?"殷典问道。

斯嘉丽笑了笑说:"这都是千雪姐姐的主意,不过现在看来千雪姐姐是对的。"

羽田千雪笑了笑,说起了前因后果。原来殷典和尹正东走后,羽田千雪待在房间里总是坐卧不安,只觉这尹正东怎么也不像是个好人,甚至觉得他和那个五天姥爷是一路人。

她和斯嘉丽被尹正东安排在这个地方,也不知尹正东是否另有所图,于是她便和斯嘉丽商量着换个旅馆。

可是两人苦于身上没钱,又加上她们怕换了地方后,殷典会找不到她们。

于是羽田千雪便想了个办法,和对面的一个男孩子交换了房间。

女孩子长得漂亮有时候真是很好说话。那个年轻男孩见两个女孩长得漂亮便欣然答应了,而羽田千雪则告诉那个男孩,如果有人来找她们的话,希望他千万不要告诉他们,她们就住在对面。

她说她们要给来找她们的人一个大大的惊喜,希望他能配合她们两个人。

那男孩欣然接受,所以当殷典询问那个男孩时,那男孩只说根本没见过有两个女孩。

不过羽田千雪的想法是对的,因为除了殷典来找她们两人外,确实也有其他人来找过她们,而且就在半个小时前。

不管怎样,两个女孩现在能安全无恙,对于殷典来说,就是莫大的慰藉。

为了避免再节外生枝,当天晚上,一行人便连夜赶回屯江,马不停蹄地一连走了两天两夜。

看起来,这也算得上是一次收获之旅了!

警方不仅抓获了"9·17"连环杀人案的真正杀人凶手,还找到了明德神父留在中国的那些刻字甲骨。

至于五天姥爷那帮人,两地警方在这之后也已制定了初步的抓捕方案，只是这群人居无定所，以至于行踪不好捉摸，这对于警方来说确实是个不小的工作量。

回到屯江后，殷典便将那些刻字甲骨暂时存放在了当地的博物馆，小地方一下子哪见过这么多的文物，这些刻字甲骨无论在当地的历史学界还是古董圈都引起了巨大的反响。

羽田千雪则一头扎进了对这些刻字甲骨的研究中，一直在试图找寻到当年殷惟留下的秘密。

不过殷典却一直没有告诉她，他在羊皮袋子里发现的那封信，因为那封信，他还没有破解。

他想着等破译了这封信之后，他再酌情和羽田千雪进行交流。

之后，他找到了那个专门研究密码学的大学同事。那位大学同事对这封加密的信同样很感兴趣。他向殷典保证，不出一个月的时间，他便可以成功破解信的内容。

至于斯嘉丽，她依旧没心没肺，整日除了玩便是玩，只要殷典出去参加什么大会、出席什么活动，她总是跟在殷典屁股后面凑热闹。

尹正东，他现在已经被警方刑事拘留，在警方确凿的证据面前，尹正东却始终不声不响，既不承认也不辩解。

不过人已经被抓了，审讯工作可以慢慢来。

与此同时《天下探宝》节目组导演也找到殷典，希望他能出席《天下探宝》的元旦特别节目，让他在节目中讲讲此次找寻到这些商代刻字甲骨的经历。

如果殷典能将此次找寻这些甲骨的经历和一起连环杀人案糅合到一起，并在节目上讲出来，那这一期的《天下探宝》节目可就太有噱头了。

到时候，这期节目一定会成为电视台的收视冠军。

虽然节目组导演口若悬河，可殷典却不愿再参加《天下探宝》的录制，因为他现在已经越发明白了一件事。

那就是为什么偏偏在最近，他突然间被牵扯进了他父亲当年所做的那些事中。

正如在天津时，张素贞曾告诫过他，他和他父亲殷惟长得实在是太像了。

电视节目的播放，使得殷典的曝光率大增，而那些找不到他父亲的人,则退而求其次找上了他。

当然这些困扰殷典的事,殷典并不会向节目组的导演透露,他只说自己最近身体不太好,今后不再参加《天下探宝》节目的录制了。

虽然节目组导演很沮丧,可是殷典心意已决,节目组也就不好强求了。

如果不是之后接连又发生了一些事,殷典恐怕从此就远离电视节目了。

不过要说起这些事,还要从羽田千雪走的那天说起。

羽田千雪原本打算在护照到期后,去日本大使馆更换新的护照,然后继续在屯江研究这些刻字甲骨。

可是她的那两个保镖却告诉她,她父亲希望她马上回日本,因为她母亲最近一直没有联系上她,非常担心,所以她必须回日本与她母亲见面,也好让她母亲安心。

没办法,最终她只得选择将那些刻字甲骨一一进行影印,然后将这些刻字甲骨的影印资料带回日本准备做长期的研究。

在送羽田千雪乘飞机离开中国时,羽田千雪却突然对着殷典和斯嘉丽黯然地垂下眼泪来,说此次离开中国,还不知什么时候能再来,也不知道还能不能再来。

还说这些日子,多亏殷典的照顾,她确实心存感激,并邀请殷典和斯嘉丽有时间去日本旅游。

这些自然都是一些客套话,当然殷典也少不了说些诸如常来中国的客套话。

最后,羽田千雪向殷典和斯嘉丽连连鞠躬后这才转身离开,可就在羽田千雪转身离开不久,却突然又跑了回来。

殷典很是意外,还以为羽田千雪这是不打算离开中国了,于是问羽田千雪怎么又回来了。

羽田千雪气喘吁吁地说:"殷教授,有一件事,我还忘了告诉你!"
"什么事?"殷典问。
"关于殷惟老先生的事!"

殷典这才想起,羽田千雪曾说过,她还知道一个关于他父亲殷惟的秘密。

当时羽田千雪一直没说,还说这个秘密,和当年他父亲所做的事情并无关联。

但这个秘密，却能解开殷典几十年的困惑，因为这个秘密是关于他父亲到底在哪里出生，祖籍又是哪里。

羽田千雪顿了顿说："我祖父在他生前的笔记中曾提到，殷惟老先生不是中国人而是一个美国人。"

这的确是一件很让人吃惊的事，以至于殷典在听完后都不禁久久合不拢嘴了。

"我父亲是个美国人？"殷典诧异道，"你没看错吧？"

"当然没看错！"羽田千雪努了努嘴道，"虽然殷惟老先生的汉名叫'殷惟'，可那是他来到中国后自己取的名字，名字来自《尚书》中的一句话，'惟殷先人，有册有典'。我想殷教授，你的名字也是来自这句话吧！"

"你说得没错！"殷典点点头道，"那我父亲原来叫什么名字？"

"他原来的名字叫"Benjamin Yin（本杰明·殷）。"羽田千雪笑了笑道，"当时我还在想，你怎么会不知道'本杰明'是谁，原来你真的不知道啊！"

羽田千雪顿了顿继续道："当年殷惟老先生和明德神父一起从美国来到中国时，他还是第一次踏上中国的土地。据我祖父笔记上说，殷惟老先生的祖父在清朝时期便移居到了美国旧金山。"

羽田千雪的这番话，终于让那个缠绕殷典几十年的困惑释然了。

那就是为什么他母亲从未提起过关于他爷爷奶奶的事，也说不出他父亲的祖籍是哪里。

现在看来就连他母亲也没见过自己的公公婆婆吧！

殷典怎么也想不到，他的祖籍竟然成了美国的旧金山。当然了，在可知的范围，现在也只能追溯到这里。

送走羽田千雪后，殷典整个人开始变得失魂落魄，脑海里总是止不住地涌现出他父亲的身影，此刻他也终于明白了他父亲生前所写的那首诗，开头两句的真正含义。

这所谓的"万里寻得甲骨来，韶华不在头先白"，其实说的是他父亲年轻时从美国漂洋过海来到中国，这才算得上是真正的不远万里。

可他父亲当年不远万里来到中国，难道真就是为了寻找所谓的"上帝"吗？

殷典是怎么也想不明白他父亲当年究竟要干什么！

不过想到这，他再一次想起了那封信，或许破译了那封信的内容，可以了解到他父亲当年究竟在做什么。

此时那封信还在他大学同事那里，也不知道现在他破译得怎么样了。

想到这，殷典便拨打了那位大学同事的电话，可是一连拨打了好几遍，那位大学同事却始终没有接听。

殷典双眉微蹙，难道他这位大学同事是在上课，所以没带手机或者是将手机调到了静音以至于没听到？

反正机场离大学城也不远，于是殷典和斯嘉丽打了一辆出租车便赶到了大学城，既然电话联系不上，那就当面去找他吧。

不多久，殷典便和斯嘉丽来到了大学城，并直接去了他那个大学同事的办公室。

在办公室里，殷典顺利地见到了他那位大学同事，可接下来发生的事，却让殷典大吃一惊。

当殷典走到那位大学同事的办公桌前时，起初他还以为这位大学同事正趴桌子上睡觉，于是殷典上前拍了拍那位同事的肩膀试图将他叫醒。

只是一连拍了几下后，那位大学同事却始终没有醒来，没办法殷典只得向前抓住他的两个肩膀，试图将他摇醒。

可当殷典将他扶起时，却发现他这位大学同事的嘴角以及鼻孔处满是干涸的血渍，桌面上也留下一摊血迹。

殷典一看到他这位大学同事这副样子，瞬间紧张起来，出于条件反射，殷典伸出手颤巍巍地放在了他的鼻翼下方。

还好，还好，尚有气息！

当下殷典便掏出手机，急忙拨打了120急救电话。

很快120急救中心的医生便赶了过来，殷典出于关心便问医生，他这位大学同事到底是怎么回事，怎么年纪轻轻的就突然晕倒在了工作岗位，病情是不是很严重。

可120的急救医生的一番话却让殷典又是大吃一惊。

因为医生告诉殷典，这位大学同事之所以突然晕倒与疾病没什么关系，只是因为他后脑勺突然受到了重击，这才晕倒的。

竟然是因为后脑勺受到了重击,以致晕倒在此。

殷典听完医生的这番话,不禁想起刚才他见到这个大学同事的情形来。

当时他这位大学同事正趴在桌子上,可见他后脑勺受到重击时,他应该正伏在桌面上工作。

也就是说,他此时后脑勺受到的重击,只能是有人在他背后突然动手所为。

如果是这样,那这件事的性质可就不一样了。

殷典瞥眼看了看桌面上的那摊血迹,以及被血迹沾染的笔记本,不禁感叹谁和他有这么大的仇恨,竟会下这么大的狠手呢!

可也就在这瞥眼的瞬间,桌面上的一个笔记本引起了他的注意。

虽然他看不懂笔记本上那一连串的数字以及公式,但他却认识下方的那一行汉字:

上帝之杖,当在帝之下都。

帝之下都,即在昆仑之丘。

古昆仑山乃当今祁连山是也!

"古昆仑山乃当今祁连山是也!"这个历史考据观点,他倒是听说过。

可前两行,殷典就有些摸不着头脑了,他实在不知道这"上帝之杖"指的又是什么!

不过以殷典对这位大学同事的了解,这位大学同事是学数学出身,他可不是搞历史研究的,他怎么会写这些东西在笔记本上呢?

不过殷典却猛然想起当时李领军曾经对他也说过这样的话,当时李领军说他父亲曾告诉他,古时候的昆仑山就是现在的祁连山。

难道这是破译之后的信的内容?

也就是说他这位大学同事,正在研究破译那封信时被人打晕了,而打晕他的人其实是冲着这封信来的。

想到这,殷典不禁倒吸一口凉气,连连自责起来,他这位大学同事竟然因为帮他破译这封信,以至于遭人毒手。

不过好在急诊医生说,他这位大学同事并无大碍,很快就可以苏醒过来,最多住几天院,打几天针,这才总算让他的内心稍稍有些安慰。

看着飞速驶去的救护车,殷典又不免伤感起来,不管怎么说,要不

287

是因为他，他这位大学同事绝不会平白无故地遭人毒手。

就在殷典呆呆地望着远去的救护车时，他的手机却响了起来。

殷典无精打采地拿起电话，可当他一看到那个电话号码，却突然紧张起来！

没错！

这是那个神秘的陌生号码！

"你最近去哪了？怎么突然消失了！"

电话一接通，那头便阴沉地说了这一句话。

"少来这一套！你究竟想干什么？我同事既没招你也没惹你，你为何下这么重的毒手？"殷典没好气地说。

"你同事？我什么时候伤害过你同事？"

"既然敢做，就要敢承认！"

"我都不知道你在说什么？"那人顿了顿道，"我懒得跟你废话，只是最后，我还是想奉劝你一句话。尽快找个地方躲起来，千万不要做别人的棋子，不然你会后悔的！"

"那我也奉劝你一句，有什么事冲我来，不要再去伤害别人了！"

"你怎么越大越不听话呢？"那人长叹一声，语气颇为悲伤，似乎像是一个长辈教育孩子时的语气。

"你究竟是谁？"殷典问。

"我说过，我是爱你的人，也是恨你的人。"

"恨我的地方，我倒是看出来了。可你这口口声声说爱我，怎么也说得如此理直气壮！"

"我努力地保护你，直至你成年，难道这不算是'爱你'吗？"那人的语气颇为失落。

"保护我直至我成年？"殷典双眉微蹙道，"你能把话说清楚点吗？"

"难道我说得还不够清楚吗？"

"行了，我不想跟你再纠缠下去了！我只想告诉你一件事，有什么事冲我来，不要去伤害我的朋友！关于我父亲当年的事，我现在也不想去了解了！"

"关键是，就算你不想去了解，有人也会想法让你去了解！我还是那句话，尽快找个地方躲起来，千万不要做别人的棋子了。不然我也控制不了局面了，到时候，会伤及很多无辜的人！"

"就为了我父亲生前写的一封信,你们至于吗?"殷典没好气地说。

"殷惟生前还写过一封信?"那人颇为诧异地说。

"什么信,"殷典冷哼一声道,"你难道心里不清楚吗?"

"你等一下!"

那人顿了顿又道:"你说的这封信是殷惟给你的,还是你妈贲雎雎给你的?"

"无可奉告!"殷典冷冷地说。

"你最好说清楚!"那人语气突然变得严肃起来,继续道,"信里面都写了些什么?"

难道这人真的不知道这封信的来历?

殷典微微一愣,如果是这样,那打伤他那位大学同事、拿走那封信的人又是谁?

"听起来,你对我父母都很了解嘛!"殷典没有回答这人的问题,反而反问起来。

"关于这些事情,你不需要知道,也不应该知道!"那人顿了顿道,"抓紧把那封信销毁,不要再执迷不悟了!如果我不是那个爱你的人,就不会私下里给你打这电话了!你知不知道,我对你很失望!"

"我还是第一次知道,原来爱一个人的表达方式就是这样的!"殷典颇有讽刺地说,"不好意思,我恐怕让你失望了,那封信我无法销毁!"

"什么!"那人瞬间提起声调,愤然道,"你这是想跟我对着干吗?"

"不是我想跟你对着干,而是你一直在跟我们一家人对着干!"殷典冷哼一声道,"我父亲当年不就是被你们软禁了嘛!至于他后来是不是被你们害死的,你心里难道就没点数?"

"这又是谁告诉你的?"那人追问道。

"看来我猜得果然没错!天下没有不透风的墙,你们既然这么做了,别人肯定就会知道!"

"要不是我,殷惟早死了!"那人气愤道,"看来我还是高看他了,他真是一个出尔反尔、阴险无比的小人!"

"你说的是你自己吧!"殷典反驳道,他怎么能接受别人这么评价自己的父亲。

"你竟敢这么说我?"

"我说了!"殷典毫不畏惧,"然后呢?"

"然后呢?"那人长叹一声,沉默半晌后,才道,"我知道你妈贪睢睢鬼迷心窍,嫁给了殷惟那小人,肯定没少在你面前说殷惟的好……"

殷典听到这,直接打断了那人的话,愤然道:"不准你这么说我父亲!"

"我说了,然后呢?"那人竟然用起刚才殷典所说的话。

说罢,那人突然哈哈大笑起来,可随即他语气一转,愤恨道:"殷惟这小人,连一个父亲的责任都没尽到,让你们娘俩孤苦伶仃地过了一辈子。可你们娘俩在他眼里,不过只是一颗棋子罢了!"

"够了!"殷典怒喝一声,打断了那人的话,"我不是没听过我父亲生前的好友对我父亲的评价,他是什么样的一个人,我心里清楚!"

"殷惟的生前好友?"那人问,"到底是谁告诉你的?"

殷典本想脱口而出,说出李领军的名字,以证明他父亲绝非那人口中所说的那种人。

可是转念一想,他如果这样说了,恐怕会给李领军带来不必要的麻烦。

"你让我说,我就说吗?"殷典没好气地说。

"你父亲能有什么朋友?"那人冷哼一声,"不过这个人既然还活着,而且还对你父亲评价这么高,我想应该是阳关的李领军吧!"

"不是!"

殷典斩钉截铁地说,可他心里却紧张起来,这人对自己的父亲殷惟实在是太了解了。

"行了,不用装了。对于你父亲,我比你了解得多,也了解得深。"

"笑话,我父亲的朋友多了去了。"殷典一直试图让这人不要认为告诉他他父亲那些事的人是李领军。

"行了,你不用狡辩了,我知道你说这些话的用意!"

他顿了顿,忽然语气一冷道:"看来当年,我们还是太心慈手软了!敦煌的李领军、天津的张素贞、安阳的冯元年、岐山的周国胜,这些人就不该活到现在!"

"你想干什么?"

听了这人的这番话,殷典隐约觉得这人语气中已满是杀意,难道他要报复李领军和张素贞,可这安阳的冯元年、岐山的周国胜又是什么人呢?

"不想干什么！"那人突然长叹一声道，"看来你已经去过阳关了，你真是太令我失望了！你为何一而再、再而三地突破我的底线。想必你说的那封信也是李领军交给你的了！"

"我不认识李领军，也没去过阳关！"殷典虽然心头紧张，但此时说这些话时则尽可能地保持冷静。

"都四十多岁的人了，你怎么还这么嫩？就凭你这点小心思，别人把你卖了，你都还乐得给别人数钱！不用说，你肯定已经做了别人的棋子！"

"我没你说的那么不堪！"殷典冷冷道，"不过我还是要告诉你，有什么事冲我来！"

"会的！"那人冷冷道，"我将把我这么多年，从你身上感受到的希望、失望与绝望一一回报给你！也让你尝试一下，什么叫满是希望，最后落得失望，直至绝望！"

末了，那人说了句"第二套方案已经启动！"便就此挂了电话。

这一次，是两人通话时间最长的一次，可也让殷典对于这个人更加困惑了。

这人究竟是谁？

为何这人会说，他曾保护自己直至自己成年？

为何这人总说，他是爱自己的人，也是恨自己的人？

为何这人对他父亲殷惟如此的了解，可对父亲的评价又为何如此的不堪？

电话里，这人好像对于张素贞也好，李领军也好，以及他不认识的两个人，都极为不满，难道这人要报复这些人吗？

这一刻，殷典也做了一个决定，既然很多人会因为这件事而遭受打击报复，那么就让他一个人来承担吧！

想到这，殷典拨通了《天下探宝》节目组导演的电话，并告知节目组导演，他将参加《天下探宝》元旦特辑的录制，而且就在节目中讲一讲他是如何找到那些刻字甲骨的。

他要让那些人都知道，关于他父亲生前的那些事，他全知道了。

想要掩盖这些事，除非将他杀了。

第二十一章
不是尾声

一个星期后，殷典如约来到了《天下探宝》的节目录制现场。

《天下探宝》的先期预告片已制作完成，整个像个悬疑片似的：

《天下探宝》元旦特辑——甲骨疑云，且看一位历史学教授是如何拨开重重迷雾，历经艰难险阻，找寻到了民国传教士埋藏在中国的商代刻字甲骨。

虽然预告片制作得煞有介事，可在殷典看来，这还远远不够，不足以向那些人证明，关于他父亲生前所做的那些事他已完全知晓。

因此殷典在来之前，还带了几样东西，分别是"青铜簋""青铜短剑""刻字甲骨"以及一封信。

这次的录制现场不同于以往，没有献宝和鉴宝环节，整个录制现场除了主持人出面做了一个简单的介绍后，剩下的就只有殷典身着西装革履，坐在高脚凳上，准备一个人的独角戏。

可在聚光灯的照耀下，殷典却思绪万千，久久难以进入状态。

因为最近又发生了一些事，而这些事，让殷典越发明白了原来自己真的只是一颗棋子。

前些天，殷典接到了景岚打来的电话，景岚说他们在审问尹正东时，尹正东这次突然说他愿意招供了。可是在他招供之前，他却有一个要求，他说他必须要和殷典见一次面。

据说他有一个秘密想要告诉殷典，但必须当面告诉他。

之后，在警察局的审讯室里，殷典再次见到了尹正东，此时的尹正东比之前实在是憔悴多了，不过他眼神却依旧犀利。

在见到殷典后，尹正东第一句话是，他想抽根烟。

在得到警方的同意后，殷典将一根烟递给了尹正东并为其点燃，尹正东如一匹饥饿许久的狼一样大口大口地吸着香烟。

殷典则开门见山地问，他究竟有什么话想对自己说。

尹正东深吸一口烟，缓缓地吐出，扁了扁嘴说："我让你来，是想解答你心中的几个疑惑，现在你可以问我了！"

"其实也没什么好问的！"殷典摇了摇头，淡淡地道。

这时坐在殷典身旁的陈铮则伸手戳了戳殷典的大腿，并小声在他耳旁说："你问问他，他为什么要杀那些人！"

陈铮的话，显然也被面前的尹正东听到了，尹正东笑了笑冲殷典道："你想知道吗？"

陈铮又一次伸手戳了戳殷典，示意他表个态，殷典也只得点了点头。

"好，那我就告诉你！"

尹正东说着便站起身来！

他的这一举动，瞬间引得周围的干警很不满，陈铮更是严厉呵斥道："你给我坐下！"

"怎么！"尹正东的语气颇为不屑，"你们还害怕我跑了吗？"

殷典冲陈铮道："他既然想站着，就让他站着吧。"

陈铮不屑地挥了挥手，道："随便吧！"

尹正东嘴角一撇，却将身上的囚服拉了上来，接着他转过身背对着众人。

殷典一愣，不禁脱口而出："三足乌！"

殷典记得当时在阳关烽燧台时，尹正东曾说过一些话，说如果殷典想要知道是谁想引自己入局，殷典又是谁的一颗棋子，那答案就在尹正东的背后。

尹正东的背后竟文着一个三足乌，而当时在李桂花家的一张宣纸上也发现了这个图案，可这个图案到底代表的是什么意思呢？

难道真如他之前猜的那样，这是某种组织的徽标或者图腾吗？

这时尹正东再次穿好衣服，重新坐了下来，冲殷典扁了扁嘴，笑道："用北庸卫的话说，这叫'玄鸟'！所谓'天命玄鸟，降而生商'！"

293

"你的意思是说,是北庸卫一直在想方设法引我入局,而我则是北庸卫的一颗棋子?"

"没错,北庸卫就是想借助你的身份找到你父亲生前留下的那些东西!"尹正东双眉一挑道,"只不过,我打乱了他们的计划!"

"等一下!"殷典问道,"先不说他们计划的事情,我想确定北庸卫到底是一个人还是一个组织。"

"北庸卫是一个号称有三千年历史的组织!"

"有三千年历史的组织,我怎么没听说过呢?"殷典双眉微蹙,喃喃道。

"你真以为你一个历史学教授,就对中国历史了如指掌了?"尹正东不屑地说。

"我不和你争辩,那你倒是说说,这北庸卫是怎样一个组织!"

"北庸卫这个组织等级森严,我不过是一个最底层的成员而已。我只知道北庸卫的最高领导人好像被称之为'大尹牧'!"尹正东撇了撇嘴道,"这些我也不清楚,你还是问问我知道的吧!"

"你还没说清楚,你为什么要杀那几个人呢?"陈铮在一旁训斥道。

"这位殷教授不也是没问嘛!"尹正东淡淡地说,对于陈铮的问题,他始终不做正面回答,而是静等殷典的询问。

殷典没有直接开口问他,而是又递给尹正东一根烟,再次给其点燃,这才问道:"可不可以说说北庸卫的计划?"

"北庸卫的计划本来是很复杂的,我甚至想不明白他们为什么要搞得这么复杂!"尹正东深吸一口烟,继续道,"总而言之,他们试图想让你进入绝境,然后再来搭救你。之后你将完全被他们所控制,任由他们摆布!"

"是有点复杂!"

"即便是再复杂,这与我本来也没有什么关系!"尹正东扁了扁嘴道,"可是他们却想让我当替死鬼,这是我无论如何也接受不了的!"

尹正东说到这,抬起头看向殷典,道:"你知道吗,他们计划的最后一步,是想让你亲手杀了我!"

"让我亲手杀了你?"殷典双眉微蹙道,"你怎么越说越复杂了!"

"我现在先问你一件事,你为何要去天津找那个美国传教士——明德?"尹正东顿了顿道,"据我这么长时间对你的了解,你对于你父亲生前的所有事都一无所知。"

"我是从明德神父当年留下的那本笔记中，了解到了当年明德神父曾给我父亲一张藏宝图。我去天津一是为了找那些刻字甲骨，二则是想了解一下我父亲当年到底在做什么。"

"好巧啊！"尹正东淡淡地说，"为什么是这个时候，你突然知道这些事的呢？"

尹正东所说的这个疑问，殷典又何尝没曾想过，当时"9·17"连环杀人案发生后不久，于晨海等人刚好来找他，让他帮忙寻找明德神父当年遗留在中国的刻字甲骨。

当时殷典就很困惑，如果说让他研究一下那些刻字甲骨也就罢了，可他既不是警察又不是侦探，寻找那些甲骨的事怎么会找上他呢？

还有就是，当时他在尹正东的店铺里发现的那些手稿上也恰巧提到了明德神父这个人。

这两件原本风马牛不相及的事，怎么会同时出现了一个人的名字呢？

想到这，殷典脑海里涌出了一个想法。只是关于这个想法，他却不敢往深了想，因为越往下想，就越发觉得自己浑身冰冷。

"怎么不说话了？"尹正东见殷典呆在一旁，扁了扁嘴道，"是不是想明白一些事了？"

"还不是太明白！"殷典微微摇了摇头说。

"你是真不明白，还是假装不明白？"尹正东不屑道，"那些人之所以告诉你这些事，目的就是利用你，你难道心里就没点数吗？"

殷典沉默了，这正是他刚才不敢想的问题，此刻却被尹正东说了出来。

现在殷典也不得不去重新思考一下，到底谁才是那个想要引他入局的人了。

难道想利用他的人是于晨海？

不过以殷典对于晨海的了解，他应该不至于做这些事。于晨海是个很聪明的人，而且现在身居高位，他应该不会被一些事情所蛊惑。

如果不是于晨海，那么难道是斯嘉丽？

可斯嘉丽这个小女孩一直没心没肺，只知道玩，而且她在殷典身旁时从未提及过有关他父亲的事，也从未表现出她对这些事情感兴趣。

295

可话说回来，斯嘉丽是不是有意这么做以博取殷典的信任，暗地里却一直在监视着殷典呢？

现在想想，无论殷典去哪，斯嘉丽总要跟着他。

虽然斯嘉丽想要跟着殷典的那些理由也合情合理，可也不能排除她有这个嫌疑。

想到这，殷典整个人如坠冰窟。这倒还不是斯嘉丽本人的缘故，而是因为斯嘉丽的母亲是他的初恋女友李惠然。

因为他实在接受不了，那个让他曾魂牵梦萦的初恋女友，竟然也会算计他。

殷典微微叹了口气，无奈道："我只是想不明白，为了引我入局，为何要杀这么多无辜的人？"

"这个问题，我可以回答你！"

这时在一旁的陈铮冷冷道："你当然可以回答了，因为你才是真正的杀人凶手嘛！"

尹正东扁了扁嘴，冲陈铮不屑道："我只是一颗棋子而已，有本事你们把背后的大人物也抓了啊！"

"我们警方绝不会放过任何一个犯罪分子！"

"说得好轻巧啊！"尹正东冷哼一声，道，"你能去美国抓人吗？"

"美国人？"陈铮一愣，不自觉地喃喃起来。

"北庸卫的信徒隐藏在全世界，而且有着极为雄厚的经济以及政治背景……"

尹正东还没说完，陈铮便打断了他的话，进而转移话题厉声道："别给我胡扯些没用的，什么棋子不棋子的。你用那么残忍的手段杀那么多无辜的人，现在还要摆出一副自己才是无辜的样子来，你要不要脸啊？"

"我并不觉得自己无辜，我只是一个失败者而已。无辜这个词和无能并没有什么区别！"尹正东冷冷道，"要不是这位殷教授，你以为你们真的能抓得到我吗？"

"可问题是，你现在已经是阶下囚了！"陈铮嘲讽道。

"所以有句话叫'虎落平阳被犬欺'嘛！"尹正东毫不畏惧，出言讥讽。

陈铮一拍桌子，厉声道："我告诉你尹正东，别以为你拒不认罪，我们就治不了你了。犯罪事实清楚、证据确凿，一样可以定你的罪！"

尹正东冷哼一声，道："我有说过我拒不认罪吗？我只是想问这位殷教授，想不想知道？"

尹正东说着，歪头看向殷典。

殷典点点头道："你说吧！"

"我问你想不想，而不是这么敷衍了事地说一句'你说吧！'"

"我想知道！"

"那就好！你既然想知道，我就告诉你！"尹正东扁了扁嘴道，"这段时间，我也一直在想这个问题，那就是他们为什么要把事情搞得这么复杂。如果不是看到你在这之前确实不知道你父亲的那些事的话，如果不是我也卷入了这些事情中，估计我永远也不会想明白！"

尹正东顿了顿，继续道："之所以还原商代的祭祀仪式以及在现场留下那些甲骨祭文，其实是做给另一帮人看的！"

"另一帮人？"殷典有些诧异，"那又是谁？"

"既然是一场延续三千多年前的战争，那战争肯定不是只有一方，而是有两方！"

殷典点点头，示意尹正东说得对。

"战争的一方是北庸卫，他们的目的是想'寻找上帝'。而另一方则是在想方设法地阻止北庸卫找到'上帝'！"

听尹正东说到这，殷典似乎明白了一件事，那就是在这之前的那个神秘来电，曾多次告诫他，让他不要卷入他父亲当年的那些事中，也告诫他不要去当别人的棋子。

不用说，在寻找他父亲生前留下的那封信上，殷典始终都不过是这北庸卫的一颗棋子。

如此说来，这战争的另一方应该就是神秘来电的那帮人了。

还有就是，他父亲当年之所以被软禁乃至最后可能被人杀害，也是因为他在寻找所谓的"上帝"。

这里面当然也包括明德神父以及羽田龙野，而这两人的死或许也与神秘来电这帮人有关。

当初羽田龙野接到一个电话，电话那头告诉他他知道关于甲骨文"帝"字所藏的终极秘密的一些事，之后羽田龙野便莫名其妙地出了一场车祸去世了。

在天津时，张素贞也发出过疑惑，那就是明德神父身体一直很好，怎么就在返回美国的途中会突然去世呢！

殷典看向尹正东，问道："那你了解这战争的另一方又是什么人吗？"

"不了解！"尹正东摇了摇头道，"不过现在看来，你和这战争的另一方有着某种千丝万缕的联系！"

"我和战争的另一方有着某种千丝万缕的联系？"殷典双眉微蹙，难以置信。

"我也是猜测！不过我觉得这可能就是事实，不然他们没必要把事情搞得那么复杂！"

尹正东顿了顿，道："北庸卫在引你入局之前，应该就已知道你对你父亲生前的那些事一概不知，所以他们就算想让你直接去找寻你父亲留下的那些线索，也只能是徒劳。"

"不对啊！"殷典疑惑道，"你当初不是说这北庸卫是想从我身上找到突破口，以找到我父亲留下的那些线索吗？"

"没错！你确实是个突破口，我当初确实也这么说过，不过那只是当初的一个看法而已。现在看来，他们最开始应该并不知道你父亲生前曾留下过一封信，甚至不了解你父亲当初到底发现了什么！"

"我怎么越听越糊涂了！"殷典双眉微蹙，有些难以理解。

"所以说你是一个很适合给别人当棋子的人！"

尹正东继续道："我想他们本来的计划应该是这样的，想把你引入局却非要把事情搞得那么复杂。又是祭祀仪式，又是甲骨文什么的，其实是为了向另一帮人表明，北庸卫已经找到了你！"

"然后呢？"

"由于你跟那帮人有着千丝万缕的联系，所以在那帮人知道北庸卫已经找到你之后，他们势必会重新现身，并会设法阻止北庸卫下一步的计划。"

殷典听到这，总算是听出点眉目了，于是点点头说："螳螂捕蝉，黄雀在后！在这场棋局中，最开始我不过是一个诱饵而已。因为一旦那帮人现身，隐藏在背后的北庸卫就可以顺藤摸瓜，从而在这些人身上找到他们想要的线索。"

"没错，就是诱饵！到底是个知识分子，说起话来可以一语道破、直中要害。"

尹正东撇了撇嘴，笑道："可是他们千算万算，却没想到我并不是一个可以任由他们摆布的棋子，我打破了他们的计划。也正因如此，你很快就摆脱了杀人嫌疑。也因此，他们开始了又一轮新的计划。"

尹正东说到这，脸上的笑容突然消失不见，反而冷冷地看向殷典，道："你知道吗，我所做的那些事产生了一个意想不到的结果。因为我一而再、再而三地打断了北庸卫的计划，却因此让你一次次脱离了他们的掌控。可你呢？你却联合警察将我抓了！你知不知道，抓了我，你将永远摆脱不了这个棋局。"

"尹正东！"陈铮冷言冷语道，"别把自己说得这么高尚，好吗？"

"我从未觉得自己高尚，我这么做纯粹是为了我自己，就像我也从未觉得你们警察有多么高尚。因为抛弃工作本身，大家都是一个普通人而已。吃喝拉撒才是我们每个人生存的本质，工作只不过是为了满足我们吃喝拉撒而已！"尹正东扁了扁嘴说。

尹正东顿了顿，又看向殷典道："在我们找到那些甲骨和那封信之后，北庸卫肯定很快就会知道，他们也会想尽一切办法来得到那封信。可如果我不被抓，我会将那些甲骨卖掉，从此隐姓埋名潇潇洒洒地过一辈子！到时候，北庸卫知道那封信在我手上，势必会想尽一切办法来找我。到时候，我将成为众矢之的，而你也可以真正地从局中撤出来。"

虽然殷典对于尹正东的所言所讲，多是半信半疑，可从这些逻辑来看，他说的确实不无道理。

殷典微微叹了口气道："多谢你的提醒！"

尹正东脸色突然一变，冷哼一声，道："什么，你竟然认为这只是一种提醒？你难道就没有一丝悔恨之意吗？"

殷典抬起头，愣愣地看着面前的尹正东，忽然明白了尹正东此次将自己叫到这里来的真正目的。

因为尹正东的目的就是让殷典后悔，后悔他和警方一起将他抓捕归案。正如尹正东说的那样，抓了他之后，殷典将一直处在风口浪尖上，永远也摆脱不了这场棋局。

可话说回来，那封信既然现在已经落在了北庸卫手中，殷典的价值似乎也没那么重要了。

当然了，这也只不过是自己的一己之见而已，别人究竟会对自己做

299

些什么，自己又怎么能真正猜透。

这时尹正东又开口道："北庸卫可远比你想象的可怕。到时候，你就知道这世界上还存在一种比死亡更可怕的事！"

"还有你尹正东怕的啊？"陈铮冷嘲热讽，"能用那么残忍的手段杀害无辜的群众，我还以为你尹正东连阎王都不放在眼里呢！"

"杀人有什么好怕的！"尹正东淡淡地道。

陈铮一巴掌拍在桌子上，怒喝道："尹正东，你不要太嚣张了！"

"我只是在陈述事实！"尹正东看向陈铮，淡淡地说，"你恐怕没亲眼见到'吃人'的场景，更没见到过一群人发了疯似的吃人场景！那才叫可怕！"

"吃人？"陈铮惊愕地问，"谁吃人？"

尹正东只是微笑地望着殷典，却并不打算回答陈铮这个问题。

"吃人！"殷典双眉微蹙，倒吸一口凉气道，"难道是为了某种仪式？！"

"到底是历史学教授，真是什么都懂啊！"尹正东撇了撇嘴道，"北庸卫在举行某些特殊的祭祀活动中，分食祭肉往往是整个祭祀活动的最高潮！他们美其名叫'赐胙'！"

在一旁的陈铮问："啥叫赐胙？"

殷典点了点头，冲陈铮解释道："胙肉是祭祀祖先使用的贡品，在古代祭祀完祖先后，往往要将这些胙肉赏赐给别人吃，所以叫'赐胙'！"

尹正东撇了撇嘴，道："教授就是教授，什么都懂！"

这一次，殷典总算在尹正东的口中证实了自己之前的猜测。

这么多年来，他一直过得风平浪静，可最近却突然遭遇了这么多事。殷典估计北庸卫刚开始时，应该并不知道他的存在。

要不是他参加了那个电视鉴宝节目，要不是他和他父亲长得实在太像，恐怕他永远也不会被牵扯进他父亲当年所做的那些事中！

而从那个神秘来电的主人的话中，也可以看出他对自己非常了解，可他也是最近才突然给殷典打了那些莫名的电话。

这恐怕也就是尹正东说的那样，他与这帮人有着某种千丝万缕的联系。

至于这所谓千丝万缕的联系究竟是什么，殷典现在还搞不明白。

当然，在殷典看来，这与其说是保护他到了成年，还不如说是一直监视他到了成年。

估计殷典成年后，那个人便不再"监视"自己，而正是由于自己以一个甲骨文专家的形象出现在了电视节目中，这才又引起了那帮人的注意。

因为在那帮人看来，殷典之所以在大学期间突然从机械专业转到甲骨文研究领域，这绝非偶然，而是某种特殊的原因才这么做的。这种特殊原因或许就与他父亲有着直接的关系。

此时的尹正东，转过脸冲陈铮淡淡道："那些人的确是我杀的，现在你们满意了吗？"

陈铮冷哼一声，冲身旁的干警道："先把他带走吧！"

接着尹正东被两名警察架起，缓缓地走出审讯室。

可就在尹正东刚走到审讯室门口时，他却突然转过头，恶狠狠地望向殷典，并冲殷典大声喊道："殷典，你就等着吧，你早晚会比我死得更惨！"

陈铮怒喝一声，道："先关你一个月的禁闭，让你嚣张！"

殷典却在一旁冲陈铮道："最后再给他一根烟吧！"

此时的殷典不知为何竟有点同情起眼前的尹正东来。

陈铮也不好驳殷典的面子，只得点头以示同意。

殷典将一根烟点燃，缓缓走到了尹正东面前，道："抽一根，再走吧！"

尹正东只是呆呆地望着面前的殷典递到嘴边的香烟，却并没有想要抽烟的意思。

殷典知道，尹正东心中不知是多么恨自己。他也不知该说什么好，只是拿着那根点燃的香烟，任其燃烧着。

良久之后，尹正东才缓缓开口道："算命的当年告诉我，'要防三炷香烟后，便是烟消火灭时'！原来这所谓的'香烟'不是庙里的'香'，而是你给我点了三根'烟'！"

说完，尹正东张开嘴，将殷典递来的香烟含在了嘴上，猛吸一口直至香烟燃尽。

由于他这一口吸得太猛，再吐出烟雾时，不免连声咳嗽起来。

也不知道是因为被这口烟呛还是其他原因，他的眼神突然失去了原有的犀利,整个人也瘫软了。

从公安局走出来后,殷典便掏出手机,要拨打斯嘉丽的电话。

此时殷典隐约觉得,如果斯嘉丽真是北庸卫安插在自己身边的一个"间谍",现在那封信已被拿走,而且他那位同事被打晕的事情已经败露,殷典也已知晓,那么斯嘉丽此时应该急于离开中国才对。

可随即一想,他还是先拨打了他那位大学同学于晨海的电话,因为他想从于晨海口中证实一件事情。

电话很快就接通了,两位老同学在电话里自然免不了些客套,当然两人更多的是互相调侃。

可是殷典此刻哪有心思和他调侃,他还是尽可能地将话转移到了正题上。

"晨海,我想问你个问题。"殷典转移话题说。

"你说。"

"你当初去美国的时候,到底是你主动联系的惠然,还是惠然主动联系的你!"

"你怎么突然问起这个问题?"于晨海不解地问。

"我就是一问!"

"要是我说是惠然主动联系的我,你岂不是要吃醋了!"于晨海嘿嘿一笑。

"人家孩子都这么大了,咱两个还在这里谈吃谁醋的事,这岂不是有点太自作多情了!"

"说得也是啊!"于晨海哈哈一笑,道,"其实最开始是李惠然先联系的我。她知道我去美国出差,所以特意给我打了个电话,说是想老同学聚一聚!"

"你怎么不早说!"殷典双眉微蹙,有些不乐意道。

"你也没问啊!"于晨海也有些纳闷,"再说你问这个干吗?"

"没事!"殷典强颜欢笑,继续问,"那是谁提议让斯嘉丽来中国玩的呢?"

"也是惠然提出来的,她说想让她女儿回国看看,还说让斯嘉丽来跟你好好学学中国历史!"

"你当时只说斯嘉丽是找我来的,后来一场酒下来,我就稀里糊涂地把斯嘉丽带走了。你压根也没说,斯嘉丽是来找我学历史的啊!"殷典眉头微皱道。

"你看那小丫头,哪像个爱学习的样子。她满脑子就是玩,还学什么中国历史啊!"

于晨海说到这,又不免向殷典发出疑惑:"不是,你问这个究竟想干吗?"

殷典深吸一口气,只觉整个头皮都在发麻。他使劲地捋了捋头发,因为他还从没有这般痛苦过。

可即便是他不愿相信事情真相是这样的,可真相已渐渐地浮出水面。

"老殷,你怎么了?"

由于殷典一直在电话里沉默不语,于晨海不免关切地问道。

殷典并不想将于晨海也牵扯进来,所以至于事情的真相,他也不想告诉于晨海。

殷典深吸一口气,尽可能地平复了一下心情,进而笑道:"没什么事!既然是惠然让斯嘉丽来跟我学中国历史,那我得好好把这鸡毛当令箭。每天给她布置作业,要是她学不好,她就别想回美国了。"

于晨海哈哈大笑道:"对!让这小妮感受一下中国家庭作业的威力,省得她天天折腾别人!"

"好!"殷典笑道,"我现在就给她布置作业去!"

说罢,两人便挂了电话。

虽然两人的通话终止了,不过殷典却又立马拨打了斯嘉丽的电话。

不出所料,殷典虽然一连拨打了几次斯嘉丽的电话,可斯嘉丽却一直没有接通。

直到最后,斯嘉丽发来了一条短信,短信只有简单的一句英文:

I'm sorry.(对不起。)

殷典看着手机上的短信,不免长叹一声。

这真是"螳螂捕蝉,黄雀在后"!

之后的几天时间,殷典每天都待在医院里,陪护他那位大学同事。毕竟要不是因为他,他这位大学同事也不至于被人打晕住进医院。

终于在三天后,殷典的这位大学同事苏醒了过来。而在他口中也证实了,那天确实有人来找他,并说是殷典让来拿走当初给他的那封信的。

而当时，他刚好正在研究那封信的破译内容，于是他便指着桌面上的那封信问"是不是这封信？"

当时那人一见到那封信，表情立马为之一变，可这也引起了殷典这位大学同事的注意。

于是他这位大学同事，便告诉那个人说他先给殷典打个电话落实一下。

可他这位大学同事才刚掏出电话，只觉一下子被人狠狠地击中了后脑勺，便就此晕了过去。剩下的事，他就一概不知了。

之后，殷典又问他这位大学同事，是不是已经破译了信的内容，可他这位大学同事却说，他并没有破译信的内容。

不过殷典记得，当初曾在他这位大学同事的桌面的笔记本上发现了几行字，而且是关于历史方面的。

可是他这位大学同事却一口咬定，他当时并没有在笔记本上写过什么：

上帝之杖，当在帝之下都。

帝之下都，即在昆仑之丘。

古昆仑山乃当今祁连山是也！

这就越发让殷典困惑了，既然这几行字不是他这位大学同事所写的，那只能是打晕他的人写的了。

可那人为什么要莫名其妙地写下这一行字呢？

不过他这位大学同事之后却告诉殷典，其实那封信只是一份复印件而已，原件还在他家里放着呢。

用他这位大学同事的话讲，长期拿着那封信肯定会对原件造成破坏，所以他选择复印了一份，只拿着复印件做研究。

之后殷典从这位大学同事家里取走了那封信的原件，也从此不再让这位大学同事再去研究破译信的内容，因为他怕这位大学同事再遭毒手。

再后来，殷典带着那几样东西来到了《天下探宝》节目组的录制现场，只是当节目组的导演见殷典一直在愣愣地出神，于是提醒了一下。

"殷教授！可以开始了！"

"不好意思！"

殷典道了声歉，这才从纷繁的思绪中回到了录制现场，看着面前的摄像头，殷典开始侃侃而谈：

"这段传奇的故事还要从民国时期开始讲起，三位甲骨文研究爱好者，长途跋涉不远万里来到中国，只为一睹那已消失了将近三千年的古老文字——甲骨文……"

在讲完这些故事的最后，殷典将一封信举到摄像头前道："想要知道甲骨文'帝'字的终极秘密，那就来找我吧！因为我手里不仅有这封信的原件，而且还有破译这封信的'密钥'！I am waiting for you!（我在这里等你！）"